MIL M

Tausend Di

mich mit m

imm

Buch

Wer meint, eine glückliche Beziehung basiere auf dem harmonischen Einvernehmen von Mann und Frau, muss umdenken: Grundsätzliche Uneinigkeit ist das unerschütterliche Fundament, auf dem die Beziehung des Engländers Pel Dalton und seiner deutschen Freundin Ursula Krötenjäger, einer wahren Baywatch-Schönheit, aufbaut. Dass die beiden schon seit über zehn Jahren ein Paar sind, ändert daran so wenig wie die Tatsache, dass sie sich auf irgendeine Art Erziehung für ihre beiden quicklebendigen Söhne einigen müssen. So ist es also der Streit, der dieses herrliche Paar verbindet – und an Anlässen mangelt es ihnen nicht. Immerhin will ein Rasen gemäht oder ein Kühlschrank abgetaut sein, ebenso sollte beizeiten geklärt werden, wer gerade für die beiden Kinder zuständig ist, die im schönsten Supermarktgedrängel spontan ihre Bestimmung als Kamikazekrieger entdecken. – Und wo zum Teufel sind eigentlich schon wieder die Autoschlüssel?

Autor

Mil Millington arbeitete als IT-Experte an einer englischen Universität, als mehrere Verlage auf seine Webseite (www.milmillington. com) aufmerksam wurden und ihn auf die Idee brachten, ein Buch zu schreiben. Heute schreibt Mil Millington für verschiedene Magazine und Radiosender, hat eine wöchentliche Kolumne im *Guardian* und arbeitet am Drehbuch zu *Tausend Dinge, über die ich mich mit meiner Freundin immer streite.* Er lebt mit seiner deutschen Freundin und zwei Kindern in den englischen West Midlands. Und wie immer ist natürlich alles seine Schuld.

Mil Millington

Tausend Dinge, über die ich mich mit meiner Freundin immer streite

Roman

Aus dem Englischen
von Jörn Ingwersen

GOLDMANN

Die Originalausgabe erschien 2002 unter dem Titel
»Things My Girlfriend and I Have Argued About«
bei Hodder and Stoughton, London

1. Auflage
Deutsche Erstausgabe April 2004
Copyright © der Originalausgabe 2002 by Mil Millington
Copyright © der deutschsprachigen Ausgabe 2004
by Wilhelm Goldmann Verlag, München,
in der Verlagsgruppe Random House GmbH
Umschlaggestaltung: Design Team München
Umschlagillustration: Design Team München
Satz: DTP-Service Apel, Hannover
Druck: GGP Media, Pößneck
Titelnummer: 45644
Redaktion: Andrea Brandl
An · Herstellung: Sebastian Strohmaier
Made in Germany
ISBN 3-442-45644-4
www.goldmann-verlag.de

Für Margret

Ein schmaler Balken roten Lichts

»Verdammt! Wo sind die Autoschlüssel?«

Inzwischen bin ich spät dran. Vor zehn Minuten hatte ich noch Zeit. Ich tänzelte sogar zu früh durch diese Welt, hakte eine ganze Reihe lächerlich trivialer, unerquicklicher Dinge ab, kämpfte fingertrommelnd gegen die Versuchung, ganze Segmente meines Frühdranseins zu vertrödeln. Im Handumdrehen hatten die Kinder gemerkt, dass ich kurzfristig dazu verdammt war, rast- und grundlos übers Antlitz der Erde zu wandeln, und klammerten sich an je eines meiner Beine. Wie mit Magnetstiefeln stampfte ich durchs Haus, während sie sich kaputtlachten und einander mit drohenden Fingern und gurgelnden Lauten aus der Deckung meiner Knie heraus beschossen.

Mittlerweile allerdings bin ich schrecklich spät dran, was ich voll und ganz den Autoschlüsseln und somit deren Hüterin – meiner Freundin Ursula – zu verdanken habe.

»Verdammt, wo sind – *verdammt, verdammt* – wo sind die Autoschlüssel?«, rufe ich zum wiederholten Mal die Treppe hinunter.

Mit Vernunft ist nichts mehr auszurichten. Ich habe an Stellen gesucht, von denen ich sicher weiß, dass die Autoschlüssel dort unmöglich liegen können. Dann habe ich an genau denselben Stellen noch einmal nachgesehen, nur für den Fall, dass ich bei der ersten Runde vielleicht von hysterischer Blindheit geschlagen war. Dann habe ich an mir hinuntergesehen, keuchend vor Erschöpfung, die Kinder angefleht, meine Beine loszulassen, und ein drittes Mal gesucht. Ich bin drauf und dran, auf meiner erbitterten Suche auf das drastische Mittel zurückzugreifen, das nur noch bleibt – nämlich, Kissen aufzuschlitzen, das Parkett aufzustemmen und mir mit der Spitzhacke die Zwischenwand aus Gipskarton auf dem Dachboden vorzuknöpfen.

Ich stürze die Treppe zur Küche hinunter, wo sich Ursula in der hermetisch abgeschlossenen Blase ihrer ureigenen, pünktlichen, beschaulichen Teilnahmslosigkeit eine Tasse Kaffee zubereitet. »Also?« Ich stehe so unter Strom, dass ich das Wort förmlich aus meinem Schädel pressen muss.

»Also was?«

»Was soll das heißen: ›Also was?‹ Ich hab dich doch schon zweimal gefragt.«

»Hab dich nicht gehört, Pel. Ich hatte das Radio an.« Ursula nickt zu dem Mini-Transistor-Radio auf dem Regal hinüber. Es ist abgeschaltet.

»Wie ›an‹? Bist du im Koma, oder was? Wo sind die gottverfluchten Autoschlüssel?«

»Wo sie immer sind.«

»Ich bring dich um.«

»Aber schätzungsweise nicht …«, mit einer theatralischen Geste verrührt Ursula die Milch in ihrem Kaffee, »… mit Abgasen.«

»Arrrrgggh!« mache ich, ehe ich, um meinen Standpunkt deutlich zu machen, hinzufüge: »Arrrrgggh!« Nachdem ich das von meiner Seele habe, kehre ich zur gepflegten Konversation zurück. »Offensichtlich bin ich gar nicht auf die Idee gekommen, da zu suchen, wo sie immer sind. Großer Gott … wie banal wäre es wohl, dort nachzusehen? Wie dem auch sei, Teuerste, nur damit wir gemeinsam über die läppisch prosaische Offensichtlichkeit von alldem hier lächeln können: WO SIND DIE AUTOSCHLÜSSEL? *IMMER?*«

»Sie liegen im vorderen Zimmer. Auf dem Regal. Hinter der Lavalampe.«

8

»Und da liegen sie immer, ja? Du siehst keinerlei Widerspruch darin, dass dieses Wo-sie-immer-sind heute Morgen da ist, wo sie absolut noch nie waren?«

»Dort lege ich sie jeden Tag hin.«

Ich schnappe mir die Schlüssel und haste zur Tür, werfe mir im Laufen meine Jacke über, wobei ich einen Arm hebe und ihn heftig schüttle wie ein übereifriger Grundschüler, der die Antwort weiß. »Das ist eine üble, schamlose Lüge!«

Als ebendieser Arm hinter mir die Haustür ins Schloss zieht, ruft mir Ursula nach: »Bring Brot mit … wir haben kein Brot mehr!.«

Es ist 9:17 Uhr.

Die Geschichte, durch deren tückische Untiefen Sie gerade waten, ist keine Tragödie. Woher ich das weiß? Weil eine Tragödie die Geschichte eines Menschen ist, der den Keim für seinen Untergang in sich selbst trägt. Dies steht in völligem Gegensatz zu meiner Lage – *alle anderen* tragen den Keim meines Untergangs in sich. *Ich* wollte nur den Ball flach halten und hoffen, dass ich das große Los ziehe. Danke der Nachfrage. Daher ist diese Geschichte aus technischen Gründen keine Tragödie.

Aber vielleicht ist das im Augenblick auch gar nicht wichtig. Wir sollten nicht vorgreifen. Machen wir einfach ein Kreuz in den Kalender, zucken mit den Schultern und fangen an einem stinknormalen Sonntag kurz nach meiner triumphalen Autoschlüssel-Offensive an. Kaum ein Hauch dessen, was noch kommen soll, steigt mir in die Nase. Mein Leben ist von Zwischenfällen unbehelligt, und alles scheint friedlich.

»Dad, können wir zu Laser Wars gehen?«

»Es ist halb sieben Uhr früh, Jonathan. Laser Wars hat noch nicht geöffnet.«

»Dad geht mit dir zu Laser Wars, sobald er den Rasen gemäht hat, Jonathan.«

Anscheinend mähe ich heute also den Rasen.

»Rasen mähen! Rasen mähen!« Peter hüpft auf dem Bett herum und landet mit jedem Mal etwas näher an meinen Weichteilen.

»Dad … Rasen mähen. *Komm* schon, schnell«, kommandiert Jonathan.

Die Chancen, den Rasen schnell zu mähen, stehen schlecht, da wir einen schweißgetriebenen Rasenmäher haben, keinen elektrischen oder einen mit Benzinmotor. Ursula hat ihren Kopf durchgesetzt – nicht, dass sie das jemals *nicht* tun würde – und dafür gesorgt, dass wir ein vorsintflutliches Eisending anschaffen (offenbar zu Dickens' Zeiten gebaut, um Insassen eines Schuldnergefängnisses christliche Werte einzubläuen), weil es umweltfreundlicher ist als ein Rasenmäher, der fossile Brennstoffe vergeudet, nur um meine Bauchmuskulatur zu schonen. Fast ausnahmslos ist alles, was als umweltfreundlich gelten kann, mein ganz persönlicher Feind.

Und doch – ist es nicht ein himmliches Bild von Heim und Herd, wie ich über den Rasen stapfe, meine Kinder über drohende Amputationen gackern, während sie im Kreis um mich herumflitzen und meine Freundin aus der Küche ruft: »Tasse Tee? Kannst du mir eine Tasse Tee machen, wenn du fertig bist?« Was aufreibende Nüchternheit wert ist, weiß man erst zu schätzen, wenn man sie nicht mehr hat.

»Bist du fertig?« Ursula sah vom Fenster aus zu, wie ich mit dem Rasenmäher im Schlepptau über die Wiese kam, ihn beim Zaun abstellte, Anstalten machte, ins Haus zu gehen, ihren Blick sah, umkehrte und erschöpft das verklebte Gras von Klingen und Wellen kratzte, wieder Anstalten machte, ins Haus zu gehen, ihren Blick sah, umkehrte, um das abgekratzte, verklebte Gras vom Hof zu fegen und in die Tonne zu stopfen, und dann mit stierem Blick nach vorn das Haus betrat.

»Ja, ich bin fertig.«

»Dann willst du nicht mit der Schere noch mal rundherum gehen?«

»Stimmt. Genau das meinte ich mit ›fertig‹.«

»Manchmal verstehe ich dich nicht. Dauernd geht das so … weshalb machst du deine Sache nicht ordentlich?«

»Weil es *bequemer* ist. So!«

Ursula bleibt die Peinlichkeit erspart, der Unangreifbarkeit dieses Arguments nicht widersprechen zu können, da das Telefon klingelt und sie sich eilig auf den Weg macht, um abzuheben. In einer wahrlich schockierenden Wendung der Ereignisse – einer dieser Fälle, die einen an allem zweifeln lassen, was man zu kennen glaubte – ist dieser Anruf tatsächlich für mich. Noch nie hat das Telefon in diesem Haus geklingelt, ohne dass es für Ursula gewesen wäre. Das findet sie bestimmt nicht lustig.

»Es ist Terry«, meint Ursula und reicht mir den Hörer in einem kläglichen Versuch, sich lässig zu geben – wie man vielleicht beiläufig zu jemandem »Hi« sagt, der einem am Vorabend eine Abfuhr erteilt hat. Terry Steven Russell ist übrigens mein Chef.

»Hi, Terry … Heute ist Sonntag.«

»Das brauchst du mir nicht zu erzählen. Hör mal, hast du heute Zeit, dass wir mal reden können?«

»Ich denke schon. Abgesehen von Laser Wars in einer Stunde oder so hab ich heute den ganzen Tag nichts vor.« (Ich sehe, wie Ursula in der anderen Ecke der Küche die Augenbrauen hochzieht, als wollte sie sagen: »So, glaubst du also.«

»Laser Wars? Prima. Passt doch. Dann sehen wir uns da. Bis dann.«

»Ja, bis …« Aber er hat schon aufgelegt.

»Was denkst du?«

»Nichts.«

»*Lügner.*«

Meiner Ansicht nach scheint Ursula auf geradezu ungesun-

11

de Weise davon besessen zu sein, was ich denke. Es kann nicht normal sein, jemanden so oft zu fragen, wie sie es tut. Im Grunde weiß ich, dass es nicht normal ist, denn ich bin normal, und ich frage sie praktisch *nie*, was *sie* denkt.

Offenbar darf ich niemals »nichts« denken. Eigentlich seltsam, wenn man bedenkt, wie oft sie mir – während eines Streits wegen etwas, das ich getan habe – »Ich fasse es nicht! Was geht nur in dir vor? *Nichts?*« an den Kopf knallt. In Wahrheit finde ich es total einfach, »nichts« zu denken. Praktisch ohne jede Anstrengung versetze ich mich in eine Art Zen-Zustand. Vielleicht ist »Zen« mein Naturell. Setz mich in einen Sessel, lass mich einfach nur allein, und – Zack! – schon bin ich »gezennt«.

Allerdings würde diese – wie man mir sicher zustimmen wird – ungemein eindrucksvolle Argumentation Ursula wie eine Panzergranate in Richtung Horizont abfliegen lassen. Für sie ist es schlicht unvorstellbar, dass ich einfach »nichts« denke. Eine Weile habe ich versucht, etwas in petto zu haben. Eine Art Notreserve. Eine Liste von Dingen, auf die ich zurückgreifen konnte, wenn meine Synapsen gerade nicht auf Vordermann waren. Beispielsweise:

»Was denkst du gerade?«

»Ich überlege, ob wir wohl jemals eine vereinheitlichende Theorie in der Physik finden werden. Oder ob die Kontroverse zwischen Newton'schen Prinzipien, Relativität und Quantenmechanik bis in alle Ewigkeit den Versuch zunichte machen wird, ein mathematisch vollständiges, universell anwendbares Ganzes zu erschaffen.«

»*Lügner.*«

Schon wieder eine Idee für die Mülltonne.

Bei dieser Gelegenheit jedoch, als ich dort auf dem Sofa saß und einige Augenblicke der Abgeschiedenheit genoss, bevor Jonathan und ich in den Laserkrieg zogen, war »nichts« zugegebenermaßen nicht wirklich das, was in meinem Hirn herumschlurfte und Steinchen kickte. In Wahrheit war es eher ein

»Ach, weißt du, eigentlich nicht viel«. Was bedeutete, dass ich mich in gewisser Weise fragte, weshalb Terry Steven Russell mit mir sprechen wollte, wo wir uns doch am nächsten Tag ohnehin bei der Arbeit wiedersahen.

»Okay. Und was denke ich?«, flehe ich.

»Ich weiß es nicht. Deshalb habe ich gefragt. Denkst du an das Haus, das wir uns angesehen haben?«

»Ja.«

»Nein, tust du nicht.«

Ich atme ganz langsam aus. Zu langsam wohl. Es beginnt als müdes Seufzen, aber nach einer Weile wird mir bewusst, dass ich, wenn ich fertig bin, etwas werde sagen müssen. Also mache ich immer weiter, bis ich meine Bauchmuskulatur nur noch verkrampfen kann, um das letzte bisschen Luft aus meinen Lungen zu pressen. Schließlich japse ich kurz, als würde ich auftauchen, und nutze den Sauerstoff, um »Was möchtest du nachher zum Abendessen?« hervorzuwürgen. Meine Chancen, dass es klappt, stehen zugegebenermaßen eher schlecht.

»Wir haben von diesem Haus gesprochen.«

»Nein, haben wir nicht.«

»Doch, haben wir.«

»Nein, haben wir nicht. Du hast mich nur gefragt, ob ich gerade daran gedacht habe.«

»Und du hast gesagt, das hättest du.«

»Und du hast gesagt, das hätte ich nicht.«

»Und hast du?«

»Ich kann mich nicht mehr erinnern.«

»Du *Lügner.*«

So können Ursula und ich den ganzen Tag verbringen (und trotzdem mault sie, wir würden nicht genug miteinander reden. Pfff – das soll einer mal verstehen). Zum Glück klingelt schon wieder das Telefon und rettet mich. Ursula unternimmt einen eindrucksvollen Versuch, mich mit einer Aura der Entschlossenheit zu mustern, die sagen will: »Ja, genau, das Telefon klingelt ... na und? Lass es klingeln. Ich versuche gerade, mit dir zu reden.« Andererseits ist es das *Telefon*. Dreimal Klingeln hält sie durch, dann kann sie nicht mehr und läuft nach nebenan, um den Hörer abzuheben.

Ich spitze die Ohren, um die entscheidenden ersten Momente mitzukriegen.

»Hallo.« Dann noch einmal: »*Hallo*.« Im zweiten Hallo schwingt deutlich Wiedererkennen und außerdem ein deutscher Tonfall mit. Eine von Ursulas deutschen Freundinnen ruft an. Puh. Edison? ... Ich könnte dich küssen.

Kommen wir also zum Thema Ursula. Klappen Sie Ihren Tisch hoch, und stellen Sie sicher, dass Ihr Gepäck in der Ablage verstaut ist ... hier kommt Ursula.

Ursula stammt aus Süddeutschland, aus der Nähe von Stuttgart, und ist einen Meter zweiundsiebzigeinhalb groß. Ganz schön groß für eine Frau, finde ich. In meinem Prä-Ursula-Leben, an das ich mich allerdings nur dunkel erinnere, blieben Freundinnen normalerweise freiwillig bei etwa einsdreiundsechzig bis einsfünfundsechzig stehen. Ursulas Ansicht nach lag es nur daran, dass ich faul und feige genug war, überhaupt mit englischen Frauen auszugehen (wobei sie »englische Frauen« auf eine Art und Weise hervorstieß, wie man sich aus Trotzkis Mund das Wort »Streikbrecher« vorstellt). Sie ist felsenfest davon überzeugt, dass einszweiundsiebzigeinhalb für Frauen absoluter Durchschnitt ist – im Grunde sogar etwas zur Kleinwüchsigkeit tendierend – und englische Frauen ihr Wachstum ganz offensichtlich mutwillig hemmen, um den englischen Männern (allesamt Trunkenbolde und Tagediebe) noch unterwürfiger zu erscheinen.

Da ich seit vielen Jahren mit Ursula zusammen bin, sehe ich sie mir natürlich nicht mehr so oft an. Ich registriere die Anwesenheit ihrer Silhouette, betrachte sie aber nicht mehr ernstlich. Einzig und allein zum Nutzen und Vorteil des Lesers werde ich nun jedoch im Kellergeschoss meiner Erinnerung herumstöbern, um nachzuforschen, wo ich ihre Physiognomie gelassen habe.

Ursula hat blaue Augen – nicht dieses kalte Blau, mit dem die Grafiker bei Frauenmagazinen mithilfe von Photoshop die Augen der Models auf dem Cover versehen (so dass man kaum noch in einen Zeitschriftenladen gehen kann, ohne das Gefühl zu haben, dass einen das halbe Dorf der Verdammten von den Regalen anstarrt), sondern so blau wie – sagen wir – manche Toilettenreiniger.

Unter Ursulas Augen befindet sich, wie gemeinhin üblich, die Nase. Ein kleines Ding, klein und rund. Ich kann mir Ursulas Nase ganz gut vorstellen. Möglicherweise liegt es daran, dass ich so viel Zeit damit verbringe, mir anzusehen, wie sie argwöhnisch daran entlang auf mich herabblickt.

Darüber hinaus besitzt sie enorm volle, hellrosa Lippen, hinter denen sich eine Reihe der weißesten, makellosesten Zähne befindet, die nicht unter hohem, persönlichen Risiko in Kalifornien von kieferorthopädischen Handwerkern angefertigt wurden. Kennen Sie diese Münder amerikanischer Schönheitsköniginnen? Die über einem Bikini auftauchen und erzählen, sie wollten blinde Kinder in den Zoo mitnehmen, nur um dann ein Lächeln aufzusetzen, das sämtlichen Betrachtern drei Hautschichten wegätzt? Nehmen Sie eine von denen, setzen Sie Lippen einer französischen Schauspielerin drauf, und sie haben Ursula zwischen Nase und Kinn.

Das wäre also Ursula als segensreich lautlose Fotografie. Eine schlanke, blauäugige Blondine mit *Baywatch*-Mund.

Überhaupt nicht mein Typ. Aber, na ja, ist nicht weiter schlimm (ich bin tiefsinnig genug, mich nicht von einer Frau abschrecken zu lassen, nur weil sie objektiv betrachtet anziehend ist).

»Ist es jetzt so weit? Gehen wir zu Laser Wars? Ich warte schon tausend hundert Stunden.« Jonathan steht mit einer Miene gequälter Ernsthaftigkeit vor mir. Er trägt rote Plastikgummistiefel, Hawaii-Shorts, das Oberteil seines Batman-Kostüms, einen Polizeihelm, der für ein Kind gedacht ist, das mindestens vier Jahre älter ist als er, einen Umhang, den er eigenhändig aus zwei Metern Blumenvorhang zusammengeschustert hat, und hält ein Lichtschwert in der Hand. Seine geringe Körpergröße verstärkt nur noch den Eindruck, dass jemand ein grausames, wissenschaftliches Experiment mit dem Ziel durchgeführt hat, die Village People auf ihre kleinstmögliche Form zu komprimieren.

»Ja, wahrscheinlich schon. Geh und zieh dir was weniger Verdächtiges an.«

»Wieso? Ich bin ein Jedi.«

»Na gut. Aber lass den Umhang hier. Du wirst drüber stolpern, und dann gibt deine Mutter wieder mir die Schuld.«

»Ohhhhhh ... ich behalt ihn erst mal an und lass ihn nachher im Auto, okay? Wenn ich meinen Umhang zu Hause lasse, kriegt ihn Peter und nimmt mir meine Macht.«

»Klug und weise bist du.«

Terry Steven Russell (eigentlich »TSR«, wie alle sagen) läuft aufgeregt im Foyer von Laser Wars auf und ab, als wir kommen.

»Ihr seid spät dran«, meint er.

»Nur etwa zwei Minuten, wir ...«

»Verschwende nicht noch mehr Zeit mit Erklärungen ... die Zeit ist um, okay? Komm schon. Hallo, Jonathan.« Er mustert Jonathans Outfit. »Tja, auf jeden Fall haben wir das Überraschungselement auf unserer Seite.«

Es ist ein Teamspiel. Unser Team besteht aus Jonathan, TSR, mir und einem pinkgesichtigen Vater mit seinen beiden pinkgesichtigen Söhnen. Ehrlich gesagt, glaube ich nicht, dass sie uns eine große Hilfe sein werden. Jetzt schon streiten sie darum, wer welche der beiden – identischen – Waffen bekommt.

Verdammte Amateure. Als wir in die eigentliche Arena kommen, ist Jonathan augenblicklich verschwunden. Er ist ein sensibles Kind und zieht es vor, sich irgendwo allein hinzuhocken und den Feind aus dem Hinterhalt zu beschießen. TSR kauert neben mir, die rosige Familie zu meiner Linken – und zankt sich immer noch um irgendwelche Kleinigkeiten.

»Könnt ihr vielleicht mal die *Klappe halten*?«, zischt TSR sie an. »Ihr kostet uns noch Kopf und Kragen!«

Mit gerunzelter Stirn sieht Vater Pink ihn an. »Immer mit der Ruhe. Ist doch nur ein Spiel.« Eine Antwort, die so atemberaubend danebenliegt, dass TSR und ich uns nur ungläubig ansehen und kopfschüttelnd bellende Lacher ausstoßen können.

»Oh-oh, jetzt kommt's … ab geht die Post. Halt dich ran, Soldat. Jetzt wird's ernst.«

Ein feindlicher Junge springt hinter seiner Deckung hervor und läuft uns wild feuernd entgegen. Sofort schießt ein einzelner Laserstrahl durch die Luft und trifft ihn direkt am Brustsensor. »Aaaaaahhhh!«, jault er enttäuscht.

»Heul doch«, ruft Jonathans Stimme irgendwo aus dem Dunkel.

TSR und ich springen abwechselnd hinter dem flachen Zylinder auf, den wir als Deckung benutzen, und halten den Feind mit kurzen Feuerstößen auf Abstand. Nach einer dieser wilden Salven geht TSR neben mir in die Hocke und blinzelt mich an. »Du weißt doch immer alles …« Es ist sinnlos, es abzustreiten, also hebe ich zur Bestätigung nur meine Augenbrauen. »Wie steht es mit Auslieferungsverträgen? Mit Brasilien hat Großbritannien doch keinen, oder?«

Ich springe hinter der Barrikade auf und gebe eine Salve von Laserstrahlen auf ein paar Angreifer ab. Einer springt in Panik hinter eine Kiste wie ein kindischer Achtjähriger (zugegebenermaßen sieht er tatsächlich aus, als wäre er erst acht), aber dafür treffe ich seinen Komplizen (der elf ist, wenn überhaupt) an der Schulter und schalte ihn aus.

Das getroffene Kind ist empört. »Das ist doch scheiße! Ich bin noch nie getroffen worden ... dieser Sensor ist doch total im Arsch!«

»Na, klar ...«, rufe ich aus meiner Deckung zurück. »Du gehörst mir!«

Ich wende mich wieder TSR zu. »Ich glaube, mittlerweile haben wir einen Vertrag mit Brasilien. Allerdings dauert es Ewigkeiten, bis solche Sachen ausgehandelt sind. Selbst jemanden aus Amerika auszuliefern – wo, zumindest mehr oder weniger, die gleiche Sprache gesprochen wird wie hier –, kann Jahre dauern. Diese Rechtsstreits nehmen einfach kein Ende, und ein fehlendes Komma in den Unterlagen kann heißen, dass die ganze Sache um weitere sechs Monate verschoben wird.«

»Mmmmm ...«, brummt TSR. Unsere linke Flanke macht den Eindruck, als würde sie selbst gegen eine Hand voll Quäker den Kürzeren ziehen. Vater Pink hat einige Probleme mit seiner Waffe, und Kind Pink eins und Kind Pink zwei haben offenbar beschlossen, in genau demselben Augenblick loszurennen. Der große Gott der Ungeschicklichkeit akzeptiert ihr Opfer lächelnd. Sie rennen geradewegs ineinander, stoßen mit den Köpfen zusammen und gehen heulend zu Boden, wo sie sich die Nasen halten.

»Wie sieht es mit Asien aus?«

»Also, China hat keine Gesetze. Bei denen gibt es nur das, was am jeweiligen Nachmittag als politisch opportun gilt. Überall sonst sind die Übergänge fließend, und die bloße Vorstellung eines intakten Rechtssystems scheint lächerlich, je weiter man sich von den Großstädten entfernt.«

»Verstehe. Bist du dir darüber im Klaren, was die beste Verteidigung ist?«

»Das, ›Major‹, dürfte der Angriff sein.«

»Allerdings. WooooooooaaaaaahhhhhHHHHHH – *gib mir Deckung*!«

Wie ein Sturmtrupp rollt TSR auf die freie Fläche. Ich beuge mich über die Plastikbrüstung und lasse jeden Gegner, der sich zu erkennen gibt, meine wütende Entschlossenheit spüren. Ich weiß nicht, ob ich es allein bin oder in Verbindung mit Jonathans Scharfschützenkünsten (der sich nach wie vor versteckt und mit der Umgebung verschmolzen ist), aber TSR läuft dem Gegner im Zickzack entgegen, ohne getroffen zu werden, während kaum einen Meter vor ihm Menschen wie glotzende Tiere auf dem Bauernhof niedergemetzelt werden, bevor sie noch Gelegenheit hatten, ihr Ziel oder ihre Nerven in den Griff zu bekommen. Es ist einer dieser Augenblicke, wie es sie vielleicht nur ein- oder zweimal im Leben gibt. Mir stockt der Atem, wenn ich nur daran denke.

Ich muss wohl nicht erst betonen, dass wir die Schlacht gewonnen haben. Um die Wahrheit zu sagen, war das Ganze ein durchschlagender Erfolg. Triumphal geradezu. Am Ende wurde unsere Freude ein wenig von einem Neunjährigen der Gegenseite getrübt, der sintflutartig losheulte. Anscheinend war es sein Geburtstagsausflug gewesen, und er hatte die ganze Zeit unwiederbringlich erschossen dagesessen, ohne selbst mehr als ein halbes Dutzend Schüsse abgegeben zu haben. Aber, hey, so spielt das Leben. So was stärkt ihn fürs nächste Mal.

TSR schoss mit dem Finger auf uns, als sich unsere Wege bei den Autos trennten. »Gute Arbeit, Gentlemen.«

Danach bekam ich ihn vielleicht nur noch zwei-, dreimal zu sehen.

Die Putzfrauen werden
nicht begeistert sein – so viel kann ich dir
schon mal verraten

Bevor die Mauer fiel, gab es in den Läden rund um den Ostberliner Bahnhof Friedrichstraße im Grunde nur Ramsch zu kaufen: Gedenklöffel, sozialistische Karamellbonbons, Schlüsselanhänger mit der Aufschrift »Mein Zweitwagen ist ein Ausdruck des Niedergangs sinnloser bourgeoiser Werte« – solche Dinge eben. In diesen Läden arbeiteten stämmige Mittfünfzigerinnen, die aussahen, als hätten sie die letzten fünfundzwanzig Jahre damit verbracht, auf einem Schlachthof Kühe totzuknüppeln. Die Läden gehörten ihnen nicht, und deshalb war es ihnen auch egal, ob sie täglich zweitausend dieser lustigen Kühlschrankmagnete »Stalinistische Säuberungsaktion« verkauften oder nur inmitten der immer gleichen Ware hockten, ultrastarke Warschauer-Pakt-Zigaretten rauchten und auf ihre Rente warteten. Grob geschätzt überstieg deren Arbeitsmoral die meine um etwa zwölfhundertfünfzig Prozent.

Also, es kommt mir nicht leicht über die Lippen, und deshalb sage ich es einfach rundheraus, okay?

Ich arbeite in einer Bibliothek.

So. Jetzt ist es draußen, und irgendwie fühle ich mich erleichtert. Vielleicht sollte ich doch noch hinzufügen, dass es sich dabei nicht um eine öffentliche Bibliothek handelt. Ach, was wäre das doch für ein wundervoller Traum! Schlummernde alte Männer mit Thermosflaschen in der Zeitungsecke, krumm und schief ausgeschnittene Handzettel für den Frauen-Fitness-Club im örtlichen Bürgerzentrum, Zugang zur lukrativen Liebesroman-Voranmeldungsliste – an einem solchen Ort könnte man still und leise den Verstand verlieren, ohne je weiter belästigt zu werden. Traurigerweise blieb mir die wohlige Wärme einer derartigen Bücherei verwehrt.

Vermutlich habe ich in einem meiner früheren Leben kleine Welpen mit einem spitzen Stock traktiert und bin deshalb in der Bibliothek der University of North-Eastern England gelandet. UoNE für ihre Freunde (die sich bei der letzten Zählung aus dem Vizepräsidenten, dem persönlichen Finanzberater des Vizepräsidenten und dem Besitzer des Schnapsladens beim Vizepräsident um die Ecke zusammensetzten).

Ihrem Format entsprechend hatte die UoNE ihr eigenes Logo (ein phosphoreszierend orangefarbenes »UoNE« in schattierten Blockbuchstaben über dem Motto – in krakeliger Schreibschrift, die »Modernität« und »Fortschrittlichkeit« symbolisieren sollte – »*Wir nehmen absolut jeden*« und auch ihre ganz eigenen Examenskurse, darunter »Studium der Rubbelkarten« oder aber »Eier und was man damit so anstellen kann«.

Ja, Verzeihung. Ich scherze.

Ich sagte, ich arbeite in der Bibliothek der UoNE, aber das war ein kurzer verbaler Ausrutscher. In Wirklichkeit arbeite ich im »Lern-Center«. Mit dem Begriff »Bibliothek«, wie jemandem als besonders traumatische Erscheinung bewusst geworden sein muss, assoziiert man einen Ort, an dem es Bücher gibt, wohingegen ein »Lern-Center« etwas ist, wo es neben Büchern noch andere Sachen gibt. Computer zum Beispiel. Sie verstehen das Problem. Man geht in einen Pub, und es stellt sich raus, dass es dort – was soll *das* denn? – sowohl einen Fernseher gibt, mit dem sich per Satellit der Sportkanal empfangen lässt, als auch Bier, und schon driftet alles, was man je über Semantik wusste, in unüberschaubares Chaos ab. Oder man fragt nach dem Weg zur Bibliothek, irgendeine Schlafmütze schickt einen stattdessen zum Lern-Center, und man erleidet einen Schock, dass einem die Haare ausfallen, man nie mehr stillsitzen und bis ans Ende seiner Tage keine funktionierende Beziehung mehr führen kann.

Mein Job im Lern-Center bestand an diesem Montagmorgen darin, dem Computer–Team als Supervisor vorzustehen. Glauben Sie bitte nicht, deshalb wäre ich so eine Art Computerfreak. Nein, ich rühme mich des Umstands, dass ich in Wahrheit kaum einen Schimmer hatte, was ich da überhaupt tat. Mit ein paar Phrasen kommt man in der IT-Branche ziemlich weit. »Ah, sieht aus wie ein Server-Problem«, beispielsweise, hat manchen Techniker jahrelang in Lohn und Brot gehalten. Eine weitere unschätzbare Strategie ist es, mitleidig lächelnd mit der Zunge zu schnalzen und den Namen des Computers, vor dem man steht, laut vorzulesen – »Ja, ja, die TX-Serie ist dafür berüchtigt« – das funktioniert mit allem, vom Mauspfeil, der sich nicht bewegen will, bis hin zu kleineren Bränden. Wenn man wirklich weiterkommen will, sollte man sich ein paar Minuten Zeit nehmen, die volle Bedeutung einiger Dutzend Akronyme zu verinnerlichen, was einen von (sagen wir mal) einem Schwachkopf mit Abschluss in Sozialgeografie und durchgeknallter deutscher Freundin in einen mächtigen Schamanen verwandelt. Lass gelegentlich fallen, dass das »http« in Web-Adressen *selbstverständlich* die Abkürzung für »Hyper Text Transfer Protocol« ist, und dein Chef wird daraus folgern, dass du vermutlich wesentlich mehr als nicht den leisesten Schimmer davon hast, wie ein Hyper Text Transfer Protocol funktioniert – und schon wird er nicht mehr wagen, dich wegen etwas derart Trivialem zu feuern, wie – sagen wir mal – dem Umstand, dass im ganzen Gebäude kein einziger PC funktioniert.

Der Meister dieser Kunst, ein Mann, der allgemein als größter Spruchkasper der IT-Industrie galt, war rein zufällig mein Vorgesetzter: TSR. TSRs Diagnose bei einem E-Mail-Problem entwickelte sich vor seinem Publikum zu einem derart glitzernden und ausschweifenden Lügenmärchen, dass mancher nicht nur überzeugt, sondern ehrlich bewegt nach Hause ging. Seine Fähigkeit, auf ein bloßes Fingerschnippen hin ein Drittel Tatsachen, eine erkleckliche Sammlung Halbwahrheiten und ganze

Salven aus der Hüfte geschossener Lügengeschichten zu einem zwingenden Argument zu verweben, war eine echte Inspiration für das Computer-Team. Wäre er auf der *Titanic* gewesen, hätte er alle Rettungsboote für sich allein gehabt, und die Leute an Deck hätten ihm noch versonnen hinterhergewunken.

Es hat nichts damit zu tun, dass er wie der Satan persönlich aussieht.

Ob das nun Absicht ist, bleibt unklar. Einiges davon dürfte als Laune der Natur gelten, allerdings war es *seine* Entscheidung, sich ein Oberlippenbärtchen mit spitzem Kinnbart stehen zu lassen, wie man ihn von Darstellungen des Finsteren Herrn der Unterwelt auf Holzschnitten aus dem vierzehnten Jahrhundert kennt.

Darüber hinaus ist er der ungeduldigste Mensch der Weltgeschichte. In seinem ganzen Leben hat Terry Steven Russell noch nie das Piepen seiner Mikrowelle gehört.

Damals waren wir beide das pulsierende Hirn des Computer-Teams. Unter uns arbeitete eine Bande ernstlich Furcht einflößender, semi-resozialisierter Hacker – Raj, Brian und Wayne. Jeder dieser drei beeindruckte beim Einstellungsgespräch damit, dass er die Gewissheit weckte, er würde, wenn wir seine Energien nicht innerhalb der UoNE bündelten, zweifellos früher oder später einen computer-generierten, internationalen Raketenbeschuss auslösen. Während der ganzen Zeit, die ich nun mit ihnen zusammenarbeite, habe ich alles in allem etwa zwölf bis sechzehn Worte von dem verstanden, was sie gesagt haben. Und das liegt nicht nur daran, dass sie fast ausschließlich unverständlichen Blödsinn reden …

»Schönes Wochenende gehabt, Wayne?«

»Hab mein TCP/IP-Stack getunt – gab ein *fieses* Socket Buffer Problem.«

… sondern auch, weil sie nicht – nun ja – *sprechen* konnten. Sie murmelten vor sich hin. Die Worte erstarben schon am *Anfang* ihrer Sätze. Jeder für sich genommen war genial, keine

Frage. Aber es ist ein echter Glücksfall, dass man mittlerweile übers Internet auch Mahlzeiten bestellen kann, denn ich glaube kaum, dass auch nur einer von ihnen einen Laden betreten und mit ausreichender Deutlichkeit »Ich möchte eine Dosensuppe« sagen könnte, um sich vor dem Hungertod zu retten.

Noch weiter unten in der Hackordnung standen die studentischen Hilfskräfte, gewöhnliche Studenten, die nach Stunden bezahlt wurden und an vorderster Front technischen Beistand leisteten. Glücklicherweise sorgte der Wunsch, sich im Lagerraum heimlich zu bedienen, dafür, dass keiner seine Schicht versäumte.

Die gebündelten Expertenkenntnisse des gesamten Teams waren heute auf eine Krise konzentriert. Während einer normalen Acht-Stunden-Schicht erlebt ein durchschnittliches britisches IT-Team etwa zwei kapitale Krisen. Hier an der UoNE brüsteten wir uns damit, dass wir diese Trefferquote bisher regelmäßig verdoppeln konnten. Die heutige Vormittagskatastrophe war, dass der E-Mail-Server nicht funktionierte.

»Repariert!«, befahl TSR unseren drei weisen Hackern, da in seinem Universum nicht genug Zeit war, das Wort »das« anzufügen.

Ich setzte ein autoritäres »Ähmmmm ...« hinterher, welches sich im Lauf der Zeit in »Ähm ... Ähm, was glauben wir denn, was das Problem sein könnte?« verwandelte.

»Ich schätze, es sind Aliens«, antwortete Wayne. »SETI unterschlägt seit Jahren die Notrufe aus dem All. Jetzt zahlen sie es uns heim.«

»Okay. Brian.«

»Ich schätze, das Server-Rack ist hochgegangen.«

»Raj?«

»Ich stimme Wayne zu – das waren bestimmt Aliens.«

Ich hörte, wie TSR hinter mir zu schnaufen begann. Ich sandte einen so leidenschaftlichen Wieso-immer-ich-Blick himmelwärts, wie ich nur konnte. »Gut. Brian – sieh dir die

Racks im Server Room an. Raj – stell fest, ob noch jemand im Super-JANET-Network Probleme hat, oder ob wir die Einzigen sind. Wayne … Wayne – kümmer dich um die Sache mit den Aliens.«

Sie verließen das Büro im Gänsemarsch und ließen TSR und mich allein in unserer Kommandozentrale zurück.

»Das hier ist ein Scheißzirkus«, sagte er und deutete mit dem Finger immer wieder auf den Boden vor seinen Füßen, um seiner Empfindung Nachdruck zu verleihen (wobei ich vermutete, dass er die Universität als Ganzes meinte, und nicht nur diese eine Stelle auf dem Teppich).

»Ja.« Ich nickte unbehaglich. »Und Clowns sind auch echt unheimlich, oder? Ich kann mir beim besten Willen nicht vorstellen, wie sich jemals einer einen Clown ansehen und denken konnte: ›Ha! Du hast dir dein Gesicht bemalt! Hör bloß auf – ich lach mich tot.‹ Vielleicht früher, als man noch Familienausflüge zu öffentlichen Exekutionen machte, mag es einen entspannenden Lacher ausgelöst haben, aber heutzutage scheiß ich mir vor Angst fast in die Hosen.«

»Kannst du dir vorstellen, dass es mir jetzt nicht noch schlechter gehen würde als vorher, wenn du einfach nur mit ›ja‹ geantwortet hättest?«

»Na klar. Wenn du mich so direkt mit der Nase drauf stößt. Und wo wir gerade dabei sind: Was sollte das eigentlich gestern mit den Auslieferungsgesetzen?«

»Was soll damit sein?«

»Ja, genau. Was soll damit sein? Ich weiß, dass ich kein sonderlich ausgeprägtes Sozialleben habe, aber die Gelegenheiten, bei denen ich mich mit jemandem bei Laser Wars getroffen habe, um Fragen des internationalen Rechts zu erörtern, kann ich an einer Hand abzählen.«

»Ich wollte es nur wissen.«

»Du wolltest es ›nur wissen‹? Die Auslieferungsgesetze? Am Sonntagmorgen?«

»Komm schon, tu doch nicht so, als wäre es dir noch nie so gegangen.«

»Okay, okay, spiel ruhig den Geheimnisvollen. Du wirst schon sehen, was du davon hast.«

»Die Weiber stehen drauf.«

»Ach, ich brauch den ganzen Firlefanz nicht mehr. Von dem Markt hab ich mich zurückgezogen. Jetzt gibt es nur noch Ursula und mich, und wir werden gemeinsam alt.«

»Und das ist besser?«

»Ja, es ist effizienter. Mit Ursula wird man viel schneller alt.«

»Na, meinetwegen. Ich muss jetzt mal zu Bernard. Hab keine Zeit rumzukaspern, nicht jetzt ... ich werde Bernard einen Lagebericht abgeben, damit er den Profis was erzählen kann, wenn die anfangen rumzujammern.«

Bernard Donnelly war unser zartbesaiteter Lern-Center-Manager.

»Was willst du ihm sagen?«, fragte ich.

»Meine Güte, woher soll ich das wissen? Ich habe es ja noch nicht gesagt. Alles andere ist okay, oder? Ich will nicht noch mal gestört werden.«

»Ja, ich denke schon. Zwei Aushilfsstudenten haben heute und morgen ihre Nachtschichten getauscht. Glaube ich.«

»Glaubst du?«

»Die beiden studieren Agrartechnologie und gehören zu unserem ostasiatischen Kontingent. Bei denen verstehe ich nur jedes fünfte Wort, und damit liegt meine Trefferquote bestimmt doppelt so hoch wie ihre, was meine Anweisungen betrifft. Jedenfalls haben sie genickt, bevor sie wieder in diese stille, stoische Trübsal versunken sind, die asiatische Studenten aus unerfindlichem Grund anscheinend bevorzugen.«

TSR sah mich an. »Ja«, sagte er zu sich selbst. »Ist aber nicht unser Problem, oder?«

»Tja ...«

Er verließ das Büro. Es war, als drehte jemand die Gasflamme unter einem Topf mit kochender Milch herunter. Mein natürlicher Zustand, in den ich verfalle, wenn ich nicht irgendwie aufgeheizt werde, ist lauwarm. Es reicht mir, bei Zimmertemperatur herumzuhängen, mehr oder minder mittig zwischen den flackernden Flammen des Wahnsinns und den kalten Fluten der Depression. Allein TSRs Anwesenheit genügte jedoch, meine Nerven zum Arbeiten zu bringen. Manche Leute lassen andere ihre Launen spüren. Ich denke, das nennt man Charisma. Ich selbst besitze kein Charisma. Aber ich bin echt gelenkig – ich kann meine Daumen zurückbiegen bis zu den Unterarmen – was einem Charisma doch wohl sehr nahe kommt.

Nach ein paar Minuten las ich auf meinem Bildschirm: »Sie haben 217 neue E-Mails.« Anscheinend lief der Server wieder. Yo.

Leider konnte ich mich nicht lange am wärmenden Glanz der Apathie erfreuen, die unser Erfolg mit dem E-Mail-Server mit sich brachte, da ich durch das Fenster meines Büros Karen Rawbone kommen sah.

Freundlicherweise ließ Karen einem kaum Zeit, darüber in Depressionen zu verfallen, da sie stets mit besorgniserregender Geschwindigkeit auf einen zuschoss. Am schwersten fiel es mir allerdings, meine instinktive Reaktion auf etwas zu unterdrücken, das sich mir mit einer solchen Geschwindigkeit näherte. Ich gab mir alle Mühe, nicht schützend beide Arme vors Gesicht zu werfen. Sie war klein, mit kurz geschorenem, schwarzem Haar, so dass ihr Kopf fast wie ein abgebranntes Streichholz aussah, und nur *eine Idee* pummelig, was allerdings nicht weiter aufgefallen wäre, hätte es nicht in derart gespenstischem Gegensatz zu ihrer affenartigen Geschwindigkeit gestanden. Sie arbeitete als »Lern-Center-Vertrauensfrau« bei uns, was bedeutete, dass sie zwar ausgebildete Bibliothekarin war, aber keine Verantwortung für eine bestimmte Abteilung trug und sich stattdessen »für studentische Belange in allen Bereichen einsetzte«. Schon von Natur aus fand sie sich wichtiger als alle anderen, und ihre Stellung bot ihr eine passende Ausrede, dieser Tatsache entsprechend Ausdruck zu verleihen.

»Pel«, sagte sie.

»Karen, du bist durch die Tür hereingeschwebt. Ich dachte, das könnten Vampire nur, wenn sie dazu aufgefordert werden«, sagte ich – nach heftigem inneren Kampf – doch lieber nicht.

»Karen«, erwiderte ich stattdessen.

»Pel, du wirst es nicht glauben, hahaha …« Sie gehörte zu diesen Leuten, die dauernd grundlos lachen. Am liebsten hätte ich sie in ein Fass mit Fleisch fressenden Ameisen gesperrt. »… aber ich werde morgen drüben im Kunstseminar eine Einführung für Studenten halten. Du müsstest also Laptop, Projektor, Modem und Schautafeln rüberschaffen. Und etwa sechs Kartons mit Unterlagen müssten auch mit. Los geht es um neun Uhr früh. Du findest mich in einem der Räume im ersten Stock.«

»Wenn's sein muss …«, knurrte ich.

Entgeistert starrte sie mich an.

»Wenn's sein muss, kann man sich auf Pel verlassen. Das weißt du doch.« Ich bleckte die Zähne. »Im ersten Stock?«

»24A – liegt am Ende des Korridors. Oh, und könntest du noch ein paar Sachen aus Pierres Büro mitbringen? Hahaha. Er hat da einige Skulpturen, die den Gegensatz der stofflichen Beschaffenheit von Blei und Roheisen darstellen sollen. Die Hausmeister wollen sie nicht schleppen, weil sich beim letzten Mal jemand dabei einen Wirbel angeknackst hat, und jetzt ist die Gewerkschaft an der Sache dran. Die haben einen Riesenaufstand gemacht. Ich hab gesagt: ›Meine Güte, vergesst es doch, *Pel* wird es schon richten … kein Problem.‹ Es ist, als würden sie die Probleme *suchen*, aber wirklich.«

Pierre war Dozent für Grässliche Bildhauerei drüben am Kunstseminar. Ich war ihm erst ein paar Mal begegnet, wusste aber noch, dass er einem unablässig in die Augen starrte und bei Gesprächen, egal zu welchem Thema, ständig unangenehm lange Pausen entstehen ließ. Wahrscheinlich glaubte er, es machte ihn »intensiv«.

»Okay, ich geh morgen früh rüber und baue alles auf«, wollte ich sagen, kam aber nur bis »O …«, als die linke Scheibe meines Bürofensters nach innen explodierte, so dass Splitter auf meinen Schreibtisch prasselten und über den Teppich hüpften. Das machte mir keine allzu großen Sorgen, da sich meine Aufmerksamkeit in erster Linie auf die beiden Studenten richtete, die durch das gezackte Loch in der Scheibe geflogen kamen, meinen Monitor umstießen und direkt auf meinem Schoß landeten – mit dem Resultat, dass der Schwung uns auf meinem mit Rollen versehenen Schreibtischstuhl rückwärts gegen einen blechernen Vorratsschrank an der hinteren Wand katapultierte. Abgesehen davon, dass der Aufprall einen Lärm verursachte, der dreimal so laut war, als man erwarten würde, kam der Schrank ins Wanken, so dass die prügelnden Studenten zu Boden fielen. Es war reines Glück, da ein Hewlett Packard 840C-Drucker, der oben auf dem Schrank gestanden hatte, herunterfiel und sie ernstlich hätte verletzen können, wären sie nicht gerade noch rechtzeitig abgerollt, so dass der Drucker zwischen meinen Beinen landete. Ich nutzte die Gelegenheit und warf mich ebenfalls zu Boden.

Eine Weile war ich im Halbdunkel meiner Gedanken mit mir allein, dann kam ich hoch und kauerte auf allen vieren. Wegen der Tränen in meinen Augen erkannte ich die Studenten nur undeutlich. Sie sahen mir nicht so sehr wie zwei ringende Menschen aus, sondern eher wie eine verschwommene, hyperaktive Amöbe, die durch das Büro rollte und zuckte.

»Hey«, quiekte ich. »Was macht ihr da eigentlich?«

»Dieses Arschgesicht hat meine Hausarbeit gelöscht!«, keifte der obere Student zurück und machte deutlich, welchen Dreckskerl er meinte, indem er ihm mehrmals ins Gesicht schlug.

»Fffmiminak!«, presste der untere Student hervor. Eine wirkungsvolle Antwort, der es an Deutlichkeit mangeln mochte, was er jedoch mit heftigem Bluten wettzumachen wusste. Dann jedoch setzte er das einmütige Mitgefühl aufs Spiel, indem er neben sich nach dem zerschmetterten Drucker griff und seinem Gegner den Papiereinschub an den Kopf knallte. Allerdings fasste dieses Modell nur fünfzig Blatt, so dass es schlimmer hätte enden können.

Aus dem Augenwinkel sah ich, dass Karen noch immer da stand und mit der Schuhspitze Scherben hin und her schob. »Vielleicht wäre es eine gute Idee, den Sicherheitsdienst zu rufen«, meinte ich, bevor ich mich wieder den beiden WWF-Aspiranten zuwandte. »Hört auf damit. Hört endlich auf, alle beide ... wir sind hier doch nicht bei der Studentenvertretung.« Sie schubsten sich gegenseitig und kamen wacklig auf die Beine. Ich würde mir gern einreden, dass es an meiner Ehrfurcht gebietenden Gegenwart lag, aber anscheinend ging den beiden einfach die Luft aus. »Okay, was ist hier ...«, ich deutete in die Runde, »... los?«

Daraufhin bekam ich die übliche Geschichte über eine gewisse Uneinigkeit darüber zu hören, wer einen PC benutzen durfte. Als ich damals in der Bibliothek anfing, war diese von neun bis fünf geöffnet und besaß fünf PCs, die für gewöhnlich etwa acht Studenten nutzen wollten. Heutzutage war das Lern-Center – bei etwa gleicher Studentenzahl – vierundzwanzig Stunden täglich geöffnet, sechs Tage die Woche (sonntags zweiundzwanzig Stunden), besaß über 370 PCs, die normalerweise etwa fünfhundert Studenten benutzen wollten. Jeder Einzelne von ihnen war von brennender Ungeduld getrieben, was daher rührte, dass er erst eine Viertelstunde vor dem Abgabetermin seiner Hausarbeit am PC eintraf. Was natürlich nicht heißen soll, dass sie sonst nie vor den Computern saßen. Ganz und gar nicht. Manchmal verbrachten sie so viel Zeit mit Online-Chatten, dass kaum noch Gelegenheit blieb, Spiele zu spielen oder Pornos runterzuladen. Aber kein einziges Mal kamen sie früher als eine Viertelstunde vor ihrem Abgabetermin, um ihre Hausarbeit abzutippen und auszudrucken. Ich schätze, es ist wohl eine hormonelle Frage.

Unweigerlich passierte es, dass ein Student, der gerade bei der Arbeit war, seinen PC verließ, um zur Toilette zu gehen, eine Zigarette zu rauchen oder ein Päckchen Potenzpillen oder irgendwas zu kaufen. Da dieser Student nun weg war, wurde ein anderer Student ganz zappelig, weil da ein PC »frei« wurde und auch er seine Hausarbeit in einer Viertelstunde abgeben musste. Also stapfte er hinüber, loggte den PC aus (wobei die Hausarbeit des ersten Studenten komplett verloren ging – weil er natürlich keine Sicherungskopie angelegt hatte), loggte sich ein und begann seine eigene Hausarbeit einzutippen. Dann kam der erste Student zurück, es kam zu einer Auseinandersetzung, und am Ende flogen die beiden Streithähne schreiend, kratzend und beißend durch die Scheibe meines Büros. Übrigens hatten wir ein Reservierungssystem, aber die Studenten fanden es wohl unerträglich kleingeistig, es zu benutzen.

Die beiden erzählten gerade ihre öde Geschichte zu Ende, als die Männer vom Sicherheitsdienst eintrafen. Erst kürzlich hatte das versammelte Sicherheitspersonal den Kursus »Menschenführung« absolviert, den eine quirlige junge Frau von der Personalabteilung abgehalten hatte. Daher vermieden es die beiden Männer klugerweise, sich in irgendeiner Weise aggressiv zu gebärden, was diese Situation nur unnötig angeheizt hätte. Mit den Händen in den Hosentaschen kamen sie gemächlich aus dem Lift geschlendert und plauderten über Fußballergebnisse.

»Tsk«, machte der eine, als er sich das Büro ansah. »Kommt schon, Jungs.« Worauf alle gemeinsam hinauslatschten.

»Für morgen früh um neun ist also alles geklärt?«, fragte Karen.

»Ja. Ich kümmere mich drum.«

Sie verließ das Büro, schob sich an Raj, Wayne und Brian vorbei, die gerade wiederkamen, nachdem sie erfolgreich den Mail-Server repariert und die Aliens neutralisiert hatten. Mit großen Augen sahen sich die drei lange um, bis schließlich Wayne die Sprache wiederfand.

»Cool!«

Location, Location, Location

Von oben gesehen ist der Kopf meines Erstgeborenen ein fast makelloses Oval. Darauf breitet sich ein Flaum von semmel-blondem Haar aus – das hat er von seiner Mutter. Die Strähnen sind extrem dünn, reagieren auf den leisesten Windhauch und schillern, sobald die Sonne darauf fällt. In meiner Brieftasche trage ich ein Foto von seinem kleinen Gesicht bei mir, das ich mir hin und wieder ansehe, um meine Erinnerung aufzufrischen. Das echte Gesicht bekomme ich nicht mehr zu sehen, da mein Erstgeborener (Jonathan – »Jon« für seine Kumpel) mitt-lerweile sechs ist und seit kurz nach seinem fünften Geburtstag im gleich bleibenden Winkel von fünfundvierzig Grad über seinem Gameboy kauert.

Der Kopf meines Zweitgeborenen (Peter, drei Jahre alt) ist runder. Sein Haar ist noch beängstigender semmelblond als das seines Bruders, allerdings kräftiger. Es fliegt nicht so leicht wie Jons Haar, sondern steht stattdessen aufmüpfig in alle Rich-tungen vom Kopf ab. *Seinen* Kopf sehe ich nur von oben, weil er so klein ist. Er ist ein wahrer Springinsfeld, der ständig an mir vorbeitrippelt, weil er dringend irgendwo anders in seiner hüfthohen Welt gebraucht wird.

Was das Temperament betrifft, sind die beiden derart grund-verschieden, dass man ohne Hintergrundwissen glauben könn-te, Jonathan sei der Sprössling einer weltabgewandten Dichter-seele, während Peter von Wölfen großgezogen wurde. Jonathan ist emotional und introvertiert, Peter will um jeden Preis ler-nen, wie man einen Menschen mit bloßen Daumen tötet. Ich erkenne mich und Ursula deutlich, sehr deutlich, in allen beiden. Ursula behauptet, die beiden sind genau wie ich. Ob sie es mir eigentlich öfter lächelnd ins Ohr säuselt oder offen ins Gesicht schreit und dabei wütend mit dem Finger Löcher in die Luft sticht, kann ich nicht einmal sagen.

Ursula, Jonathan, Peter und ich bewohnen gemeinsam ein viktorianisches Reihenhaus mit zwei Schlafzimmern. Da die Lage dieses Hauses einigen Einfluss auf das nimmt, was noch kommen wird, sollte ich wohl besser erklären, wieso wir dort wohnen.

Vor etwas über acht Jahren kamen Ursula und ich aus Deutschland zurück, wo wir bis dahin gelebt hatten. Sie fand problemlos einen Job – sie ist Physiotherapeutin. Damals war Großbritannien in Sachen qualifizierter Physiotherapeutinnen etwas unterbesetzt, und da sie aus Deutschland kam, war sie besonders gefragt, denn ihr eilte der Ruf voraus, keinerlei Rücksicht auf etwaige Zimperlichkeiten zu nehmen und erkrankte Gliedmaßen schmerzlich in alle Himmelsrichtungen zu verdrehen, was wohl auch der Sinn und Zweck eines Physiotherapeuten sein dürfte. Bemerkenswerterweise (angesichts meines Examens in Sozialgeografie und eines Lebenslaufs, dessen Höhepunkt meine Zeit als Gitarrist in einer Pub-Rockband darstellt) fand auch ich einen Zyniker, der bereit war, mich einzustellen. Ich arbeitete in der Medizinischen Bibliothek eines Ausbildungskrankenhauses.

Problematisch war nur, dass Ursula und ich in verschiedenen Sphären lebten. Und diesmal nicht nur metaphorisch gesehen. Ursula hatte es geschafft, ein Zimmer im Schwesternheim des Krankenhauses zu ergattern, in dem sie arbeitete. Als ich das Gleiche in meinem Krankenhaus versuchte, begegnete mir nur eine undurchdringliche Mauer wissender Blicke. Daher blieb mir nichts anderes übrig, als bei Freunden einzuziehen – Martha und Phill, die gerade ihr erstes Haus kauften, etwas Geld nebenbei gebrauchen konnten und sich eher wie eine Familie fühlten, wenn ich auf ihrem Sofa saß, ein Fischstäbchen-Sandwich kaute und (mit der Fernbedienung auf die Glotze gerichtet) fragte: »Will das eigentlich jemand sehen?« Fraglos brauchten Ursula und ich eine Wohnung für uns allein, eine Gladiatorenarena, in der wir aneinander wachsen konnten.

Also habe ich mich umgesehen und Folgendes festgestellt: Häuser sind scheißteuer. Nein, mal ehrlich – sie kosten *Hunderttausende* Pfund. Ich hab viel Zeit damit verbracht, mir die Nase an den Schaufenstern von Immobilienbüros platt zu drücken und mit tintenschwarzen Fingern über die Immobilienseiten von Zeitungen zu fahren, in der Hoffnung auf: »Einzelhaus mit drei Schlafzimmern in gefragter Lage. Besitzer hat aufgrund von Problemen mit der Hirnanhangdrüse den Verstand verloren und schenkt das Haus dem Ersten, der mit einer Wurmkur und etwas Drahtwolle vor der Tür steht.«

Die tägliche Enttäuschung darüber, etwas Derartiges nicht zu finden, ließ mich um Jahre altern.

Schließlich lernte ich – nach guter, alter englischer Tradition – jemanden im Pub kennen.

Dieser fragliche Jemand betrog auf beeindruckend unverfrorene Weise beim Billard, aber – was entscheidender war – er arbeitete für eine Wohnungsbaugenossenschaft. Die Regierung subventionierte Reparaturen an Häusern, die anderenfalls zunehmend dem Verfall anheim gefallen wären und im Urin gelangweilter Jugendlicher zu versinken drohten. Man ermutigte Privatfirmen, diese Häuser zu erwerben, dafür zu sorgen, dass Strom, Gas usw. keine potenziell tödliche Gefahr mehr darstellten, dass etwas Farbe an die Wände kam und billige Teppiche verlegt wurden, um sie dann zum Selbstkostenpreis zu verkaufen. Sie verdienten ihr Geld an den Subventionen, nicht am Hausverkauf. Also – ein Haus, in das man direkt so reinspazieren kann, ohne dass noch etwas renoviert werden muss: 18.000 Pfund. Herzlichen Dank, das nehme ich.

Ich spürte die Wohnungsbaugenossenschaft auf und vereinbarte einen Besichtigungstermin in einem frisch renovierten Häuschen. Es war ein kühler, sonniger Mittwochmorgen, als ich den ersten Blick auf das warf, was später einmal unser Zuhause werden sollte. Die Straße selbst war wenig bemerkenswert – zu beiden Seiten standen Reihenhäuser mit winzigen Vorgärten – und sah im Sonnenschein wie die Straße aus, in der Mr. Bean wohnt. Am Ende beschrieb sie eine Kurve um ein riesiges Krankenhaus im viktorianischen Stil. Der Bau sah aus, als hätte Gott persönlich dieses finstere Rechteck auf die Erde geworfen. Ein großer, schwarzer Sarg, dessen Ausmaße einen schon beim bloßen Ansehen zu Boden drücksten. In der anderen Richtung waren die Häuserreihen lediglich von zwei Läden unterbrochen, die einander gegenüberstanden. Der eine war ein stinknormaler Zeitungs-/Schnaps-/Lebensmittelladen, der bis um zehn Uhr abends geöffnet hatte, wohingegen es sich bei dem anderen um einen stinknormalen Zeitungs-/Schnaps-/Lebensmittelladen handelte, der bis um zehn Uhr abends geöffnet hatte. Wie sie beide überlebten? Ich habe keinen blassen Schimmer.

Der Mann von der Wohnungsbaugenossenschaft – nennen wir ihn Sexton – wartete schon vor der Hausnummer 74 in der St. Michael's Road, als ich eintraf. Er war Ende vierzig und war es vielleicht schon immer gewesen. Er stand leicht gebückt da, wie es die Furchtsamen und Hochgewachsenen bisweilen tun, als fürchtete er, seine Körpergröße könne ihn zur Zielscheibe machen, wenn er sich nicht bedeckt hielt.

Er führte mich ins Haus, wobei er irgendwelches Zeugs faselte, das er sich auf der Fahrt offenbar zurechtgelegt, dann aber halb vergessen hatte. Das Innere des Häuschens glich einem Palast. Ein wahres Refugium aus Raufasertapeten und seltsam blauen Teppichen, so frei von jeglicher Naturfaser, dass man nur eines der Zimmer zu durchqueren brauchte, um mit der statischen Energie ohne weiteres sämtliche Mikrowellenöfen Nordenglands betreiben zu können – als ich im Wohnzimmer ankam, hatte ich einen Afro.

»Falls es Ihnen gefällt, könnten wir es für Sie zurückhalten, bis Sie die Hypothek ausgehandelt haben«, sagte Sexton. »Allerdings bräuchten wir natürlich eine Vorauszahlung.« Nervös biss er auf seiner Unterlippe herum. »Hundert Pfund.«

Ich versuchte ein argwöhnisches »Hmmmm …« Was jedoch als begeistertes kleines Jaulen aus meinem Mund kam.

»Ich habe ein Heim für uns gefunden«, erklärte ich Ursula. Ich hatte extra »Heim« statt »Haus« gesagt. Frauen stehen auf solche Sachen.

»Wo liegt es?«

»Sehr zentral. Du könntest losgehen und dir mal eben einen Mixer kaufen, wenn dir danach ist.«

»Hat es Zentralheizung?«

»Ist eingeplant.« Ich holte etwas Milch für den Tee aus dem Kühlschrank der Schwesternheim-Gemeinschaftsküche und übermalte mit dem Filzstift, den ich speziell für solche Zwecke bei mir trug, die Markierung an der Flasche, die anzeigen sollte, wem die Milch gehörte. »Wir können direkt einziehen und uns vor den Fernseher setzen. Es ist komplett renoviert. Strom, Fenster, alles da.«

»Wovon sollen wir das bezahlen?«

»Pfff … achtzehntausend Pfund. Wir können froh sein, wenn uns die Inflation nicht überholt. Bei einer Laufzeit von fünf Jahren glauben die noch, wir trödeln rum.«

Ich sah, dass Ursula über die Tragweite dessen nachdachte, was ich gerade erzählte. Es ist immer ratsam, so etwas im Keim zu ersticken.

»Es hat auch ein richtig großes Badezimmer«, fuhr ich fort. »Absolut riesig. Da drin könnten wir Partys feiern.«

»Wie viele Schlafzimmer?«

»Zwei, aber es kommt einem vor wie drei.«

»Wie – wenn ich mal fragen darf – können einem zwei Schlafzimmer vorkommen wie drei?«

»Auf emotionaler Ebene.«

»Na dann.«

»Hör mal, entscheidend ist doch, dass es hübsch ist und nur achtzehntausend Pfund kostet. Achtzehn. Tausend. Pfund. Es gibt brennende Häuser, die mehr kosten. Komm schon. Was sagst du?«

»Oh … okay. Okay, gemacht. Aber ich möchte, dass du eins weißt: Wenn irgendwas schief geht, ist es deine Schuld.«

»Da geht nichts schief.«

»Es ist mein Ernst. Ich werde dich zur Verantwortung ziehen.«

»Solange du dich dabei ausziehst, Liebste.«

»Nimm die Finger weg. Du verschüttest meinen Tee.«

Mit dem Plunder aus Ursulas Einzelzimmer im Schwesternheim war unser Haus bereits voll. Wann immer man einen ihrer Kartons öffnete, war es, als risse man einen Fallschirm auf. Kaum hatte ich ein Band durchschnitten, regnete es schon Erinnerungsstücke auf mich herab. Jedes einzelne davon atemberaubend nutzloser Mist.

Ursula ist nicht wie ich. Für mich ist Anstrengung eine letzte Reserve, etwas, das zum Einsatz kommt, wenn es wirklich keine andere Möglichkeit mehr gibt. Für mich ist Halbherzigkeit immer noch ein Viertel zu herzig. Sie dagegen stürzt sich auf alles, was sie tut, mit dem rückhaltlosen Einsatz eines Sprinters, der den Zieleinlauf vor Augen hat. Zu meinen Plänen für das Haus zählte, ein Sofa zu kaufen und mich darauf zu setzen, während Ursula gewillt schien, erst mal anzubauen.

Vor allem war da der Garten. Ich hatte mir nicht einmal die Mühe gemacht, einen Blick aus dem Fenster zu werfen, als Sexton mich herumführte. Ich bin kein Gartenmensch. Als wir uns das Haus zusammen ansahen und ich auf Ursulas Anweisung hin einen Blick hinten auf den Hof warf, wurde klar, dass man ihn wohl kaum mit einem Rasenmäher in den Griff bekommen würde, sondern nur mit mehrmonatigem Bombardement.

»Okay«, sagte ich, wohl wissend, dass es sich nicht umgehen ließ, »ich werde alles niederhacken und dann ein bisschen Kunstrasen verlegen.«

»Red keinen Quatsch.«

»Tu ich nicht. Das Zeug kostet nicht mehr als normale Soden.«

»Ich will echtes Gras.«

»Kunstrasen ist besser als echtes Gras. Er wurde extra dafür entwickelt, dass er besser ist als echtes Gras. Es gibt nur einen einzigen Grund für seine Existenz, und der ist, dass er das Gras auf eigenem Boden übertrumpft.«

»Du willst nur etwas, das du nicht mähen musst.«

»Na und? Bin ich deshalb ein geniales Arschloch, oder was?«

»Das Wort ›Genie‹ scheint mir in diesem Zusammenhang doch eher unangemessen. Du wirst nur träge werden. Aber das bist du ja sowieso, und trotzdem will ich keinen Garten mit Plastikgras. Es ist unnatürlich.«

»Wer will was Natürliches? *Das da ...*«, ich deutete mit theatralischer Geste auf den Garten. »*Das* ist natürlich. Und, ehrlich gesagt, will ich lieber gar nicht wissen, was für üble Kreaturen dort hausen. Außerdem: Wieso sollte ich den Rasen mähen wollen? Ich hab auch nichts gesagt, als es um die Waschmaschine ging. Ich habe nicht gesagt: ›Du hast bloß keine Lust, unsere Klamotten auf einem Stein auszuschlagen, du faule Tussi‹, oder hab ich das?«

»Nenn mich nicht Tussi.«

»Das habe ich doch gar nicht.«

»Wir nehmen echtes Gras.«

Als Kompromiss nahmen wir echtes Gras.

Die Inneneinrichtung des Hauses glich einem endlosen Beutezug. Beispielsweise mussten Bett und Kühlschrank angeschafft werden, was ich schon erwartet hatte. Allerdings wusste ich nicht, dass man, wenn man ein Haus kauft, auch riesige Mengen von sinnlosem Plunder anschaffen muss. Toilettenrollenhalter, Lampenschirme, ein Kerzentrio, ausgekochterweise in drei verschiedenen Größen, und Untersetzer mit Mondrian-Motiven. Erschreckend schnell verwandelt man sich von dem Mann, der man einmal war, in einen Wicht, der mit seiner dämlichen gelben Tüte toten Blickes durch IKEA schlurft.

Schließlich jedoch erreichten wir ein Stadium, in dem wir unseren mehr oder minder geruhsamen Trott lebten. Ich hatte meine Spielkonsole aufgebaut, Ursula ihr Telefon, und wir trafen uns an der Mikrowelle, um uns beim heimeligen Brutzeln einer Tiefkühl-Lasagne auszutauschen. Trotz der Autoversicherung (angesichts der Gegend zahlten wir eine beinahe vierstellige Summe für unseren VW Polo) standen wir finanziell nicht allzu schlecht da, weil unsere Hypothek so niedrig war. Wenn es heftig regnete, kam das Wasser unter der Küchentür herein, aber wir konnten uns robuste Schuhe leisten, und unsere Begeisterung blieb ungebrochen.

So ging es ein paar Monate. Eines Samstagnachmittags dann saß ich auf dem Sofa und las in meiner Fernsehzeitung, als Ursula hereinkam. Sie baute sich direkt vor mir auf, wie sie es manchmal tut, wenn sie was zu sagen hat und mir den Fluchtweg verstellen will. Ich las noch etwas in meiner Fernsehzeitung, ehe ich aufsah (schließlich gibt es so was wie Spielregeln). Mit unbewegtem Blick sah sie mich an.

»Ich bin schwanger.«

»Puh, Gott sei Dank. Langsam dachte ich schon, der ganze Sex wäre umsonst gewesen.«

»Das ist gut. Das ist echt gut. Denn immer, wenn ich diesen Moment in Gedanken durchgespielt habe, war das genau die Reaktion, die ich mir am meisten gewünscht hatte.«

»Okay, komm rein und versuch es noch mal. Ich fall in Ohnmacht oder irgendwas. Ich bin begeistert ... ich meine, ich freue mich wirklich. Aber wir haben es darauf angelegt – also, ich jedenfalls habe mir echt richtig Mühe gegeben, und ich weiß noch, dass du auch dabei warst –, also ist es ja wohl nicht so, als käme das alles gänzlich unerwartet.«

»Verzeih mir meine konventionellen Vorstellungen.«

Es folgte eine kleine Pause. Ich glaube, ich habe gehustet, wie es die Leute tun, bevor im Theater die Vorstellung beginnt.

»Und?«, fragte sie. »Willst du mich irgendwann demnächst mal in die Arme nehmen, oder was?«

»Kein Problem.« Ich nahm sie in die Arme.

Sie in meinen Armen, und die Musik schwillt an, dachte ich. Offenbar muss sie sich diesen Moment genau gemerkt haben, denn als sie drei Jahre später unseren Zweitgeborenen ankündigte, kam sie herein und sagte: »Ich bin schwanger. Und zwar nicht von dir.« So eine Frau muss man doch einfach bewundern, oder? Die drei Jahre warten kann, um einem etwas heimzuzahlen?

So kam es also, dass wir alle vier hier wohnen. Ursula allerdings hielt keineswegs mit ihrer Ansicht hinterm Berg, dass wir *hier* nicht länger wohnen sollten. Wie man sich denken kann, hatte unser billiges Haus einen Pferdefuß. Es stand in einer so abscheulichen Gegend im Nordosten Englands, dass unsere Regierung die Europäische Union bereits um Genehmigung ersuchte, das ganze Gelände unter Kriegsrecht zu stellen. Für die Geschäfte war es gut, und das genügte mir, aber Ursula nahm Anstoß an den illegalen Autorennen, den Einbrüchen und gelegentlichen Straßenkämpfen. Natürlich gebe ich nicht gern zu, dass Ursula möglicherweise mit irgendwas Recht haben könnte, aber eines ihrer Argumente war, es sei keine gute Gegend, um Kinder aufzuziehen. Damit lag sie nun nicht völlig daneben, das muss ich wohl oder übel einräumen (gib den Kids einen Pappkarton mit aufgemalten Rädern, und schon sagt Jonathan zu Peter: »Okay, du schließt den Motor kurz, ich knack das Lenkradschloss.«).

Wieder einmal hatte Ursula während des Frühstücks kurz – etwa vierzig Minuten lang – erwähnt, dass sie gern in absehbarer Zeit umziehen würde. Ich dachte bei der Arbeit über ihren Wunsch nach, während ich auf die Mittagspause wartete. Jeden Tag um dreizehn Uhr traf ich mich mit Tracey und Roo zum Essen. Ich musste nur irgendwie den Vormittag hinter mich bringen, bis es so weit war. Es ist schon erstaunlich, wie zermürbend es werden kann, sich den bloßen Anschein einer Tätigkeit zu geben. Manchmal tat mir ernstlich das Gesicht weh, wenn ich zu lange die Stirn gerunzelt hatte, was dokumentieren sollte, dass dahinter komplexe Berechnungen vor sich gingen. Manchmal konnte ich einfach nicht mehr und musste mir irgendeine Beschäftigung suchen, um wieder auf den Teppich zu kommen. Das allerdings endete meist mit schrecklichen Selbstbezichtigungen, denn an der Uni gab es reichlich Leute, die den Großteil ihrer Zeit damit verbrachten, eine Beschäftigung für mich zu finden. Mir selbst etwas zu suchen, war zweifellos genau die Art sinnloser Energieverschwendung, die unser Management so dringend vermeiden wollte.

Mit dieser Art Probleme schlug ich mich also tagtäglich bis zur Mittagszeit herum. Da wäre es doch wohl jedem zu viel, auch noch konstruktiv über einen Umzug nachzudenken.

»Wenn du einen Menschen umbringen dürftest – wer wäre das?« Ich trug meinen Tee und mein Schinken-Sandwich rüber zu dem Tisch, an dem Tracey und Roo bereits saßen.

»Der Papst und diese Fernsehtante Zoe Ball«, antwortete Roo in einer Wolke von Zigarettenqualm.

»Technisch gesehen«, sagte Tracey blinzelnd, »sind das zwei Menschen.«

»Wie dem auch sei. Ich setze meinen Joker. Ich kann mich unmöglich für den einen oder anderen entscheiden. Es wäre wie bei ›Sophies Entscheidung‹. Wenn ich nur einen von beiden umbringe, würden mich die nagenden Zweifel und die

Selbstverachtung in den folgenden Jahren sicher emotional zum Krüppel machen.«

Ich sprach mit halb vollem Mund.

»Wie ihr wisst, bin ich nicht gerade auf dem neuesten Stand der theologischen Diskussion. Aber du bist doch katholisch. Wäre es da nicht eigentlich eine – wie sagt man – Sünde, den Papst umzubringen?«

»Das wäre sicher der Fall, wenn ich *nicht* katholisch wäre. Dann könnte man sagen, ich wollte nur einem alten Mann mit Hut ans Leder. Einen alten Mann mit Hut umzubringen ist zweifellos eine Sünde … da ist die Kirche ganz eindeutig. Aber da jeder noch so schwachsinnige Gedanke, der ihm gerade in den Sinn kommt, Einfluss auf mein Leben als Katholik nimmt, wäre eine solche Tat wohl nur eine Art Diskussionsbeitrag.«

Roo arbeitete in einem Comicladen in Uninähe. Und bevor Sie jetzt anfangen, sich Leute vorzustellen, die in Comicläden arbeiten, sollte ich Ihnen sagen, dass Sie in jeder Hinsicht richtig liegen. Die Bewohner unserer Erde sind in Roos Welt nichts als Abziehbilder. Es war durchaus möglich, dass wir ein echtes Leben besaßen, echte Familien, eine Vergangenheit … gänzlich ausschließen wollte er es nicht, nur waren wir lange nicht so tief schürfend, so bewegend oder echt wie der *Preacher* oder *Strontium Dog*. Roo lag altersmäßig irgendwo zwischen neunzehn und zweiundfünfzig, und aus seinem stets gleichen Ensemble von Jeans und T-Shirt ragte ein Gerippe, das einzig aus knochigen Rechtecken bestand. Allein schon neben ihm zu sitzen vermittelte das unangenehme Gefühl, als würde einem das Körperfett aus dem Leib gesogen, weil sich die Natur alle Mühe gab, eine Art Gleichgewicht herzustellen. Außerdem hatte er beschlossen, schon in jungen Jahren kahl zu werden. Es fällt mir schwer, der Logik auf zufrieden stellende Weise zu folgen, aber wie viele andere Männer hatte auch Roo beschlossen, den Umstand, dass ihm das Haar ausging, damit zu verhüllen, dass er sich den Schädel rasierte. Sein Kopf erinnerte an ein großes, wucherndes Schultergelenk, in dem eine Zigarette steckte.

»Eigentlich mag ich den Papst«, warf Tracey ein.

»Und es hat auch wirklich nichts damit zu tun, dass du dich gern als Nonne verkleidest?«, erwiderte ich nur einen Hauch schneller als Roo.

»Nein, nichts. Ich finde ihn einfach süß. Und er spricht so viele Sprachen.«

Roo seufzte.

»Stell dir vor, ein Mann rennt eine Straße runter«, sagte er.

»Was?« Tracey verzog ihr Gesicht.

»Stell dir vor, ein Mann rennt eine Straße runter.«

»Äh, okay.«

»Er rennt, weil er unbedingt einen Bus kriegen will, aber es sind noch zweihundert Meter, und der Blinker deutet darauf hin, dass der Bus gleich abfährt.«

»Okay.«

»Der Mann rennt so schnell er kann … mit rudernden Armen, und das Kleingeld fliegt aus seinen Taschen.«

»Ja.«

»Aber als er noch hundertfünfzig Meter zu laufen hat, stolpert er über einen kleinen Hund … vielleicht ein Yorkshire-Terrier, der ihm vor die Füße läuft. Er stürzt. Taumelt unbeholfen auf den Bürgersteig, in die öde Lichtung, die andere Passanten ihm gelassen haben, als sie beiseite springen mussten. Ein Debakel. Vergeudete Energie. Ein ausgefranster Riss am Ellenbogen, weil er mit seiner Jacke über den Bürgersteig geschrammt ist. Ahnungslos fährt der Bus an, und der Mann hat ihn verpasst.«

»Mh-hm.«

»Stell dir vor, du wärst dieser Mann, und der Bus wäre … ›das Thema‹.«

»Vielen Dank auch. Damit hast du mich echt um ein paar Sorgen erleichtert. Saftarsch.«

»Meinetwegen soll er zweihundert Sprachen sprechen. Er ist *der Papst*. Blödsinn bleibt Blödsinn, ob nun polyglott oder nicht. Mir wäre ein Papst lieber, der meinetwegen nur Kornisch spricht, aber dafür nicht solchen Unsinn erzählt.«

»Ich fürchte, da muss ich Roo leider Recht geben«, räumte ich ein.

»Was du nicht sagst. Aber – leider, leider – nehmen Atheisten an der Papstwahl gar nicht teil.«

»Pfff. Ich meine ja nicht speziell den Papst, ich rede vom Prinzip. Es ist doch völlig irrelevant, ob er ein Superlinguist ist oder nicht. Pass auf, nehmen wir mal an, da wäre so ein Typ …«

»Wenn er dem Bus hinterherläuft, stehe ich auf und gehe.«

»… und dieser Typ ist jemand, der sagt: ›Ich weiß, ich habe morgen einen besonders schweren Arbeitstag vor mir, aber scheiß drauf, da schummel ich mich schon irgendwie durch. Gießen wir uns ordentlich einen auf die Glocke und ziehen um die Häuser!‹ So jemand ist genau der Richtige, wenn man einen echten Freund sucht, aber vermutlich möchte man sich lieber nicht von ihm sterilisieren lassen. Verstehst du? Unterschiedliche Rollen, unterschiedliche Anforderungen.«

»Langsam habe ich den Eindruck, ihr seid bloß neidisch. Ihr zwei seid doch nur sauer, weil ihr mindestens genauso viel Unsinn redet, aber keiner von euch bisher zum Papst ernannt wurde.«

»Mich überrascht eher, dass bisher niemand Terry Steven Russell zum Papst ernannt hat. Der redet doch schon seit Jahren nichts als Unsinn.«

»Vielleicht haben sie ihn zum Papst gewählt. Schließlich wird er die Universität verlassen«, sagte Tracey in ihre Teetasse.

»Wie bitte? TSR hört auf?«

»Ja, er hat irgendwo einen anderen Job, glaube ich.«

Ich sah Roo an, der zustimmend nickte.

So lief es an der UoNE. Wissenswerte Informationen kamen

in Patrick's Café ans Tageslicht, bevor man sie über eine der tausend Projektgruppen oder ein Campus-Team erfuhr, die keinen anderen Sinn hatten, als auf sämtlichen Ebenen für zügige Kommunikation zu sorgen. Man bestellte sein Essen Seite an Seite mit geschwätzigen Sekretärinnen, saß am Tisch hinter einem Pulk von Mitarbeitern aus der Buchhaltung, die irgendwas von einer neuen Initiative murmelten, die uns bevorstand – viele hielten dort sogar ihre Besprechungen ab, da es sich um neutrales Gebiet handelte (und sie dort rauchen konnten). Wenn die UoNE der Zweite Weltkrieg war, dann war Patrick's Café Rick's Nachtclub in Casablanca. Da Tracey und Roo Ewigkeiten im Patrick's verbrachten, Kaffee tranken und die Leute belauschten, waren beide bestens informiert – und Tracey arbeitete noch nicht mal an der Uni. Sie half in einem Geschäft im Zentrum aus, das sich auf etwas spezialisiert hatte, was man als »Playwear« bezeichnete: Nonnenkostüme, Gummimasken und Lederhosen ohne Schritt – offenbar ein recht stabiler Markt. Wer dieses Zeug allerdings kaufte, blieb mir ein Rätsel. Ich hatte es nach zwei Versuchen aufgegeben, nachdem ich Ursula mit ein paar schlichten, spitzenbesetzten Dingern eine Freude machen wollte und sie diese lediglich vor meiner Nase baumeln ließ – verächtlich zwischen Zeigefinger und Daumen, wie man die Socke eines Landstreichers halten würde. ›Und irgendwo ganz hinten in der finsteren Grotte deines Schädels hast du dir gedacht, ich würde so was anziehen, ja?«, hatte sie gemeint. Allerdings bedeutet die ungeheure Menge von Playwear, die verkauft wird, dass jeder Dritte, dem man auf der Straße über den Weg läuft, gerade auf dem Heimweg ist, um in seine Latex-Stewardessen-Uniform zu steigen. (Ein verstörender Gedanke, wenn man herauszufinden versucht, wer dieser Dritte denn nun ist.)

»Wann hast du gehört, dass er wegwill? Wo will er hin?«, fragte ich.

Tracey zuckte mit den Schultern. »Keine Ahnung, wohin er

will, aber alle Welt weiß, *dass* er geht ... schon seit einer Woche oder so.«

Ganz nebenbei fing Roo zu labern an, womit er Anne Nicole Smith gern den Hintern einreiben wollte. Doch obwohl er seine Überlegungen detailliert und mit ehrlicher Begeisterung zum Ausdruck brachte, hörte ich kaum zu. TSR wollte gehen? Mir hatte er nichts davon gesagt.

Ich versuchte ihn aufzustöbern, als ich an diesem Nachmittag wieder zur Arbeit kam. Leider war er nicht zu finden, und irgendwann lösten ein paar Studenten, die für eine Party einen Feuerlöscher klauen wollten, diesen versehentlich im Fahrstuhl aus. Die Tür ging auf, gab den Blick auf eine verschneite Weihnachtshöhle frei, und schon fand ich mich in einen wilden Disput verstrickt. Die verhinderten Diebe meinten, der Feuerlöscher habe sich viel zu leicht aktivieren lassen, und sollte der Schaum ihr Eigentum oder ihre Kleidung beschädigt haben, würden sie die Universität und mich persönlich bis auf den letzten Penny verklagen. Der Rechtsstreit zog sich hin, bis ich bedauerlicherweise nach Hause musste.

»Wie war die Arbeit?«

Ursula hielt das Gesicht unseres Zweitgeborenen fest und putzte ihm so heftig die Zähne, dass die Colgate tollwutmäßig aus seinem Mund schäumte. Er schien sich ihrem harten Griff zu unterwerfen, wie ein Kätzchen, das von der Mutter im Nacken gehalten wird. Vermutlich übte er sich nur in gleichmütigem Gehorsam, falls sein Coach ihn später mal im Gesicht nähen musste, wenn er zum fünften Mal seinen Titel als Schwergewichts-Champion im Kickboxen verteidigte. In etwa sechs Jahren.

»Och, wie immer eigentlich.«

»Mh-hm.« Sie hielt Peter über das Waschbecken und kommandierte auf Deutsch: »*Ausspucken.*«

Er spuckte aus, wobei erstaunlicherweise etwas davon im

Becken landete, ehe er verzweifelt mit den Füßen in der Luft zu strampeln begann. Ursula stellte ihn ab, worauf er augenblicklich davonstob, zwei Türen rammte und bei jedem Aufprall lauthals lachte.

»Ungefähr jetzt würde mich ein wahrer Freund fragen, wie *mein* Tag war.«

»Selbst wenn dieser Freund genügend Anstand hätte, seine Partnerin nicht mit den sinnlos mäandernden Beschreibungen seines *eigenen* Tagwerks zu belästigen? Selbst dann?«

»Vanessa war im Etat-Meeting mal wieder total bescheuert.«

»Klar«, sagte ich.

»Dir ist das total egal, oder?«

»Sei nicht blöd, ich …«

»Sag nicht, dass ich blöd bin.«

»Ich sag nicht, dass du blöd bist. Ich sage nur, du solltest dich in bestimmten Fragen nicht blöd stellen.«

»Das ist das Gleiche.«

»Nein. ›Du bist blöd‹ ist das Gleiche, ›Sei nicht blöd‹ ist was ganz anderes. Nachdem das nun geklärt ist, sollten wir uns mein ›Klar‹ vornehmen. Es war kein ›Klar‹ im Sinne von ›Ist mir egal‹, sondern in dem weit verbreiteten Wortsinn ›Ich verstehe, aber wir haben schon zur Genüge darüber gesprochen, und ich habe nicht ernstlich das Gefühl, als könnte ich den vorangegangenen neunzehn Diskussionen noch irgendwas hinzufügen, und deshalb sollten wir es vielleicht dabei belassen und Pel einfach nicht weiter behelligen, damit er in Ruhe die Nachrichten sehen kann‹.«

»Du hast *überhaupt* kein Gespür für Zwischenmenschliches, oder?«

»Hab ich wohl.«

»Nein, hast du nicht.«

»Doch, hab ich wohl.«

»Nein, hast du nicht.«

»Doch, hab ich *wohl*.«

»Nein, *hast du nicht.*«

»Hören wir auf damit, okay? Bevor es kindisch wird.« (Ich flüsterte »Hab ich wohl«, wenn auch so leise, dass sie es nicht hören konnte.)

»Vanessa …«

»Vanessa. Wie *geht* es ihr denn so?«

»Vanessa hat mir erklärt, ich müsste sämtliche Daten dieser Woche nachreichen, und ist rausgestürmt, bevor ich noch irgendwas dazu sagen konnte. Ich weiß nicht mal, wieso.«

»Weil sie dich hasst.«

»Das ist keine Entschuldigung.«

»Du weckst starke Gefühle bei den Menschen – glaub mir. Aber das ist nicht der Punkt. Der Punkt ist, dass sie wie ein Pavian aussieht.«

»Hm? Nein, der Punkt ist, dass es mir langsam reicht.« Ursula nahm eine Schale Krautsalat aus dem Kühlschrank. »Am liebsten würde ich den Job an den Nagel hängen und zu Hause bei den Kindern bleiben.«

»Ja, sicher, aber hatten wir nicht schon darüber gesprochen? Erinnerst du dich an die Formulierung ›darben bis zum Hungertod‹? Die kam öfter auf. Willst du diesen Krautsalat da essen?«

»Will ich.«

»Verstehe.«

»Soll heißen?«

»Nichts. Überhaupt nichts. Größtenteils Zwiebeln und roher Kohl, stimmt's? So ein Krautsalat.«

»Und?«

»Ich dachte nur gerade, ob wir heute Abend vielleicht Sex haben könnten.«

»Und da hattest du überlegt, ob ich daran teilnehmen sollte, ja?«

»Na, ja …«

»Weißt du, was ich am allerwenigsten leiden kann?«

»Ach, komm schon … ich hab dich erst einmal darum gebeten.«

»Am wenigsten kann ich es leiden, dass du im Dienst deiner erhöhten sexuellen Befriedigung Einfluss auf meine Ernährung nehmen willst, aber nicht einfach offen damit rauskommst. Immer heißt es nur: ›Ich sehe, du isst Curry‹ und ›Ist da eigentlich Knoblauch drin?‹ Als wäre es meine Aufgabe, sofort zu denken: ›Augenblick mal – Knoblauch! Was *hab* ich mir nur dabei gedacht?‹ Ich werde dich also von nun an ignorieren. Ich werde diese ganze Schüssel Krautsalat essen, und wenn du mich liebst, sollte es dir nichts ausmachen.«

»Oh, die Liebe-ist-stärker-als-Zwiebeln-Taktik. Ich sag dir, was ich tun werde. Ich werde meine Unterhosen zwei Wochen tragen, und dann reden wir noch mal drüber, okay?«

»Wenn ich mich nicht um die Wäsche kümmern würde, hättest du deine Unterhosen *immer* zwei Wochen an, und das wissen wir beide.«

Logischerweise zehnmal schneller als einen konventionellen Ofen zu klauen

Nachdem Ursula und ich – sexmäßig – nicht mehr so recht in Stimmung waren, als wir später zu Bett gingen, nahmen wir »Schmollstellung Vier« ein. Es handelt sich dabei um eine Art »X«, wobei jeder eine Seite des Buchstabens übernimmt. Im Grunde ist es nicht *wirklich* ein X, da wir uns in der Mitte nicht treffen. Es würde ja bedeuten, dass sich unsere Hinterteile berühren. Keine Schmollstellung lässt zu, dass man sich berührt – es würde sie völlig ruinieren. Laute sind natürlich gestattet und in manchen Stellungen sogar obligatorisch. Nehmen wir zum Beispiel »Schmollstellung Zwei«, bei der einer von beiden die Standard-Hälfte vom »X« übernimmt (abgewandt) und der andere als starres »I« daliegt. Er rührt sich nicht und stiert mit offenen Augen an die Decke. Hierbei büßt man Haltungspunkte ein, wenn das »I« nicht regelmäßig seufzt oder schnaubt, um das halbe »X« zu der Frage zu bewegen: »Was ist?« Natürlich absolut ohne die leiseste Berührung.

Schließlich schlief ich in meiner starren Haltung ein. Es dauerte eine Ewigkeit. Es dauert immer eine Ewigkeit einzuschlafen, wenn man in Schmollstellung liegt, weil man sich gegen das Einschlafen wehrt. Man will wach bleiben, für den Fall, dass der andere irgendeine Bemerkung macht und man darauf reagieren kann, indem man so tut, als würde man schlafen.

Im Keller des Amsterdamer Sexmuseums steht Helena Bonham Carter vor mir, atemlos und honigglitzernd. Eben seufzte sie: »Ich will dich, Pel … Ich wollte dich von Anfang an«, als mich Ursula an der Schulter rüttelte und in mein trübsinniges Leben in der St. Michael's Street zerrte.

»Hast du das gehört?«

»Nein.«

»Ich bin mir sicher, dass ich die Tür gehört hab.«

»Wahrscheinlich nur ein Hund.«

»Ja, klar. Nachts ist ein Hundebellen fast nicht von einem Türknallen zu unterscheiden, stimmt's? Schwachkopf.«

»Ich habe nicht gesagt: ein *bellender* Hund …«

»Still. Hör doch …«

Ich lauschte. Ich hörte Stille.

»Also, ich hör nichts.«

»Geh runter und sieh nach.«

»Gott im Himmel!«

»Mach schon. Du bist der Mann.«

»Wieso lösen sich deine feministischen Prinzipien jedes Mal in ihre Bestandteile auf, wenn einer von uns aus dem warmen Bett steigen und um drei Uhr morgens die Treppe runter muss?«

»Und wenn da unten jemand ist? Willst du, dass ich ermordet werde?«

»Willst du, dass *ich* ermordet werde?«

»Halt endlich die Klappe und sieh nach. Es … da! Das musst du doch gehört haben!«

Hatte ich. Es war deutlich zu vernehmen, dass da unten etwas vor sich ging. Ich kann gar nicht sagen, wie sehr es mich deprimierte. Offenbar war jemand in unser Haus eingebrochen, während wir oben schliefen. Die unausweichliche Schlussfolgerung daraus lautete, dass Ursula Recht hatte. Natürlich war es schlimm genug, dass sie Recht behalten sollte, aber wenn ich mir vorstellte, welchen Vorteil sie immer und immer wieder aus dieser Situation schlagen würde, breitete sich eine Woge der Übelkeit in mir aus. Von nun an würde ich jedes Mal, wenn sie mitten in der Nacht ein Geräusch zu hören meinte, aufstehen und nachsehen *müssen*. Alle müden Proteste würden unter dem Druck eines »Geh schon … du weißt ja wohl noch damals, als …« ersticken. Ich hätte heulen können, ganz ehrlich.

Ich zog ein Paar Turnschuhe unter dem Bett hervor und schlich zur Tür. Ja, ich schlich. Gott weiß, wieso. Der Mensch da unten sollte schleichen. Ich hatte jedes Recht der Welt, normal zu gehen ... schließlich war es mein Haus.

»Sei vorsichtig«, flüsterte Ursula, als ich die Schlafzimmertür aufmachte.

»Und was willst du damit sagen? Ich meine: *speziell*?«

»Einfach nur ›sei vorsichtig‹, mehr nicht. Da unten könnten mehrere sein, halb durchgedreht, auf Crack ... vielleicht sind sie bewaffnet.«

»Verstehe ... aber du willst immer noch, dass ich runtergehe, ja?«

Schicksalsergeben trat ich auf den Treppenabsatz und spähte die dunkle Treppe hinab. Einen Moment lang hielt ich inne, um meine Gedanken zu sammeln. Aber es dauerte nicht so lange, wie ich gedacht hatte, denn der einzige Gedanke, der mir durch den Kopf ging, war »Verdammt!« Als ich die Treppe hinunter- und auf die Tür zuging, die ins Wohnzimmer führte, wurden die Geräusche lauter. Als ich vor der Tür stand, ließen sich die Geräusche sogar in Kategorien einteilen. Man hörte ein Schlurfen, eine Art Scharren und vor allem ein Ächzen. Hätte ich mich entscheiden müssen, so gefiel mir das Ächzen am wenigsten. Ich konnte mir kaum vorstellen, dass ich wissen wollte, was Ursache dieses Ächzens war. Dennoch, was auch hinter dieser Tür vor sich gehen mochte – es konnte nicht schlimmer sein, als wieder hinauf zu Ursula zu gehen, bevor ich es mir angesehen hatte. Ich drehte den Knauf und ging hinein.

O Gott, was für ein Chaos! Überall lagen Kinderspielzeug und Zeitschriften herum – genau wie ich es zurückgelassen hatte, als ich ins Bett gegangen war. Die Unordnung hätte mich vielleicht beruhigen können, wäre da nicht dieser Schatten gewesen, der das Wohnzimmer in der Sekunde verließ, als ich es betrat. Er verschwand in Richtung Haustür, bevor ich mich noch umdrehen konnte.

Eilig stürzte ich aus dem Wohnzimmer. Etwa eine Raumeslänge voraus sah ich unsere Mikrowelle in den Armen eines untersetzten Mannes in einem unvorteilhaften Neoprenanzug auf die Straße laufen. Er schien mich gehört zu haben, denn er warf einen Blick über seine Schulter, und wir sahen uns in die Augen. Ich hob die Hand, mit ausgestrecktem Zeigefinger, wie man es tut, wenn man sich ein Taxi heranwinkt.

»Mh. Entschuldigung …?«

Gebieterisch, was?

Offensichtlich interessierte es ihn wenig, was ich sonst noch zu sagen haben mochte, denn er sprintete sofort zum Gartentor hinaus und wetzte die Straße hinunter. Ich stieß ein Mehrzweck-»Hey!« aus und setzte zur Verfolgung an. Offenbar hatte Ursula oben mitbekommen, was vor sich ging, denn als ich aus dem Haus kam, beugte sie sich direkt über mir aus dem Schlafzimmerfenster und kreischte dem flüchtenden Dieb nach: »Du Wichser!«

Sie stieß noch einige Beschimpfungen dieser Art aus, während ich den Eindringling verfolgte, ehe sie ihm eine schwere Birkenstock-Sandale hinterherschleuderte. Die mich am Hinterkopf traf. »Vielen Dank auch!«, rief ich ihr zu, ohne mich umzusehen. »Das hat's echt gebracht.«

Der Kerl hetzte die Straße entlang, im Lichtkegel der letzten Laternen, die noch nicht präpubertären Steinwerfübungen zum Opfer gefallen waren. Ich erfüllte meinen Teil des Deals, indem ich ihn verfolgte. »Wozu?«, mag man sich fragen, denn Gott allein weiß, was ich mit ihm anstellen wollte, wenn ich ihn einholte. Vermutlich würde ich um mein Leben winseln. Er bog in eine Nebenstraße ein. Als ich um die Ecke kam, sah ich ihn wieder einbiegen, diesmal in eine kleine Gasse zwischen den Häusern. Er war etwa zwanzig Meter vor mir und stampfte mit seinen schweren Stiefeln über den festgetretenen Boden.

Na ja, möglicherweise hatte ich mich in letzter Zeit etwas ge-

hen lassen. Vielleicht wäre – bei näherer Betrachtung – ein bisschen Sport doch keine so schlechte Idee gewesen. Dieser Typ
konnte nur geradeaus in die kleine Gasse laufen, aber im Grunde war es egal, denn er war eindeutig schneller als ich. Und –
na ja – dabei schleppte er noch eine Mikrowelle. Mein Hecheln
dagegen hatte mittlerweile einen Unterton hinzugewonnen,
der ernsthaft nach einer Vorstufe des Todesröchelns klang, und
meine Beine waren kurz davor, den Dienst zu versagen. Während mein Verstand laut und deutlich rief: »Lauf ... lauf wie der
Wind!«, waren meine Beine nur noch Gummistelzen, die ohne
jegliche Koordination und nicht gerade würdevoll unter mir
herumeierten. Es war an der Zeit aufzugeben. Hechelnd kam
ich zum Stehen, klappte zusammen und stützte meine Arme
auf den Knien ab. Als ich den Kopf hob, sah ich noch, wie der
Einbrecher in der Dunkelheit verschwand. Entkräftet schüttelte ich meine müde Faust, schnappte nach Luft und hustete ein
kaum hörbares »Und komm nie wieder!«.

Als ich nach Hause kam, stand Ursula mit einem Birken-
stock in der Hand in der Tür. »Was ist?«

»Da hat ein Auto auf ihn gewartet«, sagte ich und deutete ins
Nichts.

Ich rief die Polizei, und wir ließen das ganze Standard-Ritual
über uns ergehen. Anscheinend hatte sich unser Einbrecher
nicht nur mit der Mikrowelle, sondern auch mit unseren Löf-
feln aus dem Staub gemacht. Die Küchenschublade stand offen,
und die Löffel waren weg. Vielleicht traf er sich später in seinem Versteck mit einem Komplizen, der des Nachts Suppe
klaute. Wer weiß? Tatsache war, dass die Polizei das Viertel
wegen eines solchen Einbruchs wohl kaum mit Hubschraubern
absuchte. Dennoch mussten wir die ganze Prozedur durchhe-
cheln, da für den Versicherungsanspruch das Aktenzeichen des
Polizeiberichts nötig ist.

Ich war ziemlich aufgebracht. Es war eine fiese Uhrzeit mitten in der Nacht, ich hielt einen Becher mit kaltem Tee in Händen (was noch schlimmer wurde, als ich einen Schluck nahm und dachte: »Igitt, kalt. Ich stell ihn noch mal dreißig Sekunden in die Mikrowe-gnaaa-knirsch ...«), und während Ursula mit dem dösenden Jonathan auf dem Arm im Wohnzimmer herumspazierte, warf sie mir ständig Blicke zu ... böse Blicke, böse, böse Blicke. Ich überlegte schon, ob ich die Polizei bitten sollte, bei mir zu bleiben. Peter hätte selbst eine Gasexplosion verschlafen, aber die Stimmen und das allgemeine Durcheinander hatten Jonathan geweckt. Blass und schwankend war er ins Zimmer getappt, wie Kinder herumlaufen, wenn man sie mitten in der Nacht aus dem Schlaf holt, blinzelnd und verpennt.

Ich war wirklich ziemlich sauer.

Um in unser Haus einzudringen, musste der Einbrecher nur einen kurzen Balken von einem Baugerüst unten an der Straße nehmen, den er als Rammbock benutzt und vermutlich mit Anlauf direkt gegen das Schloss unserer Haustür geknallt hat. Dieses und die anderen Schlösser (nach unseren letzten beiden Einbrüchen hatten wir mit einer kleinen, feierlichen Zeremonie jeweils ein weiteres Schloss eingebaut) hatten offenbar gehalten, aber das Holz des Türrahmens war einfach gesplittert. Nutzlos baumelten die Riegel in der offenen Tür wie gebrochene Vogelflügel. Die Polizei hatte mir erklärt, wie raffiniert der Täter vorgegangen war. Anscheinend – und wenn man erst mal darauf hingewiesen wird, scheint es auch offensichtlich – misslingt ein Einbruch in ein Haus, in dem die Bewohner schlafen, viel eher, wenn der Einbrecher die Tür beispielsweise mit einem Stemmeisen aufbricht. Es gibt einfach viel mehr Splitter- und Knirschgeräusche. Zertrümmert man hingegen alles mit einem gewaltigen Schlag, erzeugt man nur ein einzelnes, wenn auch lautes Krachen. Da dieses nicht lange anhält und sich auch nicht wiederholt, nehmen es die Bewohner höchstwahrscheinlich nur im Halbschlaf wahr, aber da nichts weiter folgt, sind sie schon wieder eingedöst, bevor sie noch richtig wach waren. Der geschickte Dieb drückt die Tür beim ersten Anlauf ein, ehe er sich vorerst zurückzieht. Wenn nach ein paar Minuten noch keiner gekommen ist, kann er ziemlich sicher sein, dass die Gefahr gebannt ist und er nur noch ins Haus zu spazieren und seine Arbeit zu erledigen braucht.

Die unübersehbaren Beweise für eine derart unerträgliche und vorsätzliche Niedertracht würden wohl jeden mit den Zähnen knirschen lassen, aber ich war so richtig stinksauer, weit über meine körperlichen Möglichkeiten hinaus. Jemandem, der in mein Haus einbricht, während ich oben schlafe, würde ich am liebsten von einer Hundemeute die Kehle herausreißen lassen, gänzlich ungeachtet meiner familiären Situation. Nun lebte ich aber nicht allein im Haus. Zum einen war Ursula da, vollkommen unvorbereitet in ihrem knielangen Guinness-T-Shirt mit Löchern unter beiden Achseln und ihren seltsam überdimensionierten Wollsocken. Nichts ahnend hätte sie dort im Bett liegen können, während sich unten im Haus irgendein Drecksack wie zu Hause fühlte. Viel größer noch war meine Sorge um die Kinder. Dass dieser Mensch im Haus war, während die Jungs – vor meinem inneren Auge plötzlich herzerweichend klein – mit offenem Mund dalagen und schliefen, vertrauensselig eingerollt oben im ersten Stock. Nur zum Schein tat ich so, als täte mir der Dieb auch noch Leid, während meine Gedanken, die mit »sozialer Ungerechtigkeit« und »mangelnder Chancengleichheit« begannen, innerhalb kürzester Zeit abdrifteten und ich mir ausmalte, wie er in einer verlassenen Lagerhalle mit Klebeband an einen Stuhl gefesselt saß und ich mit einem Stück Stromkabel auf ihn einprügelte. Zornige Liberale, ja? Fürchtet uns.

Eine Aussprache mit Ursula schien mir zu diesem Zeitpunkt unausweichlich, und deshalb war ich froh, dass die Polizei fast vierzig Minuten blieb, bis alle Einzelheiten aufgeschrieben und meine glühenden Rachegelüste in Formalitäten erstickt waren. Doch irgendwann machten sich die beiden Beamten auf den

Weg. Beim Hinausgehen strich die Polizistin mit der Hand über das Holz des geborstenen Türrahmens und wandte sich zu uns um. »Warum um alles in der Welt wollen Sie nur unbedingt in dieser Gegend wohnen?«

»Die Läden an der Ecke brauchen uns«, erwiderte Ursula in meine Richtung, ehe sie diesen Worten noch einen Blick hinzufügte, der mir beinahe das Haar versengte. Ich schloss die Tür (indem ich einen Stuhl dahinter stellte) und tauchte in Ursulas Schweigen ein.

»Ich weiß. *Ich weiß*. Okay?«, sagte ich.

Ich schlich davon, um unseren Lieblings-Schlüssel-Notdienst anzurufen, während sie den schlafenden Jonathan nach oben brachte und in unser Bett legte. Sie wartete, hockte auf der Bettkante, die Arme fest vor dem Bauch verschränkt, als ich hereinkam.

»Ich glaube«, sagte ich ernst, »wir sind über den Punkt hinaus, an dem Schuldzuweisungen etwas bringen würden.« Ich hörte mich atmen.

»Wir hätten allesamt im Schlaf erschlagen werden können. Und was dich angeht, besteht diese Möglichkeit noch immer.«

»So was passiert. Wir hatten einfach Pech. Okay, ich weiß, dass es die Chancen erhöht, wenn man in dieser Gegend wohnt, aber …«

»Nein, halt die Klappe endlich …«

»Es heißt ›Halt – endlich – *die Klappe*‹.« (Ich kann mich nicht beherrschen, ich schaffe es einfach nicht.)

»Ich glaube«, erwiderte Ursula, und unwillkürlich bemerkte ich, dass sie die Fäuste ballte, »ich habe mich deutlich ausgedrückt. Also – Halt. Die Klappe. *Endlich*. Hast du mich verstanden?«

»Ich … ja.«

»Diese Gegend – und es ist deine Schuld, dass wir hier wohnen, vergiss das nicht – ist das freudlose Ende der Hölle. Ich hab genug davon. Ich hatte schon vorher mehr als genug. Also *gut*, ich … ich …«

»Du …«

»Beende meinen Satz für mich, und ich reiß dir den Kopf ab, ich schwöre es. Also *gut* … Mir reicht's. Du wirst morgen zu jedem einzelnen Immobilienmakler in der Stadt gehen und dir eine Liste der Häuser besorgen, die zum Verkauf stehen.«

»Okay.«

»Dann wirst du Termine vereinbaren, um dir jedes der in Frage kommenden Häuser anzusehen.«

»Okay.«

»Denn wir werden hier keine Sekunde länger wohnen als unbedingt nötig.«

»Ja.«

»Du gehst morgen zu diesen Maklern.«

»Ja, ja, ja … das ist das Wort, das man sagt, wenn man jemandem zustimmt. Du kannst jetzt aufhören … ich sag doch: ›Ja‹.«

»Dann gehst du also morgen hin?«

»Hnghh … morgen, ja.«

»Du *gehst*. Glaub ja nicht, dass du nicht gehst.«

»Hörst du endlich auf? Ich gehe ja. Du kannst jetzt aufhören zu reden.«

»Und es ist alles deine Schuld.«

»Jawohl.«

»Weil du mich dazu überredet hast, dieses Haus zu kaufen, deshalb ist es deine Schuld.«

»Hör mal. Ich habe bereits kapituliert. Ja, du hast Recht. Du hast Recht. Ich weiß nicht, wie ich es noch klarer machen kann. Du hast Recht, und ich gebe es zu. Was soll ich machen? Mit einem Schild um den Hals durch die Straßen laufen?«

»Das Ganze ist so typisch für dieses Land. In Deutschland werden die Leute nicht überfallen.«

»Hm … das stimmt möglicherweise so nicht.«

»Tut es wohl. Dort bin ich nie bestohlen worden und auch niemand, den ich kannte. So was passiert da einfach nicht.«

»Oh, Verzeihung … mir war nicht klar, dass du Zahlen parat hast, mit denen du es belegen könntest.«

»Morgen gehst du als Erstes zu sämtlichen Maklern.«

»Ich dachte, das hätten wir besprochen.«

»Ich werde auf keinen Fall nachgeben.«

»Ja, das ist mir durchaus klar.«

»Wir haben uns vor einiger Zeit ein Haus angesehen, und dann hast du so lange rumgemacht, bis es verkauft war.«

»Ich habe nicht rumgemacht. Dieses Haus kam nicht in Frage. Es sollte hundertfünfzigtausend Pfund kosten. Wir hätten uns nicht mal ein Zelt in der Auffahrt leisten können.«

»Aber es war wunderschön.«

»Das ist Bali auch … lass uns das doch kaufen!«

»Du gehst morgen zu den Maklern.«

»*Ja.*«

»Denn wir ziehen um … aus – Schluss.«

»Du meinst: ›Wir ziehen um … Schluss – aus‹.«

»Ich hau dir gleich eine rein.«

Am nächsten Morgen meldete ich mich krank (krank werden darf man, aber wer sich ausrauben lässt, ist selber schuld), damit ich mich um neue Schlösser und die Versicherung kümmern konnte. Außerdem könnte ich ja bei dieser Gelegenheit vielleicht mal beim einen oder anderen Immobilienmakler reinschauen.

Immobilienmakler sollte man allesamt auf einen alten Kahn verfrachten, ihn auf den Atlantik schleppen und an der Stelle versenken, wo das Meer am tiefsten ist. Für meine Begriffe ist es eine eher unglückliche Entwicklung, dass Makler in den letzten Jahren leichte Beute für schlechte Komödianten wurden. Fast so wie Anwälte und Vertreter für Doppelverglasung. Wann immer sie erzählen, was sie von Beruf sind, reißen die

Leute lahme Witze. Dies verzerrt eindeutig den Sinn dessen, was ich hier ausdrücken will – und das ist keineswegs ein freundliches Augenrollen und »Immobilienmakler, ja?«, sondern eher ein »*Immobilienmakler sollte man allesamt auf einen alten Kahn verfrachten, ihn auf den Atlantik schleppen und an der Stelle versenken, wo das Meer am tiefsten ist.*« Trotzdem lief ich durch die Stadt und nahm mir Prospekte aus diesen abscheulichen Büros mit ihren pastellfarbenen Teppichen und den grauenhaften Stahlrohrmöbeln mit. Mir war klar, dass ich mir einen Makler würde aussuchen müssen und dessen aufgeblähten Wanst noch weiter mästen, indem ich ihm den Verkauf unseres Hauses übertrug. Eine verbreitete Taktik ist es, sein Haus zu veräußern, bevor man ein neues erwirbt, und so kam ich zu dem Schluss, dass mir keine andere Wahl blieb, als meine Meinung für mich zu behalten und mir baldmöglichst einen Makler zu suchen.

Andererseits, dachte ich und kratzte mich am Kinn, muss ich das? Unsere Hypothek war so gut wie abgetragen. (Wir hatten mehrmals einen ganzen Batzen eingezahlt. Ein besonders großer Betrag war aus Deutschland gekommen. Eine von Ursulas Tanten war gestorben und hatte ihr mehrere tausend Pfund hinterlassen, um ihren eigenen Kindern eins auszuwischen. Ich bin ein großer Anhänger bösartiger Vergeltung aus dem Jenseits.) Die beiden Hauptprobleme hinsichtlich unseres Hausverkaufs waren a) das Haus zu verkaufen … welcher halbwegs vernünftige Mensch sollte ein Haus in dieser Lage haben wollen? Und b) dass uns ein Makler einige hundert Pfund dafür abknöpfen würde, für die er so gut wie nichts tat, um uns dann frech ins Gesicht zu lachen, sich abzuwenden und kleine Kinder in den Kanal zu schubsen. Diese beiden Probleme würden sich lösen lassen, indem wir das Haus stattdessen vermieteten. Es würde uns ein regelmäßiges Einkommen bescheren, mit dem wir die nächste Hypothek bezahlen konnten, und außerdem schien mir die Vermietung doch erheblich einfacher zu bewerkstelligen. Wir konnten das Haus an Studenten vermieten. Studenten wohnen überall. Es war die perfekte Lösung. Hätte ich etwas mehr Privatsphäre besessen, hätte ich mich selbst geküsst. Kurz und bündig fasste ich im Türrahmen von *Leech & Sons Immobilien-Service* den Entschluss, dass wir vermieten würden. Ich wollte einen Zettel am schwarzen Brett der Uni aushängen, wenn es so weit geklärt war. Hin und wieder neige ich mal zur Impulsivität – dann kann ich mich den Rest der Woche wie ein echtes Genie fühlen.

Aufgrund meiner Großartigkeit hatte ich nun ein paar Stunden zur freien Verfügung, in denen ich zu Hause rumsitzen und mir Vorabendserien ansehen konnte, die in angeschlagenen Strickwarenfabriken oder ähnlichen Etablissements spielten, während der Staubsauger an meiner Seite stand. Da sie noch keinen Schlüssel für das neue Schloss hatte, spähte Ursula von draußen durchs Fenster herein, als sie nach Hause kam. Aber ich hatte sie bereits die Straße entlangkommen sehen und war so mit dem Staubsaugen beschäftigt, dass sie dreimal an die Scheibe klopfen musste, bis sie meine Aufmerksamkeit erregte. Ich machte ihr die Tür auf, schnaufte und wischte mir mit dem Handrücken über die Stirn.

»Warst du bei den Maklern?«

»Ich *wusste* doch, da war noch was …«

Nachdem sie mich so lange mit eisigem Schweigen angestarrt hatte, dass sie ganz bestimmt nicht lachen, mir freundlich in die Schulter knuffen und »Ach … *du* wieder«, sagen würde, nickte ich in Richtung Wohnzimmer hinüber.

»Die Prospekte liegen auf dem Tisch.«

»Gut. Du holst die Kinder ab. Ich such uns ein paar Häuser aus, in denen wir wohnen können.«

»Ich glaube, *ein* Haus würde uns schon genügen, hm?«

»Von jetzt an treffe ich hier die Entscheidungen, damit das klar ist.«

Kommt mir vor, als würde
ich Karriere machen

Am nächsten Tag erschien ich wieder zur Arbeit, nachdem der kleine Urlaub meine Arbeitswut ins Unermessliche gesteigert hatte. Nach anfänglicher Enttäuschung, als ich einsehen musste, dass das Lern-Center nicht bis auf die Grundmauern abgebrannt war, machte ich mich gleich ans Werk. Gerade hatte ich meine E-Mails geöffnet (»Sie haben 924 neue Nachrichten«), als das Telefon klingelte – ein internes Gespräch.

»Hallo, Pel. Bernard hier. Könnten Sie mal einen Moment in mein Büro kommen? So bald wie möglich?«

»Bin schon unterwegs.«

Als ich hereinkam, stand Bernard da und zog ein finsteres Gesicht. Es gibt nichts Herzerweichenderes als die betrübte Miene eines schnauzbärtigen Mannes – als hätte sein Gesicht nicht schon genug Probleme. Bernard hatte ohnehin immer so etwas Trauriges, Bedrücktes an sich.

»Es hat eine Beschwerde gegeben.«

»Worüber? Von wem?«

»Dazu komme ich gleich. Entscheidend ist, dass ich mit Ihnen darüber sprechen muss statt mit Ihrem direkten Vorgesetzten. Normalerweise sollte natürlich Terry Steven Russell mit Ihnen sprechen. Aber Terry Steven Russell ist nicht mehr da.«

»Nicht mehr da? Sie meinen, er hat die Universität verlassen?«

»Exakt. Gestern Morgen war er noch da, am Nachmittag schon nicht mehr.«

»Hat er gesagt, wohin er wollte?«

»Nein.«

»Haben Sie ihn gefragt?«

»Ich habe ihn nicht mal gesehen. Als ich vom Mittagessen zurückkam, hing eine Notiz an meiner Tür.« Bernard hielt mir den Zettel hin. Darauf stand: »Ich kündige. Mit sofortiger Wirkung.« Untypisch ausschweifend für TSR, dachte ich. »Natürlich wollte ich zu ihm«, fuhr Bernard fort, »aber er war schon weg. Sein Schrank war ausgeräumt, und Wayne sagte, er hätte sich kurz von allen im Computer-Team verabschiedet und jedem einen Tacker geschenkt.«

»Wow.«

»Natürlich stellte sich heraus, dass sie dem Lern-Center gehörten, also habe ich sie an mich genommen und wieder in den Vorratsschrank gestellt.«

»Schnelle Reaktion.«

»Leider haben wir jetzt ein kleines Problem. Ich werde mich noch heute früh mit der Personalabteilung in Verbindung setzen, um die Anzeigen für einen Ersatz zu organisieren. Es dürfte mindestens einen Monat bis zum ersten Vorstellungsgespräch dauern. Und das ist noch optimistisch gerechnet. Wenn nur eines der drei Komitees, von denen der Wortlaut der Anzeige abgesegnet werden muss, Probleme macht, können wir wieder von vorn anfangen.«

»Wie gehabt.«

»Also habe ich mich gefragt, ob Sie vielleicht TSRs Job übernehmen könnten, bis wir den Posten neu besetzen. Natürlich könnten wir Ihnen dafür nicht das entsprechende Gehalt zahlen, aber es wäre uns eine große Hilfe und für Sie eine unschätzbare Erfahrung.«

Ich war mir nicht ganz sicher, was dieser Job einem abverlangte, aber andererseits hatte TSR es auch nie so genau gewusst, und offenbar war es ihm egal gewesen. Ich wäre ein Idiot, eine angebotene Beförderung abzulehnen, auch wenn sie nur vorübergehend war und keine Gehaltserhöhung einschloss.

»Was ist mit dem Job, den ich jetzt mache? Wer soll den übernehmen?«

»Na ja, es wäre ja albern, jemanden für nur ein paar Wochen einzuarbeiten. Könnten Sie das nicht mitmachen? Schließlich sollten die beiden Tätigkeiten ohnehin eng miteinander verwoben sein, was Ihnen in mancher Hinsicht helfen würde, was die Kommunikation angeht.« Bernard hatte das Ganze offenbar schon gut durchdacht.

»Oh. Na gut, okay.«

»Fabelhaft. Dann sind Sie der neue Lern-Center-CTASATM.«

Bisher war niemandem eine gänzlich befriedigende Art und Weise eingefallen, dieses Akronym für »Computer-Team-Administrator, Software-, Ausbildungs- und Technik-Manager« zu sagen (ein Titel, für den zwei Abteilungsleiter anderthalb Tage gebraucht hatten), und deshalb wurde es jedes Mal Buchstabe für Buchstabe ausgesprochen – »C« »T« »A« »S« »A« »T« »M«. Nach einer Weile dachte man nicht mehr darüber nach, und es kam als ungebrochener Lautstrom heraus: »Zeeteea-es-ateeem«. Entscheidend war die inhaltliche Klarheit. Hätten sie den Posten »IT-Manager« genannt, wären die anderen vielleicht von falschen Voraussetzungen ausgegangen, aber bei CTASATM wusste jeder Bescheid.

Bernard schüttelte mir die Hand. »Leider bestünde Ihre erste Aufgabe als CTASATM darin, ein ernstes Wörtchen mit dem Supervisor des Computer-Teams zu sprechen. Aber da Sie das ja selbst sind, sollte ich es wohl besser übernehmen, was? Wie gesagt, es gab eine Beschwerde.«

»Ich weiß. Was war denn?«

»Na ja, anscheinend sollte Karen Rawbone gestern drüben im Kunstseminar eine Einführung halten. Sie sagt, sie hätte alles mit Ihnen besprochen, was die Gerätschaften anging, die sie vor Ort brauchte, aber als sie kam … war nichts da. Sie musste nicht nur das IT-Team des Kunstseminars um Hilfe bitten – was absolut nicht deren Job ist; ich habe eine böse Mail von deren

Leiter bekommen –, sondern sie konnten sich auch Pierres Skulpturen nicht oben im Seminarraum ansehen, da niemand in der Lage war, sie zu bewegen. Offenbar mussten alle hinunter in sein Atelier gehen. Sie war alles andere als begeistert. Okay, ich weiß, Sie haben sich gestern krankgemeldet, aber Sie hätten wirklich veranlassen müssen, dass sich während Ihrer Abwesenheit jemand darum kümmert. Wir brauchen doch alle Netz und doppelten Boden, hab ich nicht Recht?«

Verdammt, das hatte ich komplett vergessen.

»Ich habe es nicht vergessen«, erwiderte ich verletzt. »Ich hatte abgemacht, dass TSR das übernimmt.«

»Ach so. Er muss es wohl vergessen haben ... oder es war ihm egal, weil er schnell wegwollte.«

»Es tut mir so Leid.« Ich biss mir auf die Unterlippe. »Sie hätten mich anrufen müssen. Ich wäre gekommen und hätte mich darum gekümmert. Okay, ich hatte diese grausame Migräne, aber ich hätte ja meine Schweißerbrille aufsetzen können, nur für ein paar Stunden. Sie dunkelt alles ab und schützt mein Gesicht, falls ich die Orientierung und das Gleichgewicht verlieren sollte.«

»Nein, nein, es ist nicht Ihre Schuld. Sie konnten ja auch nicht wissen, dass TSR nicht da sein würde. So was kommt vor.«

»Trotzdem. Ich fühle mich schrecklich. Die arme Karen.«

»Was hättest du gern mit achtzehn schon gewusst?«, fragte ich.

»Dass ich mir keine großen Hoffnungen machen sollte«, erwiderte Roo und streute Tabak in sein Blättchen.

Tracey sah mich über den Tisch hinweg an, während ich mich auf meinen Stuhl setzte. »Eines Tages sollten wir ihn wirklich überreden, mal eine dieser Inspirationskassetten aufzunehmen.«

Ich blieb argwöhnisch. »Mmmm ... aber er hat so was Messianisches an sich. Ich fürchte, wir könnten Kräfte wecken, die wir dann bald nicht mehr unter Kontrolle haben.«

Mit einem langem Zug zündete sich Roo seine Selbstgedrehte an, dann lehnte er sich auf seinem Stuhl zurück und ließ den Rauch aufsteigen. »Ich hatte heute einen ziemlich interessanten Vormittag.«

»Ich auch. Ratet mal, was passiert ist.«

Roo nahm noch einen langen Zug. »Na gut. Jedenfalls … mein Vormittag.« Er schnippte die Asche in den Aschenbecher, obwohl sie schon längst von seiner Zigarette gefallen war. »Diese Frau war wieder im Laden. Sie hat sich eine Limited Edition von *Vampirella Monthly* Nummer drei angesehen.«

»Wow.« Tracey nickte nachdenklich. »Ich kann mir vorstellen, dass das für jemanden, der weiß, wovon du da redest, ziemlich beeindruckend sein dürfte.«

»Es hat ein Cover von Jae Lee.«

»Halt, stopp, nicht weiter sprechen … mir wird ganz schwindlig.«

»Sie hat auch ein neues Piercing, so eine Art verdrehten Ring durch die Nase. Ich habe gehofft, dass sie an den Tresen kommen würde, und gleichzeitig gebetet, dass sie es nicht tut. Ich weiß genau, dass ich mich komplett zum Idioten gemacht hätte. Ich habe überlegt, was ich zu ihr sagen würde – ›Nummer drei? Gute Wahl‹ –, aber ich hab schon im Kopf zu stottern angefangen, hab alles durcheinander gebracht und meinen Kaffee in die Ladenkasse gekippt.«

Tracey hielt ihm die Hände hin – die Handflächen nach oben gekehrt, wie man es manchmal auf Gemälden von Jesus sieht (wenn auch ohne den Toast in der Hand). »Ich verstehe nicht, wo das Problem liegt. Meine Güte, frag sie einfach, ob sie mal mit dir ausgehen möchte. Was soll denn schon passieren?«

»Genau«, stimmte ich ihr zu. »Wahrscheinlich wird sie nur ›nein‹ sagen. Du wirst einen Augenblick quälender Erniedrigung durchleiden. Dann wirst du mehrere Monate lang jede Nacht wach liegen, wieder und wieder diesen Augenblick erleben, wobei jedes Mal diese beklemmende Verlegenheit wie eine

Woge über dich hinweggeht, und dann wirst du dir die Decke über den Kopf ziehen, weil du am liebsten einfach nur im Erdboden versinken und sterben möchtest. Jede Sekunde, die du im Laden stehst, wirst du fürchten, dass sie wieder hereinkommt, und wenn sie es dann tut, wird es dir vor Peinlichkeit und Entsetzen durch und durch gehen. Sie kommt herein, um was zu kaufen, und du wirst – entsetzlich gehemmt, weil ihr euch ja beide an deinen fehlgeschlagenen Annäherungsversuch erinnern könnt – vermutlich irgendeinen Witz reißen wollen, um die Spannung aus der Welt zu schaffen, aber der wird danebengehen, und sie wird dich mit dieser typischen Mischung aus Mitleid, Hohn und Belustigung ansehen. Wenn du Glück hast, kannst du deinen Job behalten und musst nicht ein Jahr in der dunstigen Halbwelt rotweingeschwängerten Selbstmitleids verbringen.«

»Toll. Damit hast du ihm echt geholfen, klar zu sehen, was auf ihn zukommt.«

»Nun ja, das habe ich allerdings. ›Was soll denn schon passieren?‹ Du meine Güte, das ist ein gefährlich weiblicher Rat, vor dem ich ihn beschützen musste. Zurückweisung kann selbst den stärksten Mann vernichten. Stell dir nur mal vor, was sie bei Roo anrichten könnte. Ich meine, sieh dir doch seinen Zustand an!«

»Es ist immer besser, genau zu wissen, woran man ist«, erklärte Tracey.

»Es ist *nicht* besser, das zu wissen. Absolut alles andere ist besser, als wenn eine Frau, die dir gefällt, einfach nicht mit dir ausgehen will. Viel, *viel* besser ist es, wenn er die Hoffnung aufgibt, ohne es überhaupt versucht zu haben, oder wenn er Wahnvorstellungen bekommt oder einfach nur von ihr träumt, während er allein zu Hause eine seiner nächtlichen Masturbationsorgien feiert.«

»Es sind noch andere Leute hier«, stellte Roo fest.

»Du bist eine Frau. Du weißt nicht, was es bedeutet, zurückgewiesen zu werden. Ich könnte mir gut vorstellen, dass du wahrscheinlich antworten würdest: ›Ach, das ist aber wirklich süß von dir.‹ Zurückgewiesen zu werden ist für einen Mann vernichtend … aber *sitzen gelassen* zu werden, also …«

»Moment, Moment«, warf Tracey ein. »Wenn ich diesen Schwall von Schwachsinn mal einen Augenblick unterbrechen dürfte: Du wirst bestimmt Frauen finden, die genauso verletzt sind, wenn man sie sitzen lässt. Ich weiß noch, wie mich mal einer sitzen gelassen hat und ich sechs Wochen völlig verzweifelt war.«

Roo und ich lachten laut auf.

»Da hast du's.« Ich klatschte in die Hände. »Euer Ehren, ich brauche keine weiteren Zeugen. *Sechs Wochen.* Ein Mann gilt als unverwüstlich, wenn er nur sechs *Jahre* völlig traumatisiert ist. Frauen heulen sich ordentlich aus, verbringen ein paar Abende mit Kummer und Schokolade in Gesellschaft ihrer Freundinnen, und dann machen sie sich an den Rest ihres Lebens. Männer implodieren einfach. Es ist eine Tatsache, dass geschiedene Männer sogar früher *sterben*.«

Tracey zuckte mit den Schultern. »Wahrscheinlich ein Hygiene-Problem.«

»Ich lach mich tot. Sitzen gelassen zu werden bringt Männer buchstäblich um. Du bist dir nur nicht darüber im Klaren, wie bedürftig wir sind. Selbst wenn sich ein Mann eine Geliebte nimmt, kann er seine Frau nicht aufgeben … wir sind kleine, hilflose, zerbrechliche Wesen.«

»Oh, bitte nicht. Ich krieg keine Luft mehr. Soweit ich mich erinnern kann, hast du noch nie gesagt, Ursula würde dich vor einem frühen Tod bewahren.«

»Aber so ist es. Was meine Theorie unwiderlegbar beweist – sie stimmt sogar in Bezug auf Ursula. Beispielsweise schützt sie mich vor meinem Hang zu drohendem Hedonismus. Wer weiß, zu welch selbstzerstörerischen Aktivitäten ich mich hinreißen lassen würde, wenn sie nicht ständig über mich wachen würde.

Und außerdem würde mir Ursula gar nicht *erlauben* zu sterben, solange niemand ein Wundermittel gegen das Bügeln erfunden hat.«

»Ich glaube, ich werde die Frau lieber nicht fragen, ob sie mit mir ausgehen will«, sagte Roo. »Ich danke euch beiden, weil ihr mir geholfen habt, das herauszukristallisieren.«

»Siehst du, was du angerichtet hast?«, sagte Tracey zu mir.

»Macht nichts«, fuhr Roo fort. »Ich hätte es sowieso nicht getan. Also, Pel … du sagtest, bei dir wäre einiges los?«

»Was? Ach ja. Bei uns wurde eingebrochen, TSR ist weg, und ich mache jetzt seinen Job. Ist auch egal.«

Bei der Arbeit musste ich ein paar von meinen Sachen umräumen. Als Computer Team Supervisor stand mein Schreibtisch im IT-Büro im fünften Stock des Lern-Centers. Der CTASATM hatte – wie es sich für einen Team Manager gehört – seine Heimat dort, wo die anderen leitenden Funktionen untergebracht waren. TSRs Schreibtisch stand zwischen dem von David Woolf, dem Chef der Bibliothekare (der »Fachleute«, wie sie sich gern nennen lassen – nein, ehrlich), und dem von Pauline Dodd, die dem Team der Bibliotheksassistenten vorstand.

Pauline saß nicht an ihrem Schreibtisch, da sie den ganzen Nachmittag in einem Abteilungs-Meeting verbrachte, bei dem man klären wollte, welche Becher für den Wasserspender angeschafft werden sollten. Wie sie es fertig brachte, sich auf ihren Platz zu zwängen, war eine Leistung, die ich mir schon seit einiger Zeit gern ansehen wollte. Ihr gesamter Bürobereich war voll gestopft mit knuddeligen Stofftieren und Trollen, Dekoblumen, lustigen Schildchen, wie man sie in obskuren Andenkenläden kaufen konnte, und Fotos von kleinen Kindern.

Aber David war da. Normalerweise kam er gegen 7:30 Uhr zur Arbeit (erzählten zumindest die Putzfrauen – ich stritt mich um diese Uhrzeit noch mit Ursula im Badezimmer) und blieb, bis er kaum noch die Kraft aufbrachte, zu seinem Auto zu schlurfen.

»Dann sind Sie also unser neuer CTASATM, ja?«

»Bis ein Ersatz gefunden ist.«

»Aber Sie wollen sich um den Posten bewerben?«

»Na ja, ich denke schon. So weit habe ich noch gar nicht gedacht.« Hatte ich wirklich nicht. Ich bin kein Mensch, der weit vorausdenkt. (Wenn allerdings jemand gebraucht wird, der über seiner Vergangenheit brütet, bin ich genau der Richtige.) »Könnte sein, dass für den Job Qualifikationen nötig sind, die ich nicht bieten kann.«

»Oder Sie haben sämtliche Qualifikationen, kommen aber gar nicht erst in die engere Wahl, obwohl alle wissen, dass Sie der Beste für den Job sind«, erwiderte David. David hat seine Vorgeschichte. Eilig bog ich auf eine ungefährlichere Nebenstrecke ab.

»Hatte TSR irgendein System für seine Ablage? Ich sehe hier einen Aktenschrank, der allerdings aussieht, als hätte er viele Akten und wenig System.«

»Keine Ahnung, aber ich glaube, er kam mit seinem Chaos ganz gut zurecht. Schließlich war er kein Fachmann. Für Nicht-Bibliothekare ist effizientes Kollationieren oft nur eine lästige Pflicht. In jedem Fall war Terry Steven Russell ein wortreicher Mensch. Ständig schien er alles Mögliche am Telefon zu besprechen oder sich mit Leuten zu treffen. Ich kann mir überhaupt nicht vorstellen, was die mit seinem Job hier zu tun haben sollten. Er hat sich öfter mit den Dekanen getroffen als ich, und ich bin hier der Leitende Bibliothekar. Ich bezweifle …«, zum ersten Mal sah David von dem Dienstplan auf, an dem er arbeitete, »… dass er sich korrekt an die Dienstzeiten gehalten hat.«

TSRs PC stand auf seinem Schreibtisch, aber er war vollkommen leer gefegt, es fand sich nicht einmal mehr ein Betriebssystem darauf. Offensichtlich hatte er die Festplatte formatiert, bevor er gegangen war. Was natürlich heutzutage gang und gäbe ist. Die Leute verbringen so viel Zeit damit, Pornos aus dem Internet herunterzuladen oder sich E-Mail-Attachments von fraglicher Legalität anzusehen, dass es erheblich einfacher ist, alles zu löschen, wenn sie gehen. Etwaige Beweise zu lokalisieren und dann zu eliminieren, würde Ewigkeiten dauern, vom nötigen Geschick mal abgesehen, außerdem bliebe stets der nagende Zweifel, dass man etwas vergessen haben könnte. (Selbstverständlich fallen die Kollegen umgehend über den Computer eines ehemaligen Mitarbeiters her, um nachzusehen, was er darauf gespeichert hat. Schreckliche Enttäuschung macht sich unter den Kollegen breit, wenn sich auf »Old Bobs« PC keine Bilder finden, die beweisen, dass er heimlich Frauenkleider trägt.) Der Umstand, dass er die Festplatte formatiert hatte, kam mir jedoch durchaus gelegen. Ich richte gern PCs ganz neu ein. Das Laufwerk zu starten, Windows zu installieren, unsere Standard-Software zu laden und zu ordnen, nahm fast den ganzen Tag in Anspruch, erfordert aber nicht mehr geistige Leistung, als ab und zu einen »Weiter«-Knopf zu drücken.

Ich nahm eine Startdiskette mit CD-ROM-Treibern, die für jeden, der in der IT-Branche arbeitet, so kostbar ist, dass ich Techniker kenne, die eine solche Diskette nur anzufassen brauchen, um einen Orgasmus zu bekommen – und schob sie in Laufwerk A. Ich rebootete und fing an, ein Betriebssystem von der CD zu laden. Während es surrte und klickte (und der Bildschirm aufleuchtete, um mir zu sagen, dass die Software, die ich lud, mein Leben für alle Zeit einschneidender verändern und erleichtern würde, als ich je für möglich gehalten hätte), fing ich an, in dem herumzuwühlen, was TSR zurückgelassen hatte.

Nur die oberen vier Schubladen im Aktenschrank sahen einen vertikalen Zugang vor. Die Ordner in den anderen drei Schubladen – sofern überhaupt welche drin waren – lagen einfach übereinander. Es bedeutete wohl, dass die jüngsten Vorgänge oben liegen mussten. Das oberste Memo in der zweiten Schublade (eine offizielle Erinnerung an ein Gesundheitszeugnis, in deren obere Ecke TSR »Super, alles klar« gekritzelt hatte) war bestimmt nicht älter als zwei Wochen. Die oberste Schublade, die vermutlich aufgeräumt war, um überraschend auftauchende Würdenträger zu blenden, enthielt ein konventionelleres Arrangement aus beschrifteten Ordnern. Einige Sekunden näherer Betrachtung brachten jedoch zum Vorschein, dass diese Beschriftungen keineswegs einem so banalen Klischee wie dem Alphabet folgten. Außerdem waren die meisten alles andere als aufschlussreich, da sie mit Kürzeln wie »GH & HAT« oder »Fid;12/09/97« versehen waren. Einige Ordner waren ohnehin leer, in einem davon fand ich ein gefülltes Schokoladenei.

Die Schubladen in seinem Schreibtisch waren ein ähnlicher Dschungel, aber dieses Zeug hatte offensichtlich nichts mit seiner Arbeit zu tun. Ich fand alte Ausgaben von *Mojo*, Kataloge von *Argos*, abgelaufene Parkscheine, Quittungen für Fotoentwicklung, anscheinend alles, was TSR hineingeworfen hatte, weil der Papierkorb so weit weg stand. Nur in der untersten Schublade fand ich etwas, das dort abgelegt und nicht nur hineingeworfen war – ein kleines Päckchen, ein brauner, wattierter Umschlag, auf dem »Pel« geschrieben stand. Ich ertastete den Inhalt von außen, weil man das mit Päckchen so macht. (Es geht darum, ob man erraten kann, was drinnen ist, so dass man es mit einem »Hab ich mir schon gedacht« statt mit einem »Na, das hab ich jetzt aber nicht erwartet« öffnen und so die Überraschung möglichst gering halten kann. Stattdessen wird man mit einer Enttäuschung belohnt. Auf diese Weise lässt sich die Lebensfreude erheblich verringern.) Also drückte ich den Umschlag, schüttelte ihn ganz nahe am Ohr, und da ich noch immer keine Ahnung hatte (es fühlte sich hart an und klapperte nicht sonderlich), pulte ich das Klebeband ab. Es war ein

Spiegel. Einer dieser beweglichen Makeup-Spiegel, die man am Tombolastand auf jedem Schulfestflohmarkt oder in Läden findet, in denen alles nur ein Pfund kostet. Ich dachte schon, TSR wollte sich mit mir zum Abschied noch einen kleinen Scherz erlauben, aber offenbar wollte er auf etwas anderes hinaus. Auf die Spiegelfläche hatte er mit einem Filzstift geschrieben: »Achtung, hinter dir – Terry.«

Ich wusste nicht, ob ich das nun merkwürdig oder unheimlich finden sollte.

Alle Fäden gezogen

Den Großteil der folgenden sechs Wochen raufte ich mir die Haare. Da ich zwei Jobs zu bewältigen hatte, waren ein paar schwierige Entscheidungen zu treffen, was meine zeitlichen Prioritäten anging. Es war ein ständiger Balanceakt, aber am Ende hatte ich ein System ausgeklügelt, mit dem ich in beiden Jobs erhebliches Unheil anrichten konnte. Während ich den CTASATM-Job nicht mal ansatzweise in den Griff bekam (ich schaffte es nicht mal, TSRs ungeordnete Akten zu durchforsten), entglitt mir außerdem zusehends das Kommando über mein Computer-Team. Insgesamt war es wohl keine gute Zeit, um die Dinge fest im Griff zu haben. Solange man allerdings mindestens noch einen Schritt vom endgültigen Zusammenbruch entfernt ist, hat man seiner Pflicht offenbar Genüge getan. Und hat man diesen einen Schritt tatsächlich voraus, hat alles, was darüber hinausgeht, so einen Hauch vulgärer Extravaganz.

Der Posten des CTASATM wurde ausgeschrieben. Im Inserat standen zwar Dinge wie »Idealerweise sind Sie ein engagierter, begeisterungsfähiger Teamplayer«, aber ich bewarb mich trotzdem. Ich meine, da stand: »*Idealerweise*«, oder? Nicht »*Sie sind*«. Ideale sind letztlich auch nur relativ.

In den Bewerbungsunterlagen wurde um drei Referenzen gebeten. Natürlich setzte ich TSR ein, obwohl ihn lange niemand mehr gesehen hatte und sein privater Telefonanschluss tot war. Als die anderen beiden gab ich Tracey und Roo an. Jeder weiß, dass Referenzen – abgesehen vielleicht die des »letzten Arbeitgebers« – Quatsch sind. Kein Mensch würde jemanden als Referenz angeben, von dem er fürchten müsste, dass er einem kein Zeugnis ausstellt, das vor lobpreisenden Adjektiven nur so strotzt. Meiner Erfahrung nach können persönliche Empfehlungen aufgrund ihrer Verlogenheit auch reichlich blasiert wirken. Gibt es Probleme, dann können die Leute einfach sagen: »Also, in den vier Jahren, die ich mit seiner Mutter Bridge gespielt habe, hat er mich nie um zweihunderttausend Pfund betrogen. Ich hatte ja keine Ahnung.« Geht man also davon aus, dass Referenzen für alle Beteiligten reine Zeitverschwendung sind, kann man ebenso Leute fragen, die sich darüber freuen, dass man sie um ihre Meinung bittet.

Zu Hause stand Ursula kurz vor der sexuellen Kernschmelze. Drückt man ihr einen IKEA-Geschenkgutschein in die Hand, läuft sie rot an und hechelt vor Aufregung … und jetzt durfte sie sich ein ganzes Haus aussuchen … na ja, seit dem Aufwachen glomm ein regelrecht animalisches Feuer in ihren Augen.

»Das hier sind die besten vierzig bisher«, sagte sie eines Nachmittags und platzierte einen mächtigen Papierstapel auf meiner Sessellehne, obwohl selbst dem beiläufigsten Beobachter aufgefallen sein musste, dass ich Tekken spielte. »Ich möchte, dass du sie dir ansiehst.«

»Okay. Eine Minute.«

»Meinetwegen. In einer Minute.«

»Ach, komm schon.« Flehend sah ich sie an. Also, eigentlich konnte ich sie gar nicht ansehen, weil auf dem Bildschirm der Bär los war, aber ich drehte meine Schultern in ihre Richtung und hielt meinen Kopf so, dass ich das Spiel noch im Blick behielt. Ehrlich gesagt, konnte ich diese Ablenkung absolut nicht brauchen, da meine Lebensanzeige nur noch ein schmaler Streifen war und ich mein Glück gerade mit einem Doppelschlag aus Cat Thrust und Bloody Scissor versuchte.

»Nein, deine Minuten kenne ich. Du sitzt morgen früh noch hier, wenn wir zum Frühstück runterkommen.«

Ursula – und ich gebe mir hier alle Mühe, objektiv zu sein –

ist ein hoffnungsloser Fall, was Videospiele angeht. Sie ist wirklich erbärmlich schlecht, gerät jedes Mal in Panik, fragt, welche Knöpfe wozu da sind und gibt unbegreifliche Kommentare von sich, wie etwa: »Das würde im richtigen Leben nie passieren.« Man sollte Ursula deshalb nicht verspotten – es ist ein grausames Gebrechen, und ich finde es tapfer von ihr, dass sie so tut, als würde es ihr nichts ausmachen, dass ihre Videospiel-Kompetenz vollkommen lächerlich ist. Den Kindern habe ich die Lage schon sehr früh erklärt, denn ich wollte auf keinen Fall, dass sie den Zustand ihrer Mutter später einmal selbst bemerkten und die Beziehung zu ihr durch eine gewisse Unbeholfenheit und Verlegenheit belastet wurde. Ich muss sagen: Sie waren mir eine große Hilfe. Geduldig haben sie ihr Spielzüge gezeigt und immer wieder Sinn und Zweck eines Spiels erklärt. Kinder können sehr stark sein, wenn man ihnen Gelegenheit dazu gibt.

Allerdings ergeben sich hin und wieder doch noch Probleme, denn ein Nebenaspekt in Ursulas Störung ist, dass sie ein Videospiel nicht als Ganzes betrachten kann. Dabei handelt es sich keineswegs um ein visuelles Problem, denn sie ist sehr wohl in der Lage, die einzelnen Spielphasen zu identifizieren, nur kann sie daraus nicht folgern, in welcher Form sie zusammenhängen. Auch in dieser Hinsicht bin ich wirklich stolz darauf, wie Ursula mit ihrer Schwäche umgeht, da für sie schließlich ein simples Autorennen auf dem Bildschirm eine höchst desorientierende und Furcht einflößende Erfahrung sein muss. Nichtsdestotrotz lässt sie sich immer wieder zu Kommentaren hinreißen wie: »Du hörst sofort auf. Jetzt spielst du schon geschlagene sechs Stunden!« Sie kann einfach nicht erkennen, *dass so etwas schlicht unmöglich ist.* Für Ursula macht es keinen Unterschied, ob man nun abschaltet, wenn nur noch zwei Gegner zwischen dir und dem Titel des Champions stehen oder in sonst irgendeiner Phase des Spiels.

Jedenfalls – da ich mir dieses Umstands sehr wohl bewusst

und ebenso wie Ursula darauf erpicht war, so schnell wie möglich ein neues Haus zu finden – stellte ich Tekken nach nur
zwei weiteren Stunden ab und sah mir die Häuser an, die sie
ausgesucht hatte. Sehr bald schon fiel mir auf, dass ihr Krite-
rium zur Auswahl dieser Anwesen »Befinden sich auf unserer
Halbkugel« gewesen war.

Ursula saß nebenan am Tisch und las in einer Zeitschrift einen Artikel, wie man aus einem Zimmer mit Hilfe von Gardi-
nen dieses oder jenes machen konnte. Die Ausführungen waren offenbar so immens bedeutungsvoll, dass sie ihren Löffel
nur ganz, ganz langsam zwischen einem Toffee-Joghurt und ihrem Mund hin und her bewegen konnte.

»Hattest du eigentlich irgendwelche Auswahlkriterien, oder
wieso sind noch so viele Häuser übrig?«

»Ich habe nicht dieselbe Methode angewandt wie du, als du
uns ein Haus in dieser Gegend ausgesucht hast, falls du das
meintest. Im Grunde habe ich mich nur gefragt, ob ein Haus zu
mir sagte: ›Ideale Gegend, wenn man ein Dach über dem Kopf
braucht, weil man auf Kaution draußen ist‹ und es von der Liste gestrichen, wenn die Antwort ›ja‹ war. Ungewöhnlich, ich
weiß, aber wir sollten diesem System mal eine Chance geben.«

»Es macht einen ziemlichen Unterschied, ob man ein Haus in
einer besseren Gegend sucht oder ob man sagt ›Mmmh … was
würde Ivana Trump machen?‹ Hier, sieh dir das mal an …« Ich
hielt eine der Seiten vor meinem Gesicht hoch, so dass nur meine weit aufgerissenen Augen darüber zu sehen waren. »Für den
Preis von dem hier könntest du unsere ganze Straße kaufen.«

»Was du vermutlich tun würdest, wenn es nach dir ginge.«

»Das können wir nie im Leben bezahlen. Wir könnten uns
nicht mal genügend halluzinogene Drogen leisten, um uns *vor-
zugaukeln*, dass wir es bezahlen können.«

»Es kostet nichts, es sich mal anzusehen.«

»Moment mal. Willst du mir erzählen, du suchst Häuser aus,
damit wir sie uns nur ansehen?«

»Da kommen uns vielleicht Ideen …«

»Ja, ich hab jetzt schon eine.«

»… und wir bekommen Vergleichsmöglichkeiten. Woher sollen wir wissen, was wir wollen, wenn wir keinen Vergleich haben?«

»Wir könnten versuchen nicht überzuschnappen, falls das noch im Rahmen des Möglichen ist. Wovon redest du eigentlich? Es ist doch nicht so, als hätten wir noch nie ein Haus gesehen. Ich war schon in vielen Häusern. Meine Freunde wohnen in Häusern.«

»Das ist was ganz anderes.«

»Wieso ist das was anderes?«

»Deren Häuser kaufen wir nicht.«

»*Dieses* Haus hier …«, ich deutete auf das Refugium des Earl of Gloucester in der Anzeige, »… auch nicht. Außerdem könntest du ja so tun, als würdest du das Haus von Freunden kaufen wollen, wenn du möchtest. Wir rufen jemanden an, den wir kennen, bitten um einen Termin und sagen, sie sollen so tun, als gäbe es reichlich Interessenten … Wir könnten sogar vor die Tür gehen und uns ihre Dachziegel ansehen.«

»Oder vielleicht könnte ich auch diesen Löffel nehmen und dir damit so richtig wehtun. Du kannst ruhig zugeben, dass du gegen alle Häuser bist, die ich dir gegeben habe. Schließlich habe ich sie dir gegeben, damit du sie durchsiehst und wir gemeinsam darüber sprechen. Aber wenn du sie abschmetterst, ohne dass du sie dir überhaupt angesehen hast, will ich dafür einen verdammt guten Grund hören.«

Die provozierend erotische Art und Weise, wie sich ihre Lippen um den umgedrehten Löffel legten, verriet mir, dass sie von dieser Haltung nie im Leben abzubringen wäre. Also nahm ich alle Häuser mit zum Sessel und ließ mich zähneknirschend hineinfallen.

Häuserinserate von Immobilienmaklern sind alle gleich. Eine Auflistung von Fakten und Maßen, Zimmer für Zimmer, darunter ein kleines Foto der Fassade. Falls die Leute unange-nehmerweise etwas besonders Extravagantes mit ihrem Wohn-zimmer angestellt haben, findet sich unter Umständen auch da-von ein kleines Foto. Ursula fand es vermutlich unterhaltsam, sich so was Seite für Seite durchzusehen. Ich fühlte mich, als sollte ich auf einer Polizeiwache das Haus identifizieren, das versucht hatte, mir meine Brieftasche zu klauen.

»Ich sehe, Sie haben sich um den Job als CTASATM beworben?«, sagte Bernard, der von hinten angeschlichen kam, als ich eben im Aufenthaltsraum einen Teebeutel klaute.

»Ja.« Ich versuchte mich lässig zu geben. »Ich dachte, ich sollte es lieber tun. Einfach um mein Interesse daran zu bekun-den, dass ich weiterkommen möchte, um nicht als Supervisor des Computer-Teams hängen zu bleiben.« Er nickte. »Nicht dass ich nicht scharf auf den Job an sich wäre.« Wieder nickte er. »Oder dass ich glauben würde, der Job des Supervisors sei – äh – eine Sackgasse.« Ich wollte ihn schon bitten, mein Bewerbungs-formular zu verbrennen, und mich dafür entschuldigen, dass ich ihm die Zeit stahl.

»Sie wissen, dass wir auch mit externen Bewerbern spre-chen. Es ist ein sehr wichtiger Posten.«

»Die letzten CTASATM-Vorstellungsgespräche waren aber doch alle intern, oder?«

»Ja, das waren sie.«

»Und der Posten hier wird genauso bezahlt wie überall an dieser Uni?«

»Stimmt. Genau so ist es.«

»Verstehe.«

»Das dachte ich mir. Es zeigt, wie hoch wir diesen Posten einschätzen, wenn wir Mitarbeitern aus dem Hause den Zu-gang erschweren, obwohl für den Job nicht mehr als üblich be-zahlt wird.«

»Wenn man es so formuliert«, am liebsten hätte ich eine

Autobatterie auf seine Füße fallen lassen, »wird mir erst klar, wie hoch Sie diese Stellung einschätzen.«

Bernard schob die Hände tief in seine Taschen und lächelte. Ich nahm den Teebeutel aus meinem Becher und hielt ihn über den Mülleimer, stellte allerdings zu spät fest, dass er einen Schwingdeckel hatte. Mit einem braunen Klatschen schlug der Beutel auf, ehe er am Deckel entlang abwärts rutschte und dabei eine teefarbene Spur zurückließ. Der Anblick erinnerte auf bemerkenswerte Weise an Scheiße, die jemand auf einer weißen Wand verschmiert hatte.

»Ich sollte vielleicht einen Lappen holen.«

Ein Haus.

»Das ist Tony, mein Mann.« Tony sitzt aufrecht mit ausgestreckten Beinen in einem Lehnstuhl und sieht sich ein Fußballspiel im Fernsehen an, hebt aber eine Hand in unsere Richtung. Er bevorzugt die keineswegs ausreichend unübliche Kombination aus einem engen 100%-Polyester-T-Shirt und einem prallen Bierbauch. Sein Wanst scheint zu der Sorte zu gehören, die schneller gewachsen sind als die Haut. Statt schwabbelig überzuhängen, ist sie glatt und straff. Wenn man mit dem Mittelfinger dagegen schnipste, würde es sich bestimmt wie ein Medizinball anhören. Ich bemerke, dass ich sein strammes T-Shirt anstarre, fasziniert von der Mulde, die andeutet, wo sein Nabel sitzt.

Das untere Zimmer beherbergt keineswegs nur Tony und den Fernseher, sondern darüber hinaus eine Musiktruhe mit schwarzen Rauchglastüren (ich werfe einen Blick auf die CDs – fast nur Compilations) und eine Wand voller Regale mit Pokalen, Trophäen und kleinen, goldenen Statuen, die Männer am Pooltisch darstellen. Daneben gibt es ein Aquarium mit Tropenfischen und zwei gewaltige Plastikkisten, in die man Kinderspielzeug schaufeln kann, kurz bevor Gäste kommen. Das Zimmer ist groß, aber es gibt nur das eine. Ein einziges

Zimmer im Erdgeschoss ist für uns nicht wirklich sinnvoll. Wenn Ursula und ich einen Streit damit krönen, dass einer von uns das Zimmer verlässt und die Tür hinter sich zuknallt, wirkt es doch eher jämmerlich, wenn man ein paar Minuten später wieder hereingeschlurft kommt, um den Fernseher einzuschalten.

Ursula und Tonys Frau kommen aus der Küche zurück und machen sich plappernd auf den Weg nach oben. Bisher habe ich mich noch immer nicht von der Stelle gerührt, war viel zu sehr damit beschäftigt, diesen fremden Bauchnabel zu betrachten, aber jetzt folge ich den beiden.

»Das hier ist das Badezimmer. Der Boiler ist im Schrank.«

»Wie alt ist er?«, fragt Ursula.

Tonys Frau neigt den Kopf ein wenig in Richtung Badezimmertür. »Tonyyyyyy?! Tonyyyy, wie lange haben wir den Boiler schon?«

Von unten kommt ein leises desinteressiertes »Weiß ich doch nicht«.

Tonys Frau sieht uns an. »Ich kann mich nicht erinnern, wenn ich ehrlich sein soll. Zehn Jahre, würde ich sagen. Okay, hier drüben … ist das Elternschlafzimmer.«

Arrggggggh! Aber ehrlich.

»Dort in der Wand sind Einbauschränke. Da haben wir unsere Sachen drin … So und jetzt … oh, da oben ist der Dachboden, aber den benutzen wir nur als Stauraum.«

»Was für eine Isolierung haben Sie denn?«

»Ooooh, ich selbst war noch nie da oben. Tonyyyy! *Tonyyyy-yyyy!* Womit ist der Dachboden isoliert?«

»Was? Keine Ahnung. Irgendwelches Zeug. In der …« Ein ohrenbetäubendes »Oaaaah!« der Fans schallt aus dem Fernseher, und Tony gibt ein herzhaftes »Blöder Arsch!« von sich.

»Tony scheint es auch nicht zu wissen. Da können wir uns aber gern erkundigen, wenn Sie möchten. Hier ist das Kinderschlafzimmer.« Sie öffnet die Tür, und wir sehen zwei neun- bis zehnjährige Jungen. Einer inszeniert eine Konfrontation, an der Soldaten, Rennwagen, Power Rangers, Roboter und Dinosaurier beteiligt sind, während der andere bäuchlings auf dem Bett liegt und in einer Pokémon-Zeitschrift liest.

»Ahhh«, sagte ich. »Pokémon. Meine Söhne stehen beide auf Pokémon.«

Er sieht zu mir auf. »Na und?«

»Wie Sie sehen, kriegt man hier problemlos zwei Kinderbetten unter ... So, und hier haben wir das Gästezimmer.«

Darin befinden sich ein Heimtrainer und Stapel alter Zeitschriften. Ursula deutet in die Ecke über dem Fenster. An der Stelle, wo Wand und Decke aufeinander treffen ist ein gezackter Riss zu sehen.

»Da ist ein Riss. Hatten Sie Probleme mit der Bausubstanz?«

»Wissen Sie, das ist mir noch nie aufgefallen. Tonyyy! *Tonyyyyy!* Wie lange ist der Riss schon da?!«

»Keine Ahnung ... welcher Riss?«

»Im Gästezimmer. Da ist ein Riss im Gästezimmer.«

»In der Wand?«

»Ja.«

»Keine Ahnung.«

Sie wendet sich uns wieder zu. »Tja, wir sind uns nicht sicher, wie lange der schon da ist, aber eigentlich hatten wir bis jetzt keine Probleme mit dem Haus. Ist noch keine Wand umgefallen, seit wir hier wohnen, hahahaha!«

Ich lache höflich mit und spüre, wie mich Ursula mit ihrer »Was machst du da eigentlich?«-Miene ansieht, meide aber ihren Blick.

»Möchten Sie sich die Garage mal ansehen?«

Wir möchten, und es stellt sich heraus, dass ein Wagen drin steht. »Da haben wir's«, sagt Tonys Frau. »Wie man sieht, passt ein Auto rein.« Wieder lachen wir, während Ursula vom Spielfeldrand aus zusieht.

Als wir zu unserem Wagen gehen, winkt uns der Nachbar zu.

Er ist um die fünfzig, hat die Ärmel bis zu den Ellbogen aufge-
krempelt und gräbt in seinem Blumenbeet herum.

»Sie haben sich das Haus angesehen?«

»Genau.«

»Gut, gut. Nur Sie beide, oder?«

»Nein, wir haben zwei kleine Jungs.«

»Oh, das ist schön. Wäre nett, wenn hier wieder eine Familie einzieht. Meine Frau sagt, gestern haben sich ein paar Far-
bige das Haus angesehen. Beunruhigend, nicht? Man will ja
nicht mit jedem Tür an Tür wohnen.«

»Ja«, antworte ich. »Durchaus.«

Ein Haus.

»Wie lange steht es schon zum Verkauf?«

Ein Immobilienmakler klimpert mit seinen Autoschlüsseln.
»Wie der Zufall es will, ist es gerade erst zur Besichtigung freigegeben. Die alte Frau, die hier gewohnt hat, ist in der Badewanne gestorben …«

»In dieser Wanne?«

»Ja, genau. Es hat Wochen gedauert, bis man sie gefunden
hat. Irgendwann hat der Gestank die Nachbarn alarmiert. Da
musste reichlich geputzt werden, wie man sich vorstellen kann,
und dann wollten die Besitzer die gerichtliche Untersuchung
der Todesursache abwarten. Es gab noch einen Untermieter,
der aber anscheinend schon vor der Tragödie ausgezogen
war … jedenfalls hatte ihn schon monatelang niemand mehr
gesehen. Wollen Sie mal einen Blick auf den Speicher werfen?«

»Nein.«

Ein Haus.

»Sind Sie in einer Kaufkette?«, fragt eine Frau in Trainings-
anzug und Pantoffeln.

»Kaufkette? Was meinen Sie?« Ursula mustert sie mit zu-
sammengekniffenen Augen.

»Sie meint, ob wir darauf warten, dass unser Haus an jemanden verkauft wird, der darauf wartet, dass sein Haus verkauft wird und so weiter«, sage ich. »Nein, wir warten nicht. Wir haben unsere Hypothek so gut wie abbezahlt. Wir müssen nicht warten, bis wir unser Haus los sind, um ein neues kaufen zu können. Es wäre sogar möglich, dass wir unser Haus vermieten.«

»Ach ja?«, fragt Ursula und sieht mich an.

»*Möglich*«, sage ich auf Deutsch und lächle.

»Das ist gut. Mir sind schon Verkäufe geplatzt, weil es Probleme mit Kaufketten gab. Zwölfmal. Inzwischen nehme ich Tabletten.«

»Meinen Sie, wir könnten vielleicht reinkommen?«, fragt Ursula.

»Sie sind nicht in einer Kaufkette?«

»Nein.«

»Na gut. Dann ja.«

Sie führt uns durch einen engen Flur. »Hier ist die Küche. Ich … hoppla, Verzeihung. Wahrscheinlich wäre es besser, wenn Sie einzeln reinkommen. Wie Sie sehen, ist alles leicht zu erreichen.«

»Ist das die Tür zum Garten?«

»Ja. Die benutze ich nicht. Sie können vorn rausgehen und dann den Weg nach hinten nehmen, wenn Sie in den Garten wollen. Hier durch – Verzeihung – hier durch haben wir das Wohnzimmer. Hier können Sie sitzen und fernsehen.«

»Waren das ursprünglich mal zwei Zimmer?«

»Ich glaube ja. Es war schon so, als ich eingezogen bin, aber sehen Sie, wo die Deckenfarbe von rot nach gelb wechselt? Ich schätze, da müsste ursprünglich die Wand gewesen sein.«

»O ja.«

»Wollen Sie sich oben umsehen?«

»Sehr gern.«

»Okay, wenn Sie mitkommen, passen Sie auf die Vase auf.

Die ist aus Portugal. Gut … okay. Hier ist der Treppenabsatz. Da drüben ist das Badezimmer.«

Ich greife nach dem Türknauf, aber sie tritt dazwischen. »Es wäre mir lieber, wenn Sie da nicht reingehen würden.«

»Kein Problem.«

»Und hier sind die Schlafzimmer.«

»Drei Schlafzimmer?«

»Ja. Im Grunde eher zwei und eine Abstellkammer. Aber ein Einzelbett könnte in die Kammer passen.«

Ursula streckt den Kopf hinein und sieht sich um. »Ich glaube kaum, dass man dann die Tür noch zumachen kann.«

»Man könnte sie ja aushängen.«

»Diese Fenster haben aber keine Doppelverglasung, oder?«

»Nein, das wollte ich aber schon lange machen lassen.«

»Also, vielen Dank, dass Sie uns herumgeführt haben.« Wir wollen die Treppe hinuntergehen. »Es ist sehr hübsch.«

»Sie haben die Nummer von dem Makler, ja?«

»Er will uns Montag anrufen, um zu sehen, wie wir es fanden.«

»Mein Preis steht fest«, bemerkt sie, als sie die Tür aufmacht, um uns rauszulassen.

»Das hat man uns gesagt.«

»Na dann.«

»Na dann …«

»Wiedersehen. Und danke.«

»Auf Wiedersehen. Ich höre Montag von Ihnen.« Wir erwidern das Lächeln, sie schließt die Tür, und wir gehen. Zielstrebig marschiert Ursula den Weg hinunter. Ein wenig aufgeregt sehe ich sie an.

»Mir hat es gefallen.«

»Steig in den Wagen.«

Ein Haus.

»Ich will nicht bestreiten«, sagt der Immobilienmakler und

klimpert mit seinem Schlüssel, »dass hier einiges gemacht werden müsste.«

Ein Haus.

»Mr. Richards? Hi, ich bin Pel, das ist Ursula, wir wollen uns das Haus ansehen. Tut mir Leid, wenn wir etwas früh dran sind, aber wir haben den Wagen in der Auffahrt gesehen und dachten, wir könnten … Wir können aber auch in zehn Minuten wiederkommen, wenn es …«

»Nein, nein, das macht nichts. Kommen Sie ruhig rein.«

Wir spazieren durch die Tür, und man zeigt uns den Eingangsbereich. Die Wände sind von Rechtecken übersät, wo früher Bilder hingen. Der Raum hat diese Ausstrahlung trübseliger, grüblerischer Leere wie die meisten unbewohnten Häuser, deren frühere Besitzer mit Sack und Pack ausgezogen sind und nun woanders wohnen. Aber es ist in einem ganz ordentlichen Zustand. Was man von Mr. Richards nicht eben behaupten kann, wie mir auffällt. Er trägt einen Anzug, aber es scheint, als hätte er ihn bereits letzten Monat um diese Zeit getragen und zwischendurch nie ausgezogen. Außerdem hat er sich offenbar seit zwei, drei Tagen nicht mehr rasiert, und seine Augen schwimmen auf zwei dunklen Säcken der Schlaflosigkeit.

»Das ist hier das Schlafzimmer«, sagt er, breitet die Arme aus und klatscht in die Hände. »Zentralheizung, wie Sie sehen. Alle Zimmer haben Zentralheizung.«

»Wann ist sie installiert worden?«, fragt Ursula.

»Vor zehn Jahren ungefähr. Wir haben sie vor unserem ersten Winter hier einbauen lassen … ja … aber sie ist jedes Jahr gewartet worden. Wir hatten absolut überhaupt keine Probleme damit. Ja. Die hat gut gehalten. Nächstes Zimmer?«

»Gehen Sie voraus.«

Er führt uns in einen Raum mit einem erschreckend hässlichen Kamin und Verandatüren, die in einen verwilderten Garten führen.

»Das ist das Esszimmer. Sehen Sie, hier ist der Kamin. Der ist doch wirklich hübsch.«

»Sehr hübsch.«

»Es ist nicht ganz so groß wie das Wohnzimmer, aber immer noch einigermaßen geräumig.«

Ursula späht aus dem Fenster und sieht sich das meterhohe Gras an. »Dann sind Sie also schon vor einer Weile ausgezogen?«

»Ja, vor ein paar Monaten. Ich wohne momentan bei meinem Bruder und seiner Familie, bis ich eine eigene Wohnung gefunden habe. Leider muss ich das Haus verkaufen, damit wir das Geld teilen können … Scheidungsangelegenheit.«

»Oh, verstehe«, erwidert Ursula im Plauderton. Ich spüre förmlich, wie meine Körpertemperatur augenblicklich um zwanzig Grad fällt.

Meistens denke ich gar nicht daran, dass Ursula Deutsche ist. Ehrlich gesagt, werden wir nicht oft zum Abendessen oder zu anderen förmlichen Gelegenheiten eingeladen, so dass ich mich nur selten mit Ursulas ausgesprochen deutscher Etikette, ihrer unprätentiösen, forschenden Offenheit konfrontiert sehe, was mich daran erinnern könnte. Im Englischen und Deutschen ist das Wort fast identisch: »*tact*« und »*Takt*«. In kultureller Hinsicht weisen sie jedoch etwa dieselbe Ähnlichkeit auf wie »Gänsedaunen« und »Blitzkrieg«. Ich starre Ursulas beiläufig interessierte Miene an, kann mich aber weder rühren noch etwas sagen. Ich sehe, wie sich ihre Lippen öffnen.

»Sie haben sich scheiden lassen? Wieso das denn?«

»Ich, hm, meine Frau und ich, wir haben uns getrennt. Vor acht Monaten.«

»Nein, ich meinte: Haben Sie sich von ihr scheiden lassen oder sie sich von Ihnen? Oder war es im gegenseitigen Einvernehmen?«

Mr. Richards räuspert sich. Endlich schaffe ich es, den Arm

zu heben. »Die Küche ist hier durch, ja?« Er scheint mich gar nicht wahrzunehmen.

»Es war gegenseitig. Aber eigentlich auch wieder nicht. Sie ist mit irgendeinem Wichser von der Arbeit ins Bett gegangen, hahaha! Das ging offenbar schon eine *Ewigkeit*. Die Schlampe. Trotzdem haben wir ›unüberbrückbare Differenzen‹ daraus gemacht, damit es zivilisiert und wie unter Erwachsenen abläuft.«

»Dürfte ich mir dann mal die Küche ansehen? Wäre es möglich, dass …?«

»Aber ich schätze, gegensätzliche Ansichten darüber, ob sie die Beine für jeden Pisser breit machen sollte, der gerade mal einen Moment Zeit hat, könnte man wohl als ›unüberbrückbare Differenz‹ bezeichnen, finden Sie nicht auch?«

»Das tut mir Leid«, sagt Ursula mitfühlend. »Es muss sehr schwierig sein, wenn eine Ehe so zerbricht. Besonders für Sie, da Sie ja auch noch mit der sexuellen Demütigung fertig werden müssen.«

Ich erinnere mich kaum an den Rest des Hauses, da ich die darauf folgenden zwanzig Minuten nur von nacktem Entsetzen getrieben durch das Haus schlurfte. Aber als wir gingen, rümpfte Ursula ihre Nase in meine Richtung und sagte, sie sei nicht besonders scharf auf ein Haus ohne Garage, also gaben wir kein Angebot ab.

Roo sah mich fragend an, als ich an den Tisch kam, den er und Tracey in Patrick's Café besetzt hatten.

»Was klingt am allerbesten auf der Welt?«, fragte ich.

»Keine Frage: Feine Damen, die ›ficken‹ sagen. Äh, bist du dir darüber im Klaren, dass du einen Anzug trägst?«

»Mann … er hat heute sein Vorstellungsgespräch«, meinte Tracey, beugte sich vor und schlug ihm an die Stirn.

»Ach, stimmt ja. TSRs Job. Komm, ich spendier dir dein Mittagessen, als moralische Unterstützung.«

»Essen? O Gott, ich kann nicht essen. Mein Magen dreht sich wie ein Wäschetrockner.«

»Puh. Das erspart uns die Peinlichkeit, dass ich mir das Geld von dir borgen müsste. Wie wär's mit einer Tasse Tee?«

»Ja, okay.«

»Trace? Würdest du dem armen Mann wohl eine Tasse Tee holen?«

Tracey stutzte nur einen halben Herzschlag lang, ehe sie Roos Tasse so weit über den Tisch schob, bis sie vor mir stand. »Ich habe gehört, du hast gute Chancen«, sagte sie.

»Wirklich?«

»Ja. Ich würde nicht sagen, dass du dich entspannt zurücklehnen kannst, aber sie gehen davon aus, dass die externen Kandidaten nicht viel taugen.«

»Woher weißt du das?«

Sie zuckte mit den Schultern. »Irgendwelche Ladys aus der Personalabteilung haben hier vorhin Pasteten gekauft.«

»Ahhh … gut. Ich hatte gehofft, der Spezialköder mit der miesen Bezahlung würde dafür sorgen, dass die externen Bewerber lausig sind.«

Roo nickte. »Du kannst also sagen: ›Hört mal, ich bin genauso scheiße wie die da, aber wenigstens weiß ich, wo alles steht?‹«

»Das ist im Grunde mein Ass im Ärmel, ja.«

»Du wirst das schon machen«, lächelte Tracey.

»Ja, sie wissen, dass du schon gebrochen bist. Und schließlich ist es nur ein IT-Job. Und noch dazu einer, den du sowieso schon machst.«

»Ja, ich mach ihn schon, aber auf dem Papier sehe ich nicht gut aus.«

»In diesem Anzug siehst du auch erbärmlich aus, aber es scheint dir ja nichts auszumachen.«

»Bis ich hier reingekommen bin nicht, nein. Ich meinte damit, dass ich keine IT-Qualifikationen besitze. Verdammt, schließlich hab ich einen Abschluss in Sozialgeografie.«

»Was willst du denen denn erzählen, wenn sie danach fragen?«, wollte Tracey wissen.

»Ich bete wie blöde, dass sie es nicht tun.«

»Es wird schon gut gehen. Morgen kommst du wieder hier rein und bist IT-Manager.«

»CTASATM«, verbesserte ich.

»Wie auch immer. Irgend so ein Überflieger, und wir beide werden ungewohnten Respekt für dich empfinden.«

»›Ungewohnten‹ Respekt«, wiederholte ich.

»›Ungewohnt.‹ Genau«, bestätigte Roo.

»Du wirst da einfach reinspazieren«, beharrte Tracey, »und lügen und schleimen, wie wir es von dir gewohnt sind.«

Nach Traceys und Roos aufmunternden Worten war ich völlig aufgedreht, aber leider konnte ich keineswegs so einfach reinspazieren, denn die Bewerberin, die vor mir an der Reihe war, saß noch drinnen. Niederträchtigerweise war sie nach wie vor nicht rausgekommen, obwohl ihre Zeit längst abgelaufen war. Und schlimmer noch: Sie lachte. Ich konnte sie und die Bewerbungskommission durch die Bürofenster sehen. Alle lachten. Alle amüsierten sich königlich über irgendeinen Scherz. Auf meine Kosten vermutlich. Alle, die da drinnen saßen, lachten und verbrüderten sich gegen mich, während ich draußen saß und tat, als würde ich Fachliteratur lesen – auf einem dämlichen Stuhl, der dafür sorgte, dass mir der Schweiß am Hintern ausbrach.

Sie sah aus wie eine externe Kandidatin, jedenfalls hatte ich sie ganz bestimmt noch nie gesehen. Ihr dunkles Haar war zu einem Pferdeschwanz zusammengebunden, offenbar um ein effizientes Naturell vorzutäuschen. Sie trug ein dunkelblaues Sakko, dazu einen Rock in mittlerer Länge und bequeme, schwarze Schuhe.

Hübsche Beine, eigentlich.

Nach einer Weile, die genügt haben dürfte, ihre Erfahrungen, ihre persönlichen Stärken und ihre Familiengeschichte seit den Kreuzzügen darzustellen, folgte endlich dieser typische »Hat noch jemand eine Frage?«-Blick in die Runde, der darauf hindeutete, dass ihr Love-In langsam zum Ende kam. Ja, ja, steht alle auf, ja, reicht euch die Hände, immer lächeln. »Nun – *ich hoffe, wir sehen uns bald wieder*«, ja, ja, und jetzt verpiss dich, Tussi. Selbstsicher kam sie aus dem Büro marschiert, bedachte mich mit einem ausdruckslosen Blick, der als Anflug von Spott und Verachtung ausgelegt werden konnte. Bestimmt sah sie, wie unangenehm feucht meine Unterhose mittlerweile war.

Damit war diese Frau allerdings mitnichten aus der Welt. Zehn Minuten noch schwebte ihr Geist in dem Büro, während genickt und irgendwas gekritzelt wurde, bis man mich endlich fragte, ob ich hereinkommen wolle.

Bewerbungsgespräche sind in jedem Fall grauenvoll, aber interne sind noch grauenvoller. Erstens kann man die haarsträubenden Lügenmärchen nicht zum Einsatz bringen, die normalerweise die Basis der Gesprächstaktik ausmachen, weil einen alle ganz genau kennen. Folglich bleibt einem nur noch, so zu tun, als wäre alles, was man bis dahin angestellt hat, nicht ernst gemeint gewesen. »Ja, ich bin schon ein paar Jahre hier, aber bis jetzt habe ich Sie alle natürlich nur für blöd verkauft.« Außerdem trägt man einen Anzug (und es ist eine kaum zu bewältigende Herausforderung, den gesamten Vormittag über nicht zu kleckern), und schafft es trotzdem nicht, einen smarten Eindruck zu hinterlassen. Alle Welt weiß, dass du normalerweise wie ein schlaffes, sieben Tage altes Salatblatt rumläufst. Du bist dazu verdammt, ihn zu tragen, um deutlich zu machen, dass du dir »Mühe gibst«. Jedenfalls besaß ich nur einen Anzug, den ich ausschließlich für Bewerbungsgespräche und Beerdigungen anzog, wobei die Krawattenwahl davon abhing, ob *ich* jemanden zu Grabe trug oder von jemandem zu Grabe getragen wurde.

Die Bewerbungskommission bestand aus Bernard Donnelly, Keith Hughes (der sich um die allgemeine Logistik kümmerte und Stellvertreter von Rose Warchowski war) und einer Frau aus der Personalabteilung, die dabeisaß, um durch ihre Fragen eine gewisse Chancengleichheit zu gewährleisten.

»Nehmen Sie Platz«, forderte mich Bernard auf und deutete auf einen Stuhl, der ihm am Tisch gegenüberstand. »Okay. Also, Pel, ich denke, mich werden Sie wohl kennen ...« Wir lachten über seinen kleinen Scherz. »Das ist Keith Hughes, Stellvertretender Leiter der Abteilung ›Technik & Lehrmittel‹, Sektion Personal, Gebäude und Abwasser ...« Keith und ich begrüßten einander mit erhobenem Kinn. Wir waren keine alten Bekannten wie Bernard und ich, aber das eine oder andere steife Gespräch hatten wir doch schon geführt, und außerdem liefen wir uns ziemlich oft auf dem Flur über den Weg. »... und ›last, but not least‹ ...«, allgemeines Gelächter, »Claire Mac-Millan aus der Personalabteilung.«

»Okay«, sagte Keith. »Vielleicht möchten Sie uns zu Beginn ein wenig über sich erzählen. Was treibt Sie so um, wieso interessieren Sie sich für diesen Posten, solche Sachen.«

»Ja, gern.«

Alle drei saßen mit dem Rücken zum Fenster. Es war kein sonniger Tag, stattdessen war der Himmel von endlosen dichten Wolken bedeckt, was zur Folge hatte, dass das Licht hinter den drei Leuten einer Inszenierung von Phil Spector glich. Meine Augen sind speziell dafür gemacht, ohne konkrete Lichtquelle nachts um drei fernzusehen, deshalb hätten sie ebenso gut gerade dem Raumschiff in *Unheimliche Begegnung der Dritten Art* entsteigen können. Ich merkte, wie ich mein Gesicht zu einer Mr.-Magoo-Fratze verzog, und versuchte, die Augen offen zu halten, was leider bedeutete, dass ich auch den Unterkiefer hängen ließ. Noch bevor ich nur ein Wort gesagt hatte, machten sie sich auf ihren Klemmbrettern Notizen. Vermutlich »Möglicherweise von bösen Geistern besessen«.

»Entschuldigen Sie«, sagte ich, »aber könnten wir vielleicht die Jalousien schließen?«

»Äh … ja, ich denke schon«, antwortete Keith, stand auf und trat ans Fenster, wo er an der Kordel zog, um die Jalousien herunterzulassen.

»Danke, vielen Dank. Das Licht ist so grell.«

»Ach, ja?«, sagte er, als meinte er: Finde ich nicht.

»Ja, ich finde es sehr grell.«

»Haben Sie Augenprobleme?«, fragte Claire MacMillan.

»Nein.«

»Nein?«

»Nein. Ich habe, äh Atropin genommen. Es weitet die Pupillen. Man nimmt es bei Augenuntersuchungen.«

»Haben Sie gerade eine Augenuntersuchung vornehmen lassen?«

»Na ja, nein. Ich wollte nur sagen, dass man es bei Augenuntersuchungen verwendet.«

»Und weshalb benutzen Sie es dann?«

»Ich … ich habe übermäßig Speichel produziert. Atropin wirkt der Speichelüberproduktion entgegen.«

»Tatsächlich?«

»Und Schweiß, ja. Speichel und Schweiß, beides. Es ist eine echte Allround-Droge. Hahaha.«

»Verstehe«, meinte Claire MacMillan.

»Sehr interessant«, fügte Keith hinzu.

»Ach, na ja, was man so macht, wissen Sie. ›Uuuups – wenn das nicht etwas viel Spucke ist, Pel‹, und schon tapert man zum Onkel Doktor und kriegt sein Atropin.«

Alle drei nickten. Ganz langsam.

»Aber so lange meine Augen gesund sind – was sie sind – dann … also … Na, gut, etwas zu meiner Person … Ich bin hier jetzt schon eine ganze Weile Supervisor des Computer-Teams, und in den letzten Monaten habe ich zusätzlich den Posten des CTASATM übernommen …«

»Wenn ich an dieser Stelle mal kurz einhaken dürfte«, hakte Keith ein. »An Ihrem Lebenslauf sehe ich, dass Sie einen Abschluss in Sozialgeografie haben. Qualifikationen im IT-Bereich besitzen Sie keine. Ist das für einen CTASATM nicht eher von Nachteil?«

»Ich bin froh, dass Sie mich darauf ansprechen, Keith. Tatsächlich glaube ich, dass mein Mangel an Computer-›Qualifikationen‹ …«, ich machte kleine Gänsefüßchen mit den Fingern und nahm gleichzeitig Abschied von meiner unsterblichen Seele, »… in Wahrheit von Vorteil ist.«

»Wieso?«, wollte Keith wissen.

»Verzeihung … was meinen Sie mit ›wieso‹?«, fragte ich.

»Nun, ich meine: ›Wieso ist es von Vorteil‹?«, stellte er klar.

Ich nickte einsichtig. »Nun, ich denke, dass die Aufgabe eines CTASATM die Gefahr birgt, sich allzu sehr in technischen Fragen zu verlieren. Selbstverständlich sind wir alle bemüht, der Zielvorgaben-Anweisung unserer Abteilung zu entsprechen.« Ich hatte nicht den leisesten Schimmer, was in der Zielvorgaben-Anweisung stand, erinnerte mich aber, irgendwo gehört zu haben, dass Keith an der Erstellung beteiligt gewesen war. Sein heftiges Nicken bestätigte diese Vermutung. Er wandte sich Bernard zu, der sogar noch heftiger nickte, und dann Claire MacMillan, die die Unterlippe vorschob, was wohl »Meinetwegen« bedeuten sollte. Ermutigt fuhr ich fort: »Eine Gefahr … eine echte Gefahr …« (Eine »echte« Gefahr also. Ich fahr bestimmt geradewegs in die Hölle.) »… ist, dass der CTASATM durch praktische Fragen abgelenkt wird und somit die übergreifenden Belange nicht mehr auf sinnvolle und proaktive Weise vorantreiben kann. Ich glaube, ich bin weit weniger gefährdet, mich in solchen Fallstricken zu verlieren, weil ich es von meiner Ausbildung her vermieden habe, mich auf die reine Computertechnologie zu versteifen.«

»Ja, das ist ein gutes Argument«, meinte Keith.

»Und außerdem«, warf Bernard lachend ein, »hilft es beim

Kreuzworträtselraten, nicht? Ist immer sinnvoll, jemanden dabeizuhaben, der weiß, wie die Hauptstadt von Äthiopien heißt.« Wir alle glucksten einen Moment lang vor uns hin. »Ah, nur mal so aus Interesse: Wie heißt eigentlich die Hauptstadt von Äthiopien, Pel?«

»Das weiß ich nicht. Ich habe *Sozial*geografie studiert.«

An dieser Stelle schob ich ein Husten ein.

»Ja. Ja, natürlich. Sagen Sie – was würden Sie wohl als Erstes tun, wenn Sie CTASATM wären? Was hätte bei Ihnen höchste Priorität?«

»Nun, Bernard, ich denke, entscheidend ist eine klare Kontinuität. Darüber hinaus müssen wir uns aber auch flexibel und anpassungsfähig zeigen. Wir müssen die sinnvolle Praxis herauskristallisieren und gleichzeitig offen für Veränderungen bleiben. In einer dynamischen Umgebung wie dieser ist Qualität – *wahre* Qualität – nur zu erreichen, indem wir unsere traditionellen Talente mit einer offenen Haltung gegenüber Innovationen kombinieren und diese Innovationen selbst vorantreiben.« Ich betete, dass all das möglichst nichts sagend war. Man tritt so leicht auf eine Landmine, wenn man nicht aufpasst.

»Ich schätze«, gab Keith zurück, »dass wir sicher alle so empfinden.« Puh.

Claire MacMillan hob ihren Stift. »Wie Sie wissen, hat sich diese Universität der Chancengleichheit verschrieben. Könnten Sie vielleicht etwas dazu sagen, wie unsere Ziele auf diesem Gebiet voranzutreiben wären?«

Es gibt eine goldene Regel, was Fragen zur Chancengleichheit angeht: Sprich niemals über Rassen. Lass dich über Rassen und Geschlechter aus, und du bist geliefert. Entweder sagt man: »Ist alles wunderbar, da muss man nichts mehr machen«, was so unübersehbar *Die Falsche Antwort* ist, dass es fast provokant erscheint, oder man deutet unterschwellig an, dass die Kollegen allesamt Heuchler und Rassisten sind. Gott sei Dank gibt es die Behinderten.

»Nun, ich glaube, ein wichtiger Aspekt, der allzu oft übersehen wird, dürften die Probleme sein, die durch unsere Architektur hervorgerufen werden. Beispielsweise haben wir nur einen Fahrstuhl. Das heißt, wenn er außer Betrieb ist, wird der Zugang für Rollstuhlfahrer außerordentlich problematisch. Unser Lautsprechersystem schließt Hörbehinderte aus, und all den Studenten, die von einem Blindenhund geführt werden, ist es fast unmöglich, eine unserer Einzelkabinen zu benutzen.«

»Ja, das ist wahr«, antwortete sie lächelnd, so dass ich am liebsten die Faust gereckt und ein explosives, kleines »Yeah!« ausgestoßen hätte, als sich Keith zu Wort meldete.

»Das mag bis zu einem gewissen Grad stimmen ...« Was redete er da? Bis zu einem gewissen Grad? Solche Phrasen benutzte man nicht im Zusammenhang mit Chancengleichheit. Der Mann legte sich selbst einen Strick um den Hals. Dann wurde mir klar: Keiths Abteilung war verantwortlich für die Gebäude. Mist. Elender Mist – ich wurde von Skylla und Charybdis befragt. »Wir müssen mit den Beschränkungen umgehen, die sich uns stellen«, fuhr Keith fort. »Haushaltskürzungen werden unweigerlich verhindern, dass wir vier bis fünf Fahrstühle in jedem Gebäude bekommen ... beispielsweise.«

»O ja.« Eilig trat ich den Rückzug an. »Selbstverständlich. Was ich eigentlich sagen wollte, war: Wir müssen das Bewusstsein für diese Themen wecken.«

»Ich denke, ich bin mir der Probleme schon jetzt bewusst.«

»Nein, nein, neeeein, nicht *Ihr* Bewusstsein. Ich meinte das *allgemeine* Bewusstsein. Wenn wir das Bewusstsein – ganz allgemein – in ...« Vorsicht, Pel, nicht zu speziell, du weißt nicht, in wie vielen Haushaltskomitees Keith sitzt. »... in *England* wecken könnten, nun, dann wird man uns vielleicht mit ausreichend Mitteln für Ihre Abteilung ausstatten, um eine umfassendere Chancengleichheitspolitik verfolgen zu können.« Mein Blick schweifte über die drei hinweg. Hatte ich die Spielregeln genügend ausgedehnt, dass sich keiner der Anwesenden für deren Einhaltung verantwortlich fühlen musste?

»Ja«, räumte Keith schließlich ein. »Das ist ein Kernproblem.« Claire MacMillan – Gott segne ihre klitzekleine Nase – stimmte mit einem traurigen, ernsten »Mmmm« ein.

Noch etwa zehn Minuten hängte ich mein Fähnchen in den Wind. Es gab ein paar wacklige Momente, aber auch einige meisterliche Parts, in denen es mir gelang, eine Ansicht zu paraphrasieren und zum Besten zu geben, die eben erst geäußert worden war, so als hätte ich nicht mitbekommen, wer was gesagt hatte, müsste jedoch, da wir gerade beim Thema waren, im Hinblick auf den Punkt, der mir so sehr am Herzen lag, dringend Farbe bekennen. Außerdem schob ich die Formulierung »integrierte Lernumgebung« ein, für die man den dreifachen Wortwert kassiert. Daher fühlte ich mich ziemlich gut, als das Gespräch langsam zum Ende kam.

»Tja, das wäre alles, glaube ich. Vielen Dank. Gibt es noch eine Frage, die Sie uns gern stellen würden?«, sagte Keith.

»Nein, ich glaube, Sie haben alles angeschnitten.« Uh. Nicht jetzt, so kurz vor dem Ziel. Man *muss* noch eine Frage in petto haben. Es zeigt, dass man sich schon eine Ewigkeit Gedanken um dieses Gespräch macht. »Außer vielleicht …«

»Ja?«

»Außer … dieses Hemd. Woher haben Sie dieses Hemd, Keith?«

»Das hier? Ich … äh, ich weiß nicht. Meine Frau hat es mir gekauft.«

»Sehr hübsch. Ich mag das … Blau. Im Muster.«

»Ich könnte sie fragen, wenn Sie wollen.«

»Würden Sie? Das wäre prima. Vielen Dank auch. Prima.« Okay, die Kurve hatte ich noch gekriegt. Aber hatte ich genug getan? »Wann wollen Sie den Leuten Bescheid geben, wer ausgesucht wird?«

»Wir hoffen, dass wir noch vor heute Abend zu einer Entscheidung gelangen«, antwortete Keith ernst. »Also sollten Sie spätestens morgen früh Bescheid wissen.«

»Okay. Das ist prima ... Also, dann ... Prima.«

Ich schüttelte allen energisch die Hand, wie es sich für jemanden gehört, der einen Managerposten anstrebt, und zog mich rückwärts aus dem Büro zurück, wobei ich meine Abschiedsgrüße mit kleinen Verbeugungen unterstrich. Der nächste Bewerber saß bereits draußen auf dem Stuhl und rieb unruhig mit seinem Daumen in der Handfläche herum. Diesen Konkurrenten kannte ich. Er war Leitender Techniker der Biologischen Fakultät.

»Hi, Tony. Dann bist du der Nächste?«

»Ja, scheint so. Ich bin fürchterlich nervös.«

»Ach was. Mach dir keine Sorgen. Du machst das schon.«

Als ich ging, zeigte ich meinen erhobenen Daumen, versäumte es jedoch, ihn darauf hinzuweisen, dass sein Hosenstall offen stand.

Bei der Arbeit im Anzug dazusitzen und auf ein Bewerbungsgespräch zu warten ist peinlich und unbequem, aber nach dem Gespräch im Anzug dazusitzen ist noch um einiges schlimmer. Es entlarvt dich – selbst vor den Studenten – als jemanden, der noch Hoffnungen auf eine Karriere hegt. Im Anzug fühlt man sich nackt. Das Schlimmste allerdings ist, den Job nicht zu bekommen und trotzdem den Rest des Tages im schicken Anzug rumzuhängen. Er wird zum Symbol deiner Niederlage. Deine Kollegen können dir kaum mehr in die Augen sehen, wenn du abgelehnt wurdest und noch immer diesen Anzug trägst.

Ich kehrte in mein Büro zurück und versuchte, etwas Produktives zu tun, aber es war, als würde ich durch Nebel fahren. Alles, worauf ich meine Gedanken zu lenken versuchte, endete sehr bald unweigerlich bei irgendwelchen Überlegungen, was ich hätte sagen oder anders ausdrücken sollen. Ich sah mir eine E-Mail an und las eine Zeile, aber als ich am Ende angekommen war, stellte ich fest, dass in meinem Gehirn etwas ganz anderes vor sich ging. Dann fing ich wieder von vorn an und versuchte es noch mal, aber wann immer ich ans Ende der Zeile kam, konnte ich mich nicht mehr erinnern, was ich gerade gelesen hatte.

Zwei Stunden etwa saß ich herum und übte mich in rasender Untätigkeit, ehe das Telefon klingelte. Internes Gespräch.

»Hallo, hier ist Pel.«

»Hallo, Pel. Hier spricht Keith. Könnten Sie bitte einen Moment runter zu mir ins Büro kommen?« In seiner Stimme lag nichts als ausdruckslose Förmlichkeit.

»Klar. Kein Problem.« Ich gab mich eifrig und begeistert, denn möglicherweise hatten sie beschlossen, den Job jemand anderem zu geben. Wenn sie aber hörten, wie optimistisch und enthusiastisch ich war, würden sie ihre Entscheidung ganz bestimmt über den Haufen werfen – »Wow! Er hat gesagt, es ist ›kein Problem‹, runterzukommen. Dann geben wir ihm den Job doch!«

Ich klopfte fröhlich an die Bürotür, und als Bernard sie öffnete, trat ich mit einem augenzwinkernden Lächeln und einem freundlichen »Hi« ein. (Denn falls sie beschlossen haben sollten, jemand anderem den Job zu geben, erkannten sie nun mein munteres Wesen und so weiter und so fort.) Claire MacMillan war gegangen, während Keith noch genau an derselben Stelle wie während des Gesprächs saß und in irgendwelchen Unterlagen blätterte. Bernard kehrte nicht an seinen Platz zurück, sondern ging langsam im Büro auf und ab. Er hatte die Hände in die Taschen geschoben, und machte leise »pup-pup-p-pup«-Geräusche mit den Lippen. – Wahrscheinlich zu einer Melodie in seinem Kopf, die es nicht wert war, gesummt zu werden.

Ich wusste nicht, ob ich mich hinsetzen oder stehen bleiben sollte – Keith und Bernard gaben mir keine klaren Signale. Nach einigen Sekunden der Unentschlossenheit trat ich an den Stuhl und wollte mich eben setzen, als Keith mit einem harschen »So!« aufblickte. Das machte meinen Plan zunichte, und ich verwandelte meine gebückte Bewegung stattdessen in ein Knöchelkratzen. Wahrscheinlich hätte es trotz allem noch so ausgesehen, als wäre ich Herr der Lage, hätte ich nicht plötzlich direkt in Keiths Augen gesehen. So aber verlor ich, als ich mich bückte, um nach meinem Fuß zu greifen, das Gleichgewicht, kippte vornüber und schlug mit der Stirn auf die Tischplatte, was das lauteste Knacken auslöste, das die Welt bis dato je gehört hatte.

»Aua!«, sagte Bernard stellvertretend. »Sind Sie okay?«

»Ja, ja, mir geht es gut.« Ich lächelte und klopfte beim Aufrichten mit den Knöcheln an meinen Schädel, um zu zeigen, wie solide er war und dass ich nichts gespürt hatte. Was wirklich wehtat.

»Sind Sie sicher?«

»Ja, wirklich. Es ist nichts.«

»Also …«, setzte Keith noch einmal an. »Pel, wir sollten … sind Sie auch bestimmt okay?«

»Mir ging es nie besser.« Mir war klar, dass sich bereits mit einer Geschwindigkeit von einer Daumenbreite pro Sekunde ein dicker, roter, pochender Striemen auf meiner Stirn bildete. Seinem Blick nach zu urteilen, sprach Keith eher mit dem Striemen als mit mir.

»Gut …«, sagte er. »Pel, wir würden Ihnen die Stellung des CTASATM gern anbieten.«

»Das ist toll. Das ist phantastisch, wirklich.«

»Schön … Wenn ich Sie richtig verstehe, nehmen Sie unser Angebot also an. Wir freuen uns sehr, und ich bin mir sicher, dass Sie auf diesem Posten ein Gewinn für das Lern-Center sind. Die Entscheidung war natürlich nicht einstimmig, aber das tut nichts zur Sache. Entscheidend ist, dass wir alle bereit waren, uns auf Sie zu einigen, um zu einer schnellen Entscheidung zu gelangen. Mein Glückwunsch.«

»Ja, Glückwunsch«, echote Bernard.

Ich wandte den Kopf. »Danke.« Mir war leicht schwindlig, was durch die Bewegung nicht gerade besser wurde.

»Sind Sie sicher, dass es Ihnen gut geht?« Mittlerweile blinzelte er mich an. »Ihre Pupillen sind so geweitet.«

Keith seufzte. »Es liegt am Atropin, Bernard ... Sie erinnern sich?«

»Ja«, bestätigte ich. »Atropin.«

Ich sah wieder Keith an, der sich inzwischen auf seinem Stuhl zurücklehnte und seine kleine Ansprache mit dem Kugelschreiber dirigierte. »In Ihrem Fall setzen wir am unteren Ende der CTASATM-Besoldungsskala an, beginnend mit dem kommenden Monat, aus Abrechnungsgründen. Sie sehen bestimmt ein, dass es dem Rest der Belegschaft gegenüber nicht fair wäre, wenn wir anders vorgingen.«

»Natürlich«, stimmte ich zu. Keith wurde immer wieder unscharf vor meinen Augen. Anfangs störte es mich nicht, bis mir aufging, dass ich es wahrscheinlich selbst war, der hier unscharf wurde. »Was ist mit dem Posten des Supervisors? Ich ... Verzeihung. Geben Sie mir einen Moment. Ich bin etwas ... erregt.«

»Das ist verständlich. Um Ihre Frage zu beantworten: Wir dachten, wir lassen die Supervisor-Stelle eine Weile offen.«

»Das geschieht im Übrigen nicht, um Geld zu sparen«, schaltete sich Bernard etwa eine Dreiviertelmillion Meilen hinter mir ein.

»Nein.« Keith schüttelte den Kopf, als bereitete ihm der bloße Gedanke Schmerzen. »Aufgrund der ungewissen Situation in den einzelnen Abteilungen und des Umstands, dass Sie mit dem Job als Supervisor so gut vertraut sind, dachten wir, Sie würden die beiden Rollen vielleicht gern eine Zeit lang kombinieren. Aus Gründen der Kontinuität. Nur für ein paar Monate. Es sei denn, Sie fühlten sich dem nicht gewachsen ... Sollten Sie sich der Aufgabe nicht gewachsen fühlen, sagen Sie es rundheraus. Wir verstehen das ... Sagen Sie es ruhig, wenn Sie der Meinung sind, dass das, was wir von Ihnen verlangen, Ihre Fähigkeiten übersteigt. Wir akzeptieren Ihre Einschätzung.«

»Nein. Also. Nein, ich kann die beiden Jobs übernehmen … ich mache sie ja schließlich schon eine Weile. Und es ist ja nur vorübergehend.«

»Stimmt, es ist nur vorübergehend.« Keith strahlte.

»Sehr vorübergehend … sehr«, sagte Bernard in weiter, weiter Ferne.

»Gut. Dann ist ja alles geklärt.« Keith beugte sich vor, um mir durch eine kontrahierende, schwarze Iris die Hand zu schütteln. »Sie sind unser neuer CTASATM. Ich bin mir sicher, Sie sind nicht zu bremsen.«

»Ja.« Ich erwiderte sein Lächeln. Und kippte seitwärts in ein Bücherregal.

Möge Gott noch einmal
seinen Segen spenden

»Als hätte ich heute nichts Besseres zu tun gehabt.« Ursula fuhr mich vom Krankenhaus nach Hause und hatte langsam den Punkt erreicht, an dem sie ihre Gefühle nicht mehr allein durch wütende Gangwechsel zum Ausdruck bringen konnte. Eigentlich sollte man annehmen, dass *ich* vom Lauf der Ereignisse genervt sein musste, da *ich* diese Gehirnerschütterung und eine dunkelblaue Schwellung von der Größe einer zweiten Stirn davongetragen hatte, aber wer so denkt, lebt mit einer anderen Frau zusammen. Was weiß so jemand schon?

Nachdem man mich unter einem Berg von Handbüchern und Katalogen von Bibliotheksausstattern ausgegraben hatte, wollte Bernard wohl einen Krankenwagen rufen. Keith hatte gezögert. Wenn im Lern-Center Feueralarm ausgelöst wurde, klingelte es gleichzeitig auch bei der örtlichen Feuerwache. Bei einem Fehlalarm (weil Studenten so ein lustiges Völkchen sind) berechnet die Feuerwehr der Universität achtzig Pfund pro Einsatz. Man wusste zwar nicht genau, was mit mir los war, aber immerhin bestand die Gefahr, dass man einen Krankenwagen rief, ich dann aber doch nicht ausreichend verletzt war und die Universität folglich die Rechnung vorgesetzt bekäme. Um auf Nummer sicher zu gehen, hatte Keith beschlossen, Ursula bei der Arbeit anzurufen und sie darum zu bitten, dass sie kam und mich abholte.

Wir fuhren zur Notaufnahme eines örtlichen Krankenhauses (zufällig nicht das Krankenhaus am Ende unserer Straße, in dem es keine Notaufnahme mehr gab, seit die Gesundheitsbehörde diese geschlossen hatte, um einen besseren Service bieten zu können). Dort wurde ich von einer Krankenschwester vier Minuten lang begutachtet, um dann fünfeinhalb Stunden auf einer Bank zu sitzen – in Gesellschaft von etwa dreißig leise vor sich hin blutenden Leuten – und auf den Arzt zu warten. Am Ende führte man mich in eine Kabine und ließ mich weitere zehn bis fünfzehn Minuten dort sitzen, bis ein Arzt kam, um nach mir zu sehen. Er sah so elend aus, dass ich ihm meinen Stuhl anbot. Es stellte sich heraus, dass er seit etwa sechsunddreißig Stunden nicht geschlafen hatte, und offenbar hatte ich ihn mitten in seiner Schicht erwischt. Wir wussten beide, dass er selbst keinen Schimmer hatte, wie viele Finger er gerade hochhielt, aber er ging sehr methodisch vor. Er leuchtete mir in die Augen, fragte, ob mir übel sei, alles sehr medizinisch. Schließlich diagnostizierte er eine leichte Gehirnerschütterung und meinte, er würde mich gern über Nacht dort behalten.

»Wozu?«, fragte Ursula.

»Nur zur Beobachtung. Ich möchte ihn nicht aus den Augen lassen.«

»Oh … ich lasse ihn bestimmt nicht aus den Augen«, versicherte Ursula dem Arzt … nicht mir.

»Na ja, okay dann.« Er wandte sich mir zu. »Entspannen Sie sich ein bisschen. Bedienen Sie keine großen Maschinen und klettern Sie nicht auf lange Leitern.«

»Aber ich entspanne mich, indem ich große Maschinen bediene und auf lange Leitern klettere, Doktor.«

»Wirklich drollig. Gehen Sie nach Hause.«

Wir mussten noch bei meiner Mutter vorbeisehen, bevor wir nach Hause konnten, da sie auf die Jungs aufgepasst hatte, während wir im Krankenhaus waren. Meine Mutter macht sich immer Sorgen. Gut und schön, sie mag auch andere Dinge tun, aber das ist dann reiner Zufall. Ihr Lebenszweck ist die Angst. Geboren zur Sorge. Ich war nicht sonderlich scharf darauf, ihr Haus mit meiner malerischen Kopfwunde zu betreten, aber ich konnte unmöglich im Wagen bleiben. Sie würde sonst glauben, ich sei so entstellt, dass Ursula mich nicht vorzeigen wollte.

»Oh, mein Gott!« Sie stützte sich an der Wand ab.

»Hallo, Mutter.«

»Oh, mein Gott.«

»Es geht mir gut. Sie sagen, es ist okay, nur eine leichte Gehirnerschütterung.«

»*Gehirnerschütterung*? Haben sie dich geröntgt?«

»Nein, sie …«

»Sofort fährst du zurück und lässt dich röntgen.«

»Okay.«

»Du fährst sofort zurück.«

»Okay.«

»Du fährst nicht zurück, oder?«

»Ich geh und hol die Kinder«, sagte Ursula, schob sich an ihr vorbei und ging in Richtung Wohnzimmer. Ich folgte ihr, ließ meine Mutter in der Tür stehen, wo sie ihren Handrücken an die Stirn presste, als wäre sie eine Stummfilmschauspielerin in größter Not.

Die Kinder lagen auf dem Boden und sahen sich auf Video einen Zeichentrickfilm an. Ihre Münder standen leicht offen, und ihre weit aufgerissenen Augen hingen wie gebannt am Schirm. Das allerdings sagte nichts über die Qualität des Programms aus. Die beiden können sich jeden Blödsinn mit dieser eisernen Intensität ansehen.

»Hallo, *Kinder*«, sagte Ursula, was keinerlei Reaktion auslöste. Sie seufzte. »*Hallo … Kinder*«, wiederholte sie, stieß die beiden mit dem Zeh an und holte ihre Mäntel.

»Nh-hn«, antworteten die beiden.

Sie starrten noch immer auf den Bildschirm, als Ursula sie auf die Beine stellte und ihnen die Mäntel überzog. »Euer Vater hat heute einen neuen Job bekommen.«

Jonathan warf mir einen Blick zu, stutzte einen Moment,

dann sah er wieder in Richtung Fernseher. »Musstest du darum kämpfen?«

»Nein, musste ich nicht. Sie haben gesagt, ich könnte ihn haben, wenn ich wollte.«

Nachdem Ursula die beiden angezogen hatte, zerrte sie sie zur Tür. Noch immer stierten sie auf den Bildschirm, bis der Blickwinkel es ihnen unmöglich machte. Augenblicklich stießen beide ein herzerweichendes »Oooooch, Mom!« aus.

»Ihr könnt es zu Ende sehen, wenn ihr nächstes Mal bei Oma seid«, sagte Ursula. Doch dieser Vorschlag bewies den beiden, wie sehr sie den Ernst der Lage verkannte, was die Qualen der Jungen nur noch verschlimmerte. Peter sank bäuchlings auf den Boden, von Kummer überwältigt.

»Was ist denn hier los?« Meine Mutter erschien in der Tür.

»Nichts, Mary, sie sind nur müde.«

»Ich bin nicht müde«, heulte Peter.

»Ich auch nicht«, sagte Jonathan.

»Ich aber.« Ich hob Peter auf und schleppte ihn unterm Arm zum Wagen hinaus. Ursula folgte mir mit Jonathan, ehe wir uns daranmachten, je ein protestierendes Kind anzuschnallen. Ursula hatte die leichtere Aufgabe, da Jonathan lediglich erreichen wollte, dass sie sich für die grausame Ungerechtigkeit ihres Vorgehens schämte. Peter dagegen wand sich, zappelte und versuchte immer wieder aus dem Wagen zu klettern, und zwar über meinen Kopf hinweg. Sobald ich das glorreiche Klicken an seinem Kindersitz vernahm, drehte ich mich auf dem Beifahrersitz um. Ursula ließ den Motor bereits aufheulen.

Meine Mutter winkte zum Abschied, als wir uns auf den Weg machten. »Ruft an, wenn ihr nach Hause kommt, damit ich weiß, ob ihr heil angekommen seid!«, rief sie.

»Wann fängst du deinen neuen Job denn eigentlich an?«, fragte Ursula. Ich lag im Bett und betastete meine Beule. Sie schien mir noch gewaltiger als vorher, doch ich hoffte, dass es sich um dasselbe Phänomen wie bei einem Loch im Zahn handelte: Im Spiegel kaum zu sehen, während es sich für die Zungenspitze wie eine riesige Grotte anfühlt. Ursula lief nackt durchs Zimmer und warf Klamotten in den Waschkorb. Sie nahm eine meiner Unterhosen vom Stuhl und hielt sie an ihre Nase, um zu sehen, ob sie sauber war oder nicht. Ich mag es, wenn sie das tut.

Oh. Ist das vielleicht etwas fragwürdig? Vergessen wir lieber, dass ich es gesagt habe.

»Ich mache den Job schon eine Weile, also habe ich ihn in gewisser Weise bereits angefangen«, antwortete ich. »Warum fragst du?«

»Ich brauche Urlaub.«

»Wieso das denn?«

Sie unterbrach ihre Tätigkeit und starrte mich nur wortlos an.

»Okay«, sagte ich. »Meinetwegen.«

»Wir könnten zwei Wochen nach Deutschland fahren. Ski laufen vielleicht.«

»Klar, Ski laufen ist geil …« Ich wedelte mit einer Hand herum, schlängelte anmutig hin und her. »Pwschsch! Pwschsch-sch-schschsch!« Mir fiel auf, dass Ursula über den Wäschekorb gebeugt stand. »Lachst du?«

»Nein«, quiekte sie.

Ein Haus.

Der Makler klimperte mit seinen Autoschlüsseln und ging eilig auf dem Weg voraus. Es handelte sich um eine Doppelhaushälfte draußen am Stadtrand. Die Frau aus dem Nebenhaus stand mit einem Becher Tee in der Hand in ihrer Tür und sah in den Garten hinaus. Schätzungsweise war sie etwa hundertsiebenundachtzig Jahre alt. »Guten Morgen.« Ich lächelte.

»Sie wollen sich das Haus ansehen, was?«

»Ja, genau.« Hektisch fummelte der Immobilienmakler mit dem Haustürschlüssel herum.

»Ein hübsches Häuschen. Doris hat es wirklich gut gepflegt. Sie war sehr stolz darauf. Es ist wirklich eine Schande, aber wenn die Leute erst die Kläranlage dort hinter den Bäumen geschnuppert haben, ist ihnen alles andere ganz egal. Lächerlich. Vielleicht kann ich es nicht recht beurteilen, weil ich seit dem Blitzkrieg keine Nasennebenhöhlen mehr habe, aber die Leute hier in der Gegend werden Ihnen alle bestätigen, dass man es nach ein paar Wochen gar nicht mehr merkt. Wir machen uns ein echtes Späßchen daraus. Wenn Nachbarn Besuch bekommen, die sagen: ›Mein Gott – was stinkt hier denn so?‹, dann antworten wir: ›Hier stinkt doch gar nichts.‹ Weil wir gar nichts davon merken, wissen Sie. Irgendwann kommt der Wind aus der anderen Richtung, und dann riecht man wirklich überhaupt nichts mehr … aber *dann* glauben die Leute ernsthaft, dass hier irgendetwas nicht stimmt. Na ja, manchmal merkt man es doch. Einige Nachbarn gehen im Hochsommer einen Monat auf Reisen, aber nicht wegen des Gestanks … eher wegen der Fliegen.«

»Soll ich aufschließen?«, fragte der Makler.

»Nein«, sagte ich. »Trotzdem vielen Dank.«

Ich beschloss, TSRs Aktenschrank in Angriff zu nehmen. Meine innere Stimme riet mir, ein Jahr die Finger davon zu lassen. Ich dachte, wenn es mir gelang, mir die Akten ein Jahr lang nicht anzusehen, dann würde ich es vermutlich auch bis ans Ende meiner Tage schaffen. In diesem Fall konnten vierzig Minuten und ein halbes Dutzend Mülltüten erheblich dazu beitragen, sie für immer hinter mir zu lassen. TSR hätte es (wie passend) ganz bestimmt so gemacht, aber trotz der Versuchung wusste ich, dass das nicht mein Ding war.

Ständig habe ich das Gefühl, dass alle anderen massenweise Sachen wissen, von denen ich keine Ahnung habe. Dass ich der Einzige bin, der diesen Film nicht gesehen oder jenes Buch nicht gelesen hat. Dass alle außer mir die Zahlen der Elemente im Periodensystem kennen, den Namen des italienischen Außenministers und das Jahr, in dem der Verbrennungsmotor erfunden wurde. Es macht mir ständig Sorgen. Ich schlage eine Zeitung auf und sehe einen Artikel über europäische Agrarpolitik – beiläufig wird auf Vereinbarungen verwiesen, die bei früheren Gesprächen getroffen wurden, und es fallen ironische Bemerkungen über die Hauptprotagonisten. Offensichtlich handelt es sich bei all dem um Allgemeinwissen, nur ich habe mal wieder schlicht und einfach keine Ahnung. Schnittlauch? Welche Quote? Zu welchem Termin? Wenn ich also den Inhalt von TSRs Aktenschrank wegwarf, würde ich unweigerlich am nächsten Tag in einem Meeting sitzen und mir wünschen, ich hätte es nicht getan. »Alle wissen mehr als ich« – so habe ich mich schon immer gefühlt. (Seltsam, dass es mich so überraschte, als ich feststellen musste, dass mein Gefühl durchaus richtig war.)

Ich versuchte, die Sachen zu Stapeln zu sortieren: »Definitiv Müll«, »Definitiv nicht Müll« und »Keine Ahnung, was das soll«. Nach etwa zehn Minuten war klar, dass die letzte Kategorie die anderen deutlich übertraf. Glücklicherweise waren Pauline und David beide nicht da (bei einem Teppich-Meeting), so dass ich mich im ganzen Büro ausbreiten konnte. Es ist schon erstaunlich, wie viel Platz man braucht, um so gut wie überhaupt nicht voranzukommen. Ich musste nicht nur eine Entscheidung treffen, was ich in der Hand hielt, sondern auch in welcher Beziehung es zu all dem Rest stand. Kaum eine der Unterlagen trug ein Datum, und fast überall wurde das, wovon die Rede war, immer nur als »es« bezeichnet. War das »Es«, das problematisch werden konnte, wenn man sich nicht bald darum kümmerte, dasselbe »Es«, das mit Bleiche abgespritzt werden sollte? Wer konnte das schon sagen?

Liebend gern hätte ich TSR um etwas Anleitung gebeten. Tatsächlich war ich zwei Wochen zuvor – nachdem ich an einem Punkt angelangt war, wo mir vom vielen Schulterzucken aus Ermangelung an Antworten alles wehtat – zu seiner Wohnung gefahren. Sein Telefon war seit einer Ewigkeit abgestellt, und ich hatte ein paar E-Mails an seine Privatadresse abgefeuert, ohne eine Antwort zu bekommen, also fiel mir nichts anderes mehr ein. Es stellte sich heraus, dass er dort längst nicht mehr wohnte. Der Mann, der die Wohnung darüber gemietet hatte, kam vorbei, als ich mich gegen TSRs Klingel stemmte.

»Auf der Suche nach Terry, was?«

»Ja.«

»Ich fürchte, er wohnt nicht mehr hier.«

»Wann ist er ausgezogen?«

»Oh, ist schon ein paar Wochen her. Er ist einfach abgehauen. Der Vermieter hat mich gefragt, ob ich jemanden weiß, der seine Wohnung kurzfristig übernehmen will. Er wollte mir sogar ein paar Scheine zustecken, wenn ich auf die Schnelle jemanden finden würde. Wir bezahlen hier die Miete monatlich im Voraus, und Terry hatte noch fast den ganzen Monat vor sich, als er ausgezogen ist. Hätte der Vermieter jemanden gefunden, hätte er die Wohnung faktisch doppelt vermietet. Aber mir fiel niemand ein. Die Wohnung steht immer noch leer, soweit ich weiß.«

»Wissen Sie, wo er hingezogen ist?«

»Keinen blassen Schimmer. Dem Vermieter hat er gesagt, er wollte weit weg. Aber es ist wohl immer eine gute Idee, seinem Vermieter so was zu sagen. Damit er nicht mit einem Stapel unbezahlter Strom- und Wasserrechnungen bei dir auftaucht und dir einen Vortrag darüber hält, wie du das Badezimmer hinterlassen hast.«

»Mmm-hm.«

»Wie dem auch sei …«

»Ja – danke.«

So viel dazu. Wenn sich jemand eines Sonntagmorgens aus heiterem Himmel nach Auslieferungsgesetzen erkundigt und dann bei nächster Gelegenheit wie vom Erdboden verschwindet, macht man sich logischerweise so seine Gedanken. Das Problem war, dass ich »Ähm« dachte. Gern hätte ich etwas gedacht wie: »Aha! Das fehlende Glied in der Kette. Jetzt wird mir alles klar! Ich bin unendlich reich und werde von allen Frauen begehrt!«, aber ich hatte nichts in der Hand. TSR war verschwunden, das war's – nicht mal im Patrick's wusste jemand, wohin oder wieso.

Ich ging nicht davon aus, dass ich in den Unterlagen aus seinem Aktenschrank einen Hinweis auf TSRs Verschwinden finden würde, und genau so war es auch. Es war ein wunderbar dramatischer Augenblick, allein getrübt vom läppischen Detail, dass ich nicht den leisesten Schimmer hatte, etwas Bedeutsames gefunden zu haben … und deshalb sah ich mir das Blatt Papier eine Sekunde lang an und seufzte kopfschüttelnd, ehe ich mich ans Nächste machte. Der Fairness halber sollte ich sagen, dass eine handschriftliche Notiz, auf der nur ein Datum, »874440484730« und »100.000 (HKD)« stand, wohl kaum irgendjemanden dazu bewegen würde, sich in plötzlicher Erkenntnis an die Stirn zu schlagen. Ich fragte mich zwar, was HKD bedeuten mochte, aber in der IT-Branche sind Abkürzungen, die aus drei Buchstaben bestehen, ziemlich weit verbreitet, deshalb war mir klar, dass es sich dabei möglicherweise gar nicht um eine Person handelte – vielleicht stand es für hundert Kilowatt Diode. »K« benutzt man außerdem oft als Kurzform für »eintausend«. »HD« ist eine Abkürzung für »Hard Disk«, also ging es vielleicht um irgendeine Art Festplatte mit tausend … irgendwas. Ich wusste es nicht, und der Tag war auch schon zu weit fortgeschritten, als dass ich noch etwas über Computer lernen wollte – danke der Nachfrage. Also auf den »Keine Ahnung, was das soll«-Stapel.

Sorgsam sortierte ich Unterlagen, bis es Zeit wurde, mich für meine erste Besprechung mit Bernard als neuer CTASATM bereitzumachen. Also sammelte ich die Stapel zusammen und warf alles wieder in den Aktenschrank. Den ganzen Morgen hatte ich TSRs Papiere durchgesehen und nichts weiter gefunden als die Bestätigung, wie sehr er auf Mott the Hoople stand.

David und Pauline kamen gerade aus ihrer Projektgruppe, als ich gehen wollte. »Aber ich finde, Pink ist doch eine sehr einladende Farbe«, sagte sie, wobei sie zur Bekräftigung mit den Händen gestikulierte, als begrüßte sie jemanden.

»Es ist nicht Sinn des Lern-Centers, *einladend* zu sein«, erwiderte er mit belehrendem Tonfall.

»Ich gehe zu einer Besprechung«, sagte ich zu niemand Bestimmtem.

Bernard sah mich über den Tisch hinweg an und lächelte sein trauriges Lächeln.

»Na ja, ich weiß nicht, wo ich anfangen soll, also würde ich sagen: Fangen wir einfach an.«

»Ja, das ist …«

»Also haben wir … bitte?«

»Verzeihung?«

»Was?«

»Entschuldigung. Wie?«

»Wollten Sie gerade was sagen?«

»Nein, ich wollte … wollte ich nicht.«

»Tut mir Leid. Tja, hm, also dann. Also *dann*.«

»Ja. *Ja*.«

»*Ja!*«

Jetzt hatten wir uns warmgelaufen. Bernard stürmte voran.

»Ja«, rekapitulierte er kurz. Dann, nach einer denkbar kurzen Pause: »Ja, also. Ich denke, wir sollten über das neue Gebäude sprechen. Nächste Woche ist Baubeginn, und es gibt viel zu tun.«

Das Lern-Center wurde erweitert, und zwar für eine horrende Summe. Ich war nicht sicher, woher das viele Geld dafür kommen sollte, vermutlich aber aus diversen Quellen, wie üblich. Die Universität selbst, die Gemeinde, die Regierung, die Industrie, alle möglichen Leute schienen alles Mögliche zu fördern. Das war nicht nur an der Uni so. Manchmal fährt man eine Straße entlang, und plötzlich steht da ein Schild mit der Aufschrift: »Diese Verkehrsinsel wurde teilweise mit einem Zuschuss der Europäischen Union errichtet.« Und es stimmt. Irgendwo in Brüssel sitzt ein Unterausschuss, der darüber zu entscheiden hat, ob ein klitzekleines Wandgemälde an einem Bahnhof irgendeiner Nebenstrecke vollendet wird oder nicht. Ich gehe jede Wette ein, dass sie jeden Morgen eine Münze werfen, um über die Ausschreibungen zu entscheiden, und dann den Rest des Tages Bürostuhlrennen durchs Haus veranstalten.

Ich wusste, dass das neue Gebäude (eigentlich war es ein Anbau des vorhandenen Lern-Centers) dort entstehen sollte, wo sich momentan der zentrale Innenhof befand. Ich wusste auch, dass sich alle einig waren, denn es wurde dringend gebraucht (das bestehende Lern-Center konnte den Ansprüchen nicht mehr genügen), und ich wusste außerdem, dass alle diesen Bau fürchteten, weil er eine Menge Arbeit bedeutete. Die Fachleute sprachen auch häufig von »Störung«, und eine »Störung« stellt für Bibliothekare in etwa dasselbe dar wie – sagen wir – Salz für Nacktschnecken.

»Die Bauarbeiter werden bald anfangen, den Hof aufzugraben.« Bernard nahm einen Bauplan von einem seiner Regale und breitete ihn auf dem Tisch aus. »Das ist der Entwurf, den mir die Architekten gegeben haben. So wird es am Ende natürlich nicht aussehen.«

»Wieso nicht?«

Er musterte mich überrascht. »Weil das hier nur ein Plan ist.« Er fuhr fort: »Die Außenmauern können wir allerdings als mehr oder weniger feststehend betrachten, was von entscheidender Bedeutung sein dürfte, wenn man bedenkt, wo das Fundament gegraben werden soll.«

»Okay. Und es geht bald los?«

»Hoffentlich. Die letzte Genehmigung steht noch aus. Sie wissen, dass sich im Mittelalter auf diesem Grundstück die Irrenanstalt der Stadt befand? Nun, im Bereich, auf dem wir bauen sollen, war vermutlich der Friedhof. Offenbar gibt es zahllose Gesetze, was das Umgraben von Friedhöfen betrifft. Vorläufig haben die Bauarbeiter grünes Licht bekommen, aber falls sich herausstellen sollte, dass es sich *tatsächlich* um eine Grabstätte handelt, werden die Arbeiten sofort abgebrochen. Es gibt da rechtliche Anforderungen, die Historiker werden das Gelände untersuchen wollen und so weiter. Sie können es sich vorstellen.«

»Ja, ich habe *Poltergeist* gesehen.«

»Wie bitte?«

»*Poltergeist*. Das ist ein Film. Sie bauen auf einem Friedhof, und dieses Mädchen wird in den Fernseher gesogen.«

»Wirklich? Oh, neeeiiin. Haben Sie das schon jemandem erzählt?«

»Es ist nur ein Film. Das ist nicht wirklich passiert.«

»Sind Sie sicher?«

»Na ja, ich meine, es ist doch unmöglich, oder?«

»Ja … Ja. Ja … Hoffen wir, dass Sie Recht haben. Jedenfalls wird der Bau über kurz oder lang beginnen, und wir können davon ausgehen, dass es zu Lärm und Unannehmlichkeiten kommen wird. TSR war in ein paar Projekt-Komitees, und vielleicht sollten Sie sich auf den neuesten Stand der Dinge bringen, indem Sie an zukünftigen Meetings teilnehmen.«

»Ist nicht Keith für ›Technik & Lehrmittel‹ zuständig?«

»Das wäre er normalerweise, aber er hat die Verantwortung gänzlich auf mich übertragen, als Teil seiner Zielvorgabe, die Kontrolle über Projekte den Leuten zu übertragen, die am meisten damit konfrontiert sind.«

»Oha.«

»Ja, und ich habe sie an TSR weitergegeben.«

»Mmmh.«

»Außerdem steht der jährliche Ideentag bevor.«

»Haben wir dafür schon einen Termin festgelegt?«

»Ich habe ihn festgelegt, ja. Allerdings werde ich ihn nicht publik machen, damit sich nicht wiederholt, was im letzten Jahr passiert ist.«

Der Ideentag war dazu gedacht, dass alle Mitarbeiter des Lern-Centers ohne den Druck der täglichen Arbeit beisammen sein konnten. Die Absicht dahinter war, die Zusammenarbeit auf allen Ebenen zu verbessern. Mitarbeiter, die sich während ihrer normalen Arbeit kaum jemals begegneten, konnten sich auf diese Weise kennen lernen. Es war ein offenes Forum für Ideen, wie sich der Service verbessern ließe. Es gab kleine Workshops und Seminare zur Verbesserung der Dienstleistungen, der Abläufe in bestimmten Bereichen oder zu allgemeinen Führungsaufgaben. Der Ideentag war der einzige Zeitpunkt, an dem das gesamte Lern-Center ungestört zusammenkommen konnte, um etwas zu verbessern. Alle hassten ihn wie die Pest. Im letzten Jahr war der Termin im Voraus durchgesickert, und als Bernard gekommen war, hatten sich praktisch alle entweder krankgemeldet oder angerufen und behauptet, ein familiärer Notstand sei ausgebrochen, oder – verflucht aber auch! – das Getriebe im Wagen habe sich in seine Bestandteile aufgelöst. Anscheinend (ich war nicht da gewesen, da ich mich gerade mit TSR auf einer Kartrennbahn mit einer üblen Lebensmittelvergiftung quälte) waren nur Bernard und David gekommen. Die Zahl der Ideen hielt sich damit in Grenzen.

»Ich hatte zweihundert Schinken-Sandwichs kommen lassen«, erinnerte sich Bernard betrübt. »Den ganzen Tag lang habe ich daran herumgepickt, aber einer allein kann ja gegen zweihundert Sandwichs nichts ausrichten.«

»Hundert. Oder? David war doch auch noch da.«

»David ist Vegetarier. Er musste los, um sich ein paar eigene Sandwichs zu kaufen.«

»Oh.«

»Das hat nicht gerade für eine sonderlich positive Atmosphäre gesorgt.«

»Nein.«

»Also wird es dieses Jahr ganz anders laufen. Ich dachte an Rollenspiele. Um die Leute einzubinden.«

»Mmmh. Ich glaube nicht, dass die Leute begeistert sein werden, Bernard.«

»Wegen der Rollenspiele?«

»Oder wegen der Einbindung. Vielleicht etwas, das …«

»Ja?«

»Na ja, ich weiß nicht. Etwas, das sie irgendwie *mitreißt*.«

»Ich kann mir nicht so richtig vorstellen, was Sie meinen. Ich mache Ihnen einen Vorschlag: Nehmen Sie das Ganze doch in die Hand. Es könnte Ihr erstes offizielles Projekt als CTAS-ATM sein. Den Ideentag zu strukturieren. Das können Sie doch, oder?«

»O Gott.«

»Was?«

»Verzeihung … Verzeihung. Ich wollte sagen ›Ja‹ und *denken* ›O Gott‹ … Ich meine, ich wollte sagen ›Ja‹ und *denken* ›O Gott – ja!‹ Kein Problem. Der Ideentag … O Gott! Ja!«

»Hat man Sie im Krankenhaus eigentlich geröntgt?«

»Nein.«

Ein Haus.

»Sind wir …?«

»Ganz und gar nicht. Kommen Sie rein. Bitte, kommen Sie rein. Ich wollte nur gerade die letzten Sachen abholen.« Er hieß Mr. Beardsley und öffnete einladend die Tür. Wir wussten seinen Namen und auch schon einiges über das Haus, weil wir nicht über einen Makler darauf aufmerksam geworden waren.

Ursula – und ich bin nicht besonders begeistert darüber – redet mit jedem über alles. Wenn ich sie aus irgendeinem Grund zufällig bei der Arbeit besuche, kann ich ziemlich sicher sein, dass die Frau am Empfang zu mir sagt: »Und ist Ihr Durchfall wieder besser?« oder irgendwas ähnlich Aufbauendes, während ihre engsten Freundinnen in der Lage sind, aus dem Stand ausschweifende Vorträge über meine Sexualtechniken zu halten. (Zumindest hoffe ich, dass die Vorträge ausschweifend sind.) Ursula ist einfach so, und ich lächle liebevoll darüber, denn dieser kleine Wesenszug verleiht unserer Beziehung, die ansonsten doch allzu beschaulich wäre, ein wenig Würze. Etwaige Irritationen, die ich gelegentlich empfinden mag, lassen sich leicht besänftigen, indem ich einfach ein paar Stunden allein draußen im Wagen sitze und schreie und schreie und schreie.

Da Ursula mit Gott und der Welt redet, schnappt sie eine Menge auf. Ich selbst spreche nur mit sehr wenigen Menschen und sehe viel fern. Gemeinsam entgeht uns nicht viel. Ursula würde vielleicht nicht mitbekommen, wenn England Kanada den Krieg erklärt, und ich hätte keine Ahnung, dass der Kettenraucher nebenan in seinem Wohnzimmer Benzin hortet, aber gegenseitig halten wir uns auf dem Laufenden. In diesem Fall hatte Ursulas Schwatzhaftigkeit die Existenz eines Freundes zutage gefördert, dessen Schwester einen Schwiegervater hatte, dessen Haus zum Verkauf stand. Er verkaufte es selbst, sprich: ohne Makler. Das lag daran, dass er für Makler nur Verachtung übrig hatte, und somit wusste ich sofort, dass er ein Mensch mit dem richtigen Sinn für Gut und Böse war. Über ihr komplexes Informantennetz holte Ursula weitere Einzelheiten ein, und wir vereinbarten einen Termin mit ihm. Und da waren wir nun. Mr. Beardsley trug eine Kiste zu seinem Wagen und schlug vor, wir sollten uns das Haus ruhig schon mal allein ansehen.

»Es ist *traumhaft*«, sagte Ursula, als wir eintraten. Ich blickte mich um und versuchte herauszufinden, was sie sich gerade ansah.

»Was denn?«, fragte ich schließlich.

»Dieses Zimmer. Es ist *traumhaft*.«

Ich sah mich etwas genauer um. Es war von annehmbaren

Maßen, nicht unbedingt groß, aber auch nicht besorgniserregend klein. Annehmbar also. Es besaß eines dieser altmodischen Erkerfenster mit bunten Scheiben (keine Doppelverglasung) und einem Heizkörper darunter. Die Zentralheizung schien nicht eben neueren Datums zu sein, aber zumindest gab es eine. Es hatte Holzfußboden – kein repräsentatives Parkett, sondern lediglich grobe Planken, auf die man einen Teppich würde legen müssen. Außerdem gab es einen Kamin, der nicht würde bleiben können. An den Wänden waren Tapeten, die vor nicht allzu langer Zeit weiß überstrichen waren, ebenso wie die Zimmerdecke. Es war ein Zimmer. Es war – Sie wissen schon – ein *Zimmer*. Offenbar war mir irgendwas entgangen.

»*Was* ist traumhaft?«, fragte ich.

Ungläubig sah mich Ursula an. »Sieh dir das Licht an.«

»Das *Licht*? Sieh dir das Licht *an*?«

»Ja, es ist *traumhaft*. Kannst du das Licht nicht sehen?«

»Tja … hier drinnen gibt es Licht. Selbstverständlich kann ich bei Licht sehen, aber ich konnte bisher in jedem Haus, das wir besichtigt haben, bei Licht sehen.«

»Nein, konntest du nicht.«

»Ich glaube, das konnte ich durchaus, Ursula.«

»Nein, nein. Was war denn mit dem Haus letzte Woche zum Beispiel? Da gab es im Esszimmer kein Licht. Sie mussten Licht machen.«

»Und dann hatten sie welches.«

»Aber kein richtiges Licht. Das war elektrisches Licht.«

»Tut mir Leid. Ich kann dir nicht folgen. Elektrisches Licht ist kein Licht?

»Nein, natürlich nicht.«

»Was ist hier so traumhaft? Dass Licht durchs Fenster fällt? Bei Tageslicht fällt Licht herein. Was soll ich sagen? Wow.«

Mr. Beardsley kam wieder, wischte sich Schmutz von den Händen und gesellte sich zu uns.

»Ah, da sind Sie ja. Hübsches Zimmer, was? Schönes Licht.«

»Es ist *traumhaft*«, sagte Ursula. Ich hatte das Gefühl, plötzlich in einer Sekte gelandet zu sein.

»Ja«, fuhr Mr. Beardsley fort. »Ich habe die Wände frisch gestrichen, wie Sie sehen. Das ganze Haus habe ich gestrichen. Mein Vater hatte eine ganze Weile nichts gemacht.«

»Dann gehörte das Haus Ihrem Vater?«, fragte Ursula mit ungewohnt melodischer Stimme. Offenbar war sie noch immer berauscht von der Macht des Lichts.

»Ja, und eigentlich gehört es ihm noch. Leider wurde er auf seine alten Tage krank ... senil. Es war zu gefährlich für ihn, allein zu leben.«

»Ist er langsam vergesslich geworden?«, fragte ich mitfühlend.

»Stimmt genau. Vergesslich. Verwirrt. Fing an, Brände zu legen. Wollen wir einen Blick ins Esszimmer werfen?«

»Ja!«, platzte Ursula heraus.

»Brände?«, fragte ich, aber sie waren schon weitergegangen.

»Oh, das ist wundervoll«, sagte Ursula gerade, als ich die beiden einholte. Wieder gelang es mir nicht, etwas sonderlich Wundervolles zu erkennen. Es war nur ein weiteres Zimmer von annehmbarer Größe. Aber ich sagte nichts, aus Angst, die beiden würden mich kopfschüttelnd ansehen, als wäre ich etwas schlicht gestrickt. Dieses Zimmer besaß Terrassentüren, die in eine Art winzigen Wintergarten führten, hinter dem wiederum der Garten lag. An der Rückwand gab es einen weiteren Kamin, den man ebenfalls würde rausreißen müssen.

»Hier sehe ich uns schon frühstücken«, strahlte Ursula. »Kannst du dir vorstellen, wie wir hier beim Frühstück sitzen?«

»Moment mal ...«, sagte ich. »Ja«, bestätigte ich, nachdem ich die Augen einen Moment geschlossen und auf Deutsch hinzugefügt hatte: »Kannst du dir vorstellen, wie wir im Flur wilden Sex haben?« Ursula warf mir einen Blick zu, der mich vermuten ließ, dass sie es sich eher nicht vorstellen konnte.

»Okay. Hier durch ist die Küche …« Mr. Beardsley deutete auf ein Zimmer mit der scheußlichsten Sammlung knallroter Schränke in ganz England – die meisten Menschen beten, dass ihnen ein solcher Anblick erspart bleiben möge.

»Wir könnten die Küche neu machen lassen«, sinnierte Ursula verträumt. In diesem Augenblick wusste ich, dass sie den Verstand verloren hatte. »Meistens kocht Pel bei uns«, sagte sie (wobei ihre Stimme unerklärlicherweise erstarb, ehe sie »und macht den ganzen Abwasch« hinzugefügt hatte). »Wir könnten die Küche neu einrichten, und dann wäre sie absolut in Ordnung, was meinst du?« Auf der Suche nach dem winzigen Funken Menschlichkeit, der dort noch schimmern mochte, sah ich ihr tief in die Augen. Ich fand nichts.

»Ja. Oder wir könnten zum Essen ins Savoy gehen.«

Hinter der Küche gab es eine Abstellkammer und eine Toilette. Die Abstellkammer war leer, aber feucht, wohingegen sich die Toilette genialerweise zwar technisch im Haus befand, es aber trotzdem irgendwie schaffte, den Horror eines Außenaborts zu erwecken. Ursula hingegen wurde immer aufgeregter. Für sie war die Toilette ein großer Vorteil, da die Kinder sie benutzen konnten, wenn sie im Garten spielten, ohne mit schmutzigen Stiefeln durchs ganze Haus trampeln zu müssen. Ich ging davon aus, dass es sich bei »den Kindern« um irgendwelche Exemplare handelte, die sie sich im Internet bestellen wollte … denn *unsere* Kinder würden diese Toilette nie im Leben benutzen. Sie war muffig, kalt und wahrscheinlich Heimat zahlloser Insekten. Meine Großmutter hatte eine Außentoilette, und noch heute ist sie für mich das Symbol für das düstere Unbekannte. Die Abstellkammer animierte Ursula zu dem Ausruf: »Da könnten wir unseren Kühlschrank reinstellen!« Einen Raum zu sehen und zu wissen, dass er aufgrund seiner erstklassigen Beschaffenheit dafür prädestiniert ist, einen Kühlschrank zu beherbergen, bietet wahrlich Grund zur Freude. Langsam machte ich mir Sorgen darum, wie lange sich Ursula dieses Haus noch ansehen konnte, ohne aus ihrer erbarmungslosen Euphorie in lähmende Trance abzustürzen oder einen kompletten Blackout zu erleiden. Bisher hatten wir nur das Erdgeschoss gesehen, und ich wollte Mr. Beardsley schon fragen, ob wir nicht wiederkommen und das Obergeschoss ein andermal besichtigen könnten, wenn ich Ursula vorsichtshalber mit ein paar Flaschen Temazepam abgefüllt hätte. Allerdings kam ich doch zu dem Schluss, dass es das Beste wäre, diese Sache zu einem Abschluss zu bringen. Vor allem wollte ich das Ganze auf gar keinen Fall noch mal erleben.

Mr. Beardsley führte uns die Treppe hinauf (die »entzückend« war, auf so einnehmende und doch raffinierte Weise, dass die meisten Menschen lediglich nur ein paar Holzstufen sehen würden, die es einem ermöglichten, von einem Stock in den nächsten zu gelangen) und in ein Badezimmer, das unmittelbar vor uns lag.

»Das Badezimmer könnten wir ganz neu einrichten. Das würde bestimmt toll aussehen«, sagte Ursula.

Ich klappte den Mund auf, aber es kam nichts heraus.

Es gab drei Schlafzimmer: zwei von etwa derselben Größe und ein kleineres, das nach vorn hinaus ging. Spontan taufte Ursula das kleinere Zimmer auf den Namen »Gästezimmer« und deutete – ohne die geringste Pause einzulegen – auf eine Wand. »Da könnten wir unser Bücherregal hinstellen, was meinst du?«, meinte sie.

»Ja. Dahin … oder dahin … oder in ein anderes Haus … Mit dem Regal kann man es machen.« Sie hörte gar nicht zu.

Das erste der beiden größeren Zimmer besaß einen Kamin. Der würde rausmüssen. Außerdem gab es da noch mehr von diesem Licht, das auch unten im Wohnzimmer gewesen war. Vielleicht dasselbe Licht, vielleicht Licht, das dem anderen so ähnlich war, dass es in diesem Stadium im gleichen Atemzug zu nennen wäre. Ich wusste es nicht. Hier gab es noch ein Erkerfenster (an dem man, wie jeder Schwachkopf sehen konnte,

»im Sommer sitzen konnte«) und verdächtig selbst gebastelte elektrische Leitungen. Das andere große Zimmer bot einen Blick auf den Garten. Ich freute mich zu sehen, dass er gepflegt, keineswegs rückengefährdend verwildert und außerdem hübsch zugewachsen war, denn rundherum standen hohe Nadelbäume.

»Den könnte man leicht mit Platten auslegen«, bemerkte ich.

»Nein, nein, könnte man nicht«, erwiderte Ursula. »Sieh dir die Blumenbeete an, der Rasen hat genau die richtige Größe … Siehst du uns nicht schon im Sommer draußen sitzen?«

»Na ja«, sagte ich traurig. »Ich würde mein Herz eher an die Vorstellung verlieren, den Sommer oben am Erkerfenster zu verbringen.«

Ich hätte vermutet, dass eine derartige Ansammlung von Pracht und Herrlichkeit jedem genügen müsste, doch Ursula entdeckte eine Holzplatte in der Decke des Treppenabsatzes, die von der Existenz eines Dachbodens kündete. Mr. Beardsley zauberte eine Trittleiter herbei, und Ursula stieg mit einer Taschenlampe hinauf. Ich wartete unten, während sie diverse »Oooohs« und ein »Aaaah« ausstieß, ehe sie wieder herunterkam, mir die Lampe reichte und mich die Leiter hinaufschob, damit ich es mir selbst ansah. Da die Öffnung gerade groß genug war, um meinen Kopf und eine Schulter hindurchzwängen zu können, fiel es mir nicht leicht, mich umzusehen, aber befriedigt stellte ich fest, dass es sich um ein atemberaubend schmutziges Loch ohne Bodenbretter handelte, in das durch die pappelosen Dachziegel staubiges Licht hereinfiel.

»Ist er nicht *riesig*?«, rief Ursula an meinen Beinen herauf.

»Äh …«

»Was meinst du?«

»Ehrlich gesagt, habe ich Angst.«

»Wir könnten den Dachboden ausbauen lassen. Das wäre doch phantastisch.«

»Ja, wir könnten hier oben auch noch ein Badezimmer und

eine Küche einbauen.« Ursula lachte, und ich lächelte im Halbdunkel vor mich hin.

»Tsss, doch keine Küche«, antwortete sie. Und schon war mir das Lächeln vergangen.

Ich stieg die Leiter hinunter und staunte, dass ich kaum eine Minute auf dem Boden verbracht hatte und mir trotzdem übelster Schmutz in sämtliche Gesichtsporen gedrungen war. Ursula plauderte angeregt mit Mr. Beardsley, der ihr versicherte, dass die Rohrleitungen echte Antiquitäten seien und keine der Türen richtig schloss. Auf dem Weg zur Haustür liebkoste Ursula im Vorübergehen alles, was sie zu fassen bekam, während ich Mr. Beardsley über die eine oder andere Ungereimtheit auszufragen versuchte, die mir aufgefallen war. Er überhörte mich mit größter Liebenswürdigkeit. Schließlich standen wir in der Haustür, um uns zu verabschieden.

»Wir werden es uns gut überlegen müssen. Der Preis scheint mir doch sehr hoch, wenn man bedenkt, was noch alles zu machen wäre«, sagte ich, um ihm meinen Verhandlungsstandpunkt zu verdeutlichen.

»Wann könnten wir einziehen?«, fragte Ursula, um den ihren zu verdeutlichen.

»Wie Sie sehen, steht das Haus leer«, erwiderte Mr. Beardsley (zu Ursula). »Mein Vater ist schon in ein Seniorenheim gezogen, so dass wohl nur die rechtlichen Fragen zu klären wären. Sobald das der Fall ist, könnten Sie einziehen.«

Ursula hüpfte auf und ab. Ich schwöre: Ursula hüpfte auf und ab.

»Wie gesagt, wir müssen es uns noch überlegen«, wiederholte ich mit ernster Miene und zerrte Ursula zum Wagen.

Ich stieg ein und ließ den Motor an, aber Ursula blieb draußen stehen und sah sich das Haus an. Also stellte ich den Motor wieder ab und wartete. Ich war schon fast so weit, die Geschäftsbedingungen und Benutzerhinweise auf der Rückseite eines alten Parktickets auf dem Armaturenbrett zu lesen, als sie endlich die Beifahrertür öffnete und sich neben mich setzte. Ihre Augen waren groß und feucht.

»Ich mag dieses Haus.«

»Wirklich? Das ist mir gar nicht aufgefallen.«

»Wir müssen es kriegen, Pel. Wir *müssen* einfach.«

»In sämtlichen Räumen muss etwas gemacht werden, und das Dach ist undicht. Wir würden kein Haus kaufen, sondern nur ein paar Mauern.«

»Aber …«

»Sollte im nächsten Satz das Wort ›Licht‹ vorkommen … dann tu's nicht. Sag es nicht.«

»Es hat so viel *Charakter*.«

»Friedhöfe haben Charakter. Ich hatte eher an elektrische Leitungen gedacht, vor denen man sich nicht fürchten muss. Er will schlappe zehntausend Pfund zu viel für dieses Haus, und ich weiß nicht, was ihm noch alles einfällt, nachdem du fast mit der Zunge im Schlüsselloch herumgespielt hättest.«

»Wehe, du setzt dieses Haus aufs Spiel, Pel. Ich warne dich. Wenn wir es nicht kriegen, wirst du nie wieder Sex haben.«

»Das klingt vernünftig. Entweder ich kaufe ein Haus, oder ich habe nie wieder Sex mit dir.«

»Du hörst nicht zu. Ich habe nicht gesagt ›mit mir‹. Sollten wir dieses Haus nicht bekommen, werde ich es zu meiner persönlichen Angelegenheit machen, dafür zu sorgen, dass du nie mehr allein zur Toilette gehen kannst, ohne dass eines der Kinder bei dir ist.«

Sie zuckte mit keiner Wimper.

Ich ließ den Motor an. »Am Samstag gehen wir zur Bank.«

Am meisten fürchte ich
die guten Zeiten

»Du hast *was*?« Ursula sah mich von ihrem Stuhl aus an. Ihre Betonung erinnerte an eine Achterbahnfahrt kurz vor dem Furcht erregenden Absturz ins Tal. Langsam erklomm sie den Gipfel beim »du«, hauchte erschöpft ein »hast«, schwankte kurz und verharrte einen grausam langen Augenblick auf dem »www«, ehe sie ins lebensbedrohliche »was« hinabstürzte, dass es mir die Brust zusammenschnürte.

»Es steht …« Ich sprach im Falsett. Ich räusperte mich und versuchte es noch einmal. »Es steht nicht zum Verkauf. Das wusstest du … Wir haben darüber gesprochen. Ehrlich.«

»Nein, haben wir nicht.«

»Doch, haben wir. Ich habe gesagt, dass es vielleicht besser wäre, unser Haus zu vermieten.«

»Oh, ich erinnere mich an das ›vielleicht‹. Denn als du damals ›vielleicht‹ gesagt hast, habe ich *so ein* Gesicht gezogen.« Ursula verzog das Gesicht. O Mann. »Und nur weil du es als – schwachsinnige – Möglichkeit ins Auge gefasst hattest und das Haus deshalb *noch* nicht zum Verkauf stand, bin ich natürlich nicht davon ausgegangen, dass du es *überhaupt* nicht inserieren würdest. Ich meine, wäre ich davon ausgegangen, hätte ich dir sicher einen Tritt verpasst, oder?«

»Ursula …«

»Und habe ich dich nicht mehrmals gefragt, ob es Anfragen für das Haus gab?«

»Ich dachte, du meintest Anfragen für die Vermietung.«

»Ach ja?« In ihrer Stimme lag eine unheilvolle Ausdruckslosigkeit. »Tatsächlich?«

»Hör mal, es war ein simples Missverständnis. Lass uns nicht mehr darüber streiten.«

»Du elender Wichser. Du hast das Hirn eines Sechsjährigen. Eines Schimpansen. Ich kann mich überhaupt kein bisschen auf dich verlassen, oder? Du bist ein Schimpansenbaby. Sag es.«

»Ursula ...«

»Sag, *ich bin ein Schimpansenbaby*. Mach schon, sag es.«

»Äh ... vielleicht könnten Sie das ja später klären. Gehen wir vorerst also von einer hundertprozentigen Hypothek aus.« Auf der anderen Seite des Tisches meldete sich die Bankberaterin zu Wort. Sie warf einen Blick auf die Uhr. »Ich habe in fünfzehn Minuten meinen nächsten Termin.«

»Tut mir Leid«, sagte Ursula. »Ich entschuldige mich für die Verzögerung, weil ich einen Primaten als Freund habe.«

»Es war nur ein Missverständnis.« Meine Augenbrauen flehten die Bankberaterin an.

»Schimpansenbaby.«

»Dann also zu den Zinsen ... Miss Krötenjäger, Mr. Dalton. Sie werden feststellen, dass wir Ihnen sehr wettbewerbsfähige Raten anbieten können.« Sie tippte auf ein paar Tasten auf ihrem Computer. »Ich werde Ihnen mal ein Beispiel für die monatliche Rückzahlung ausdrucken, mit der Sie rechnen können, basierend auf dem Haus, wie Sie es gesehen haben. Es gibt verschiedene Optionen. Sie können die Hypothek wählen, die Ihnen am besten zusagt.«

Der Ausdruck zeigte eine standardisierte Hypothekenvereinbarung. Es gab endlose undurchschaubare Zahlenkolonnen mit verschiedenen Zinskalkulationen, Steuermodellen und solchen Dingen (ich massierte mir beim Lesen die Lippen und nickte verständig), aber es spielte ohnehin keine Rolle, da fast alles mit einem Sternchen versehen war und zu einer Fußnote führte, die mehr oder weniger besagte: »Das alles könnte jeden Augenblick komplett anders aussehen. Unser Institut übernimmt keinerlei Verantwortung für Kunden, die so blöd sind, nicht sämtliche Angebote, die wir bis hierhin gemacht haben, auszu-schlagen.« Nur zwei Spalten waren wichtig. Die erste zeigte ein Beispiel für (Sternchen) monatliche Rückzahlungen, bei denen ich meine Schuhe anstarrte und mir ausrechnete, ob sie wohl noch dreiundzwanzig Jahre hielten. Die zweite Spalte zeigte, was man der Bank unter dem Strich bezahlen musste – insge-samt, mit verschiedenen Optionen, die von obszönem Wucher bis zu diabolischen Phantastereien eines mörderischen, crack-süchtigen Kredithais reichten.

»Wir sind an einer guten Beziehung zu unseren zukünftigen Hausbesitzern interessiert. Aus diesem Grund haben wir diese Informationsbroschüre zusammengestellt. Darin finden Sie die Details unserer Hypothekenoptionen, aber auch allgemeine In-formationen, die sehr nützlich sein können, wenn Sie ein Haus erwerben«, erklärte die Bankberaterin.

»Danke«, sagte ich. »Das ist nett.« Ich nahm die Broschüre, damit ich sie später auf den Stapel mit dem Infomaterial legen konnte, das wir von den anderen Banken hatten. Die endlosen Hochglanzfotos von Pärchen, die sich auf Trittleitern rauf und runter anlächelten, während sie im strahlenden Sonnenschein Wände strichen, nahmen mittlerweile etwa zwanzig Prozent unseres Schlafzimmers ein.

»Ist die Deckung gesichert, falls einer von uns beiden ster-ben sollte?«, fragte Ursula und sah auf den Ausdruck.

»Eine Standardversicherung ist eingeschlossen. Restzahlung im Todesfall. Das ist Vorschrift, ja, Miss Krötenjäger.«

»Gut«, sagte Ursula.

»Es war nur ein *Missverständnis*«, flehte ich.

»Schimpansenbaby.«

»Ich bin kein …«

»*Sag es.*«

»Nun – Miss Krötenjäger, Mr. Dalton – ich denke, wir haben die wichtigsten Punkte so weit besprochen.«

»Ja«, sagte ich. »Haben Sie eine Karte?«

»Ich ... nein. Ist schon okay. Sie können genauso gut mit einer Kollegin sprechen. Helen, zum Beispiel. Fragen Sie nach Helen Reeves. Helen ist sehr gut. Fragen Sie nach Helen.«

Wir verabschiedeten uns und wurden gebeten, einen Seitenausgang zu benutzen.

Ich saß mit Jonathan und Peter im Wohnzimmer. Gemeinsam gingen wir Jonathans Hausaufgaben durch, um Ursula etwas »Mama-Zeit« allein im Esszimmer zu geben, wo sie vor sich hin knurrte und den Tisch deckte, indem sie jedes einzelne Teil unter gezielter, lautstarker Gewaltanwendung auf den Tisch knallte. Ich kann mich nicht erinnern, in Jonathans Alter Hausaufgaben gehabt zu haben. Ich weiß nicht, ob es daran liegt, dass die pädagogischen Anforderungen im Allgemeinen gestiegen sind, oder daran, dass Jonathan eine gepflegte Schule der Church of England besuchte, die zu den drei besten der Stadt zählte, wohingegen ich eine Reihe abscheulicher Irrenanstalten durchlaufen hatte, die bestenfalls als Wartehallen für die nächstgelegene Besserungsanstalt durchgegangen wären. Jedenfalls musste Jonathan pausenlos irgendein Diktat vorbereiten oder irgendwas rechnen oder lesen, oder wir sollten irgendwas gemeinsam machen. Unerschütterlich und leidenschaftlich stand er zu seiner Ansicht, Hausaufgaben seien »unfair«. Da er jedoch lautstark verkündete, die Welt sei zu achtzig Prozent unfair, stellte diese Formulierung nicht seinen einzigen Schutz gegen das vielköpfige Ungeheuer der Barbarei dar. Im Rahmen dieser allumfassenden Unfairness zeugte jede Hausaufgabe von spezifischen Qualitäten. Rechtschreibung beispielsweise war »nervig«, Mathematik dagegen »blöd«. Lesen war »doof« und Geschichte »langweilig«. Wann immer er seine Meinung äußerte, hörte ich mitfühlend zu. Und jedes Mal ließ ich ihn die Hausaufgaben trotzdem machen. Von pädagogischen Bedenken einmal abgesehen, hatte ich einfach meinen Spaß daran, mit ihm zusammen Schularbeiten zu machen. Ich unterhielt mich gern mit ihm darüber, erklärte, ließ mich auf interessante Nebenaspekte ein. Am liebsten suchte ich Grammatikfehler in den Anweisungen des Lehrers. Eines Tages wird mich Jonathan abhängen. Er wird die Grenzen meines Wissens erreichen und einfach weiterziehen. Ich werde meine Hände zu einem Schalltrichter formen müssen und ihm nachrufen, dass er kleine Schritte machen soll, und ohne auch nur stehen zu bleiben, wird er mir vergnüglich über die Schulter hinweg antworten. Und ich werde kein Wort von dem verstehen, was er sagt. Das ist allerdings noch Zukunftsmusik. Im Moment bin ich allwissend. Gelegentlich mag ich zwar den alten Stinkstiefel raushängen lassen: »Wer hat denn gesagt, dass ›blau‹ ausgerechnet *so* aussehen soll?« (eine Frage, die natürlich unfair ist), aber momentan ist wohl unbestreitbar, dass ich alles weiß. Eines Tages wird Jonathan herausfinden, dass ich *nicht* alles weiß. Und genau diesen Tag will ich so lange wie möglich hinauszögern.

Die anstehende Hausaufgabe bestand aus einem Gedicht, das er für die Morgenandacht lernen musste. Eine gewisse Routine ist wichtig, also fingen wir wie gewohnt an.

»Zeit für die Schularbeiten. Jonathan, leg den Gameboy weg. Peter, könntest du jetzt bitte von meinem Kopf runtergehen?«

Jonathan stieß ein Heulen aus, das einen abrupten, emotionalen Kollaps ankündigte. Peter, der mir von oben kopfüber ins Gesicht sah, bat mich zögerlich um die Bestätigung dessen, was er kaum zu glauben wagte.

»Jonathan muss Schularbeiten machen?«

»Ja.«

Peter rollte seitlich an mir ab und deutete mit einem Pistolenfinger auf seinen Bruder.

»Jonathan! Jonathan! Du musst noch deine Schularbeiten machen!«

Jonathans winziger Leib wurde von einer neuerlichen Woge der Qual zu Boden geworfen.

»*Neeeeeiiiin.*«

130

»Doch, musst du«, kommentierte Peter seelenruhig.

»Komm schon, Jonathan. Je früher du damit anfängst, desto eher bist du fertig.«

»Aber ich muss es trotzdem *machen*. Das ist das Entscheidende. Begreifst du nicht? Es ist hart ... ultra-, megahart.«

»Hör zu, du machst jetzt auf der Stelle deine Hausaufgaben, okay? Das ist nicht verhandelbar.«

»Was bedeutet ›nicht verhandelbar‹?«

»Es bedeutet, dass ich meinen Standpunkt nicht ändern werde. Es steht fest. Darf ich dich daran erinnern, dass dieses Haus keineswegs demokratisch geführt wird? Ich bin hier der Boss, und ich sage, was passiert.«

»Dad ist der Boss«, bestätigte Peter und deutete auf mich, um Jonathan klar zu machen, wen er meinte.

»Stimmt genau. Jetzt komm her und ... Peter! Peter, komm wieder her. Du wolltest doch wohl das mit dem Boss nicht etwa deiner Mutter erzählen, oder? Versprich es mir. Braver Junge. Jonathan, auf geht's.«

Auf der Fotokopie aus der Schule stand ein kurzes Gedicht von der Art »Gott hat alles erschaffen«. Ich ließ es Jonathan vorlesen. Dann sollte er versuchen, es sich Reim für Reim zu merken. Wir übten, indem wir es gemeinsam aufsagten, und schließlich rezitierte er es einige Male allein aus der Erinnerung. Es war nicht weiter schwierig, denn einen Jungen, der sich die Details von über hundertfünfzig Pokémons merken kann, dürften sechzehn Zeilen eigentlich keine Probleme bereiten, aber ich biss mir aus anderen Gründen auf die Zunge.

»Du weißt, dass Gott die Blumen nicht *wirklich* erschaffen hat, oder, Jonathan? Es ist nur ein Mythos.«

»Wie die griechischen Mythen? Wie diese Geschichten, die du mir vorgelesen hast? Wie Justin und die Argonauten?«

»*Jason*. Ja, genau so. Früher haben die Menschen daran geglaubt, aber in Wahrheit sind es nur Märchen. Manche glauben heute noch an den ganzen Quatsch mit Gott, aber es ist nur eine Geschichte. Die Welt ist interessant und erstaunlich und voller Wunder, aber so etwas wie Zauberei gibt es nicht wirklich. Zauberei macht sich nur gut in den Geschichten.«

»Es gibt überhaupt keine Zauberei?«

»Nein. Hüte dich vor Leuten, die behaupten, Zauberei wäre real. Sie wollen dich nur dazu bringen, dass du Sachen glaubst, die nicht wahr sind, und Wahrheit ist sehr wichtig.«

»Verstehe.«

»Gut, sehr gut.«

»Es gibt also überhaupt *gar nicht* so was wie Zauberei?«

»Nein, überhaupt nicht.«

»Und was ist mit dem Weihnachtsmann? Der kann doch zaubern.«

Verdammt.

Verdammt, verdammt, verdammt, verdammt, verdammt.

»Aaach … also, das ist was anderes.«

»Wieso? Er muss doch zaubern, um allen Kindern auf der Welt in derselben Nacht Geschenke zu bringen.«

»Nein, er muss nicht zaubern. Ähm, er ist … weißt du … Nein. Nein, der Weihnachtsmann hat einfach nur Zugang zu extrem hochentwickelter Technik.«

»Was für Technik?«

»Ich glaube, es gibt Abendbrot.«

»Nein, ich höre ganz genau, was Mom mit den Tellern macht. Was für Technik?«

»Na ja, weißt du, vor allem eine Kombination aus Hochleistungstreibstoff und besonders effizienten Motoren. Für seinen Schlitten.«

»Ich dachte, die Rentiere ziehen seinen Schlitten.«

»Die Rentiere? Oh, die Rentiere sind nur zur Dekoration, damit der Schlitten hübsch aussieht. In Wahrheit wird er von Ionen-Motoren angetrieben. Deshalb ist er so unglaublich schnell.«

»Wie schnell?«

»Unglaublich schnell.«

»Wie schnell?«

»Wie schnell? Fast Lichtgeschwindigkeit. Ja, genau. Er fliegt beinahe mit Lichtgeschwindigkeit, und wenn sich Objekte der Lichtgeschwindigkeit nähern, verlangsamt sich für sie die Zeit in Relation zu anderen Objekten. *Für uns* also sieht es aus, als würde der Weihnachtsmann alle seine Besuche in einer Nacht absolvieren, aber von seinem Blickwinkel aus hat er dafür das ganze Jahr Zeit.«

Ich muss zugeben, dass ich an dieser Stelle um ein Haar triumphierend die Faust gereckt hätte.

»Und das ist keine Zauberei?«, fragte Jonathan.

»Nein, das ist die Relativitätstheorie.«

»Aber wie transportiert er die ganzen Geschenke?«

»Jetzt ist aber wirklich das Abendbrot fertig …«

»Nein, ist es nicht.«

»Okay, hast du schon mal von der Heisenberg'schen Unschärferelation gehört?«

»Nein.«

»Na ja, daran liegt es.«

»Wieso?«

»Es hat mit der Betrachtungsweise zu tun … und damit, dass die Geschenke erst da sind, wenn wir sie sehen.«

»Hä? Wieso?«

»Genau wie ich es gesagt habe.«

»Aber *wieso*?«

»Wollen wir eine Kissenschlacht machen?«

»Na gut. Okay.«

»Arrrggggghh!«

»Aeeiiii!«

»Au! Au! Nein! Peter, stell den Hocker weg!«

Manchmal glaube ich, ich hätte Lehrer werden sollen.

»Du kannst nur eine CD mit auf eine einsame Insel nehmen. Welche?«

»David Bowies *Tin Machine*«, antwortete Roo wie aus der Pistole geschossen.

»*Ehrlich?* Die würdest du dir am allerliebsten anhören?«

»*Anhören?* Ich dachte, du meinst, ich soll sie mit auf eine einsame Insel nehmen und da liegen lassen.«

»Du gefällst mir. Lass uns Freunde sein.«

Tracey lachte leise in ihren Kaffee.

»Wisst ihr, was mich echt erstaunt?«

»Allzweckkleber?«

»Die Sprechende Uhr?«

»Nein …«

»Instant Tee?«

»Gestreifte Zahnpasta?«

»Eigentlich nicht. Es erstaunt mich, dass zwei Nullnummern wie ihr beide hier rumsitzen und ununterbrochen die Berühmten und Begabten durch den Dreck ziehen könnt.«

»Der Formulierung ›begabt‹ muss ich an dieser Stelle widersprechen«, unterbrach Roo. »Schließlich ging es um David Bowie.«

»Es ist doch ganz egal, um wen es ging. Ihr zwei lasst an niemandem ein gutes Haar.«

»Ich …« Weiter kam Roo nicht.

»Pornodarstellerinnen nicht mitgerechnet. Ich schätze, wir sind uns alle einig, dass die eine spezielle Kategorie darstellen. Aber fast jeden, der beliebt oder erfolgreich ist, würdet ihr zwei hassen.«

»So sind wir Angelsachsen eben.«

»Stimmt genau«, fügte ich hinzu. »Und darüber hinaus ist es eine Pflicht. Jeder nach seinen Fähigkeiten, jedem nach seinen Bedürfnissen. Die einen werden reich und berühmt und nennen Anthony Hopkins ›Tony‹. Während Nullnummern das Recht bekommen, über sie zu richten.«

»Über sie zu richten«, erklärte Roo, »und festzustellen, woran es ihnen mangelt.«

»Genau. Da wir niemals an deren Welt teilhaben werden und außerdem nicht mal den geringsten Einfluss haben, sind wir in einer einzigartig unparteiischen Position, von der aus wir sie als verlogen, selbstverliebt, unrechtmäßig glücklich oder hässlich erklären können.«

»Diese eine Schauspielerin in diesem Western *Bad Girls* … Oh, wie heißt die noch?« Roo schloss die Augen und tippte sich an den Kopf.

»Stimmt genau«, bestätigte ich. »Die ist alles auf einmal.«

»Tsk. *Du* hast gerade einen ›Managerposten‹ bekommen, Pel. Das ist genauso wie ein Schauspieler, der sich von Suppenwerbung zum nächsten Spielberg-Film hocharbeitet.«

»Der Unterschied zwischen einem CTASATM an einer englischen Uni und Nicolas Cage ist minimal, Tracey, aber trotzdem sehr real«, sagte ich. »Zum Beispiel hat er bestimmt jemanden, der ihm lästige Anrufe vom Hals hält«, fügte ich mehr zu mir selbst hinzu.

An diesem Morgen hatte mich jemand angerufen. Ich saß im Büro und bereitete ein paar Benutzerzahlen vor, was zu den Kontrollaufgaben meiner Abteilung gehörte (sie sind aus Planungsgründen wichtig, so dass ich mir einige Mühe gab, überzeugende Zahlen zu erfinden), als das Telefon seine externen Triolen läutete.

»Hallo, University of North-Eastern England. Hier spricht Pel.« Es folgte eine Pause. Nein, eigentlich keine richtige »Pause«, nur ein Herzschlag lang Stille, bis der Mann am anderen Ende losstammelte. Offenbar war er völlig aus dem Konzept, weil er seine übliche Begrüßung nicht an den Mann bringen konnte.

»Wo ist TSR?«

»Tut mir Leid, aber er hat die Universität verlassen.«

»Wann kommt er wieder? Um wie viel Uhr?«

»Nein, ich meine, er arbeitet nicht mehr hier. Ich bin jetzt der neue CTASATM … kann ich Ihnen vielleicht weiterhelfen?«

»Sie sitzen jetzt auf TSRs Platz?«

»Genau.«

»Ich verstehe. Mein Name ist Chiang Ho Yam.«

»Hallo, Mr. Chiang. Was kann ich für Sie tun?«

»Ich bin *Hung*« – was, wie ich erklären sollte, im Englischen so viel wie »gut bestückt« bedeutet.

»Das ist … schön für Sie. Das ist, hm, wie soll ich sagen … ›schön‹. Ich freue mich für Sie. Ich selbst bin nur durchschnittlich ausgestattet. Leider weiß ich noch immer nicht, womit ich Ihnen helfen kann.«

»Sie kennen das Arrangement?«

»Nun, ich glaube, ich könnte es mir vorstellen, wenn ich mir Mühe gebe. Aber es ist nicht so mein Ding. Und wenn ich ehrlich sein soll, wusste ich auch gar nicht, dass TSR darauf steht.«

»Ist nicht Ihr Ding?«

»Nein, nein tut mir Leid.«

Es folgte eine Pause, diesmal eine richtige, dann legte er auf. Ich überlegte einen Moment, ehe ich die Zentrale anrief.

»Ich hatte gerade einen externen Anruf. Könnten Sie mir die Nummer des Anrufers sagen?«

»Moment, bitte … Nein, kann ich leider nicht. Der Anruf kam aus dem Ausland.«

»Verstehe. Trotzdem danke.«

Ich sah Tracey und Roo an und pustete in meinen Tee.

»Habt ihr jemals was läuten hören, dass TSR vielleicht schwul ist?«

»Schwul?«, antwortete Roo. »Nur, wenn er glaubt, dass er damit Geld machen kann.«

Tracey schüttelte entschieden den Kopf. »Nein, der ist definitiv hetero. Wir haben ihn mal zufällig in einem Club getroffen, weißt du noch, Roo? Wir haben ihn gesehen, als wir im Groovy Al's waren.«

»Ach ja, stimmt«, bestätigte Roo. »Obwohl ich nicht weiß, wieso er deshalb hetero sein muss.«

Tracey schnalzte mit der Zunge. »Kein schwuler Mann würde jemals so mies tanzen. Wieso fragst du, Pel?«

»Ach, nur so.«

»Ha! Sehr witzig.« Tracey lachte und neigte wissend den Kopf. »Du glaubst doch nicht ernsthaft, dass wir dich damit einfach so durchkommen lassen. Raus damit.«

»Ich weiß nicht. Vielleicht war es nur ein Spinner. Ich hatte heute Morgen einen Anruf von einem Typen, der anscheinend wollte, dass ich ihm geile Sachen ins Ohr flüstere.«

»Und? Hast du?«

»Nein, wohl kaum. Diese Fortbildung hat mir die Uni bisher noch nicht angeboten. Ich weiß nicht mal mehr, wie so was geht.«

»Flüsterst du Ursula keine geilen Sachen ins Ohr? Das ist aber schade.«

»Großer Gott, nein. Dafür sind wir schon viel zu lange zusammen. Ursula redet beim Sex, aber meistens fragt sie mich nur, in welcher Farbe wir die Küche streichen sollen, solche Sachen eben.«

»Er reitet schon wieder auf der Mitleidstour herum«, sagte Roo zu Tracey.

»Ja.« Sie nickte. »Wahrscheinlich sucht er nur eine Rechtfertigung dafür, dass er sich auf schwulen Telefonsex eingelassen hat.«

»Ihr seid wirklich zwei ganz lustige Kerlchen, und eines Tages, wenn ihr schon lange tot seid, wird die Welt es merken.«

Tracey tätschelte meine Hand.

»Was hat der Typ denn gesagt?«

»Eigentlich hat er nur nach TSR gefragt, und ich habe gesagt, dass ich jetzt seinen Job mache. Dann hat er mir erzählt, dass er einen dicken Pimmel hat, ich habe geantwortet, das sei bei mir nicht der Fall. Dann hat er aufgelegt.«

»Tja«, antwortete Tracey entschieden. »Ich glaube, *ich* weiß, wo du in dem Gespräch die falsche Abzweigung genommen hast.«

»Jep«, fügte Roo hinzu. »Du hättest lügen können, was deine Größe angeht. Übers Telefon hätte er nie was gemerkt.«

»Ich bin mit meiner Größe ganz zufrieden, danke der Nachfrage.«

»Du?«, fragte Roo.

»Lass den armen Mann in Frieden, Roo«, sagte Tracey mit schwerem deutschen Akzent und rührte in ihrer Kaffeetasse. »O Pel! Du bist so … ausreichend.«

»Also, um es kurz zusammenzufassen«, sagte ich. »Wir gehen also davon aus, dass TSR nicht schwul ist?«

»Das war nur ein Spinner am Telefon«, sagte Roo.

»Oder irgendein abgekartetes Spiel.« Tracey sah ihn an. »Wie dieser Anruf, den ich neulich Abend in deiner Wohnung entgegengenommen habe.«

»Ja. Offenbar hat ein gewisser ›Bill‹ eine ähnliche Nummer wie ich. Mich ruft oft nachts um drei einer an und sagt nur ›Bill, du *Wichser*‹ oder so was in der Art. Bill hat wohl jemanden verärgert.«

»Und wir können davon ausgehen, dass TSR eine Menge Leute verärgert hat«, sagte Tracey. »Vielleicht wollte ihm jemand einen Streich spielen und hat das Ganze arrangiert, ohne zu wissen, dass er gar nicht mehr an der Uni ist.«

»Der Typ wusste nicht, dass TSR nicht mehr da ist. Das stimmt. Ja, das war es wahrscheinlich.«

David Woolf und Pauline Dodd waren beide da, als ich nach dem Mittagessen wieder ins Büro kam. David las das Protokoll irgendeines Meetings. Alle paar Minuten stieß er einen tiefen Seufzer aus, strich mit rotem Kugelschreiber irgendetwas aus und kritzelte wütende Notizen an den Rand. Pauline kämmte währenddessen einem Troll das Fell. Ich sah mir noch einmal TSRs Unterlagen an, was bedeutete, dass ich mich nicht nur durch das blanke Chaos kämpfen, sondern gleichzeitig auch nach einem Hinweis suchen musste, mit dem sich eine der nahe liegenden Theorien zu meinem morgendlichen Telefonanruf bestätigen ließ. »Na, wenn *das* keine durchgeknallten Anrufe provoziert« vielleicht, oder »Ich bin latent schwul!« Doch ich blieb an sämtlichen Fronten dramatisch erfolglos.

»O Pel, Schätzchen, gerade fällt mir ein, dass Bernard eine Nachricht für Sie hinterlassen hat«, sagte Pauline nach etwa einer Viertelstunde. »Er hat gesagt, er hätte mit dem Vizepräsidenten gesprochen, und ob Sie ihn mal anrufen könnten.«

»Bernard anrufen?«

»Nein, den Vizepräsidenten.«

»Warum sollte der Vizepräsident wollen, dass ich ihn anrufe?«

»Hat er nicht gesagt.«

David sah von seinen Notizen auf. »Falls der Vizepräsident ab jetzt immer direkt mit dem CTASATM sprechen möchte, dann halte ich das für ausgesprochen unangemessen. Es hieß immer, er und TSR würden sich privat kennen und hätten deshalb so engen Kontakt, aber wenn das jetzt mit *jedem* dahergelaufenen – nichts gegen Sie persönlich, Pel – mit jedem dahergelaufenen CTASATM so gehen soll, dann ist das wirklich sehr, sehr unangemessen. Die Fachleute sind ganz eindeutig zwischen der Leitungsebene und dem technischen Personal angesiedelt. Es ist die reine Verhöhnung unserer organisatorischen Strukturen.«

Pauline lächelte. »Ach, Sie alter Miesepeter. Wahrscheinlich will er Pel nur zu seinem neuen Job gratulieren.«

»Der Vizepräsident? Pel gratulieren? Dafür, dass er CTASATM geworden ist? Ihre Position ist zweifellos sehr wichtig, Pel, verstehen Sie mich nicht falsch, aber das wäre ja so, als wollte der Premierminister einer Klofrau zu ihrem Job gratulieren. Haben Sie schon jemals mit dem Vizepräsidenten gesprochen, Pel?«

»Letztes Jahr gab es so ein Konsultationsmeeting zur Umstrukturierung der Universität, bei dem ich eine Frage gestellt habe. Also – rein technisch gesehen – haben wir miteinander gesprochen.«

»Vielleicht hat Ihre Frage Eindruck gemacht, Schätzchen. Möglicherweise hat er Sie als besonders scharfsinnig in Erinnerung«, meinte Pauline.

»Das bezweifle ich. Ich habe gefragt, ob noch Kekse da sind.«

»Für mich geht es vor allem darum, Pauline, dass persönliche Beziehungen eigentlich keine Rolle spielen dürften.« David war ziemlich sauer. Und stach beim Sprechen ständig mit dem Zeigefinger immer wieder ins Leere, als wollte er einen Schattenspecht an die Wand werfen. »So ein Unternehmen kann man nur erfolgreich führen, wenn man sich an die vorgegebenen Strukturen hält.«

Das war Davids Spezialthema. Er hatte sich vor ein paar Jahren um den Job als Leiter des Lern-Centers beworben, als Janice Flowers, die vorherige Amtsinhaberin, gegangen war, weil es böses Blut gegeben hatte. Natürlich war er es nicht geworden. Stattdessen hatte man Bernard den Job gegeben. (Bernard war als externer Bewerber aus der freien Wirtschaft gekommen. Er hatte das Firmenarchiv einer großen Düngerfabrik geleitet, was David mit »Bernards Background ist Mist« zu umschreiben pflegte.) Zweifellos wäre David dem Job als Leiter des Lern-Centers gewachsen gewesen, und aus diesem Grund hätte es wohl jeder als Schlag ins Gesicht empfunden, dass jemand von außen die Stelle bekam. Dass sich David bereits zum sechsten Mal um den Posten bemüht hatte (und, wie die Kollegen witzelten, einen der früheren Leiter ermordet hatte), machte alles nur noch schlimmer. Es stand eindeutig fest, dass irgendjemand David absichtlich nicht zum Leiter des Lern-Centers machen wollte. Da er zweifelsohne ungemein tüchtig war, konnte es nur daran liegen, dass hier gegensätzliche Persönlichkeiten aufeinander stießen. Aus diesem Grund zeigte David ein gesteigertes persönliches Interesse daran, dass Vorschriften eingehalten wurden und persönliche Befindlichkeiten keinen Einfluss nahmen.

»Sie räumen doch nachher bestimmt alles wieder auf, oder, Schätzchen?«, fragte mich Pauline, offenbar um auf ein Thema zu kommen, bei dem die Gefahr nicht ganz so groß war, David explodieren zu lassen.

»Ja, ich räume später alles wieder weg. Ich muss es nur jetzt ausbreiten, damit ich es durchsehen kann.«

»Aber habe ich diesen Raum geprüft – Feng Shui, Sie wissen schon. Und so, wie wir hier eingerichtet sind, werden wir alle eines Tages noch schreckliche Verdauungsprobleme bekommen. Ich schätze, die vielen Papiere, die da auf dem Boden herumliegen, machen es nur noch schlimmer.«

Augenblicklich begann ich, die Papiere wieder in den Aktenschrank zu schaufeln.

Als ich fertig war und hoffte, damit die Gefahr drohender Darmkoliken auf ein Maß geschrumpft zu haben, das einen Militäreinsatz unnötig machte, rief ich den Vizepräsidenten an. Er war nicht da, aber seine Sekretärin meinte, sie würde ihm Bescheid geben, dass ich angerufen hatte. Sie bedauerte, mir nicht sagen zu können, worüber er mit mir sprechen wolle. Worauf ich ihr versicherte, dass ich es ohne jeden Zweifel noch viel mehr bedauerte als sie.

Ich frage mich, ob sich der Mensch, der den Einkaufswagen erfunden hat, darüber im Klaren war, wie sehr seine Idee einschlagen würde. War es nur ein Memo, das bei irgendjemandem über den Tisch ging – »Manche Leute kaufen mehr als in zwei Körbe passt. Was sollen wir machen. Derek« – worauf ein viel beschäftigter, leitender Angestellter beiläufig antwortete: »Dann bastelt eben große Körbe mit Rädern unten dran«? Oder war der Einkaufswagen das Ergebnis eines überregionalen Unterfangens, in welches die klügsten Köpfe des Einzelhandels eingebunden waren? Was im ersten Prototyp kulminierte, den man vor einer sprachlosen Schar herausrollte, die augenblicklich wusste, dass unsere Welt nie mehr sein würde, wie sie bis dahin gewesen war? Wie waren Studenten aus dem Pub nach Hause gekommen, bevor es Einkaufswagen gab? Was haben die Menschen damals in Gräben und Teiche geworfen? Ohne Einkaufswagen wären diese riesigen Supermärkte, die fast ausschließlich für Auto fahrende Kunden da sind, höchst unpraktisch, was sowohl den Einzelhandel als auch die Bauindustrie hart treffen würde, und die Kreuzbefruchtung der Kassiererinnen durch Erstsemester, die nachts Regale auffüllten, bliebe pure marxistische Theorie. Ohne Einkaufswagen hätte es die Sixties nie gegeben.

Ich befand mich in einem Verbrauchermarkt – ohne Einkaufswagen, was daran lag, dass wir nur kurz rein wollten, um ein paar Sachen zu besorgen. Eigentlich hatte ich einen Einkaufswagen nehmen wollen, aber Ursula warf mir nur diesen »Du nimmst mir keinen Einkaufswagen! Du lehnst dich sowieso nur darauf und willst durch die Gänge rollern, mit den Füßen lenken, Freestyle-Pirouetten fahren oder einmal quer durch den Laden bis rüber zu deinen Lieblings-Cornflakes rasen, um dann auch noch ein selbstgefälliges Gesicht zu ziehen«-Blick zu und reichte mir einen Korb. Auch die Kinder waren maulig, weil wir keinen Einkaufswagen hatten, aber das fand ich nicht so schlimm. Weil sie sowieso nur damit rumgespielt hätten.

Da es nur eine Stippvisite war und wir lediglich ein paar ganz bestimmte Sachen kaufen mussten, waren wir bestimmt schon volle drei Minuten dort, als wir uns aus den Augen verloren. Jonathan war bei mir, aber Gott allein wusste, wo Ursula sein mochte. (Ich hatte schon alle Gänge abgesucht, konnte sie aber nicht finden. Oft versteckt sie sich an den schmalen Enden der Gänge, geht hinter anderen Kunden in die Hocke oder verschwindet einfach im Dschungel der Bekleidungsabteilung.)

Ich hoffte von ganzem Herzen, dass Peter bei ihr war. Wenn Jonathan uns beim Einkaufen verliert, bekommt er sofort Angst. Sobald seine Aufmerksamkeit von dem abgelenkt wird, was ihn fortgelockt hat, fühlt er sich verlassen und bekommt Angst. In den zwei Minuten, bis man ihn wiedergefunden hat, rastet er verständlicherweise vor Verzweiflung fast aus. Peter dagegen denkt nur: »Freiheit!« Ich habe ihn beobachtet. Bevor er mich zugeritten hat, konnte ich ab und zu diese typische Kleinkinderdrohung zum Einsatz bringen: »Okay, das war's. Ich geh jetzt. Wenn du nicht mitkommst, bleibst du hier«, woraufhin ich entschlossen abmarschierte, bis er mich nicht mehr sehen konnte, und mich hinter Suppendosen oder einem Weinregal versteckte, um ihn auszuspionieren. Kein einziges Mal gab es einen unentschlossenen Moment. Niemals. Er rannte einfach in die entgegengesetzte Richtung los, kletterte in die Kästen mit den Sonderangeboten, setzte sich alles, was auch nur im Entferntesten wie ein Hut aussah, auf den Kopf und strahlte über sämtliche Backen. Also musste ich ihm hinterherlaufen und ihn mitzerren. Was die Kontrolle über das Gleichgewicht der Macht angeht, lässt sich Peter kaum was vormachen.

»Kann ich einen von denen haben?«, fragte Jonathan.

»Nein.«

»Ooooooch. Ich *will* aber.«

»Jonathan. Das ist Käse. Wir haben Käse.«

»Nicht so einen.«

»Der ist rund und teuer und hat eine rote Schale, aber ansonsten ist es genau der gleiche Käse, den wir haben.«

»Ich *will* ihn aber.«

»Nein.«

»Ooooooch, das ist unfair.«

»Das ganze Leben ist unfair. Supermärkte wurden dafür eingerichtet, damit wir genau das lernen.«

Ich warf eine Packung mit fettreduziertem Knabberkram zu den Joghurts und Kiwis in den Korb und führte meinen untröstlichen Sohn von den sterilisierten Molkereiprodukten weg. Zwei preisreduzierte Diätlimonaden und eine wiederaufladbare Batterie später machten wir uns auf den Weg zur Kasse. Ich stieß mit jemandem zusammen, als ich unten am Ende aus dem Gang hervortrat, und wir wollten gerade zu ausgiebigen Entschuldigungen ansetzen, als ich merkte, dass Ursula und Peter vor mir standen.

»Mein Gott, pass doch auf, wo du hintrittst!«

»Ich *hab* aufgepasst. *Du* hast nicht aufgepasst«, blaffte Ursula zurück.

»Du *hast* aufgepasst? Dann hast du mich also gesehen und absichtlich über den Haufen gerannt?«

»Das ist die falsche Batterie.«

»Nein, ist es nicht.«

»Ist es doch. Ich habe gesagt: eine AA.«

»Hast du nicht gesagt. Du hast gesagt: eine AAA.«

»Hab ich nicht. Offenbar hast du nicht zugehört. Wieder mal.«

»Wenn ich nicht zugehört hätte, wäre ich davon ausgegangen, dass du entweder ›A‹ oder gar nichts gesagt hast. Wie kann ich nicht zugehört und doch ein *zweites* ›A‹ gehört haben? Hä? Wie?«

»Weil du ein Idiot bist.«

»Nein, ich bin bestimmt kein Idiot. Du weißt nur nicht, welche Batterien du brauchst. Das ist dein Problem.«

»Halt den Mund und gib her. Stell dich schon mal an der Kasse an. Ich tausch sie um. Peter, bleib bei Dad.«

Peter ließ uns wissen, dass er lieber noch eine Exkursion durch die faszinierende Welt des Ladens unternommen hätte, als bei mir an der Kasse herumzustehen.

»Neeeeeeiiiiin! *Neeeeeeeeeeeeeeiiiiiiiiiiin!*«

Ich sah, wie sein Blick hinüber zur Tiefkühlabteilung wanderte und er abwog, ob er es schaffen konnte. »Ich bin drei Jahre alt, aber Dad wird von einem Korb und Jonathan behindert …« Ich *sah* den Gedanken hinter seinen Augen blitzen. Ich handelte instinktiv – ließ meine Hand vorschnellen und packte ihn beim Arm, bevor er mir entwischen konnte.

»*Neeeeeeeeeeeeeeeeeeeeeeeiiiiiiiiiinn-ah-ah-aaaahhh!*« (Ich vermute, dass Jonathan und Peter das gemeinsam üben, wenn sie allein sind – »Das ist schon ganz gut, Peter. Aber du musst noch etwas mehr abgrundtiefe Verzweiflung zeigen, wenn der Vokallaut beginnt. Probieren wir's noch mal. Und denk dran: Achte auf dein Zwerchfell …«)

Die Kasse kam in Sicht, und ich bewegte mich darauf zu. Ich hatte mir den Einkaufskorb schmerzhaft über meinen linken Arm gehängt und hielt damit Jonathans Hand, der mit den Füßen über den Boden schlurfte und mich als Antriebseinheit benutzte. Peter baumelte währenddessen von meinem rechten Arm. Er hatte sich einfach wie ein Demonstrant fallen lassen, so dass ich ihn mitschleifen musste. In einem Anfall improvisatorischen Genies sah er sich tränenreich nach den anderen Leuten im Laden um und jaulte wehleidig: »Hilfe! *Hiiilfeeeee!*«

Als ich meinen Sprössling die wenigen Meter bis zur Kasse gezerrt hatte, konnte ich sicher sein, dass mich sämtliche Eltern im Laden verachtungswürdig fanden und der Geschäftsführer damit beschäftigt war, das Videomaterial zusammenzustellen, um es der Polizei zu übergeben. Jonathan brummelte wie ein verstelltes Radio vor sich hin, so dass nur gelegentlich ein Wort klar und deutlich aus dem Gemurmel drang: »… mmmmnnmmmm Ich mnmnmmmnm Käse mnnnmnnnmmmn Unfair *mnmmmmmmmnnnn* …« Peter war lediglich ein schlaffer Sack, ein jaulendes Bündel Rotz. Ich stand in der »Acht Artikel oder Weniger«-Kasse, was mir wegen der grammatikalischen Fehlerhaftigkeit jedes Mal einen Schauer über den Rücken schickte. Ich schluckte meine Erbsenzählerei herunter, tappte jedoch schnurstracks in die nächste Falle der Acht-Artikel-Kasse, als ich die Waren der Frau vor mir in der Schlange zählte und fast einen hysterischen Anfall bekam, weil es mehr als acht waren. Diesmal allerdings verwässerte schiere Ungläubigkeit meinen rechtschaffenen Zorn. Bei neun Sachen ist man genervt, bei zehn bis zwölf hofft man inständig, dass die Kassiererin den Kunden wegschickt, mehr als zwölf jedoch sind ein Werk beispielloser Schurkerei. Die Frau vor mir hatte bestimmt über zwanzig Artikel in ihrem Korb.

Was dann geschah, kann ich selbst heute noch kaum fassen. Manchmal glaube ich, ich muss es wohl geträumt haben, es kann sich nur um eine besonders lebhafte Erinnerung an einen Fiebertraum handeln.

Die Frau vor mir nahm mehrere dieser Trennknüppel aus der Schiene neben dem Förderband, legte sie darauf ... und teilte ihren Einkauf in drei Portionen von acht oder weniger Artikeln. Es war eine dieser Gelegenheiten, bei denen alles in Zeitlupe vor einem abläuft. Ich konnte nicht glauben, was ich sah. Ich hielt die Luft an, hörte buchstäblich auf zu atmen und stand da, mit je einem heulenden Kind an der Hand, und starrte den Einkauf dieser Frau mit offenem Mund an.

Die Kassiererin, deren Blick lediglich zwischen dem Band und der Kasse hin und her wanderte, tippte die ersten Waren ein, nahm das Geld und machte sich an die nächste Ansammlung.

»Das macht dreizehn Pfund und ...« Sie sah auf. »... Sind das *auch* Ihre Sachen?«

»So ist es«, sagte der Dämon fröhlich.

»Hm, also, Sie, hm ... Dreizehn Pfund und zweiundachtzig Pence, bitte.«

Der Dämon zahlte und trat ans Ende des Bandes, um die Einkäufe in Tüten zu packen. Die Kassiererin ging den dritten Haufen durch, ehe sie mich ansah.

»Genau sieben Pfund, bitte.«

Mit ausdrucksloser Miene schüttelte ich dreimal den Kopf, dann nickte ich in Richtung des Dämons. Hinter mir hatte sich mittlerweile eine Schlange gebildet. Wir alle standen kurz davor zu vergessen, dass wir höfliche Engländer waren, und hätten am liebsten »Tod! Tod! Tod!« geschrien.

Die Kassiererin wandte sich dem Dämon zu.

»Entschuldigen Sie, sind das hier …?«

»Oh, ja, das ist alles meins. Wie viel macht das?«

»Sieben Pfund. Genau. Bitte.«

»Sieben Pfund … sieben Pfund … Bitteschön. Danke sehr.«

Ich beobachtete, wie sie ihren restlichen Einkauf in Tüten packte und ging. Derart unbekümmerte Verworfenheit besitzt eine nicht unerhebliche hypnotische Qualität, und die Kassiererin musste mehrmals wiederholen, was ich zu bezahlen hatte, bis es in meinem Gehirn angekommen war. Ich war noch immer ganz benommen, als ich die Kasse hinter mir ließ. Was vermutlich der Grund war, weshalb ich vor einen Einkaufswagen lief, der mit so vielen Sachen beladen war, dass es bequem einen Monat lang für zwei Erwachsene gereicht hätte. Dieser Wagen fuhr gezielt gegen eine Stelle rechts an meinem Knie.

Es war einer dieser Stöße, die so plötzlich und unerwartet kommen, dass man glaubt, man sei noch mal davongekommen. »Oh, mein Knie ist heftig an einen harten, unnachgiebigen Gegenstand gestoßen«, denkt man im ersten Augenblick, ehe der nächste Gedanke kommt. »Hey, es scheint überhaupt nicht wehzutun. Wie angenehm.« Was fließend in ein »Arrrrrrghhhhh!« übergeht.

Ich sank zusammen und hielt mein Knie mit beiden Händen, so dass der Einkauf in sämliche Richtungen flog. Besorgt sah Jonathan auf mich herab. Peter starrte mich nur für den Bruchteil einer Sekunde an, ehe er in Richtung Parkplatz stürzte. Ich ließ mein Knie mit einer Hand los, holte aus und versuchte seinen Knöchel noch zu erwischen, aber er war schon außer Reichweite.

»Jonathan!«, rief ich. »Fang deinen Bruder!«

Jonathan machte einen Satz zur Seite und rang Peter nieder. Sie balgten sich am Boden, wobei Jonathan versuchte, Peters zahlreiche Gliedmaßen festzuhalten, während dieser Jonathan unsere Familienpackung fettarmer Chips über den Schädel zog.

Nachdem ich die Lage unter Kontrolle hatte, sah ich zum Lenker des Einkaufswagens auf.

»Hallihallo«, sagte Karen Rawbone.

Karen war in Begleitung ihre Mannes, Colin. Ich kann nicht sagen, wie die beiden zueinander gefunden haben, aber es würde mich sehr wundern, wenn da nicht irgendwo satanische Rituale eine Rolle gespielt hätten. Colin gehörte zu der Sorte Mensch, die ihr gepflegtes Äußeres ungemein ernst nahmen. Er sah aus wie ein Gigolo von Mitte vierzig. (Wobei er tragischerweise den Haarwuchs eines Gigolos von Mitte sechzig besaß.) Leider suchte auch Colin die UoNE heim. Er war unser Berufsberater und war zwar nicht direkt bei der Uni angestellt, sondern arbeitete für eine unabhängige Agentur, die ihn Vollzeit an uns auslieh. Dieses Arrangement ergab wahrscheinlich für irgendjemanden einen Sinn. (Muss wohl, ich meine, ansonsten wäre es ja der reine Wahnsinn, oder?)

Ich hielt noch immer mein Knie und wippte auf dem Rücken liegend vor und zurück wie eine umgedrehte Schildkröte.

»Hi, Karen. Hi, Colin.«

»Geht es wieder?«

»Ja, geht schon. Ich glaube, der Knochen ist nur gesplittert.«

Colin nickte zu den Kindern hinüber. »Keine Hemmungen, die Kids, was? Heutzutage nicht mehr. So hätten wir uns nie aufgeführt, als wir klein waren, oder, Pel? Dafür hätten unsere Eltern schon gesorgt. Aber was soll man machen? Hahaha.«

»Ja – au, *aauuuuu* – Kinder spielen beim Einkaufen jedes Mal verrückt. Wahrscheinlich heißen die Läden deshalb Hypermarkt.« Zugegeben, nicht der Schlauste aller Scherze, aber ich hoffte, man würde mir aufgrund der Tatsache, dass ich Not leidend am Boden lag, Nachsicht angedeihen lassen.

»Nein«, antwortete Karen und sah amüsiert auf mich herab. »Ich glaube, die heißen so, weil sie besonders groß sind.«

Das Beste, was mir in diesem Augenblick hätte passieren können, wäre gewesen, dass Ursula nicht aufgetaucht wäre.

»Wieso *zum Teufel* hast du nicht gewartet?«, sagte Ursula. »Du *wusstest* doch, dass ich nur noch die richtige Batterie holen wollte. Wieso hast du nicht auf mich gewartet, damit wir alles zusammen bezahlen? Jetzt musste ich mich noch mal selber anstellen. Ich musste in der Schlange stehen, um eine einzelne Batterie zu kaufen, nur weil du nicht auf mich warten wolltest … Was machst du da unten?«

»Aerobic.«

»Steh auf. Du machst dich lächerlich.«

Unter Schmerzen zog ich mich am Einkaufswagen der Rawbones hoch, hielt ihn umklammert und stand wie ein Kranich da.

»Das ist Ursula, meine Freundin. Das sind Karen und Colin Rawbone – wir arbeiten zusammen.«

»Wenn auch nicht eng. Ich bin Fachfrau.« Karen lächelte.

»Und ich bin Berufsberater. Die Universität least mein Talent von einer Spezialfirma.«

»Hallo«, sagte Ursula. »Wir sind nur beim Einkaufen. Leider scheint es jedes Mal im Streit zu enden.«

»Natürlich. Das ist doch normal.« Karen warf einen Blick auf Colin. »Ich meine, das sieht man oft. Aber ich glaube nicht, dass Colin und ich uns schon *jemals* gestritten haben. Hahaha! Ist das nicht seltsam? Wir tun es einfach nicht, oder, Colin?«

»Nein. Ich glaube, es liegt daran, dass wir uns so ähnlich sind … dieselben Vorlieben und Abneigungen, dasselbe Temperament, derselbe Blick auf die Welt. Da gibt es nicht viel zu streiten, wenn man sich so ähnlich ist.«

»Es scheint fast, als hätten wir ein und dasselbe Gehirn.«

»Ja, das stimmt. Manchmal beendet der eine den Satz des anderen, oder wir müssen uns nur ansehen – nur *ansehen* – und wissen schon, was der andere denkt.«

»Das ist wundervoll«, sagte ich. »Ich glaube kaum, dass ich

jemals einen von Ursulas Sätzen beenden durfte, oder was meinst du, Liebling?«

Sie lächelte Karen und Colin an. »Ha-ha. Pel hält sich für witzig. Ist er bei der Arbeit auch so?«

»Ja«, antworteten Karen und Colin unisono. Sie lachten über die Präzision der Harmonie, zeigten aufeinander und machten: »Aaahhh.«

»Tja …« Karen seufzte. »Wir wollen Sie nicht aufhalten. Wir haben auch noch einiges zu erledigen. Wir sehen uns bei der Arbeit, Pel. Nett, Sie kennen zu lernen, Ulrike.«

»Ursula.«

»Ja.«

Gemeinsam schoben sie ihren Einkaufswagen vor sich her, während ich mich daranmachte, humpelnd unsere verstreuten Einkäufe einzusammeln.

»Bevor sie sich entschlossen haben, ein Gehirn zu teilen, hätten sie fragen sollen, ob es auch groß genug für zwei ist«, raunte ich Ursula zu.

»Ich fand die beiden ganz nett.« Ursula nahm mir die Tüte aus der Hand. Sie machte sich auf den Weg zum Wagen und deutete im Vorübergehen auf Jonathan und Peter, die nach wie vor am Boden um die Oberhand rangen. »Kümmer dich um deine Kinder«, rief sie.

Vielleicht sollte ich
einfach öfter mal das
Ruder herumreißen

Am nächsten Morgen rief ich als Erstes im Sekretariat des Vizepräsidenten an. Ich nahm an, ich würde ihn am ehesten ganz früh erreichen, bevor er zu irgendwelchen Meetings oder sonst was musste. Es war erst eine Sekunde nach neun, als ich seine Nummer wählte. Die Sekretärin war am Apparat und sagte, er sei noch nicht da, außerdem habe sie ihm ausgerichtet, dass ich angerufen hatte. Sie wusste zwar nicht, worum es gehe, aber er wolle dringend mit mir sprechen. Sie hätte mich sowieso angerufen, sobald der Vizepräsident im Hause sei. Ich bedankte mich, bestätigte, dass ich keine unverschiebbaren Termine im Kalender stehen hätte, und versicherte, ich würde auf ihren Anruf warten und rüberkommen, sobald der Vizepräsident da sei.

Es war kurz nach elf, als das Telefon klingelte und die Sekretärin des Vizepräsidenten sagte, er sei nun eingetroffen und erwarte mich. Ich machte mich sofort auf die Socken. Ursprünglich war die Universität nicht dafür gedacht gewesen, Zehntausende Studenten zu beherbergen. Bevor das Gebäude zur Universität wurde, war es eine Polytechnische Hochschule gewesen, davor wiederum ein College und *davor* vermutlich ein Zeitungs- oder Tabakladen. Von Beginn an war der Bau mit den Studentenzahlen und spezifischen Bedürfnissen gewachsen. Neuere Gebäude wurden an ältere angebaut, wobei Höhe und Design dem Geist der jeweiligen Zeit entsprachen. Geschwungene Blocks schmiegten sich an Straßen, und lange Korridore verbanden Bauten miteinander, wo die Uni über eine Straße hinausgewachsen war. Hin und wieder gab es Außenposten, die ausgelagert oder weggelaufen waren, verteilt über die ganze Stadt, verborgen zwischen den Geschäften. Seit aus der Polytechnischen Hochschule eine Universität geworden war, hatte sich die Zahl der Immobilien besonders vermehrt. Überall im Stadtzentrum hatte man Räume erworben und der akademischen Ausbildung gewidmet. Dass es sich bei unserer Uni um den größten Arbeitgeber der Stadt handelte, war kaum bemerkenswert, aber wie schlagartig dieser Umstand *sichtbar* geworden war, die augenblickliche Allgegenwart, das war schon erstaunlich. Selbstverständlich lag das Büro des Vizepräsidenten nicht in einem Ausläufer der Uni, sondern in deren Zentrum, nicht sehr weit vom Lern-Center entfernt, wenn auch in einem erheblich älteren Gebäudetrakt.

Statt einfach rauszugehen, um zu dem Flügel zu gelangen, in dem sich sein Büro befand, beschloss ich, mir meinen Weg durch das vielschichtige Labyrinth der Gänge zu bahnen. Da ich keinerlei Orientierungssinn besitze, war es durchaus vorhersehbar, dass ich mich verlaufen würde. Ich habe mich schon so oft in der Uni verirrt, und es macht mir eigentlich auch nichts aus. Ich kann es nur nicht leiden, wenn jemand davon weiß – weil man sich wie ein Idiot vorkommt und spürt, dass alle, die an einem vorbeilaufen, sehen, wie wirr und orientierungslos man durch die Gegend schleicht. Seit einiger Zeit allerdings trage ich während meiner Arbeitszeit immer einen Zettel in der Tasche. Lauf mit einem Blatt Papier in der Hand einen Korridor entlang, und man betrachtet dich sofort mit anderen Augen: zielstrebig, Herr der Lage, und wenn nicht selbst in einer Entscheiderposition, dann doch zumindest auf dem Weg zu jemandem mit Entscheidungskompetenz, um ihm einen Zettel zu bringen. Hält man ein Blatt Papier in Händen, nehmen einen die Leute ernst. Allerdings durchlitt ich auf meiner Besichtigungstour zum Büro des Vizepräsidenten einen äußerst unangenehmen Moment, als ich bei einem Kaffeeautomaten stehen blieb, den Leuten, die dort standen und in ihre Styroporbecher pusteten, zunickte, die fünf möglichen Ausgänge musterte und dann zielstrebig den ansteuerte, der mir am wahrscheinlichsten schien. Etwa zwanzig Sekunden später kam ich um eine Ecke und stand vor denselben Leuten, die noch immer in ihre Becher pusteten. Wortlos sahen sie mich an. Ich nickte ihnen wieder zu, wobei ich dieses Mal – »Pfff, eh?« – mit meinem Zettel in der Luft wedelte und mit eiliger Bedeutsamkeit in einen anderen Gang marschierte. Nachdem ich etwa sechs- oder siebenmal so lange unterwegs gewesen war, wie ich außen herum gebraucht hätte, fand ich mich schließlich vor dem Sekretariat des Vizepräsidenten wieder.

»Hi, ich bin Pel. Wir haben telefoniert. Ich möchte zum Vizepräsidenten.«

»Ja. Nehmen Sie Platz. Ich sage ihm eben Bescheid.«

Ich saß gerade so lange, wie sie »Pel Dalton ist jetzt da … Ja« sagen konnte, bevor ich schon wieder aufstand und in sein Büro geführt wurde.

Für ein Büro war der Raum groß, zumindest nach UoNE-Maßstäben. Abgesehen von einem Computer enthielt er keines der üblichen Arbeitsmöbelstücke. Nirgends gab es Aktenschränke, und in den Regalen standen echte Bücher – was heißen soll: Bücher, die tatsächlich von Interesse waren, nicht nur Handbücher und Aktenordner mit Vorschriften und diverse andere offizielle Schriften, für die sich kein Mensch interessierte. An den Wänden hingen keine der üblichen Collagen aus angepinnten Memos, Dienst- und Stundenplänen. Überall im Raum standen Glasvitrinen voller Plaketten, Pokale, Vasen, kleiner Statuen (unwillkürlich hielt ich nach einer Ausschau, die sich über einen Billardtisch beugte), Skulpturen und zahlloser unsäglicher Preise und Geschenke. Am hinteren Ende des Büros gab ein breites, hohes Fenster den Blick auf den eindrucksvollen Stadtpark frei, dessen gepflegte Rasenflächen und Gärten um diese Uhrzeit bereits von halbwegs bewusstlosen, mit Weinflaschen bewaffneten Männern in weiten Mänteln bevölkert waren. Vor diesem Fenster stand der schwere Schreibtisch des Vizepräsidenten. Dahinter saß der Vize höchstpersönlich und sah aus, als sei er von einer Hundemeute angefallen worden.

»Himmelarsch – ich fühl mich, als hätte mir jemand ins Hirn geschissen«, sagte er und hielt seinen Kopf mit beiden Händen, als stünde zu befürchten, dass er andernfalls auseinander brach.

Seit etwas über drei Jahren war George Jones unser Vizepräsident. Vorher hatte er eine Universität im Süden geleitet, deren Namen ich (und er vermutlich auch) schon wieder vergessen hatte. Er war ein stämmiger Waliser irgendwo in den Fünfzigern mit rabenschwarzem, vollem Haar, breiten Schultern und einem Hals von überdurchschnittlichem Umfang. Er sah aus wie ein Mann, der in seiner Jugend Athlet oder zumindest mit der Potenz einer Bulldogge ausgestattet gewesen war, doch was ihm im Lauf der Jahre an Muskeln verloren gegangen sein mochte, hatte er an Fett zugelegt.

»Kopfschmerzen?«, fragte ich, weil ich das Gefühl hatte, etwas sagen zu müssen.

»Die scheißbeschissene Königin der Kopfschmerzen, Mann. War gestern Abend auf ein paar Bierchen unterwegs, und seit ich heute Morgen aufgewacht bin, rödelt es in meinem Schädel wie der Schwengel von einem Seemann auf Landgang.«

»Ich könnte auch ein andermal wiederkommen.«

»Oh, Gott, nein ... mein Problem. Mach dir keine Sorgen. Also, du bist TSRs Nachfolger, ja? ›Pel‹, richtig? Das ist aber ein etwas merkwürdiger Name, wie?«

»Ja? Ich glaube, das hat bis jetzt noch keiner gesagt.«

»Macht aber auch nichts, hab ich Recht? Ist doch egal, wie man heißt. Deine Eltern hätten dich auch ›Hosenscheißer‹ nennen können, und es würde doch nichts ändern. Ist ja nicht so, als müssten wir erst erwachsen werden, bis unsere Namen zu uns passen. Nimm dir einen Stuhl, Mann. Ich kann nicht mit ansehen, dass du da stehst, als hätte man dich zum Direx bestellt. Kanntest du TSR gut?«

»Einigermaßen.«

»Du weißt nicht, wo der Penner hin ist, oder?«

»Nein, tut mir Leid. Keine Ahnung. Leider.«

»Nein. Was für ein Wichser, was? Oh, entschuldige, willst du was trinken? Tee? Kaffee?«

»Nein, danke. Das heißt, es sei denn, Sie wollten sowieso was machen.«

»Himmel, ich doch nicht! Ich würde es nicht wagen, irgendwas zu mir zu nehmen. Mir steht's bis hier oben, Mann. Ich hätte mich auf dem Weg hierher im Wagen fast übergeben. Aber du hast doch mit TSR gearbeitet, oder? Was schätzt du, wie gut du über alles Bescheid weißt, was TSR für uns erledigt hat?«

»Terry und ich haben sehr eng zusammengearbeitet. Wir haben uns in fast allen Bereichen der Arbeit eines CTASATMs abgesprochen. Natürlich lag die endgültige Entscheidung immer bei Terry, aber was die laufenden Projekte angeht, bin ich in allem auf dem Laufenden.« Ich hätte hinzufügen können: »Wie ich wortwörtlich in meinem Bewerbungsgespräch gesagt habe, nachdem ich meinen Auftritt am Abend vorher vor dem Spiegel geprobt hatte.«

»In *allem*?«, fragte er. Seine Betonung ließ mich vermuten, dass er irgendeine Art von Bestätigung hören wollte.

»O ja … in *allem*.« Ich hatte keine Ahnung, wovon er redete, aber mit Betonungen kannte ich mich ziemlich gut aus. Sie schienen mir das beste Mittel, meine völlige Ahnungslosigkeit zu kaschieren.

»Gut. Schön für dich. Dann kann ich also auf dich bauen, ja? Ein Realist. Jemand, auf den ich mich genauso verlassen kann wie auf TSR. Abgesehen davon natürlich, dass er sich urplötzlich verpisst wie Spucke auf einem heißen Eisen … dir kribbeln doch wohl nicht auch schon die Füße, oder?«

»Mir? Nein. Außerdem könnte ich gar nicht. Ich habe Familie.«

»Familienmensch, was? Schön für dich. Hast mit deinen

Spermien was Vernünftiges angestellt, ja? Das ist super. Meine Fresse, ich hab einen Geschmack im Mund, als hätte ich Kippen aus einem Pinkelbecken gelutscht … ahhhhhhhhh. Sieh dir meine Zunge an … ahhhhhhhhh. Wie sieht die aus?«

»Na ja …«

»Nein, du hast Recht. Sag es nicht. Es ist besser, wenn ich es nicht weiß. Außerdem, Pel, genug der Höflichkeiten. Wir müssen unbedingt ein paar Sachen besprechen, die anstehen.«

»Legen Sie los.«

»Okay. Erstens ist da dieser verdammte Neubau, der drüben beim Lern-Center entstehen soll. Die bauen unsere Bibliothek auf einem Friedhof. Na, merkst du was? Bauarbeiter sind eben Bauarbeiter: eine Bande Schweinehunde. TSR hat sie in Schach gehalten. Das musst du jetzt übernehmen. Lass dir keinen Scheiß von denen erzählen. Die versuchen Leute gegeneinander auszuspielen, wo sie nur können, also redest du nur direkt mit denen, okay? Für die bist du Gott, Mann, verstanden? Wenn die auf die Idee kommen, dass du dir nicht mal den Arsch abwischen darfst, ohne dir von irgendeinem Komitee die Genehmigung dafür einzuholen, rennen die dich einfach über den Haufen. Halt mich auf dem Laufenden, aber vergeude keine Zeit damit, den Trotteln von irgendeiner Aktionsgruppe einen Konsens aus dem Kreuz zu leiern, wenn du den Bauarbeitern in den Arsch treten solltest. Kennst du Nazim Iqbal?«

»Ich hab von ihm gehört, aber wir sind uns nie begegnet. Er ist Marketingchef der Uni, oder?«

»Könnte man so sagen. Der hat nur Scheiße im Kopf, aber das bringt sein Metier wohl mit sich. Er weiß, was er tut, und lässt sich nicht aus der Ruhe bringen. TSR und er waren ständig in Kontakt – Image ist heutzutage alles. Wenn uns die Scheiße um die Ohren fliegt, ist Nazim der Mann mit dem Regenschirm. Ich werde ihn wissen lassen, dass du der neue CTSAATM bist …«

»CTASATM.«

»Wie auch immer. Ich sag ihm, dass du der neue Mann bist. Als Nächstes müssen wir die ostasiatischen Studenten anwerben. *Da* ist die Kacke momentan am Dampfen, wie du dir sicher denken kannst. Ich weiß nicht, ob die Leute drüben schon gehört haben, dass TSR ausgestiegen ist … wir müssen es runterspielen. Trotzdem werden sie zappelig sein. Denen musst du Honig um den Bart schmieren.«

Die Erwähnung von Ostasien und TSR erinnerte mich an etwas, deshalb hielt ich es für einen guten Zeitpunkt, es mal mit einer Frage zu probieren – hoffentlich ohne zu verraten, dass ich völlig ahnungslos war, was die zahlreichen neuen Pflichten eines CTASATM anging.

»Kennen Sie Chiang Ho Yam?«

»Ach, du Scheiße … hat er sich gemeldet?«

»Er hat mich angerufen. Also, ich meine, er wollte TSR anrufen. Ich habe ihm erzählt, dass ich den Job übernommen habe.«

»Was hast du ihm sonst noch gesagt?«

»Eigentlich nichts.«

»Gut gemacht. Chiang Ho Yam gehört zu den Leuten, mit denen wir da drüben verhandeln. Er ist *Hung*.«

»Das hat er gesagt.« Mein Gott, was hatte dieser Typ denn für ein Ding? Hatte ich irgendeine Doku oder so was verpasst? »Ich wünschte, ich könnte dasselbe von mir behaupten.«

»Bitte?«

»Hm, ›*hung*‹. Sie wissen schon.« Ich warf einen Blick zwischen meine Beine, um klar zu machen, was ich meinte.

»*Was?* Nein, er ist ›*Hung*‹, mit großem H.«

»Okay, verstehe. Der Mann hat einen mächtigen Schwengel.«

»Was redest du da …? Chiang Ho Yam ist ein *Hung*. Er gehört der *Hung Society* an, den Leuten, die unsere Ostasien-Studenten anwerben. Ich dachte, du wüsstest über alles Bescheid?«

Verdammt.

»Nein, das heißt, *ja* … weiß ich. Es war nur ein Scherz. Sie wissen schon: *Hung … hung.* Ja?«

»Woher hast du diese Beule da am Kopf?«

»Vom Squash. Hab den Schläger abgekriegt.«

»Musste es geröntgt werden?«

»Gott, nein. Erst hab ich es nicht mal gemerkt. Hab einfach weitergespielt. Hab vierzig zu null gewonnen.«

»Vierzig zu null? Ich wusste gar nicht, dass man beim Squash so zählt. Ich dachte, man spielt, bis einer neun Punkte hat.«

»Wir spielen nach ägyptischen Regeln … Stichkampf. Ja, also, die Hung Society, klar. Die kümmert sich um unsere Ostasien-Studenten. TSR und ich haben drüber gesprochen. Oft.«

»Ach so. Okay. Tut mir Leid. *Hung*, jetzt verstehe ich. Sehr komisch. Dieser Kater sitzt heute offenbar mit seinem fetten Arsch auf meinem Sinn für Humor. Jedenfalls … die Bauarbeiten und die Anwerbung der Asiaten, das hat momentan oberste Priorität, vor allem die Sache mit den Asiaten. Es könnte unangenehm werden, wenn du das nicht in den Griff bekommst. Vor allem: Halt dich bedeckt – nur ich, du und Nazim. Wir wollen ja nicht, dass jeder Trottel sich einmischt. Ich werde Christine sagen, dass sie dich sofort durchstellen soll, wenn du anrufst. Du bist jetzt der entscheidende Mann. Noch Fragen?«

»Nein. Na ja, es scheint mir doch ein sehr hohes Maß an Verantwortung für einen CTASATM. David Woolf hat neulich erst gesagt …«

»Himmelarsch, Mann, was weiß David Woolf denn? Was wollte er wissen?«

»Nichts. Nichts Bestimmtes. Er sagte nur, es sei unangemessen, wenn ein CTASATM direkt mit dem Vizepräsidenten zu tun hat.«

»Siehst du? Genau das meine ich. Deshalb müssen wir so vorsichtig sein. Der kleinste Fehler könnte einem sonst wen auf den Hals hetzen. Halt bloß den Mund, Mann. Erzähl nur das Allernötigste. Wer weiß, dass du jetzt hier bei mir bist?«

»Hm, Bernard Donnelly wahrscheinlich. David weiß es, und Pauline Dodd auch.«

»Wer ist Pauline Dodd?«

»Sie ist die Leiterin der Bibliotheksassistenten im Lern-Center.«

Er schüttelte den Kopf.

»Rot, krauses Haar«, erklärte ich. »So lang ungefähr. Sommersprossen ... Mitte dreißig ... steht auf Stoffkleider mit Indianermuster ...«

»Oh, *ja*, jetzt weiß ich es, Mann. Sieht nicht übel aus? Aber bei der muss man Angst haben, dass sie irgendwelche Kristalle besingt oder so was in der Art, wenn man gerade voll am Machen ist. Die ist wahrscheinlich harmlos, aber wie gesagt: Die Sache bleibt unter uns. Sollte David Woolf sich nach deiner Arbeit erkundigen, tja, dann ...«

»Ja?«

»Sag ihm einfach, er soll sich verpissen. Was anderes bleibt uns nicht übrig. Wir haben den Laden hier mit TSR geschmissen. Jetzt musst du übernehmen.«

»Hm«, gab ich zurück.

»Bist du *sicher*, dass du auf dem Laufenden bist, Pel?«

»Ja, kein Problem, George.«

»Guter Mann. Guter Mann. Okay, dann ab die Post, würde ich sagen.«

Ich stand auf und machte mich auf den Weg zur Tür.

»Danke«, sagte ich. Aus unerfindlichem Grund.

Als ich schon halb draußen war, rief er mir nach.

»Nicht vergessen ...«, sagte er und beendete den Satz, indem er sich an seinen Nasenflügel tippte. Dann ließ er den Kopf wieder in die Hände sinken und stieß ein deutliches »Oh, mein Gott!« hervor, als ich die Tür hinter mir ins Schloss zog.

»Okay, wie könnte ich mein Leben um fünfzig Prozent verbessern, ohne dass es anstrengend wird?«, fragte ich und zwängte mich hinter Roo durch, um zu meinem Caféstuhl zu gelangen. Er wartete, bis ich saß, dann zeigte er mit zwei Fingern auf mich, zwischen denen seine Zigarette qualmte.

»Zerschlag die Diktatur der Socken.«

»Ahhh, verstehe.«

»Nein, tust du nicht.«

»Nein, tu ich nicht.«

»Es ist eine Geisteshaltung. Socken repräsentieren eine Geisteshaltung, und die musst du zerschlagen.«

»Wenn du vorschlagen willst, dass ich keine Socken mehr tragen soll, dann muss ich dich darauf hinweisen, dass du Unsinn redest.«

»Nein, Socken sind gut.«

»Wahrscheinlich will er dir nur davon abraten, sie über die Füße zu ziehen«, unterbrach Tracey. »Stopf sie mit Zeitungspapier aus und schieb sie dir vorn in die Unterhose. Ich wette, darauf will er hinaus.«

»Ich will nicht auf seine Unterhosen hinaus.«

»Du willst nicht auf seine Unterhosen hinaus?«

»Stimmt. Ich will sagen, dass uns unsere Socken einer echten Gehirnwäsche unterziehen. Pel, wie viel Zeit verbringst du mit einer einsamen Socke in der Hand – auf der Suche nach der anderen?«

»Wöchentlich?«

»Ja, sagen wir wöchentlich.«

»Ziemlich viel.«

»Da hast du's. ›Ziemlich viel‹. Und weißt du, wie viel da im Laufe eines Lebens so zusammenkommt?«

»Nein.«

»Nein, natürlich nicht. Das weiß keiner. Niemand *versucht* auch nur auszurechnen, wie viele Stunden mit der Suche nach der zweiten Socke verloren gehen. Niemand denkt auch nur im Traum daran. Die Socke zwingt uns das Thema auf. Aber abgesehen davon sind da noch der blanke Frust und die Wut auf der

Suche nach der zweiten Socke. Und wann passiert es mit allergrößter Wahrscheinlichkeit? *Wann?*«

»Sag's mir … ich hab keine Ahnung.«

»Gleich als Erstes. Das bringt einen doch schon gleich morgens schlecht drauf. Man kommt zur Arbeit, zu spät oder ohne Frühstück …«

»Die wichtigste Mahlzeit des Tages.«

»Die wichtigste Mahlzeit des Tages, wie du ganz richtig bemerkt hast. Du hast das Gefühl, als hättest du die Fäden nicht mehr in der Hand, und bist wütend und verbittert. Ich sage: ›Nein!‹ Lass es einfach sein. Nimm zwei Socken aus der Schublade und zieh sie an. Wenn sie zusammenpassen, meinetwegen, wenn nicht, vergeude keinen Gedanken mehr daran. Vermutlich wird niemand auf deine Socken achten, und wenn doch, kannst du immer noch die ›Interessant & Schrullig‹-Karte ziehen.«

»Ich fühle mich … wie neugeboren«, seufzte ich.

»Ich trage keine Socken«, sagte Tracey. »Ich fühle mich ausgeschlossen.«

»Oh, man kann das Prinzip auch übertragen. Frauen sollten immer schwarze Nylons und Strapse tragen.«

»Was? *Immer?*«, fragte Tracey.

»Na ja, außer vielleicht … Nein – nein, doch lieber immer«, antwortete Roo.

»Du meine Güte«, sagte ich. »Er hat sich echt Gedanken gemacht.«

»Nachdem wir das nun geklärt haben, ist es wahrscheinlich nicht mehr von Bedeutung, Pel«, sagte Tracey, »aber wieso soll sich dein Leben eigentlich um fünfzig Prozent verbessern? Ich dachte, bei dir läuft alles rund: Beförderung, ein neues Haus und … na, das sind ja schon mal zwei Gründe. Bei zwei Sachen brauchst du nicht die Nase rümpfen … untersteh dich, jetzt zu sagen, was du sagen willst, Roo.«

»Erstens bin ich bisher noch gar nicht wirklich befördert

worden, sondern hab nur noch einen Job *dazu*bekommen. Sie lassen mir den Supervisor-Posten. Und nicht nur das: Heute Morgen war ich beim Vizepräsidenten. Langsam wird mir klar, dass ich von einer ganzen Menge Dinge keinen Dunst habe. Ich hatte mich gerade damit abgefunden, dass ich den CTASATM-Job wohl nie begreifen werde, da weitet sich meine Ahnungslosigkeit ins Endlose aus. Ich weiß nicht, wie lange ich noch bluffen kann. Bestimmt kommen sie mir bald auf die Schliche.«

»Es sei denn, sie bluffen auch«, warf Tracey ein.

»Ach ja, *genau*.« Ich rümpfte die Nase. »Du willst mir erzählen, dass alle an der Uni – bis hinauf zum Vizepräsidenten – keinen Schimmer haben, wie es geht?«

»Er will es einfach nicht wahrhaben«, sagte Tracey zu Roo.

»Ja«, seufzte er traurig. »Ich glaube, er ist nicht mehr so ganz bei sich.«

»So viel zur Arbeit«, fuhr ich fort, ohne den beiden Beachtung zu schenken. »Wir haben das mit der Hypothek für unser neues Haus geklärt, das stimmt. Aber wir müssen das andere Haus noch vermieten. Neulich hab ich einen Zettel ans Schwarze Brett gehängt.«

»Also vermietet ihr es jetzt *doch*?«

»Ja. Ich habe am Wochenende mit Ursula darüber gesprochen. Wir haben das Für und Wider abgewogen, sämtliche Möglichkeiten durchdacht, ich habe ein paar Nächte in der Badewanne geschlafen, und dann war alles geklärt. Der Punkt ist, dass es Ewigkeiten dauern würde, einen Käufer für das Haus zu finden, aber es sollte eigentlich kein Problem sein, einigermaßen zügig Studenten zu finden, die einziehen wollen. Allerdings gibt es einiges an dem neuen Haus zu tun, und ich weiß jetzt schon, dass es Ärger geben wird. Immer, wenn wir was gemeinsam machen müssen, sind wir schnell am Siedepunkt.«

»Ich finde es so romantisch zusammenzuziehen. Du nicht auch, Roo?«, meinte Tracey.

»Kommt auf die Wohnung an. Wahrscheinlich ist es okay, wenn man eine gute Wohnung gefunden hat.«

»Tsss, nein, es ist *besser*, wenn man *keine* gute Wohnung hat«, fuhr Tracey fort. »Wenn die Wohnung makellos ist, wird es doch langweilig. Es kann nur romantisch werden, wenn sie heruntergekommen ist und man gemeinsam renovieren muss. Wände streichen, Türen reparieren, ohne Möbel, keine Einrichtung – nur ein Wasserkocher, mit dem man sich gegenseitig einen Becher Tee aufbrühen kann. Den ganzen Tag lang arbeiten und sich dann auf der Matratze am Fußboden unter der Decke aneinander kuscheln. Man hat nur Kerzenlicht, und man muss sich am anderen wärmen.«

Roo und ich sahen sie eine Weile schweigend an. »Wieso hat man nur Kerzenlicht, wenn der Wasserkocher geht?«, fragte er dann.

Als Antwort tauchte sie ihren Finger in seinen Kaffee und schnippte ihm ins Gesicht.

»Habe ich euch eigentlich erzählt «, sagte ich, »dass die Kids am Wochenende vor Karen und Colin Rawbone eine Riesenshow abgezogen haben?«

»Nein«, sagte Tracey und leckte den Kaffee von ihrem Finger. »Wo denn?«

»Beim Einkaufen. Wir wollten nur kurz ein paar Besorgungen machen, und dabei sind wir den Rawbones in die Arme gelaufen. Die Kinder rollten am Boden herum, Ursula und ich hatten Streit, und plötzlich standen die beiden mit ihrem Einkaufswagen da, voll mit knackigem Gemüse und glitzerndem Quellwasser. Ich wette, näher ist Karen einem Orgasmus nie gekommen.«

»Was hat sie gesagt?«, fragte Tracey.

»Oh, ›Ist es nicht interessant, wie toll wir sind, wenn man es mit dem vergleicht, wie scheiße du bist? Hahahaha‹, trifft es wohl so ungefähr. *Die* haben anscheinend nie Streit, und sie mögen genau dieselben Sachen.«

Roo zuckte mit den Schultern. »Es ist wohl keine große Überraschung, dass sie nicht streiten. Ich finde, es können nur Persönlichkeiten aufeinander prallen, wo man es mit Persönlichkeiten zu tun hat.«

»Tja, und Ursula und ich haben bestimmt beide einen ausgeprägten Charakter. Mh – gilt es eigentlich selbst noch als Charakter, wenn er ausschließlich aus Fehlern besteht?«

»Mit euren Unzulänglichkeiten seid ihr wie geschaffen füreinander.« Tracey strahlte. »Jane Austen – ›Mit unseren Unzulänglichkeiten sind wir wie geschaffen füreinander‹ ... das ist aus *Emma*.«

»Wohl eher nicht.« Ich verzog das Gesicht.

»Ist es wohl. Dieser Typ sagt es, wie heißt er gleich, äh – Jeremy Northam.«

»Stimmt. Das kommt im Film vor, aber ich glaube kaum, dass dieser Satz im Buch steht.«

»Oh, Mann! Da hab ich einmal im Leben Gelegenheit, klug und belesen dazustehen, indem ich ein Zitat anführe, und du musst mich abschießen.«

»Ich schieß dich nicht ab. Ich sage nur, es steht nicht im Buch. Sollte die Sprache je wieder darauf kommen, könntest du einfach sagen: ›Wie Mr. Knightly in der Verfilmung von *Emma* sagt ...‹, und deine Gelehrsamkeit wird kaum minder hell erstrahlen.«

»Nein, verdammt. Das wird sie nicht. Man muss aus Büchern zitieren, wenn man klug dastehen will. Man darf nicht aus *Filmen* zitieren. Wenn man einen Film zitiert, hält einen jeder für einen totalen Freak.«

Tracey und ich konnten nicht verhindern, dass unsere Blicke zu Roo schossen.

»Redet ihr mit mir? Redet ihr etwa mit *mir*?«

»Das ist Unsinn, Tracey. Filme sind *mindestens* so wertvoll wie Bücher, intellektuell gesehen. Jeder, der was anderes sagt, ist nur ein lahmarschiger Pedant.«

»Und wieso hast du mich dann verbessert und gesagt, dass es nicht im Buch steht?«

»Ich wollte nur – na ja – Konversation machen.«

»Nicht ganz so erfrischend, wie man meinen sollte, was?«, sagte Roo, während Kaffeetropfen an meinem Gesicht herunterliefen.

»Um wieder auf den Punkt zu kommen«, sagte Tracey. »Du und Ursula, ihr seid ein viel besseres Paar als Colin und Karen Rawbone. Ich war schon bei euch zu Hause, wie du dich vielleicht noch erinnerst, und habe gesehen, wie Ursula sich alle Mühe gibt, kein wütendes Gesicht zu machen, wenn du mit den Jungs nach einer Wasserschlacht im Garten triefnass durch die Küche trampelst. Da ist wahre Liebe im Spiel. Die Rawbones geben einem das Gefühl, als wären sie zusammen, weil es keine Schwierigkeiten macht und beide gut zur Tapete passen. *Du* würdest Ursula niemals anders haben wollen …«

»Na ja …«

»Sag nichts … du würdest es nicht wollen, und das weißt du auch. Du *willst*, dass sie rechthaberisch und wild entschlossen ist. Und Ursula liebt dich auch. Du bist attraktiv … wenn auch natürlich nicht sexy …«

»Danke.«

»Attraktiv, weil du nett und klug bist, zwar auf irgendwie nutzlose Weise, und nur ein kleines bisschen merkwürdig, und weil du immer aussiehst, als ginge etwas leicht Beunruhigendes in deinem Kopf vor sich, was wir nie richtig erraten können, vor allem aber – für Ursula, weil du sie nicht liebst, weil sie *genauso ist wie du*, sondern weil sie *ist, wie sie ist*.«

»Pel …«, stammelte Roo leise. »Am liebsten würde ich dich in den Arm nehmen.«

»Wohingegen *Roo* hier«, sagte Tracey, »ein kompletter Schwachkopf ist.«

Roo lachte. »Versuch es nicht abzustreiten, Babe … die ›leicht beunruhigenden‹ Dinge, die in meinem Kopf so vor sich gehen, üben eine magische Anziehungskraft auf dich aus.«

Tracey stimmte in sein Gelächter ein und streckte ihm die Zunge heraus.

»Jedenfalls«, sagte Roo, »um unser Gespräch wieder auf unseren üblichen Klatsch und Tratsch zu lenken: Hat dein Freund mit dem dicken Schwanz wieder angerufen?«

»Dicker Schwanz? Ach so, nein. Ein Missverständnis. Ist nicht so wichtig.«

»Ein großer Schwanz ist nicht wichtig?«, stöhnte Tracey. »Jetzt bin ich aber an der Reihe, *dich* zu korrigieren, Dalton.«

Mit Jane Austen-Zitaten war in den folgenden zwanzig Minuten nicht mehr viel auszurichten.

Manche Dinge nehmen einigen Raum im Kopf ein – standhaft, unerschütterlich und an vorderster Front der Wahrnehmung festzementiert. Traceys – nun ja, *Loblied* scheint mir das einzig richtige Wort zu sein – Traceys Loblied auf überdimensionierte Penisse wollte mir an diesem Abend einfach nicht aus dem Kopf gehen, als ich vor dem Schlafengehen noch unter der Dusche stand. Wenn ich an mir herabsah, konnte ich so oft ich wollte mit den Schultern zucken und »Pah, aus dieser Perspektive sieht er kürzer aus, als er ist« sagen … nichts war in der Lage, meine quälenden Zweifel auch nur einen Moment lang zu vertreiben. Nicht, dass ich ihn für augenscheinlich »klein« hielt, das Problem war eher, dass ich mich nicht damit brüsten konnte, »beeindruckend groß« zu sein. Ich musste mich der Einsicht stellen, dass mein Penis so lala war, und ich wusste keineswegs, ob ich dieser Tatsache gewachsen war. Und weil es so schön einfach ist, jemanden zu treten, der bereits am Boden liegt, holte eine weitere Erkenntnis mit ihrem schweren Stiefel aus. Während ich noch traurig meinen Unterleib anstarrte, fiel mir auf, dass ich einen Bauch bekommen hatte. Keine hängende Wampe von jahrelangem Fish&Chips-Konsum, nein, nein, keinen prallen Wanst, bei dem ich mich weit vorbeugen musste, wenn ich einen Blick auf meinen kümmerlichen Penis werfen wollte, aber nichtsdestotrotz einen erkennbaren Bauch. Als ich zuletzt in diese Richtung gesehen hatte, war da noch nichts Derartiges gewesen, lediglich eine vertikale Flucht vom Brustkorb bis zur Leiste. Mittlerweile hatte sich eine kleine, aber erkennbare Wölbung zwischen diesen beiden Bereichen gebildet, von der ich mir gar nicht erklären konnte, woher sie gekommen sein mochte. Ich aß nicht sonderlich viel. In Wahrheit hielt sich mein Appetit in Grenzen, da ich fast den ganzen Tag vor dem Computer saß und keinerlei Sport trieb. Ich tat also nichts, was meinen Appetit hätte wecken können. Das schien mir grausam ungerecht. Dieser Bauch war als Energiespeicher eher ungeeignet. Meine Verfolgungsjagd auf den Einbrecher hatte mir deutlich vor Augen geführt, dass meine Reserven höchstens ausreichten, um mich über eine Distanz von fünfundzwanzig Metern zu tragen, so dass nach anfänglichem Geschwindigkeitsrausch schon bald jemand kommen und mich mit einem Defibrillator wiederbeleben musste.

Da mein Körper es offensichtlich auf mich abgesehen hatte, war ich nach dem Duschen nicht eben bester Laune. Ursula lag schon im Bett, und ich legte mich dazu. Sie las ein Buch, *Über alle Grenzen verliebt – Beziehungen zwischen deutschen Frauen und Ausländern*, wobei sie immer wieder Sätze mit dem Bleistift unterstrich. Sie hatte dieses Buch mit einem dieser regelmäßigen Rot-Kreuz-Pakete bekommen, die ihre Familie schickte. Etwa einmal pro Monat kam ein Paket aus Deutschland, das doppelt so groß wie ein Schuhkarton war. Eltern, Verwandte, Freunde und andere, die es gut mit ihr meinten, schickten Dinge, die Ursula bekanntermaßen in England nicht bekommen konnte. Kekse beispielsweise, Seife, Schokolade, Kerzen oder Tampons. Manchmal legten sie auch die Fotokopie eines Berichts der Europäischen Union zum Zustand der englischen Strände oder einen Artikel aus einer großen deutschen Tageszeitung dazu, in dem angeprangert wurde, dass sämtliche englischen Fleischprodukte aus verwesten Hundekadavern hergestellt wurden. Und zwar im fensterlosen Keller einer Kläranlage, von einer Bande Sexualverbrecher, die speziell wegen ihrer offenen Wunden und explosiven Ruhrerkrankungen für diese Aufgabe auserkoren worden war.

Es bedarf wohl keiner weiteren Erwähnung, dass England seit 1950 allergrößte Bemühungen in Entwicklungen auf dem Gebiet des Hooliganismus und der Abfallproduktion gesteckt hat. Deutschland ist sauberer als England, der Lebensstandard ist höher, sowohl Regierung als auch Bevölkerung sind generell gebildeter, pflichtbewusster, fleißiger, höflicher und einfach netter. Alles in allem ist Deutschland besser als England – abgesehen vom Bereich der populären Musik, in dem England noch immer über ein besonderes Talent verfügt und Deutschland erfreulicherweise nichts als beängstigenden Schrott zustande kriegt. Darüber bin ich mir durchaus im Klaren, und ich will auch gern der Erste sein, der es allen ins Gesicht schreit, die immer noch grotesken Weltkriegs-Klischees und jämmerlichem, fehlinformiertem Nationalismus nachhängen. Wenn nun also unsere deutschen Freunde und Verwandten – eher bedrückt als bösartig – auf England herabsehen, als wäre es so etwas wie ein Proto-Dritte-Welt-Land, stelle ich mich *gewaltig* auf die Hinterbeine und lasse eine hysterische Tirade vom Stapel, dass man in ganz Deutschland kein vernünftiges Brot bekommt, die Banken ständig geschlossen sind, die Ampelschaltungen einen nur unnötig verwirren und so weiter und so fort. Ich möchte gern glauben, dass es genau diese Widersprüche sind, die der Beziehung zwischen Ursula und mir jene unberechenbare, selbsterhaltende Vitalität verleihen, die man gelegentlich bei einem Hungeraufstand oder einer Schlägerei in einem Billardsalon beobachten kann.

Ich rückte näher an Ursula heran und legte meinen Arm um sie, wobei ich die Hand hob, um ihr übers Haar zu streichen.

»Was willst du?« Argwöhnisch musterte sie mich.

»Ich? Nichts?«

Sie stieß ein nicht gänzlich überzeugtes »Mmmmmm …« aus, rutschte aber ein Stück abwärts, bis ihr Kopf an meiner Brust ruhte, während sie weiter in ihrem Buch las. Ich streichelte ihr übers Haar und sah mir an, was sie da las. Meine Güte, ich muss sagen, dass »zweckorientiertes« Deutsch echt frustrierend sein kann. Ein Drittel von etwas zu verstehen ist erheblich schlimmer, als rein gar nichts zu begreifen.

»Was bedeutet *Duldung*?«

»Tolerierung.«

»Ach so … was ist mit *einklagbare*?«

»Hm, wenn man etwas rechtlich erstreiten kann.«

»Aha … Findest du meinen Schwanz groß genug?«

»Wo steht das?«

»Witzig. Ich frag ja nur. Findest du meinen Schwanz groß genug?«

»Sag nicht dieses Wort. Kannst du nicht ›Pimmel‹ sagen?«

»›Pimmel‹ gefällt mir nicht. ›Pimmel‹ ist kindisch oder eher lustig. ›Schwanz‹ ist roh und urwüchsig. Einen Schwanz hat man für wilden, pulsierenden, besinnungslos verschwitzten Sex. Ein Pimmel ist etwas, worüber zwölfjährige Mädchen kichern. Es ist nur ein kleiner Schritt vom ›Pimmel‹ zum ›Pillermann‹, und wenn wir schon so weit sind, können wir es ebenso gut per Reagenzglas treiben. Außerdem ist es mein Schwanz, und ich finde, ich sollte mir aussuchen können, wie ich ihn nenne. Du zwingst mich ja auch, ›Brüste‹ zu sagen.«

»Weil ›Titten‹ einfach nur widerlich ist.«

»Da irrst du aber gewaltig. Titten sind reiner Sex. Das T ist ein stimmloser Alveolar-Verschlusslaut, außerdem aspiriert, wenn ich es richtig sehe. Damit geht man *mitten* rein, endet aber auf dem Nasallaut ›n‹, dessen Summen du so lange durch sämtliche Resonanzräume deines Körpers strömen lassen kannst, wie deine Nerven mitmachen.«

»Ooooh, hör auf, du machst mich ganz heiß.«

»Wohingegen Brüste nur Kinder mit Milch versorgen.«

»Unsinn. ›Brüste‹ sind hübsch, ›Titten‹ sind das, was englische Frauen auf Partys rumschwenken.«

»Du irrst dich. Du kannst natürlich nichts dafür, aber du irrst dich.«

»›Du irrst dich‹ zu sagen, kann man überleben. Aber wenn du diese widerwärtige, kopftätschelnde ›Du kannst nichts dafür‹-Scheiße hinten dranhängst, bettelst du förmlich darum, dass ich dir ins Gesicht schlage, bis du tot bist.«

»Es sind englische Worte. Dein Englisch ist großartig. Du verstehst erstaunlich gut und machst nur hin und wieder einen Fehler …«

»Was für Fehler?«

»Nur hin und wieder.«

»Wann hin und wieder?«

»Hm. So spontan fällt mir gerade keiner ein.«

»Mmpf.«

»Okay, okay. Also, du machst nie Fehler … meine Güte. Aber der Punkt ist doch, dass du die Sprache nicht wirklich fühlen kannst. Nicht auf instinktiver Ebene.«

»Wir sagen beide ›Muschi‹.«

»Ja, das stimmt, aber manchmal schummelst du eine ›Vagina‹ dazwischen. Das ist fürchterlich. Grauenvoll. Es ist ein medizinischer Begriff. Wenn du im entscheidenden Moment das Wort ›Vagina‹ benutzt, kann es sich auf höchst abträgliche Weise auf mich auswirken.«

»Warum hast nie was gesagt?«

»Es schien mir nie der richtige Augenblick zu sein.«

»Na gut. Meinetwegen.« Sie klappte ihr Buch zu und legte es auf den Nachttisch. »Ich werde mir Mühe geben, keine ›Vagina‹ mehr zu benutzen. Gute Nacht.« Sie gab mir einen Kuss auf die Wange und knipste das Licht aus.

»Moment mal. Was ist mit meinem Schwanz?«, sagte ich

und machte das Licht wieder an. »Du hast mir keine Antwort gegeben. Versuchst du mir auszuweichen?«

»Was?«

»Ich habe dich gefragt, ob du ihn groß genug findest.«

»Ach ja. Er ist in Ordnung. Können wir jetzt schlafen?« Sie machte das Licht wieder aus.

Wir kuschelten uns aneinander, beide in dieselbe Richtung gewandt, so dass ich sie im Arm hielt, meine Nase an ihrem Ohr. Etwa eine Minute lagen wir in den warmen, gleichmäßigen Wogen unseres Atems.

»Du sagst das auch nicht einfach so?«, flüsterte ich.

»Hm? Oh … nein, ich sag das nicht einfach so. Wirklich, dein Pimmel ist in Ordnung.«

»Okay.«

Ich drückte ihre Hand und beließ es eine ganze Weile dabei, bis ich – um der Klarheit willen – flüsterte: »Was meinst du mit ›in Ordnung‹?«

»Mmmmh?«

»Ich habe gesagt: Was meinst du mit ›in Ordnung‹?«

»Ich meinte: Dein Pimmel ist ›in Ordnung‹. Er ist ›in Ordnung‹.«

»Ja, das weiß ich. Es ist nur kein besonders exaktes Wort, oder? *In Ordnung?* So was sagt man über eine Suppe, die man nicht mag, nur um höflich zu sein. Es ist nicht das Gleiche wie ›grandios‹ oder ›phantastisch‹ oder ›famos‹.«

»Wer um alles in der Welt sagt: ›Dein Pimmel ist famos‹?«

»Wer um alles in der Welt sagt: ›Dein Pimmel ist in Ordnung‹?«

»Du meine Güte. Du hast mich gefragt, ob er groß genug ist, und das *ist* er. Was soll ich denn noch sagen? Er *ist* es. Er ist nicht besonders klein, er ist nicht besonders groß … er ist …«

»Augenblick mal … ›nicht besonders groß‹?«

»Jaaaaa, er ist nicht besonders groß.«

Ich knipste das Licht wieder an und setzte mich auf.

»Du willst damit also sagen – ich möchte dich nur richtig verstehen –, dass ich keinen besonders großen Pimmel habe?«

»Ja, ja. Und das ist gut so.«

Schweigend starrte ich sie etwa eine Million Jahre lang an.

»Nein. Ich weiß überhaupt nicht mehr, wovon du redest.«

»Weshalb sollte ich ihn mir größer wünschen? Es würde doch nur wehtun. Was für einen Sinn macht es, wenn er beeindruckend aussieht, aber schwierig zu benutzen ist?«

»Er ist also nicht beeindruckend. Ich habe einen unbeeindruckenden Schwanz. Möchtest du mir jetzt vielleicht noch eine Schere in die Brust rammen?«

»Es könnte bald so weit sein ... Hör zu, ich habe nicht gesagt, dein Pimmel wäre unbeeindruckend. Er ist in Ordnung ...«

»Ja, natürlich, ›in Ordnung‹.«

»... er ist in Ordnung. Er ist *famos*. Ich könnte stundenlang dasitzen und ihn mir ansehen, ehrlich wahr ... aber ich will darauf hinaus, dass er von einer Größe ist, die mir – physisch gesehen – gefällt, wenn wir ihn zum Einsatz bringen, mehr nicht. Ich persönlich würde ihn nicht größer haben wollen.«

»Toll. Du findest ihn also winzig. Er ist winzig, aber wenigstens ist es nicht unbequem, darauf zu sitzen. Phantastisch. Toll. Ich habe einen ›zweckmäßigen‹ Schwanz im ›Taschenformat‹, der einem nicht den Appetit verdirbt. Ich kann mir regelrecht vorstellen, wie sämtliche Frauen auf der Welt so *richtig* darauf abfahren: ›Oh, sieh doch – ein Reisepenis.‹«

»Moment mal, verdammt. Wieso interessiert es dich, was andere Frauen denken? Was genau willst du mir eigentlich sagen?«

»Versuch doch nicht alles umzudrehen. Weißt du noch, wie du vom Friseur nach Hause gekommen bist und so unglücklich über dein Aussehen warst? Du hast mich gefragt, ob ich finde, dass du schrecklich aussiehst, stimmt's? Und ich habe gesagt, dass es mir egal ist, ob du attraktiv aussiehst oder nicht, weil ich dich trotzdem liebe und mich nicht interessiert, was andere Männer denken. Weißt du noch? Ja, genau … du bist hochgegangen wie eine Bombe, oder?«

»Was zum … Wie kann man das auch nur im Entferntesten vergleichen? Dein Pimmel sitzt doch nicht auf dem Kopf, oder? Wir haben von meinen Haaren gesprochen, verdammt. Die sind eine ausgesprochen öffentliche Angelegenheit. Sie nehmen Einfluss auf mein Selbstwertgefühl. Du musst deinen Pimmel schließlich nicht den lieben, langen Tag jedem zeigen, dem du über den Weg läufst. Es sei denn, dein neuer Job würde dir einige Pflichten abverlangen, von denen du mir noch nichts erzählt hast.«

»Aber ein Penis ist für die Selbstachtung erheblich wichtiger als eine Frisur. Mein Gott, das kann man doch nicht vergleichen. Erstens hat man den Penis sein Leben lang. Einen Penis kann man sich nicht in einer Zeitschrift aussuchen. Ich kann nicht mit einem Foto von Errol Flynn in einen Laden spazieren und sagen: ›So einen hätte ich auch gern.‹ Ich kann nicht mit finsterer Miene an mir heruntersehen und denken: ›O je, der ist so kurz, das steht mir nicht. Na ja, es wächst ja wieder raus.‹ Wir reden hier von der unveränderlichen Definition meiner Männlichkeit. Deshalb nennt man es auch *Männlichkeit*. Er ist von absolut entscheidender Bedeutung für meine Selbstachtung. Ich *bin* mein Schwanz!«

»Du solltest in die psychiatrische Notaufnahme gehen. Ich kann nicht glauben, dass wir dieses Gespräch führen. Wie spät ist es jetzt? Mein Gott … *sieh dir an, wie spät es ist!* Ich muss morgen arbeiten, ich brauche meinen Schlaf, und stattdessen streite ich hier mit einem Geisteskranken. Patient M – der Mann, der sich für einen Penis hält. Vergessen wir das Ganze einfach, okay? Ich muss jetzt schlafen. Stell dir vor, du hättest mich nach deinem Pimmel gefragt, ich hätte gesagt: ›Pel, er ist einfach gigantisch‹, und wir können beide schlafen.«

»Sei nicht blöd. Ich kann unmöglich so tun, als hättest du all das nicht gesagt. Mein kleiner Schwanz ist auf dem Tisch. Da liegt er jetzt. Ich muss wohl damit leben. Für immer.« Ich knipste das Licht aus, wickelte mich raschelnd in die Decke und wandte mich von ihr ab.

Ich hörte, wie Ursula in die Dunkelheit seufzte.

»Und jetzt bist du beleidigt, oder? Tagelang wirst du beleidigt sein.«

»Ich *bin* nicht beleidigt.«

»Klar. Du bist nicht beleidigt.«

»Ich *bin* nicht beleidigt.«

Ursula schnalzte mit der Zunge und drehte sich zu mir herum. Sie gab mir einen Kuss an den Hinterkopf und sagte »Gute Nacht«, ehe ihr Atem allmählich in den entspannten Rhythmus eines Menschen verfiel, der einschläft.

Vollkommen lautlos lag ich da (abgesehen gelegentlich von – unfreiwilligen – langen, leidenden Seufzern) und ertrug meine grausamen Qualen klaglos. Verlangte nichts weiter als wortlose Abgeschiedenheit, in der ich einsam und allein meinen Schmerz ertragen musste. Das würde ihr eine Lehre sein.

Männer auf Toiletten kennen zu lernen
hat noch nie was gebracht

»Bist du *immer noch* beleidigt?«

»Nein.«

Nachdem das Frühstück erfolgreich umschifft war, ging ich zur Arbeit. Ich beschloss, meinen Truppen einen Besuch abzustatten – zur Förderung der Kampfmoral. Da ich mich so sehr darauf konzentriert hatte, möglichst keine sichtbaren Fortschritte in meiner Funktion als CTASATM zu machen, war mir kaum Zeit geblieben, mich als unfähiger Supervisor des Computer-Teams zu erweisen, und deshalb marschierte ich hinüber ins Büro, um meine Untergebenen zu ermutigen und ihnen zu zeigen, dass sie mir am Herzen lagen.

»Hi. Wie läuft's denn so? Alles im grünen Bereich?«

»Nmmm.«

»Mmmm.«

»Hnnn.«

»Gut. Gut. Also weiter keine Probleme? Alles prächtig, wohin das Auge blickt? Hm? Ja? Wayne? Keine Probleme?«

»Das neue *net cache system* zeigt Abo-Nutzern per *IP verification* extern eine Einzeladresse an.«

»Ausgezeichnet.«

»Nein, das ist schlecht.«

»Natürlich ist es das. Ich meinte: ausgezeichnet, dass du mir davon erzählt hast. Harte Nummer. Dafür fallen mir nur drei oder vier Möglichkeiten ein. Was schlägst du vor, Wayne?«

»Ist schon geklärt. Ich hab mit den Systemadministratoren gesprochen. Wir benutzen jetzt *cookies* zur Bestätigung durch den Browser.«

»Das hätte ich wahrscheinlich auch als Erstes probiert.«

»Und was sonst noch?«

»Nicht so wichtig.«

»Würde mich nur interessieren.«

»Ach, weißt du, nur Fummelkram. Richtig, richtig fummelige Windows-Hackereien.«

»Aber nur die Terminals benutzen Windows. Unser Server läuft auf UNIX.«

»Kein Wort mehr, okay?«

Er zuckte mit den Schultern.

»Wir müssen uns konzentrieren. Das ist wichtig.«

»Konzentrieren worauf?«

»Nicht *auf* irgendwas, einfach nur *konzentrieren*. Wir müssen darauf achten, dass wir *konzentriert* bleiben, ja? Dann gab es also keine anderen Probleme? Hardwarefehler? Ärger mit Studenten?«

»Nur das Übliche.«

»Wie sieht es mit unserem Tabellenstand aus?«

»Gestern kamen wieder vier Beschwerden von Studenten rein, weil andere Studenten ihre Handys benutzt haben. Das macht dann insgesamt vierundsiebzig in diesem Monat, was bedeutet, dass sie knapp über den Beschwerden von Studenten liegen, die sich aufregen, weil wir ihnen die Benutzung von Handys verbieten.«

»Wie viele haben das Wort ›Faschist‹ benutzt?«

»Sechsundfünfzig Prozent. Leichter Abwärtstrend. Bisher haben wir nur dreimal Studenten beim Sex in den Lernkabinen erwischt.«

»Irgendwas auf Video?«

»Nur einen.«

»Bill vom Sicherheitsdienst hat das Video im Moment, danach bin ich dran. Aber ich könnte deinen Namen mit auf die Liste setzen, wenn du willst«, mischte Raj sich ein.

»Danke, Raj. Wayne, was ist mit Pornos?«

»Online-Chat ist momentan verbreiteter als Pornos runter-zuladen. Wir vermuten, dass es wohl mit der Jahreszeit zu tun hat.«

»Verdammt.«

»Dein Punktekonto steigt allerdings durch die sechzehn Stu-denten, deren Hausarbeiten infolge von Diskettenfehlern ver-loren gegangen sind, und zwar wegen der Anzahl der Leute, die eine Sicherungskopie angelegt hatten.«

»Wie viele?«

»Kein Einziger.«

»Ja!«

»Die Krankenschwestern auf Kurzseminaren haben nach wie vor natürlich am wenigsten Ahnung, auch wenn Brian sagt, wir sollten die Kategorie lieber fallen lassen.«

»Stimmt.« Brian verzog das Gesicht. »Vor allem ist die Aus-wahl subjektiv. Es dürfte reine Ansichtssache sein, ob Kran-kenschwestern ahnungsloser als andere sind.«

»Oh, Brian … sie sind mutwillig ungeschickt. Und sie sind sogar noch stolz darauf. Ich glaube nicht, dass du in diesem Punkt Recht hast.«

»Stimmt, okay, das gebe ich zu. Aber fair ist es trotzdem nicht. Ich habe die Kunststudenten genommen. Die setzten sich erst in der allerletzten Woche an die PCs. Sie sind genau-so nutzlos, was Computer angeht, und genauso selbstgefällig, aber wir kriegen sie einfach nicht zu sehen. Das verzerrt die Zahlen.«

»Stimmt. Vielleicht sollten wir die Kategorie ›Hoffnungslos‹ im nächsten Semester fallen lassen.«

Ich muss sagen, dass ich nach dem Team-Meeting gut drauf war. Wayne, Raj und Brian schienen mit der größeren Verant-wortung, die in meiner Abwesenheit auf ihren Schultern ruhte, gut zurechtzukommen. Sie hatten sich sogar schon mehrmals von ihren Bildschirmen abgewandt, um mich anzusehen, wenn sie mir eine Antwort gaben. Aus ureigenem Antrieb hatten sie die soziale Interaktion für sich entdeckt. Hinzu kam natürlich, dass ich einige Punkte in der Tabelle hinzugewonnen hatte, und wenn nur noch ein einziger Student sagte: »Dann wollen Sie also behaupten, dass Apple und PC *nicht dasselbe* ist?«, würde ich am Ende des akademischen Jahres ziemlich sicher die *Blade Runner*-Director's Cut-DVD gewinnen.

Aufgeputscht durch meinen Erfolg rief ich die Baufirma an, die mit dem Bau des neuen Gebäudes beauftragt worden war. Die Arbeiten sollten bald beginnen, und ich wollte sicherheitshalber vorher noch mal mit dem zuständigen Mann – einem gewissen Bill Acton – sprechen. Er war nicht im Büro, aber seine Sekretärin gab mir seine Handynummer.

»Hallo«, knisterte er, was wegen der schlechten Verbindung und lautem Motorengebrüll kaum zu verstehen war. Ich steckte mir einen Finger ins Ohr, um die Hintergrundgeräusche zu dämpfen, und blinzelte, um … na ja, keine Ahnung, weshalb ich geblinzelt habe … das macht man eben, wenn die Verbindung schlecht ist.

»Bill Acton?«, rief ich.

»Ja.«

»Hi, hier ist …«

»Warum schreien Sie so?«

»Weil ich Sie nicht besonders gut verstehen kann.«

»Na ja, sollte *ich* dann nicht lieber schreien?«

»Äh, wahrscheinlich ja.«

»Besser jetzt?«

»Ja, danke. Mein Name ist Pel. Ich bin von der Universität. Ich habe den Job von Terry Steven Russell übernommen.«

»Oh, alles klar, Meister. Wir werden wohl … Hey! Fahr rüber, du Idiot! Siehst du nicht, dass ich da durch will? Tsss. Kretin. Entschuldigen Sie, Pel. Ja, wir fangen drüben bei Ihnen bald an.«

»Gut. Ausgezeichnet. Deshalb wollte ich Sie anrufen.«

»Ja?«

»Ja. Ich hatte gehofft, wir könnten uns zusammensetzen, bevor Sie loslegen.«

»Wieso das denn? Ich meine: Mir soll's recht sein, Meister, verstehen Sie mich nicht falsch. Scheint mir aber unnötig.«

»Ich will mich nur auf den neuesten Stand bringen, bevor es losgeht. Ich bin erst später dazugekommen.«

»Ach so. Aber TSR hat doch mit Ihnen gesprochen, oder? Ich meine … Moment, ich komm gleich unter einer Brücke durch.« Einige Sekunden lang verschwand er in tosendem Rauschen. »Sind Sie noch da?«

»Ja, bin ich.«

»Wie gesagt: Sie wissen, was wir vereinbart haben, oder?«

»Ja … selbstverständlich. Ich hab das Projekt mitverfolgt. Natürlich. Es sind eigentlich nur ein paar Details.«

»Zum Beispiel?«

»Kann ich nicht sagen. Ich kann es nicht sagen … weil … na ja, ich müsste es aufzeichnen. Um die Ideen richtig zu vermitteln.«

»Sie sind der Boss, Meister. Ich sag Ihnen, was Sie … Hey! Pass auf, wo du hinfährst! Blödmann! Ja, du auch, Freundchen! Entschuldigung. Sie sind der Boss, Pel. Sie sitzen im Lern-Center, ja?«

»Ja.«

»Na gut, ich werd später einfach mal vorbeisehen, dann können wir plaudern, okay?«

»Das wäre toll. Super. Dann legen Sie jetzt lieber auf. Ich will nicht, dass Sie noch einen Unfall bauen. Es ist ein bisschen gefährlich, beim Autofahren zu telefonieren.«

»Ich fahre nicht«, erwiderte er verdutzt.

Das Computer-Team implodierte nicht, und ich hatte einen Termin mit dem zuständigen Mann von der Baufirma. Zwei Erfolge an einem Tag. Ich konnte mich schon nicht mehr erinnern, wann das zuletzt der Fall gewesen war. Der Rest der Woche lief bestens.

In der darauf folgenden Woche hatte ich ein weiteres Gespräch mit Mr. Chiang Ho Yam. In einem parallelen Universum, in dem sich Pel mit leichtfüßigem Geschick durchs Leben bewegte, hätte er wohl einen Gang raufschalten können. Hier, in meiner Welt jedoch, hörte es sich an, als wollte ich schalten, ohne die Kupplung zu treten. Das Telefon läutete seine externe Melodie.

»Hallo, University of North-Eastern England. Pel am Apparat.«

»Hier Chiang Ho Yam«, antwortete Chiang mit ruhiger Stimme.

»Hallo, Mr. Chiang. Tut mir Leid wegen der Verwechslung bei unserem letzten Gespräch. Mir war nicht klar, wer Sie sind. Ein Fehler meiner Sekretärin.«

»Jetzt wissen Sie's? Hier Chiang Ho Yam. Ich bin *Hung*.«

»Allerdings. Ja, Sie sind mit der Anwerbung unserer asiatischen Studenten befasst. Womit kann ich Ihnen dienen?«

»Ich freue mich, dass Sie helfen wollen, Mr. Pel. Wir sind in Sorge, dass unsere Vereinbarungen nicht eingehalten werden. Ich bin 415, Mr. Pel. Meine Aufgabe ist es, dafür zu sorgen, dass die Vereinbarungen auch entsprechend in die Tat umgesetzt werden.«

»Verstehe.« Natürlich verstand ich kein Wort.

»14K hat sich sehr bemüht, damit Sie die Zahl bekommen, die Sie für das kommende Jahr benötigen. Die Unterlagen liegen bei Ihnen. Da ist doch alles in Ordnung, oder?«

»Mehr oder weniger«, räumte ich freundlich ein. Da ich praktisch keinen Schimmer hatte, wovon der Mann überhaupt redete, erschien es mir ungehobelt, ihm zu widersprechen.

»Gut. Das ist gut. Darf ich dann also fragen, wieso die Gelder nicht wie üblich überwiesen wurden? Meine Vorgesetzten und ich, wir sind deswegen sehr besorgt. Mittlerweile ist die Verzögerung nun doch beunruhigend.«

»Und Ihre Sorge ist verständlich, Mr. Chiang. (Wenn man

mit jemandem redet, der keine Ahnung hat, was los ist – da soll man wohl beunruhigt sein.) Aber ich versichere Ihnen, dass alles unter Kontrolle ist. Wir hatten ein Computerproblem.« Dankenswerterweise gibt es fast nichts, was sich nicht auf ein Computerproblem schieben ließe, deshalb fühlte ich mich ziemlich sicher, auch wenn ich nicht wusste, was ich eigentlich darauf schob. »Deshalb konnten wir nicht so schnell vorgehen, wie wir gern wollten. Jetzt ist allerdings alles wieder im Lot. Ich werde sogar noch heute Vormittag mit jemandem über die Situation sprechen. Ich bin mir sicher, dass ich einiges für Sie ins Rollen bringen kann.«

»Das will ich hoffen, Mr. Pel. Wegen dieser Angelegenheit hat 438 von 14K, mit dem ich heute gesprochen habe, darauf bestanden, dass wir zu einigen unserer Leute in Ihrem Land Kontakt aufnehmen. Man hat sie gebeten, Ihnen einen Besuch abzustatten, um dafür zu sorgen, dass das Problem gelöst wird.«

»Ich freue mich schon auf den Besuch. Wissen Sie, wann sie kommen wollen?«

»Nicht genau, nein.«

»Na ja, normalerweise sitze ich hier im Lern-Center. Die können ruhig vorbeikommen. Ich bin hier.«

»Es wäre sicher das Beste für alle Beteiligten, wenn man Sie dort antreffen würde, Mr. Pel. Wenn diese Leute erst nach Ihnen suchen müssten, würde ihre Laune ganz sicher erheblich darunter leiden.«

»Dann sollten sie wahrscheinlich am besten vorher anrufen, Mr. Chiang, um mich vorzuwarnen, dass sie unterwegs sind.«

»Ich werde es ihnen vorschlagen. Ich bin mir sicher, dass sie die Idee amüsant finden.«

»Wie gesagt: Ich wollte *gerade* mit jemandem über Ihre Situation sprechen. Überlassen Sie das Ganze ruhig mir, okay?«

»Danke.«

»Nichts zu danken. War nett, mal wieder mit Ihnen zu plaudern.«

Mir rutschte das Herz vielleicht nicht in die Hose, aber zumindest fast bis auf Nabelhöhe. Sich mit Stipendienfonds, selbst ganz direkten, zurechtzufinden, war immer höllisch kompliziert. In diesem Fall war ich nicht mal sicher, welche Gelder er meinte. Ausländische Studenten, vor allem aus dem asiatischen Raum, finanzieren sich generell privat. Sie bekommen keinerlei Unterstützung von unserer Erziehungsbehörde. Sie ist bekannt dafür, dass sie nicht einmal den inländischen Studenten entsprechende Mittel zukommen lässt, von fremden einmal ganz abgesehen. Woher kamen die Gelder, auf die er wartete? Falls sie aus ihren eigenen Ländern stammten, war er doch viel näher dran als wir.

Mir war klar, dass ich jemanden würde fragen müssen. Der Vizepräsident schien mir der richtige Mann dafür zu sein, aber ich wusste nicht, wie ich ihn fragen sollte, ohne preiszugeben, dass ich keine Ahnung hatte … und somit mein Image zu schädigen, das mich bisher so darstellte, als hätte ich den vollen Durchblick. Glücklicherweise ergab sich eine andere Gelegenheit.

Bernard kam ins Büro, während ich noch still und leise meinen Managergedanken nachhing.

»Hi, Pel. Ich bin gerade zufällig vorbeigekommen und habe mich gefragt, ob Sie wohl schon irgendwas für unseren Ideentag vorbereitet haben.«

»O ja, reichlich sogar«. Ich *wusste* doch, dass da noch was war.

»Das ist ja toll, weil ich die Vorschläge eigentlich gern so schnell wie möglich hätte. Was genau haben Sie denn so geplant?«

»Meine Güte … da weiß ich gar nicht, wo ich anfangen soll …« Es war die Wahrheit, die reine Wahrheit.

Bernard machte gerade den Mund auf, als das Telefon klingelte. Das Timing war tatsächlich so präzise, als wäre das eine mit dem anderen verbunden. Entweder hatte sein Mund das Telefon ausgelöst, oder er klingelte statt zu sprechen.

»Entschuldigen Sie, Bernard, ich muss kurz ran … Hallo, Lern-Center. Pel am Apparat.«

»Pel! Aloha, alte Hütte! Hören Sie, hier ist Nazim, okay? George sagt, Sie sind der König der Löwen, seit TSR verschwunden ist.«

»Stimmt. Ich bin hier der neue CTASATM.«

»Irre. Hören Sie, könnten Sie kurz mal rüber in den Konferenzraum im Chamberlain Block kommen?«

»Was, *jetzt*?«

»Wenn's geht, ja. Wir haben hier ein Meeting, bei dem es um das neue Gebäude fürs Lern-Center geht. Hab ich schon Ende letzter Woche arrangiert … ich wollte Sie ja anrufen und Bescheid sagen. Hab's vergessen. Tut mir Leid, Mann. Aber es ist das letzte Meeting, bevor es losgehen soll. Sie wissen, was ich meine? Es wäre gut für Sie, wenn Sie dabei wären.«

»Mh, ja, stimmt. Okay. Dann mach ich mich gleich auf den Weg.«

»Sie sind der Größte. In zehn Minuten ist Anstoß, okay? Wir sehen uns.«

»Ja. Bis gleich.«

Ich wandte mich Bernard zu, während ich einigermaßen verwirrt aufstand.

»Tut mir ehrlich Leid, Bernard, aber ich muss los. Drüben fängt gleich ein Meeting wegen dieses Neubaus an.«

»Kein Problem. Wir können die Details Ihrer Pläne für den Ideentag besprechen, wenn Sie wieder da sind.«

»Oh, das brauchen wir eigentlich gar nicht, Bernard, ehrlich. Ich hab alles im Griff.« Ich stürmte zur Tür hinaus. »Machen Sie sich keine Gedanken«, rief ich ihm zu, während ich bereits die Treppe in Richtung Ausgang hinunterflitzte.

»Wirklich? Na dann, gute Arbeit!« Überraschend leichtfüßig für einen ältlichen Bibliothekar folgte er mir auf der Treppe.

»Ich mache nur meinen Job.« Ich legte noch einen Zahn zu, sprang die letzten vier Stufen auf den ersten Treppenabsatz und schlidderte um die Ecke, um die nächste Treppe zu nehmen.

»Trotzdem bin ich sehr beeindruckt.« Inzwischen hatte er mich eingeholt. Auch wenn er, statt mit jedem Schritt mehrere Stufen auf einmal zu nehmen, mit atemberaubender Geschwindigkeit jede Stufe einzeln nahm, dass seine Knie auf und nieder zuckten und die Worte im Stakkato über seine Lippen kamen.

»Danke.« Ich stürzte durch zwei Türen und stand mit einem Mal draußen auf dem Parkplatz.

»Das klappt ja wie am Schnürchen! Der …«, sagte Bernard ins Leere, als er drei Sekunden nach mir aus dem Haus trat. »Oh.« Suchend wandte er sich nach links und rechts um. »Oh.« Er zuckte mit den Schultern und ging wieder hinein.

Ich blieb noch einen Moment lang in der Hocke, spähte durch die Heckscheibe des Ford Sierra, hinter dem ich in Deckung gegangen war. Zu einem früheren Zeitpunkt in meiner Karriere wäre ich vielleicht einfach aufgestanden, ohne abzuwarten, ob Bernard wieder auftauchte, aber da ich mittlerweile Manager war, bemühte ich mich, mein Vorgehen doch genauer abzuwägen. Nach ein paar Sekunden wähnte ich mich in Sicherheit und hob den Kopf ein wenig. Ich warf einen kurzen Blick über die Schulter und sah mein Spiegelbild in der Scheibe der Fahrertür. Mein Gesicht und dieser teilnahmslose Blick, nur Zentimeter vor meiner Nase, ließen mich vor Schreck erstarren, bis mir klar wurde, dass es nicht mein Spiegelbild war, sondern David Woolfs Gesicht an David Woolfs Kopf auf David Woolfs Körper, der auf dem Fahrersitz in David Woolfs Auto saß und mich musterte.

Mit einem leisen Summen glitt die Scheibe zwischen uns herab.

»Was machen Sie denn da eigentlich, Pel?«

David sprach mit ausdrucksloser Stimme, ohne mit einer Wimper zu zucken.

In meinem Kopf rauschte es, als wäre ein plötzlicher Wind aufgezogen. Er wehte durch meine Ohren und fegte die spröden Gedanken fort, während David und ich einander eine Weile ansahen, deren Länge ich beim besten Willen nicht einschätzen konnte. Noch immer rauschte der Wind, als ich antwortete.

»Das ist ein Geheimnis«, hörte ich mich undeutlich sagen.

Ich war völlig außer Atem, als ich den Raum im Chamberlain Block erreichte. Es war nicht besonders weit dorthin, aber aus verschiedenen Gründen war ich den ganzen Weg gelaufen. Die Tür zum Konferenzraum stand offen, und ich sah eine Hand voll Leute, die ich nicht kannte. Sie saßen an einem runden Tisch, tranken Tee und Kaffee aus Pappbechern und plauderten in freudiger Erwartung des Meetings. Rechts vor der Tür stand ein Mann und lachte in sein Handy. Er war Anfang, Mitte dreißig und trug einen blauen Anzug, der so sauber, neu, gebügelt und modisch war, dass der Mann unmöglich zum Lehrkörper gehören konnte. Er war schlank, fast dürr, als wäre er gerade richtig proportioniert gewesen und dann überraschend noch fünfzehn Zentimeter gewachsen. Wohlfrisiertes, kurzes Haar stand wie eine Bürste auf seinem Kopf, und an beiden Wangen wuchsen Koteletten – schmale Dreiecke, die spitz zuliefen. Er hatte keine Kinder. Jemand, der genug Zeit hatte, jeden Morgen seine Koteletten so sauber auszurasieren, konnte unmöglich Kinder haben. Wenn das nicht Nazim Iqbal war, dann hätte er es werden sollen.

Ich ging zu ihm hinüber, blieb ein wenig betreten vor ihm stehen und sah mich interessiert um – ins Nichts, zur Decke, auf meine Fingernägel, zur Tür, um deutlich zu machen, dass ich ihn keinesfalls drängen wollte, seinen Anruf zu beenden.

»Yeah … Yeah … *Yeah* … Haha – yeah … Yeah … Okay, cool. Bis bald, ja? Ciao.« Er klappte sein Handy zu und hielt es grinsend neben seinem Kopf hoch, wie ein Schauspieler in der

Fernsehwerbung, der ein neues Modell vorführt. »Tut mir Leid, Mann. Es nimmt einfach kein Ende. Ich bin rund um die Uhr am Ball. Aber jetzt vermute ich mal, dass Sie Pel sind, hab ich Recht?«

»Stimmt genau. Sie sind Nazim?«

»Den ganzen Tag – und abends mit Beleuchtung.« Er schüttelte meine Hand mit lähmender Begeisterung. »Also, Pel, dann wollen wir mal loslegen, Mann.«

»Genau deswegen … Ich bin nicht wirklich zu hundert Prozent auf dem Laufenden, was dieses neue Gebäude angeht.«

»Keine Sorge. Ehrlich gesagt: Absolut überhaupt gar keine Sorge. Setzen Sie sich einfach hin, und machen Sie einen gelangweilten Eindruck. Überlassen Sie das Reden mir, okay? Das Ganze hier ist rein kosmetischer Natur. Wir halten ein paar Meetings ab, damit die Leute später nicht behaupten können, sie seien nicht gefragt worden. In Wahrheit schmeißen wir beide hier den Laden, oder? Lassen Sie Nazim was zaubern, und schon können wir weitermachen, ohne dass uns irgendwer im Nacken sitzt.«

»Wenn Sie es sagen.« Ich war froh, dass mir jemand die Gelegenheit bot, nicht nachdenken zu müssen.

»Super … losgeht's!«

Wir marschierten in den Raum, wobei Nazim jedem am Tisch einen Blick zuwarf, ihn anlächelte, ihm winkte oder zuzwinkerte. Er erinnerte mich spontan an einen amerikanischen Präsidentschaftskandidaten, der das Podium betrat, um Spenden zu sammeln, oder einen Casinobesitzer in Las Vegas, der sich unter sein Zockervolk mischte … »Hey, Joey! Gib meinem Freund Ralph hier einen Drink, egal was. Geht alles auf's Haus.« Er setzte sich ans Kopfende des Tisches. Entweder bot er mir den Platz neben sich an, oder er setzte mich einfach darauf – schwer zu sagen.

»Wunderbar! Okay. Alle da?«

»Amanda konnte nicht kommen«, antwortete eine Frau in

einem weiten, geblümten Kleid. »Sie hat schon wieder geschwollene Knöchel.«

Augenblicklich verzog sich Nazims Miene vor Trauer und Sorge.

»Oh, wie schade. Bestellen Sie ihr meine besten Grüße.«

Nazims Gesicht erholte sich.

»Heute Morgen habe ich mit Rose Warchowski gesprochen«, fuhr er fort. »Sie lässt sich entschuldigen, aber sie musste heute Nachmittag zu einem besonders dringenden Meeting der Nationalen Bibliotheksgesellschaft in Cambridge und kann daher nicht bei uns sein. Allerdings haben wir Pel Dalton hier …« Er deutete auf mich – *voilà!* »Pel ist der neue CTASATM im Lern-Center.« Am gegenüberliegenden Ende des Tisches richtete eine andere Frau in einem anderen weiten, geblümten Kleid ihr Ohr auf mich.

»*Mel*, sagten Sie?«

»Nein, *P-P-Pel*«, antwortete ich.

»Pel? Das ist aber ein merkwürdiger Name.«

»Wirklich? Kann sein … wo ich länger darüber nachdenke. Hat mir noch keiner gesagt.«

Nazim, der offenbar dringend weiterkommen wollte, unterbrach uns.

»Meine Schuld, wenn ich nicht deutlich genug spreche. Können mich jetzt alle da hinten gut verstehen? Alle? Drusilla?« Alle nickten. »Wunderbar. Also, ein *sehr* kurzes, letztes Meeting heute, wie ich hoffe. Ich bin nur gekommen, um Ihnen zu berichten, dass alles im Lot ist und die Arbeiten schon sehr bald beginnen können. Den Anregungen der Investoren wurde entsprochen, und mit unseren Vorschlägen darauf scheinen wir alle Bedenken ausgeräumt zu haben ….«

»Entschuldigung. Entschuldigung, Nazim, aber ich bin mir nicht sicher, ob ich diese Vorschläge gesehen habe. Wann wurden sie verschickt?«, fragte ein zappeliger, ungesund aussehender Mann um die fünfzig mit dicker, schwarzer Brille.

»Wir haben sie ins Intranet gestellt, Donald. Vor ein paar Wochen schon.«

»Oh, verstehe. Sie haben nicht zufällig die Adresse dabei?«

»Kann ich so aus dem Kopf nicht sagen, Donald, tut mir Leid. Aber Sie können vom Hauptmenü über Abteilungen, Gebäude, Hauptprojekte, Aktuelles, Beratung, Dokumentation, Abteilungen, Technik & Lehrmittel, Beratung, Aktuelles, Hauptprojekte, Lern-Center und so weiter dahin kommen.«

»Oh, danke.«

»Kein Problem. Also, wie gesagt, die Beratungen sind jetzt abgeschlossen. Ich habe die Berichte beider Ideengruppen, aller sechs Aktionsgruppen und von achtzehn der neunzehn Berichtsgruppen bekommen.«

»Welche Gruppe hat sich denn noch nicht gemeldet?«, fragte Donald.

»Teppiche. Was natürlich einigen Grund zur Sorge gibt, aber glücklicherweise können wir mit dem neuen Gebäude anfangen, ohne den Bericht abwarten zu müssen.«

»Was ist mit der Beschilderungs-Berichtsgruppe?« Ich hatte den Eindruck, als lebte Donald für diese Meetings.

»Die haben ihren Bericht schon vor Monaten abgegeben, Donald.«

»Ich dachte, das war die Schilder-Berichtsgruppe?«

»Nein, Verzeihung, Missverständnis … bestimmt mein Fehler. Die Schilder-Berichtsgruppe hat ihren Bericht zu den Schildern, die im neuen Gebäude gebraucht werden, letzten Monat eingereicht. Das hätte sie gar nicht tun können, wenn nicht die Beschilderungs-Berichtsgruppe klare Richtlinien zur *Beschilderung* ausgegeben hätte. Aber beide haben sich gemeldet, kein Problem.«

»Sind die Berichte veröffentlicht worden?«

»Stehen im Intranet.«

Es war grandios. Ich hätte mir gern Notizen zu Nazims Technik gemacht, hatte aber weder Stift noch Papier dabei.

188

»Wunderbar!«, fuhr er fort. »Also! Wie ich schon zu Anfang sagte, gibt es wirklich nicht viel zu berichten. Momentan können wir nur hoffen, dass die Baufirmen den Anweisungen Folge leisten – was *bestimmt* der Fall sein wird …« Er kreuzte die Finger an beiden Händen und schwenkte sie herum, wobei er viel sagend die Augen verdrehte. Entspanntes, wissendes Gelächter schwappte durch den Raum. »… und Ihnen allen für die unglaubliche Mühe danken, die Sie sich mit diesem Projekt gegeben haben. Ohne Ihren Sachverstand, Ihren Einsatz und – lachen Sie mich ruhig aus, wenn Sie wollen, aber sagen muss ich es trotzdem – Ihre *Freundschaft* während dieser ganzen Zeit … nun, ich würde hier einem völlig anderen Projekt vorsitzen. Der Erfolg, den wir nun ernten, gebührt Ihnen ganz allein, Ihnen allen. Und lassen Sie mich noch etwas Persönliches hinzufügen – und zwar wie stolz ich bin, einfach *stolz*, Kollegen zu haben, deren rastloses Streben allein dem Ziel gilt, den Ruf der UoNE als regionaler Universität von außergewöhnlicher Qualität aufrechtzuerhalten! Danke. *Danke.*«

Nazim schloss die Augen, holte tief Luft und faltete die Hände.

Mir stockte der Atem.

»Nun gut! Wunderbar! Ich weiß, Sie haben alle eine Menge zu tun, deshalb will ich Sie wieder an die Arbeit gehen lassen und Ihnen ersparen, noch weiter meinem Geschwafel zuhören zu müssen. Sie wissen, wie Sie mich erreichen können, falls Sie irgendwas brauchen. Vielen Dank noch mal, und machen Sie's gut … Wiedersehen!«

Und schon war er zur Tür hinaus. Er war aufgestanden, durch den Raum geschwebt und draußen, ohne dass es auch nur ansatzweise so ausgesehen hätte, als wäre er hinausgestürzt. Eine Sekunde lang war ich echt sprachlos. Dann stand ich auf und lief ihm nach.

Nazim stand vor den Personaltoiletten und drehte sich hastig zu ihnen um, ehe er darin verschwand. Praktisch im selben

Atemzug kamen die ersten Teilnehmer des Meetings aus dem Konferenzraum, plauderten miteinander und sahen zu mir herüber, während ich plattfüßig mitten im Flur stand.

Ich erwiderte ihr Lächeln.

»Ich glaube, ich gehe mal zur Toilette«, sagte ich etwa achtmal lauter als beabsichtigt.

Alle hörten auf zu reden und sahen mich an.

Dies schien mir der richtige Augenblick zu sein, zur Herrentoilette zu schlendern, ohne große Aufmerksamkeit zu erregen.

»Ich fand, es lief ganz gut«, erklärte Nazim beim Hereinkommen. Er stand an einem Urinal und starrte hinein, während er sprach, trotzdem ging ich davon aus, dass er das Meeting meinte.

»Ja«, antwortete ich. »Ich habe mit der Baufirma gesprochen. Sie sagen, alles ist bereit, und sie können bald loslegen.«

»Ach ja? Mein Gott. Na, das ist ja toll ... gute Arbeit, Mann.«

»Oh, ich dachte, Sie wüssten, dass es bald losgeht ... Das haben Sie doch eben selbst gesagt.«

Er lachte und schüttelte ab. (Mit einem Anflug von Beklommenheit hoffte ich, dass er nicht lachte, *weil* er abschüttelte.)

»Nein, mit der Baufirma habe ich schon seit Ewigkeiten nicht mehr gesprochen. Das war nur ausgedacht. Man kriegt doch nichts geregelt, wenn man sich von Details behindern lässt. Außerdem ist das Ihre Sache, Mann. Da will ich mich lieber gar nicht einmischen. Ich sorg für die Publicity, klar, aber Sie sind der entscheidende Mann, wenn es um die wichtigen Dinge geht.«

»Welche Publicity?«

»Ach, das Übliche eben. Ein paar Zeilen im internen Newsletter, Foto in der Zeitung, vielleicht ein kleiner Beitrag in den Lokalnachrichten, falls uns ein Aufhänger einfällt ... das Übliche.«

»Verstehe. Ja, natürlich. Hm ...«

»Was? Was geht Ihnen durch den Kopf, mein Freund?«

»Na ja …«

An dieser Stelle meldete sich Nazims Handy. Das hastige Arpeggio (es klang wie irgendein Dance-Track, aber ich konnte nicht sagen, welcher) klang noch penetranter, weil es lautstark von den Fliesen an den Wänden widerhallte. Er warf einen Blick darauf, schnaubte amüsiert und brachte das Ding zum Schweigen, indem er eine Hand voll Tasten drückte.

»Tss, wie gesagt … rund um die Uhr am Ball. Egal. Was wollten Sie gerade noch über den Neubau sagen?«

»Ach, nichts. Es wird bestimmt gut laufen. Ich hab nur gerade überlegt, ob Sie wohl über eine andere Sache Bescheid wissen. Ich bin mir nicht *völlig* sicher, ob ich in allen Details Bescheid weiß …«

»Schießen Sie los.«

»Es geht um die Anwerbung der asiatischen Studenten.«

»Oh, jaaaa, alles klar. Die Hung Society ist wahrscheinlich scharf drauf, alles wieder zum Laufen zu bringen, was?«

»Ja. Scheint so. Ich glaube, es wäre ganz gut, wenn ich noch ein paar weitere Einzelheiten wüsste. Natürlich habe ich mit TSR sehr eng zusammengearbeitet, aber um die *Details* hat er sich gekümmert.«

»Yeah, das könnte man so sagen, was?« Nazim lachte.

Ich lachte ebenfalls. Ich wusste zwar nicht, was daran so lustig sein sollte, fand aber, ich konnte ebenso gut den Eindruck erwecken, als wüsste ich Bescheid. Einige letzte Sekunden noch die Flagge der Kompetenz flattern lassen, bevor ich jemanden, den ich kaum eine halbe Stunde kannte, auf der Herrentoilette fragte, wie ich am besten meinen Job machen sollte.

»Also dann … unterbrechen Sie mich, wenn ich etwas falsch verstanden habe. Chiang Ho Yam ist unser Kontakt zur Hung Society, mit der wir eine Vereinbarung haben, dass sie die Studentenanwerbung im ostasiatischen Raum koordinieren, richtig?«

»Ja, die suchen neue Studenten für uns in dieser Gegend. Das stimmt.«

»Die *suchen* sie, das stimmt. Sie sind nicht nur ein administratives Organ, sondern gehen ernsthaft los und machen potenziellen Studenten unsere Universität schmackhaft ...« Nazim unterbrach mich nicht, also fuhr ich fort. »Darüber hinaus kümmern sie sich irgendwie um die Überweisung der Stipendien ...«

»Tun sie das? Yeah.« Wieder lachte er. »Es sollte mich nicht überraschen, wenn sie sich da ein Stück vom Kuchen abschneiden ... und dazu noch unser Geld nehmen.«

»Stimmt – unser Geld – stimmt. Natürlich müssen wir sie für ihre Arbeit bezahlen.«

»Na, selbst TSR dürfte es schwer gefallen sein, die Triaden unentgeltlich für sich arbeiten zu lassen.«

Wortlos ließ ich einen Augenblick verstreichen, ehe ich fortfuhr, sorgsam darauf bedacht, meine Worte so präzise wie möglich zu artikulieren.

»Haben Sie da eben ›die Triaden‹ gesagt, Nazim?«

»Hm? Ja, Mann, hab ich – die Triaden. Sie wissen schon, die Hung Society – die Triaden. Wir verhandeln mit der 14K, weil sie international so stark ist, stimmt's?«

»Und mit *die Triaden* meinen wir die kriminellen Banden in Ostasien?«

»Soweit ich informiert bin, ist nur ein sehr geringer Prozentsatz aller Mitglieder der Triaden aktiv an kriminellen Vorgängen beteiligt. Alle anderen sind nur, na ja, im Grunde ein ›Netzwerk‹. Wie Mitglieder in einem Golfklub.«

»Unsere Triaden sind also keine Verbrecher?«

»Oh, Gott im Himmel, *unsere* schon, klar. Wir reden hier von Leuten, die uns Studenten beschaffen sollen. In einer Welt voller Universitäten sollen sie in sämtlichen pazifischen Anrainerstaaten Studenten dazu bewegen, zu *uns* zu kommen. Die Triaden haben ihre Leute überall und sind in Fragen der Anwerbung vermutlich ausgesprochen – äh – proaktiv.«

»Wir bezahlen also eine internationale Verbrecherbande dafür, dass sie uns Studenten beschafft?«

»Wir bezahlen sie, wenn TSR nicht gerade mit dem Geld verschwindet, ja.« Wieder lachte Nazim.

»Gott im Himmel! Wer weiß alles darüber Bescheid?«

»Na ja, wir dachten, *Sie* wüssten davon. George, TSR und ich sind die Einzigen, die es *wirklich* wissen, aber ich schätze, der eine oder andere dürfte wohl etwas ahnen. Sie wollen es doch wohl nicht an die große Glocke hängen, oder, Mann? Ich glaube nicht, dass irgendjemandem damit gedient wäre.«

»Aber dieser Chiang will sein Geld! Er denkt, *ich* hätte Geld für ihn … Heilige Scheiße! Er hat gesagt, er schickt ein paar Leute, die mich besuchen sollen!«

»Ganz ruhig. Das ist kein Problem.«

»Die bringen mich um, was ich nun doch ein bisschen problematisch finde, okay? Vielleicht ist es ja meine Schuld, dass ich schlecht vorbereitet bin. Vielleicht stand in der Arbeitsplatzbeschreibung ›Computer-Team leiten, Ausbildungsmaterialien entwickeln, sich von Triaden ermorden lassen …‹, und mir war nicht klar, wo die Prioritäten liegen. Allerdings kann ich mich nicht erinnern, es gesehen zu haben.«

»Immer mit der Ruhe, Pel. Und sprechen Sie doch bitte ein bisschen leiser, ja?«

»Man wird mich in kleine Stücke hacken …«

»Nein, wird man nicht.«

»Weil? Weil mir Jackie Chan zur Seite steht? Sie wollen sich bei mir das Geld holen, und TSR ist damit abgehauen. Das haben Sie doch gesagt, oder?«

»Klar hat er das Geld für die Hung Society genommen – das und sonst noch eine ganze Menge – aber wir haben noch was. TSR hat nicht *das ganze* Bargeld mitgenommen, das uns zur Verfügung steht. Wir beschaffen Ihnen die Mittel, um diese Leute zu bezahlen – wir reden hier nur von ein paar tausend Pfund, Mann.«

»*Ich* soll die bezahlen? *Sie* bezahlen diese Leute, sobald Sie das Geld haben. Ich will damit nichts zu tun haben.«

»Na, aber Sie *haben* in gewisser Weise ja schon damit zu tun. An Ihrer Stelle würde ich vor Chiang Ho Yam nicht so tun, als wären Sie nur ein Pfadfinder, der rein zufällig in diese Sache reingestolpert ist. Das Ganze ist keine große Sache. Die Universität bekommt zahlende Studenten, ohne erheblich mehr dafür auszugeben, als wir für Publicity aufbringen müssten. Die Studenten bekommen eine Ausbildung. Die Hung Society bekommt ihr Geld, was möglicherweise der Wirtschaft im gesamten pazifischen Raum zugute kommt. Es ist ja nicht so, als würden wir von denen Heroin kaufen oder so was, hab ich Recht, Mann?«

»Aber trotzdem finanzieren wir eine kriminelle Vereinigung. Und was sagen die *Studenten* zu ihren Werbern?« Plötzlich fiel der Groschen. »Oh, mein Gott! Kein Wunder, dass alle asiatischen Studenten dieselben acht Worte Englisch sprechen und ständig wegen allem so genervt aussehen.«

»Pah … was heißt schon ›kriminell‹? Die Alliierten haben im Zweiten Weltkrieg die Mafia für ihre Zwecke eingesetzt, oder? Und wem ist damit geholfen, wenn die Studenten die Polytechnische Hochschule in *Dreckloch*, Minnesota, besuchen, weil sie mit der denkbar effizientesten Organisation zur Anwerbung kooperiert haben? Rein technisch gesehen mögen die Triaden illegal sein, aber wir bitten sie ja nicht, etwas *Illegales* zu tun. Es ist nur ein Geschäft. Verstehen Sie? Wenn Sie diese Leute wie gewohnt bezahlen, sind alle zufrieden. Wenn Sie schlecht drauf kommen, ist das für alle ungut, Sie selbst eingeschlossen.«

»Ich …«

»Sehen Sie? Ich wusste doch, dass man auf Sie bauen kann. Ich *wusste* es.«

»Aber …«

»Ich besorge Ihnen das Geld. Kein Thema. Es gibt da ein

Bankkonto, auf das es eingezahlt werden muss. TSR hat sich immer darum gekümmert, aber ich kann die Einzelheiten rausfinden. Irgendwo hab ich es mir aufgeschrieben. Ob Sie es machen wie immer oder Chiang Ho Yams Leuten Bargeld geben, bleibt Ihnen überlassen. Wie es Ihnen am besten gefällt.«

Nazim legte mir eine Hand auf die Schulter und schüttelte mich freundschaftlich.

»Rufen Sie mich an, wenn Sie was brauchen.« Er trat zur Seite und überprüfte sein Haar im Spiegel. »Ich bin für Sie da, okay, Mann? Wir sind doch Kumpels, oder? Verdammt, sehen Sie nur mal auf die Uhr. Ich muss los … Wir reden bald, okay?«

Er stürmte zur Tür hinaus, und ich stand da … in mindestens zweierlei Hinsicht im Eimer.

Ich hätte problemlos noch ein paar Jahre dort so stehen bleiben können, wäre mir nicht plötzlich wieder etwas eingefallen. Abrupt kehrte ich wieder ins Hier und Jetzt zurück und stürzte hinaus.

Minuten später kam ich wie ein Cockerspaniel ins Lern-Center gehechelt und hetzte zum Aktenschrank. David Woolf rang sein Grinsen nieder, als er mich sah.

»Was ist los, Pel? Schlecht drauf?«

Ohne ihm Beachtung zu schenken, fing ich an, in TSRs Papieren herumzuwühlen und alles auf dem Boden zu verstreuen (wobei Pauline Dodd kopfschüttelnd mit der Zunge schnalzte), ehe ich endlich fand, was ich suchte.

Da war er! Dieser Zettel mit dem Datum, der Ziffer und der Abkürzung mit drei Buchstaben. Zu diesem Termin, stand zu vermuten, wäre die Zahlung fällig gewesen. Bei der Ziffer handelte es sich vermutlich um die Kontonummer. Und »100.000 HKD« mussten dann wohl hunderttausend Hong Kong Dollar sein. Ich setzte mich an meinen Computer und suchte nach einer Währungsumrechnungsseite im Internet. Dem Tageskurs nach waren 100.000 HKD etwa 9.500 Pfund. Das war gleichzeitig beunruhigend viel und seltsam wenig.

Nazim hatte es als »ein paar Tausend Pfund« abgetan. Wenn *neuneinhalb* »ein paar« waren, dann sollte ich ihn vielleicht mal bitten, »ein paar« Treppenstufen hinunterzuspringen. Offensichtlich standen für diese Art Schiebereien beträchtliche Summen zur Verfügung (zumindest war es schön zu wissen, dass es an der Uni jemanden mit einem vernünftigen Budget gab). Mehr Sorgen bereitete mir der andere Gedanke. Mit einer derartigen Summe konnte man sich vielleicht die Hosentaschen voll stopfen, aber ganz bestimmt wäre sie nicht die Versuchung wert, damit nach Brasilien durchzubrennen. Länger als drei Wochen konnte man davon auf großem Fuß nicht leben. Und ganz bestimmt war es nicht genug, um TSR dazu zu bringen, sich vom Acker zu machen. Ich erinnerte mich, dass Nazim gesagt hatte, er hätte »erheblich mehr beiseite geschafft«. Wie viel war es wohl? Diese Frage ging mir nicht mehr aus dem Kopf. TSR konnte einem ein Auto mit gefälschtem Kilometerstand und einem Taubennest unter der Motorhaube verkaufen, aber ich konnte mir nicht vorstellen, dass er Geld einfach *stehlen* würde. So etwas sah ihm absolut nicht ähnlich. Es sei denn, der Betrag wäre absolut *gigantisch*, absolut unwiderstehlich. Und außerdem: Wieso hatte er sich Sorgen um eine Auslieferung gemacht? Die Universität würde sich ganz bestimmt nicht bei der Polizei darüber beklagen, dass er mit ihren Schmiergeldern durchgebrannt war. Er wäre zwar sehr darauf bedacht, nicht entdeckt zu werden, trotzdem glaubte er doch sicher nicht, dass die Polizei nach ihm suchen würde, oder?

Erneut sank ich in nachdenkliches Koma.

»Was ist los?«

Nachdem sich die Kinder mit Hilfe des gewohnten Sperrfeuers aus Drohungen und Bestechungen schließlich dazu hatten bewegen lassen, wahllos spezifische Portionen ihres Abendessens einzunehmen, befanden sie sich inzwischen im Wohnzimmer und kämpften mit selbst gebastelten Schwertern gegeneinander. Ursula und ich saßen gemeinsam am Schlacht-feld des Abendessens, in trügerischem Frieden, bevor wir eine Münze werfen würden, um zu entscheiden, wer von uns bei-den dafür sorgen musste, dass sie sich die Zähne putzten.

»Nichts«, erwiderte ich und verstümmelte dabei appetitlos eine Kartoffel.

»Ach so … *nichts*. Na klar. Pels chronischer Nichts-Infekt, oder was?«

»Okay, dann eben ›Nichts, wobei du mir helfen könntest‹. Wie wäre es damit?«

»Du könntest es mir trotzdem erzählen. Ich erzähle dir ja auch Sachen, die mich nerven, ob du mir nun dabei helfen kannst oder nicht.«

»Dessen bin ich mir sehr wohl bewusst.«

»Dann drücken wir es mal so aus: Entweder du erzählst mir, was los ist, oder du hörst auf, den brütenden Helden zu spie-len. Es mag ja ganz attraktiv sein, wenn Al Pacino im Kino so dasitzt, aber im echten Leben würde es dir nur ein Stück pa-nierte Putenbrust im Nasenloch einbringen. Bist du immer noch beleidigt, weil dein Pimmel so winzig ist?«

»Nein. Es hat mit meiner Arbeit zu tun. Es ist nur …«

»Oh, Gott, fang bloß nicht von der Arbeit an. Weißt du, was Vanessa heute geliefert hat?«

»Hat sie dir die Triaden auf den Hals gehetzt?«

»Sie hat einen ganzen Stapel von meinen Berichten verloren und dann *mir* die Schuld daran gegeben. Ich war so sauer, dass ich gar nichts sagen konnte.«

»So sauer hab ich dich noch nie erlebt.«

»Ich werde mir irgendwo anders einen Job suchen müssen. Es ist unerträglich … und ich habe nicht mal eine Ahnung, wie-so sie dauernd auf *mir* rumhackt.«

»Wahrscheinlich weil sie hässlich ist. Sie ist ausnehmend hässlich, und wann immer sie dich sieht, wird ihr wieder klar, wie hässlich sie eigentlich ist. Sie kann einfach nicht einsehen, wieso du rumlaufen und glücklich sein solltest, wo sie doch rumlaufen und richtig, richtig hässlich sein muss.«

»Jedes Mal, wenn ich denke, ich habe das Dümmste gehört, was du jemals sagen wirst ...«, sie schnippte mit den Fingern, »... machst du den Mund auf und setzt noch einen drauf. Sie gibt mir die Schuld daran, dass sie meine Berichte verloren hat, weil sie *hässlich* ist? Willst du mir das ernsthaft erzählen?«

»Ja.«

»Und wieso? Ist dir die Idee im Traum gekommen?«

»Es ist doch absolut nahe liegend. Ich meine: Ist sie hässlich oder nicht?«

»Na ja, das ist wohl Ansichtssache. Hm, sie hat ... sie hat einen gesunden Knochenbau.«

»Auf den ihr der liebe Gott eine Fresse zum Reinschlagen gesetzt hat. Also: Sie ist hässlich und du nicht. Es macht sie wütend, was sich dann als Ärger über Berichte zeigt. Man muss kein Genie sein, um das zu erkennen.«

»Habe ich etwa behauptet, du wärst ein Genie? Darf ich vielleicht auf eines hinweisen: Wenn man vier verschiedene Dinge sagt, bedeutet das noch lange nicht, dass diese Dinge auch etwas miteinander zu tun haben.«

»So ist das mit den Frauen.«

»Du weißt, dass du gleich tot bist, ja? Das weißt du?«

»Das sollte keine Kritik sein. Ich beobachte nur. Ich will dir ein Beispiel geben. Ich war mal mit einer Frau zusammen, und die kriegte einen echten Anfall wegen ein paar Regalen. Ich saß gerade vor dem Fernseher, hab keinem was zuleide getan, und sie kam rein und fing an, sich wegen dieser Regale aufzuregen. Sie seien völlig nutzlos, und wann ich endlich meinen fetten Arsch vom Sofa hochkriege und was dagegen unternehme, das sei doch mal wieder typisch und so weiter. Ich war völlig perplex ... wo zum Teufel kam *das* denn her? Ich wusste nicht, wieso die Regale so ein großes Thema sein sollten, besonders zehn Minuten vor dem Ende eines Films, den ich mir gerade ansah, und am Ende hatten wir einen Riesenstreit um Regale. Irgendwann stellte sich raus, dass sie sich *in Wahrheit* nur so aufgeregt hat, weil sie sich Sorgen um ihre Mutter machte. Aber selbst wenn mir das damals klar gewesen wäre und ich gesagt hätte: ›Du machst dir Sorgen wegen deiner Mutter. Es geht gar nicht um die Regale. Vergiss die Regale, okay?‹, hätte sie geantwortet, ich würde sie von oben herab behandeln und versuchen, den Wert ihrer Ansichten über Regale herunterzuspielen. Frauen scheinen das einfach so zu machen. Männer stehen in viel engerem Kontakt zu ihren Gefühlen. Ein Mann würde sagen: ›Ich mache mir Sorgen um meine Mutter, und du sitzt mal wieder vor dem Fernseher. Schlampe.‹ Das Verhältnis zwischen den Empfindungen ist viel direkter.«

»Abgesehen davon, dass du überhaupt gar nichts sagen würdest. Du würdest eine Woche lang schmollen.«

»Ich schmolle nicht.«

»Und du hast nicht begriffen, dass ich mir zwar durchaus Sorgen um meine Mutter gemacht habe, *die Regale aber trotzdem scheiße waren*. Das ist nur deine ›Was ist denn eigentlich los‹-Taktik, die du anschlägst, sobald du nicht mehr weiter weißt. Wenn ich dich anschreien würde, weil du unser Haus unter Wasser gesetzt hast, und zwar weil du unbedingt unseren letzten Penny auf einen Windhund setzen musstest, und dazu noch auf einen Tipp von irgendeiner Stripperin hin, bei der du die Nacht verbracht hast, würdest du nur sagen: ›Hast du deine Tage?‹ Hör auf zu grinsen!«

»Ich hab nicht gegrinst. Ich hab nur ... die Lippen auseinander gezogen.«

»Ich zieh dir gleich die Lippen über die Ohren, wenn du nicht aufpasst. Aber zurück zum Thema. Ich glaube, ich suche mir einen neuen Job – ›Gute Bezahlung. Flexible Arbeitszeit. Keine hässlichen Kolleginnen‹. Aber ob ich nun einen finde oder nicht: Ich brauche dringend Urlaub. Ich werde Jonas anrufen. Vielleicht lässt sich was zum Skilaufen arrangieren.«

Wahrscheinlich hätte ich Ursula von der Situation bei der Arbeit erzählen sollen. Das Problem ist nur, wenn ich Ursula irgendwas erzähle, macht sie sofort Druck, dass ich etwas unternehmen soll. Wenn ich Ursula von meinen Zahnschmerzen erzähle, liegt sie mir pausenlos in den Ohren, ich soll zum Zahnarzt gehen, was das Allerletzte ist, was ich in dieser Situation hören will. Wenn ich Ursula von meinem Problem erzählen würde, wäre sie nicht in der Lage, die darin liegende Komplexität zu erkennen, und würde mir raten, zur Polizei zu gehen. In welche Zwickmühle würde mich das bringen? Ich konnte nicht sicher sein, ob George, Nazim und Chiang Ho Yam nicht einfach alles abstritten, so dass man niemanden verurteilen könnte (außer mir vielleicht). Alle würden mich hassen, weil ich jemanden verpfiffen und die Studentenanwerbung vermasselt hatte, was ihre Jobs in Gefahr brachte, weswegen man ganz sicher einen Grund aus dem Hut zaubern würde, um mir kündigen zu können. Ich wollte mich nicht so kurz nach der Beförderung vor die Tür setzen lassen. Vor allem aber hatte ich *schwere* Zweifel daran, ob die Triaden glücklich darüber wären, dass ich ihnen ihre hübsche Masche versaute. Zur Polizei zu gehen schien mir daher die beste Option für jemanden, der gern verhasst, arbeitslos und tot war. Wenn ich dagegen auf meine Weise vorging – was heißen soll: die Sache laufen lassen, in der Hoffnung, dass sich alles schon von allein klären würde –, dann würde sich bestimmt auch alles von allein klären. Nein, ich konnte Ursula nicht erzählen, dass ich den Triaden Geld dafür geben musste, dass sie unserer Uni Studenten zuführten. Das würde ich bis in alle Ewigkeit zu hören bekommen.

Dressed to be Killed

Ich sehe mich gern in der Rolle von Burt Reynolds in dem Film *Beim Sterben ist jeder der Erste*. Während alle anderen vor Angst und Panik abdrehen, würde ich ganz ruhig bleiben, einen kühlen Kopf bewahren und immer wissen, was zu tun ist. Ich bin mir ziemlich sicher, dass ich meine Veranlagung richtig einschätze. Schließlich habe ich mir unzählige dieser Filme angesehen, in denen Durchschnittsmenschen in Gefahr geraten, und noch jedes Mal habe ich mich mit dem »Himmelarsch – reiß dich zusammen! Tu, was ich dir sage, dann kommen wir hier alle wieder raus«-Helden identifiziert. Wäre ich anders gestrickt, würde ich mich emotional zu dem Werbefachmann hingezogen fühlen, der seine Haut zu retten versucht, indem er alle anderen hintergeht, nur um am Ende von den Haien gefressen zu werden. In der Situation mit den Triaden hätte Pel – gespielt von einem jüngeren, schlankeren Harrison Ford – bestimmt den Vormittag damit zugebracht, schweigend vor seinem Computer zu sitzen und kleine Pferdchen aus Klebeband zu basteln.

Glücklicherweise hatte mich bisher kaum jemand dabei gestört. Pauline war zwar im Büro, durchforstete aber das Internet nach Billigflügen in Richtung Málaga – mit eher wenig Erfolg, da sie meist auf Seiten zum Thema »Spanische Fliege« landete (woraufhin sie sich mit tiefen, missbilligenden Seufzern auf ihrem kleinen Block Notizen machte), mich aber offensichtlich nicht um Hilfe bitten wollte, da dies Davids Aufmerksamkeit erregt hätte, der ihren Bildschirm von seinem Platz aus nicht erkennen konnte. David selbst hatte den Tag damit begonnen, einige trockene Berichte zur Begabtenförderung durchzugehen, war dann jedoch – um der Abwechslung willen – dazu übergegangen, sich irgendwelche langweiligen Akten einzuverleiben.

Unsere Büroruhe wurde jedoch empfindlich gestört, als die Tür aufflog und Jane, unsere Bibliothekarin für Politische Wissenschaften, wie ein Orkan hereingewirbelt kam. Jane war hager, etwa zweihundertvierzig Jahre alt und im Besitz eines oder mehrerer absolut identischer Kleider mit aufgedrucktem Paisleymuster. Sie besaß diese beneidenswerte, nie endende Vitalität, die für gewöhnlich mit Altersschwachsinn Hand in Hand geht. Sie ignorierte Pauline und mich und steuerte geradewegs auf David zu.

»Haben Sie einen Moment Zeit für mich, David?« Ihre Stimme verriet mühsam beherrschte Wut.

»Ja, ich denke schon.« Er legte die Papiere beiseite, kreiselte auf seinem Stuhl herum und sah sie an.

Pauline und ich versetzten uns in den »Offenkundig so tun, als würde man nicht begeistert lauschen«-Modus.

»David, ich glaube, ich muss dringend mit Ihnen …«

In diesem Moment segelte Brian, unser Bibliothekar für Wirtschaftswissenschaften, durch die offene Tür herein. Brian hatte dichtes, kastanienbraunes Haar. Es war nicht zu übersehen, dass dieser Haarschopf eigentlich jemand anderem gehörte, aber alle taten, als bemerkten sie es nicht. Brian war eine füllige Gestalt, wie man sie aus Dickens-Romanen kennt, und marschierte entschlossen über die glühenden Kohlen seiner Vierziger. Trotz der Kugelform glich er in seinen Bewegungen einem Vögelchen, zuckte mit Armen und Beinen unverhofft in sämtliche Richtungen, und selbst wenn er still stand, trippelte er rastlos hin und her, wobei sein Kopf eine zermürbende Ausnahme bildete. Ich hatte schon mehrfach beobachtet, wie er sich aufgeregt hatte und dabei hektisch den Kopf herumriss, so dass sein Toupet noch immer nach vorn blickte. Um derart unglückliche Vorkommnisse zu verhindern, tänzelte sein Körper unterhalb des Halses meist ein unrhythmisches Stakkato, während sein Kopf lediglich eine Reihe träger Bewegungen vollführte. Allein schon Brian um ein paar Stühle herumgehen zu sehen war eine gespenstische Erscheinung, die einen noch Tage später verfolgte, sobald man die Augen schloss.

»Ahhhh, Brian«, höhnte Jane, als sie ihn kommen sah. »Vielleicht wollen Sie ja David erzählen, was Sie eben zu mir gesagt haben, und am besten auch gleich in dem Ton, in dem Sie es gesagt haben.«

»Liebend gern, Jane. Lassen Sie mich damit beginnen, ihn darüber in Kenntnis zu setzen, was Sie heute Morgen getan haben.«

»Ich habe genau dasselbe getan wie jeden Morgen.«

Brian schnaubte. »Da will ich Ihnen nicht widersprechen.«

»Könnte ich bitte erfahren, was vorgefallen ist, und zwar von Anfang an?«, schaltete sich David ein.

»Ich saß gerade an meinem Schreibtisch …«, begann Jane.

»*Das* ist nicht der Anfang. Es fing an, als ich heute Morgen ins Büro kam«, unterbrach Brian.

»Nein, fing es nicht«, fuhr Jane ihn an.

»Doch tat es«, erwiderte Brian.

»Oh. ›Tat es‹, das klingt ja *sehr* erwachsen.«

»*Ich* laufe nicht gleich zum Lehrer, um zu petzen und mir irgendwelche Geschichten auszudenken, Jane.«

»Wie schön, dass Sie eine offizielle Beschwerde so sehen, Brian. Das erklärt manches.«

»Könnte ich bitte jetzt erfahren, was passiert ist? Bitte?«, flehte David.

»Er hat mich als … dumme Gans beschimpft!«, sagte Jane.

»Sie hat meinen Bleistift zerbrochen!«, sagte Brian.

»Erstens war es gar nicht *Ihr* Bleistift, sondern ein Universitäts-Bleistift. Und zweitens habe ich ihn nicht zerbrochen. Das Blei war schon gebrochen, weil Sie damit auf dem Schreibtisch rumgetrommelt haben.«

»Es war ein Universitäts-Bleistift, den ich für meinen eigenen, persönlichen Gebrauch aus dem Vorratsschrank genommen habe, und außerdem verwendet man dafür heutzutage gar kein Blei mehr, sondern Grafit.«

»Ich glaube …«, begann David, fand jedoch kein Gehör.

»Für Ihren ›eigenen, persönlichen Gebrauch‹? Soweit ich weiß, nennt man so was ›Diebstahl‹, oder?«

»Nicht, wenn man den Gegenstand nur mit an seinen Schreibtisch nimmt. Diebstahl wäre, wenn man etwas mit nach Hause nähme. Wie zum Beispiel dieses Schreibprogramm, das ich letzte Woche in Ihrer Tasche gesehen habe. Vielleicht sollte ich mal dem *Verband der Bibliothekare* einen Brief zum Thema angemessenes Verhalten hinsichtlich lizensierter Software schreiben, was?«

»Dann schreibe ich ihnen einen Brief über die moralische Unzulänglichkeit von Mitarbeitern, die in den Handtaschen ihrer Kolleginnen herumwühlen!«

»Aber nicht mit meinem Bleistift!«

»Lassen Sie mich nur kurz …«, versuchte David es erneut, aber diesmal fuhr ihm eine andere Stimme dazwischen.

»Ohoooo! Sieht aus, als wäre ich in ein Kriegsgebiet gestolpert, was?«, lachte Nazim, als er durch die offene Tür trat.

Was zur Folge hatte, dass alle in seine Richtung sahen. Und David feststellte, dass sich sämtliche Bibliothekare in einem aufgeregten kleinen Pulk draußen vor der Tür versammelt hatten, um das Wortgefecht zwischen Jane und Brian zu verfolgen.

»Sie da!«, rief David ihnen zu. »Gehen Sie wieder an Ihre Arbeit … hier gibt es nichts zu gaffen.«

Ertappt zuckten sie zusammen, ehe sie sich schnatternd zerstreuten.

»Hi, Pel … hätten Sie einen Moment Zeit für mich?«, fragte Nazim gut gelaunt.

»Klar«, gab ich zurück, wobei ich mich um dieselbe fröhlich-entspannte Haltung bemühte, was jedoch eher klang, als hätte ich mich auf etwas Ekliges gesetzt.

»Okay«, antwortete Nazim und blieb im Türrahmen stehen.

»Super.« Mir ging auf, dass er mich unter vier Augen sprechen wollte.

»Dann reden wir unterwegs, okay?«, sagte ich und stand von meinem Stuhl auf. »Ich muss ein paar Sachen erledigen. Dringend. In anderen Teilen des Gebäudes. «

»Kein Problem, Mann.«

Ich ging mit ihm hinaus und zog die Bürotür hinter mir ins Schloss. Augenblicklich legten Jane und Brian hinter der Scheibe wieder los und bedachten einander mit Worten, die ich nicht verstehen konnte. Nazim und ich machten uns auf den Weg.

»Und wie läuft's, Pel?«

»Tja, noch hat man keine Anschläge auf mich verübt, also läuft es besser als erwartet.«

»Ha! Ich schmeiß mich weg! Tut richtig gut, mit Ihnen zu reden. Apropos: Können wir uns hier irgendwo ungestört unterhalten?«

»Hm ... Wir haben ein Zimmer, das der Geschichte und den Errungenschaften der Universität gewidmet ist. Da ist nie jemand ... Wollen wir es versuchen?«

»Immer voran, Mann.«

Ich führte ihn zwei Stockwerke höher. Selbstverständlich war keiner in dem Raum, trotzdem machte ich vorsichtshalber die Tür zu und schloss hinter uns ab. (Als CTASATM und somit Mitglied des Management Teams, hatte man mir einen Hauptschlüssel anvertraut, der für alle Schlösser im gesamten Gebäude passte. Von den drei Mitarbeitern des Management Teams abgesehen, besaßen nur der Lern-Center-Manager, der Sicherheitsdienst, die Putzfrauen und der Hausmeister einen solchen Hauptschlüssel. In einer Keksdose im Personalraum lag allerdings noch ein Ersatz, für alle Fälle.)

»Super«, sagte Nazim.

»Ist das, was Sie mir sagen wollen, beunruhigend?«, fragte ich.

»Ach was! Überhaupt nicht. Ich komme nur, um zu helfen.«

»Aha.«

»Ich weiß, dass Sie sich Sorgen wegen dieser Hung-Typen machen, die ihr Geld haben wollen …« Er griff in seine Innentasche und holte einen Umschlag hervor, ehe er ein zweites Mal hineingriff und einen weiteren Umschlag zutage förderte. »… also bin ich gekommen, um Sie zu beruhigen.«

Er reichte mir die Umschläge. Sie waren nicht zugeklebt, und ein kurzer Blick enthüllte, dass sie voller 50-Pfund-Noten waren.

»Das hier sind zehntausend.« Nazim deutete auf die Umschläge. »Es ist mehr als vereinbart. Ich habe die Summe, auf die wir uns in Hong Kong Dollar geeinigt hatten, in Pfund aufgerundet. Sagen Sie denen, wir hätten noch was draufgelegt, quasi als Wiedergutmachung für die Unannehmlichkeiten, ja? Dann haben Sie bei denen gleich ein dickes Plus.«

»Wenn ich ehrlich sein soll, möchte ich mit deren Abrechnung am liebsten gar nichts zu tun haben.«

Nervös hielt ich die Umschläge in Händen. Ich hatte schreckliche Angst, dass ich sie, selbst wenn ich mich nicht von der Stelle rührte und in einem abgeschlossenen Raum befand, verlegen könnte. Nazim lächelte und rüttelte mich an der Schulter, als wären wir alte Freunde. Am liebsten hätte ich ihm meine Stirn ins Gesicht geknallt, während ich feststellte, dass ich nicht so recht wusste, wo ich die Umschläge lassen sollte. Nazim hatte sich offenbar, gewitzt wie er war, ein Jackett schneidern lassen, mit dem er problemlos Geldbündel bei sich tragen konnte – genau das Richtige für einen modebewussten Kurier. Ich trug keine Jacke und konnte mir folglich nur je ein Bündel in die Hosentaschen stopfen, aus denen sie wie Ohren herausragten. So viel zum Thema »Geld macht Männer attraktiv«. Mit einem Mal trug ich mehr Geld bei mir als je zuvor und sah aus wie der letzte Depp.

»Haben Sie noch mal was von den Hung-Leuten gehört?«, fragte Nazim, der bereits auf dem Weg zur Tür war.

»Nein, noch nicht.« Ich musste kurzfristig 5.000 Pfund aus meiner Tasche nehmen, um an den Hauptschlüssel heranzukommen. »Ehrlich gesagt, habe ich Chiangs Telefonnummer nicht.«

»Ach so, stimmt. Da kann ich Ihnen auch nicht weiterhelfen, Mann. Ich hatte sie, aber ich weiß, dass er am liebsten Handys benutzt und sich alle paar Monate ein neues zugelegt hat. Nur TSR dürfte die aktuelle Nummer kennen.«

Wir traten auf den Flur hinaus. Ich legte meine Hände auf die Umschläge in meinen Taschen, weil ich fürchtete, sie könnten herausfallen und sich in Luft auflösen, eine Geste, die mich unwillkürlich an einen Revolverhelden erinnerte. Der sich vorsichtig einen Weg durch Regale voll Geografielehrbücher bahnte. Mit Geldumschlägen statt Revolvern. Erpicht darauf, wie ein Blödmann auszusehen.

Nazim schob seine Manschette zurück, um auf die Uhr zu sehen.

»Okay, viel zu tun, Mann, viel zu tun. Ich sollte mich mal lieber auf den Weg machen. Sie wissen, wo ich bin, wenn Sie was brauchen, ja? Auch wenn ich weiß, dass Sie nichts brauchen werden ... Sie haben alles im Griff, stimmt's? Klar, Sie haben den Dreh raus ... wie ein Fisch im Wasser, hab ich doch gleich gesehen.« Noch einmal warf er einen Blick auf seine Uhr. Reine Effekthascherei. »Meine Güte, ich muss los – rund um die Uhr am Ball. Bis später, okay?«, und schon war er auf dem Weg zum Fahrstuhl. Mit den Händen auf dem Inhalt meiner Taschen lief ich forschen Schrittes (verbindet man diese beiden Elemente, kommt eine Fortbewegungsart dabei heraus, die weithin als »Scharwenzeln« bekannt ist) zur Treppe auf der anderen Seite des Gebäudes. Ich stürzte so schnell ich konnte hinunter, ehe ich im Erdgeschoss schnurstracks zu meinem Spind hastete, ihn öffnete, das Geld hineinstopfte, wieder abschloss und checkte, ob er abgeschlossen war. Dann checkte ich ein zweites Mal, ob er abgeschlossen war. Woraufhin ich wiederum checkte, ob ich auch tatsächlich abgeschlossen hatte. Mit einem Seufzer partieller Erleichterung machte ich mich auf den Weg zu meinem Büro, und erst als ich bereits vor der Tür stand, kehrte ich nochmal zu meinem Spind zurück, um nachzusehen, ob ich auch wirklich abgeschlossen hatte. Was der Fall war. Definitiv. Zur Sicherheit prüfte ich es noch ein zweites Mal nach.

Den Rest des Tages brachte ich problemlos hinter mich, indem ich einfach alle sieben Minuten meinen Spind checkte. Ehrlich gesagt, ging ich an diesem Tag sogar früher, weil ich einkaufen wollte. Mein Vorteil (mehr oder weniger der einzige) war, dass das Lern-Center im Stadtzentrum lag, so dass man zu Fuß nur zwei Minuten brauchte, wenn man kurz etwas besorgen oder zur Bank musste. Ich nahm mir vor, früher zu gehen, um mir im Einkaufszentrum eine Jacke zu kaufen.

Selbstverständlich besaß ich eine Jacke, der ich jedoch keine 10.000 Pfund anvertrauen konnte (und ich fühlte mich erheblich besser, wenn ich das Geld bei mir hatte). Im Hinblick auf Taschen waren meine Jacken allesamt eher halbherzige Produkte. Manche hatten überhaupt keine, andere nur flache oder (so unglaublich es einem auch erscheinen mag) fingierte Taschen. Wenn ich aber dicke Packen 50-Pfund-Noten hineinstopfen wollte, brauchte ich große Taschen. Große, *verschließbare* Taschen. Taschen, die sich mit zuverlässigen Reißverschlüssen sichern ließen. Eine dämliche, große Jacke mit dämlichen, großen Taschen. Glücklicherweise waren sie gerade in Mode, und somit herrschte hinsichtlich des Angebots kein Mangel.

Ich kaufe mir nicht gern neue Klamotten. Wenn ich eine neue Hose brauche, gehe ich normalerweise einfach wieder in denselben Laden, in dem ich die letzte gekauft habe – und kaufe mir die gleiche noch mal. Ursula dagegen probiert jede einzelne Hose in sämtlichen Läden der Stadt an und kommt am Ende nach Hause, ohne eine gekauft zu haben. Man könnte meinen, ich sei deshalb ein besserer »Shopper« als sie. Allein der Umstand, dass ich nach vierzig Minuten mit dem nach Hause komme, was ich haben wollte, während sie acht Stunden damit verbringt, sich überall in der Stadt an- und auszuziehen, nur um dann mit null neuen Hosen zurückzukommen, sollte einen ungeübten Beobachter glauben lassen, ich hätte nach Punkten gewonnen. Dem allerdings würde Ursula vehement widersprechen, und zwar basierend auf der Argumentation, dass mein gutes inhaltliches Abschneiden von einer stilistisch unterirdischen Performance überschattet wird. Mit mir, erklärte Ursula oft genug, mache Einkaufen einfach keinen Spaß. Eine solche Beurteilung meiner eher zurückhaltenden Art und Weise, Geld gegen Güter oder Dienstleistungen zu tauschen, kann mich nicht sonderlich schmerzen. Wenn sie sagen würde: »Bäh, mit dir macht es echt keinen Spaß, Lebensversicherungen abzuschließen«, wäre ich natürlich am Boden zerstört, genauso wie es mich ins Mark träfe, wenn sie – eher traurig als wütend – lamentierte: »Pel, mit dir bei der Bank eine Einzugsermächtigung einzurichten, bringt's einfach nicht.« Da ich mir jedoch jedes Mal, wenn mich Ursula zum Shoppen zwingt, darüber im Klaren bin, dass es mir nicht den leisesten Spaß machen wird, kann ich ihrer Sicht der Dinge mit einiger Gelassenheit begegnen.

Hätte Ursula allerdings an dieser heutigen Expedition teilgenommen, hätte sie mich zweifellos zum »Mr. Fun« des Shoppens gekürt, da ich zahllose Jacken in diversen Läden anprobierte. In manche Läden kam ich sogar noch ein zweites Mal und probierte die Jacken *noch mal* an. Es erschien mir unklug, mich vorschnell für ein Exemplar zu entscheiden, das ich nur kaufte, um 10.000 Pfund darin zu beherbergen, wollte aber gleichzeitig nicht ein Vermögen für etwas bezahlen, das ich nicht mal im Traum anziehen würde, wenn ich nicht gerade den Triaden Geld überbringen musste. Vom Preis und stabilen Taschen einmal abgesehen, schien es mir das Beste, eine Jacke zu nehmen, die so ausufernd und gigantisch war, dass man zwei Umschläge mit Bargeld darin unterbringen konnte, ohne dass jemand etwas davon merkte. Schließlich fand ich zwei Jacken, die sich alle Mühe gaben, meinen Bedürfnissen zu entsprechen, aber eine davon – vermutlich für minderjährige Mädchen gedacht – war nur in Größen verfügbar, die mir allesamt um einiges zu klein waren. Im Tausch gegen ein Versprechen meiner Kreditkarte in Höhe von £70.99 verließ ich ein »Factory Outlet« mit einer Kreation aus Acryl. Sie war von einer geradezu biblischen Taschenplage heimgesucht, die sich an sämtlichen vorstellbaren Stellen befanden und allesamt mit schweren Reißverschlüssen versehen waren. Die Oberfläche bestand aus bis zu zwanzig Zentimeter dicken Rhomben, und während das Futter (mit drei riesigen Innentaschen) von blassgrüner Farbe war, schimmerte die Jacke außen in grellem Orange. Ich zog sie an und brachte die Umschläge im mutterleibsähnlichen Inneren in Sicherheit.

Ein normaler Mann hätte sich gewiss damit zufrieden gegeben. Ich dagegen tätigte – wie es der Zufall wollte – auf meinem Ausflug eine weitere Anschaffung. In einem der Läden standen die Regale mit den Kleidern so, dass sie an Gartenartikel und Sportgeräte grenzten, vermutlich um dem allgemeinen Bedürfnis zu entsprechen, sich gleichzeitig ein Hemd, eine Rudermaschine und ein paar Säcke Torf zu kaufen. Die Jacken dort waren einfach jämmerlich, und ich war schon auf dem Weg hinaus, als mir etwas auffiel, was wohl die größte Erfindung aller Zeiten sein dürfte, die je ersonnen, produziert und für einen Preis von £54.75 zum Verkauf angeboten wurde. Es handelte sich um eine Maschine, die das Training für einen mit Hilfe kleiner Stromschläge erledigte. Das Gerät war klein, kaum größer als eine Damenhandtasche und durch Drähte mit einem halben Dutzend

Gummipads verbunden. Mit Hilfe von Stromschlägen regte es die Muskeln dazu an, sich zu spannen. Das also war der Body-Box-Körperformungsgürtel. Ein bequemes Fitnessprogramm für hoffnungslose Faulenzer – dass ich so was noch erleben durfte! Zwei Minuten später war es bezahlt und baumelte an mir herab, mein neuer Bauch in einer Plastiktüte.

»Oh, Pel, du bist doch gerade erst befördert worden«, sagte Ursula, als ich in meiner neuen Jacke ins Haus trat. »Glaubst du wirklich, es ist jetzt der richtige Zeitpunkt, eine Karriere als Rapper zu beginnen?«

»Hast du schon mal an ›Nichts sagen‹ gedacht? Ich finde wirklich, wir sollten es als Möglichkeit ins Auge fassen.«

»Jonathan! Peter! Kommt mal her! Dad hat ein Schlauchboot an!«

Die Kinder trippelten aus dem Esszimmer herein, standen neben Ursula und starrten mich mit einer Mischung aus Neugier und Erstaunen an.

»Was ist da in der Tüte?«, fragte Ursula und versuchte, einen Blick auf den Inhalt zu erhaschen.

»Nichts«, erwiderte ich.

»Wieso hast du ein Schlauchboot an?«, fragte Peter.

»Peter«, seufzte Jonathan. »Das ist doch kein *echtes* Schlauchboot. Es ist nur eine alberne Jacke.«

»Ich habe mir eine Jacke gekauft, okay? Mode interessiert mich nicht. Sie ist rein utilitaristischer Natur. Kommt ihr damit zurecht?«

»Was bedeutet ›utilitaristisch‹?«, fragte Jonathan.

»Es bedeutet, dass sie allein der Zweckmäßigkeit dient«, sagte Ursula und sah auf ihn hinunter. »Dass sie einen bestimmten Zweck hat, der bedeutender als andere Überlegungen ist. Weißt du, er mag ja lächerlich aussehen, aber damit ist dein Dad absolut unsinkbar.«

Ich schob mich an ihnen vorbei, um nach oben zu gehen.

»Wieso hast du ein Schlauchboot an?«, wiederholte Peter.

Jonathan seufzte mit wachsendem Ärger.

»Es *ist* kein Schlauchboot, Peter … es ist ein Utilitarist.«

Im Schlafzimmer zog ich die Jacke aus und stopfte sie unters Bett. Es schien mir unsinnig, das Geld herauszunehmen, aber auf keinen Fall wollte ich sie zu den Mänteln hängen, wenn ich bedachte, mit welcher Regelmäßigkeit Einbrecher durch unser Haus spazierten. Außerdem schob ich die Body-Box unters Bett – auf meiner Seite – und legte ein paar Zeitschriften davor.

Ursula und die Kinder saßen am Tisch und aßen Spätzle (eine schwäbische Spezialität, deren Herstellung mit sich brachte, dass die Küche wie der Tatort eines grausamen medizinischen Experiments aussah), als ich wieder nach unten kam. Als ich mich setzte, schob mir Ursula einen Brief zu.

»Nächsten Mittwoch ist in Jonathans Schule Elternabend. Könntest du deine Mutter bitten, auf die Kinder aufzupassen?«

»Das wird nicht gehen. Soweit ich mich erinnere, will sie zu ihrer Schwester nach Devon.«

»Ach so? Was sollen wir jetzt machen?«

»Ist schon okay. Du kannst ruhig hier bleiben. Ich gehe hin.«

»Aber ich möchte auch hingehen.«

»Das ist keine große Sache. Es passiert sowieso nichts Besonderes dort, reine Routine. Sie werden sagen, dass alles okay ist, und ich werde sagen: ›Gut‹. Dann werden sie fragen, ob ich noch eine Frage habe, und ich werde sagen: ›Nein‹. Das Ganze ist nach zehn Minuten vorbei.«

»*Ich* hätte aber ein paar Fragen.«

»Wir werden sie nicht noch einmal bitten, uns ihre Lehrberechtigung zu zeigen. Das ist peinlich.«

»In Deutschland müssen Lehrer eine richtige Ausbildung machen, während man hier jedem den Job gibt, der es mal probieren möchte. Ich will sicher sein, dass diese Leute auch wirklich studiert haben.«

»In Deutschland werden die Kinder erst mit sechs eingeschult. Vielleicht studieren die Lehrer in England nicht so ausgiebig, aber dafür können sie die Kinder erheblich länger malträtieren. Das haben wir doch alles schon besprochen.«

»Ich möchte trotzdem, dass du in Erfahrung bringst, was da vor sich geht. Ich erwarte, dass du mir alles genau erklären kannst, wenn du wiederkommst.«

»Selbstverständlich. Ich werde mir Mrs. Beattie mal so richtig vorknöpfen.«

»Miss Hampshire«, korrigierte Jonathan, ohne von seinem Teller aufzublicken. »Meine Lehrerin heißt Mrs. Hampshire.«

»Seit wann das denn? Was ist mit Mrs. Beattie passiert?«

»Sie ist explodiert.«

»Nein, Jonathan. Jetzt mal im Ernst.«

»Sie ist tatsächlich explodiert.« Ursula nickte. »Undichte Gasleitung in ihrer Wohnung.«

»Oh. Okay.«

»Mein Freund Louis sagt, sie haben nur ihre Schuhe gefunden.«

»Oh. Das ist aber traurig.«

Jonathan zuckte mit den Schultern und aß weiter. »So was kommt vor.«

»Übrigens«, sagte Ursula, »habe ich meinen Bruder angerufen. Er will sich ein paar Tage freinehmen, damit wir zusammen Ski fahren können. Vielleicht ein kurzer Zwischenstopp bei meiner Familie, dann können wir ein paar Tage mit ihm und Silke auf die Bretter.«

»Soll mir recht sein.«

»Du kriegst doch wohl frei, oder?«

»Das sollte eigentlich kein Problem sein.«

»Gut. Ich brauche nämlich *dringend* Urlaub. Habe ich dir erzählt, was Vanessa bei der Arbeit angestellt hat?«

»Schon fast einen ganzen Tag nicht mehr. Die Ungewissheit lastet mir regelrecht auf der Seele.«

»Also …«

»Chef, Seppl, Hatschi, Pimpel, Schlafmütz, Happy, Brumm-bär.« Ich stellte meinen Burger auf den Tisch und schob mich auf einen Stuhl dahinter. »Wenn du der achte Zwerg wärst: Welcher würdest du sein wollen?«

»Er wäre ›Wichsi‹«, grinste Tracey.

»Ha-ha. Witzig. Ich glaube, ich wäre …«, meinte Roo.

»Schleichi?«, sinnierte Tracey. »Breiti?«

»… Ich glaube, ich wäre ›Snobby‹. Die Leute sagen oft zu mir, ich sei ein Snob. Was mir nur recht sein kann, denn als ›Snob‹ bezeichnet das einfache Volk nur Menschen mit hohem Anspruch.«

»Stimmt.«

»Und wo wir gerade beim Thema Ansprüche und ihrer rela-tiven Höhe sind, Pel, sei doch so lieb und erzähl uns bitte, was es mit dieser Jacke da auf sich hat?«

»*Hmpf.* Es ist nur eine Jacke.«

»O nein, es ist *nicht* nur eine Jacke. Sie geht deutlich über das hinaus, was sich eine Jacke jemals trauen würde. Ist es viel-leicht … tja, was? Eine unbekannte Lebensform?«

Ich hatte lange darüber nachgedacht. Sollte ich Tracey und Roo von den Triaden erzählen? Bei ihnen brauchte ich nicht zu befürchten, dass sie mir wie Ursula raten würden, Recht und Gesetz zu folgen. Erstens weil sie meine Freunde waren und mir aus genau diesem Grund noch nie einen vernünftigen Rat gegeben hatten, und zweitens, selbst wenn sie es *täten*, waren sie nicht Ursula, was mir die gangbare Möglichkeit ließ, sie schlicht und ergreifend zu ignorieren. Schließlich gelangte ich (ganz knapp) zu der Entscheidung, ihnen nichts zu sagen. Das Ganze war so atemberaubend, dass man von niemandem ver-langen konnte, es für sich zu behalten. Den beiden die Sache mit den Triaden zu verraten und anschließend darauf zu beste-hen, dass sie es niemandem weitererzählten, war unmenschlich grausam, eine schreckliche Art und Weise, es Tracey und Roo heimzuzahlen, wo wir doch so oft zusammen Mittagspause ge-

214

macht hatten. Es war eindeutig das Beste, wenn möglichst wenig Leute davon erfuhren. Ich konnte so ein kleines Geheimnis für mich behalten, ich war mir ganz sicher, dass ich sogar im Verhör dichthalten würde. Das heißt, ich war mir sicher, dass ich nicht einmal im Verhör etwas verraten würde, bis ich feststellte, dass es mich einige Mühe kostete, das Ganze nicht gleich hier, mitten im Café, herauszubrüllen, nur weil sich Roo über meine Jacke lustig machte. Vielleicht haben die Sowjets während des Kalten Krieges auf diese Weise Spione gebrochen – indem sie den Agenten vorsätzlich wegen seiner Kleidung auslachten, bis er sie verzweifelt anschrie: »*Natürlich* sind meine Schuhe komisch, verdammt … da sind ja auch die Mikrofilme drin.«

»Es ist nur eine Jacke. Ich brauchte eine Jacke, und die hier war im Angebot.«

»Im Angebot oder ein Angelboot?«, lachte Tracey.

»Ihr zwei solltet ins Fernsehen, ehrlich. Abendnachrichten: ›Leichen gefunden‹, irgendwas in der Art.«

»Entschuldige«, gab Tracey lachend zurück. »Wir gönnen uns nur ein kleines Späßchen.«

»Ja, und ich finde, es gibt viel zu viel Spaß auf dieser Welt.«

»Großer Gott. *Wohl kaum.* Guck mal da …« Sie deutete auf Roo.

»Ich meine den Spaß, den die Leute pausenlos haben wollen. Sieh dir Sex an …«

»Sex seh ich mir am liebsten an.«

»Dieses grundlegende Axiom populärer Kultur, dass Sex Spaß machen soll. Was für ein Blödsinn.«

»Ich finde, Sex *sollte* Spaß machen«, antwortete Tracey mit einiger Überzeugung.

»Ich auch«, schaltete sich Roo ein. »Ich finde, es sollte Automaten dafür geben. Wenn ich es schaffen könnte, dass es Spaß macht *und* aus Automaten kommt, würde ich wahrscheinlich die nächste Regierung dieses Landes stellen.«

»Im Bett gemeinsam zu lachen ist toll. Es ist, na ja … einfach toll«, fügte Tracey hinzu.

»Was das betrifft, stecke ich mit Tracey unter einer Decke, Pel. Wir stehen auf Spaß-Sex.«

»Nein, nein, nein, nein, *nein*. Sex sollte *keinen* Spaß machen, okay? Sex kann alles Mögliche sein – aufregend, romantisch, beängstigend, hirnlos, schmutzig, gefährlich, wild, verboten, ausgeflippt – aber wenn ihr merkt, dass ihr dabei Spaß habt, macht ihr was falsch.«

»Ich glaube nicht, dass ich dir da …«, setzte Tracey an.

»Doch, tust du. Halt den Mund. Beim Sex ist kein Platz für Scherze. Sex kann fast alles andere überleben: Schuldgefühle, die trübsinnige Aussicht auf die eigene Sterblichkeit, merkwürdige Geräusche, mangelhafte Wetterbedingungen, störende Bauteile im Fahrgastraum eines Autos. Eine mächtige Dosis Alkohol und Drogen, die einen daran hindert, selbst noch die einfachsten Dinge zu bewältigen, ist nicht nur kein Hinderungsgrund für Sex, sondern steigert die Wahrscheinlichkeit, dass es dazu kommt, fast ins Unermessliche. Das Einzige, was Sex unter Garantie abrupt beendet, ist Heiterkeit. Alles will heute irgendwie lustig sein – ›*Spaß* am Lernen‹, ›*Spaß* an der Diät‹, ›*Spaß* bei Bankgeschäften‹. Leck mich am Arsch. Die Welt besteht zu achtzig Prozent aus Elend, Leid, Ungerechtigkeit und trister, existenzieller Wüste. Weitere siebzehn Prozent sind die reine, drückende Langeweile. Somit bleiben uns ein paar Minuten ›Spaß‹ pro Woche, höchstens. Ich würde vorschlagen, dass wir uns diesen Spaß irgendwo anders holen und nicht durch eine potenziell sinnvolle Runde Sex ruinieren, indem wir die erotische Spannung wegkichern. Wenn du einen Schwindel erregenden Strudel aus Leidenschaft, Begierde, Wahnsinn und Ekstase erleben willst, dann lass uns ins Bett gehen … Wenn du nur ein bisschen Spaß willst, spiel Pictionary oder irgendwas.«

Es herrschte Stille am Tisch. Starres Schweigen. Dann beugte sich Tracey zu mir herüber.

»Du hast da ein Stück Salat zwischen den Zähnen … nein …
da.«

»Ein paar Chinesen wollen dich sprechen«, stand auf dem Klebezettel an meinem Monitor. Die Handschrift sah nach Wayne aus, aber ich war mir nicht ganz sicher, da ich weder von ihm noch von Raj oder Brian viel Handschriftliches zu sehen bekam. Sie nahmen lieber eine Tastatur zu Hilfe.

»Wie lange hängt das schon da?«, fragte ich und ließ meinen Blick von David zu Pauline und wieder zurückwandern.

»Einer von Ihren … ›Mitarbeitern‹ hat es auf dem Weg zur Mittagspause da hingeklebt.«

So schnell ich konnte, stampfte ich die Treppe in den obersten Stock hinauf und wankte ins Büro. Wayne war nicht da, aber Brian und Raj. Anscheinend spielten sie gegeneinander am Computer, denn als ich hereinkam, lachte Brian im selben Augenblick, als Raj aufstöhnte, da er offenbar gerade eben enthauptet worden war. Auf seinem Bildschirm baute sich das Bild seines kopflosen Leichnams auf, darunter stand »Brian sagt: Hab dich am Sack.« Als sie mich sahen, hieben sie auf ihre Tasten ein, und auf den Monitoren erschienen schlagartig Tabellenkalkulationen.

»Oh, hi, Pel«, murmelte Raj.

Ich gestikulierte, um anzudeuten, dass ich etwas Wichtiges sagen wollte, aber zu kurzatmig war, um einen Laut von mir zu geben. Nachdem ich ein paar Sekunden lang auf Sauerstoff gewartet hatte, fing ich an.

»Haaaaaffh …«

Leider musste ich feststellen, dass ich mitnichten wieder bei Puste war.

»Was?«, fragte Raj.

Wieder wedelte ich mit den Händen, ehe ich in meine Tasche griff, den Klebezettel hervorzog und ihm reichte.

»Oh, ja. Klar. Ein paar Chinesen wollen dich sprechen.« Er nickte.

»Ja, das *weiß* ich, Blödmann«, antwortete ich mit Hilfe einer Ich-habe-meine-Hände-an-deinem-Hals-und-werde-dich-erwürgen-Pantomime.

»Warte mal …« Er stand auf, ging zur Tür und suchte die Rechner draußen ab. »Sie sind noch da. Die beiden da drüben.« Sein Finger deutete auf zwei Männer, die am anderen Ende des Computerraums vor einem PC standen.

Ich beugte mich vor, ließ den Kopf baumeln und holte ein paar Mal tief Luft. Nach etwa einem halben Dutzend Atemzügen glaubte ich, dass ich es möglicherweise schaffen würde, ein paar Worte herauszubekommen, also richtete ich mich auf und steuerte auf die beiden Männer zu.

»Hi«, sagte Bernard.

»Arggggh!«, machte ich, als sein Gesicht vollkommen unerwartet vor mir auftauchte.

Er trat einen Schritt zurück … direkt auf eine Handtasche, die eine Studentin am Boden abgestellt hatte, während sie auf einen Computer wartete. Es knirschte vernehmlich.

»Heeeee!«, sagte sie.

»Oh, neeeiiin, tut mir Leid! Ist was kaputtgegangen?«

Sie zog eine Hand voll zerbrochenes Plastik heraus, an dem eine Batterie baumelte.

»Du bist auf meinen Alarmsender gelatscht, du Wichser. Guck dir das mal an! Total im Arsch. Weißt du, wie man das nennt? Das nennt man rücksichtslose Gefährdung! Durch deine Fahrlässigkeit bin ich jetzt einer deutlich erhöhten Bedrohung ausgesetzt.« Vermutlich handelte es sich um eine Jurastudentin. »Ich werde dich verklagen! Da kannst du dich schon mal *warm* anziehen!« Jep.

»Oh, neeeiiin. Es tut mir wirklich schrecklich Leid. Raj? Raj? Würden Sie der Dame bitte aus dem Vorratsraum ein Ersatzgerät beschaffen? Am besten sofort. Vielen Dank.« (Wir hatten einen Vorrat an Funk-Handsendern, der sämtlichen Mitarbeitern zugänglich war. So war das bei uns.)

»Scheiße, ich will *zwei*«, blaffte die Studentin.

»Raj? Hol zwei, bitte … Das Ganze tut mir wirklich schrecklich, schrecklich Leid.«

»Gut.«

Bernard ging rückwärts, wobei er eine Spur von Entschuldigungen hinter sich herzog, und wandte sich mir zu.

»Also, Pel: ›Hi.‹ Äh, neue Jacke?«

»Ja.«

»Ist Ihnen sehr kalt?«

»Nein, es geht.«

»Okay. Sieht nur aus wie eine von denen, die man normalerweise in der Garderobe lassen würde.«

»Hören Sie, es tut mir Leid, aber ich habe im Moment *wirklich* viel zu tun, Bernard. Ich muss dringend mit ein paar Leuten reden.«

»Klaro. Nein, ist schon okay. Ich wollte nur mal kurz mit Ihnen über den Ideentag sprechen. Was Sie da geplant haben und so.«

»Oh, wie gesagt: alles schon angeschoben. Machen Sie sich keine Sorgen.«

»Ich weiß. Ich hatte nur überlegt, ob wir wohl darüber sprechen könnten.«

»Ich fürchte, im Moment habe ich leider keine Zeit.«

»Natürlich, natürlich, kein Problem. Vielleicht könnten Sie später mal kurz in meinem Büro reinschauen?«

»Ja. Klar. Wie Sie wollen. Nur im Augenblick …«

»Verstehe … wie ein Rekordschwimmer … immer auf dem Sprung, wie? Haha.«

»Haha … Ich muss los.«

»Schön, schön. Laufen Sie nur. Wir sehen uns später.«

»Ja, später. Dann plaudern wir.«

Er vergrub die Hände in den Taschen und wandte sich der Treppe zu, während ich mich auf den Weg zu den beiden Chinesen machte.

Sie flüsterten miteinander.

»Hallo, ich bin Pel. Ich bin hier der CTASATM. Sie suchen nach mir?«

»Sie sind Boss?«, fragte mich der eine, der mir am nächsten stand, mit ernster Miene.

»Ja, ich bin verantwortlich für das Computer-Team.«

»Wir brauchen was.« Er deutete auf mich. »Sie helfen vielleicht?«

Ich klopfte auf meine Taschen. »Ich denke, ich habe vielleicht, was Sie brauchen. Ich …« Plötzlich wurde mir bewusst, dass überall Leute waren. »Geht es um etwas, das wir lieber auf der Toilette regeln sollten?«

Der menschlichen Mimik lässt sich so manches entnehmen. Ihren Mienen nach zu urteilen wusste ich, schlagartig und mit unumstößlicher Sicherheit, dass diese Männer nicht von den Triaden kamen. Ich zog ein ernstes Gesicht und fuhr fort.

»Denn falls das der Fall ist, muss ich Ihnen sagen, dass ich kein Interesse habe. Wir setzen alles daran, um Toilettentreffen an dieser Universität zu unterbinden. Für Besprechungen haben wir hier Besprechungszimmer. Es sollte keinen Grund geben, dafür die Toiletten zu benutzen. Die Toiletten sind dazu da … na, ja, Sie wissen, wozu sie da sind. Also, was genau wollen Sie von mir? Es darf da keine Missverständnisse geben.«

»Wir wollen nicht gehen mit auf Toilette«, sagte der andere, worauf sein Freund mit ungebremster Energie nickte.

»Das ist gut. Gut. Sie verstehen: Ich musste sicher sein.«

Beide nickten.

»Also, nachdem das nun geklärt ist … Was kann ich für Sie tun?«

»Wir Student. Wir Ding brauchen. Ding zu schreiben Chinesisch auf diese Computer. Sie haben?«

»Nein, ich glaube, das finden Sie in der Sprachenabteilung. In deren Computerlabor können Sie Chinesisch schreiben. Sie wissen, wo das Computersprachlabor ist?«

»Ja.«

»Gut. Kann ich noch was für Sie tun?«

»Nein. Danke.«

»Nicht der Rede wert.«

Ich kehrte ins Büro des Computer-Teams zurück, ging in den Lagerraum, schloss die Tür hinter mir und schlug mir die Hände vors Gesicht. »Aaeeeeiiiiiiiiiiiiii …«

Ob David es vielleicht im nächsten Jahr organisieren könnte?

Ich hielt es einfach nicht länger bei der Arbeit aus, deshalb erklärte ich Raj und Brian, dass ich mir den Rest des Tages freinähme.

»Und wenn Wayne wiederkommt, sagt ihm, wenn er mir das nächste Mal eine Nachricht hinterlässt, dass mich chinesische Studenten sprechen wollen, soll er schreiben: chinesische *Studenten*, nicht nur *Chinesen*.«

»Was sollten sie denn sonst sein?«, fragte Brian verwundert.

»Sie könnten alles sein, absolut alles. Sie könnten …na ja, *sonst was*. So eine Universität ist ja schließlich nicht nur für die Studenten da.«

Ich fuhr nach Hause und betrat die ungewohnte Stille meines Hauses. Es kam mir immer so fremd, so anders vor, wenn Ursula und die Kinder nicht da waren. So leblos. Selbst das Knacken des Kessels schien mir in der Leere laut und grell, als ich mir einen Becher Tee aufbrühte.

Ich nahm den Tee mit nach oben und setzte mich aufs Bett. Zum dreißigsten Mal holte ich die Umschläge aus meiner Jacke und zählte das Geld, um sicherzugehen, dass noch alles da war. Es löste ein leicht surreales Gefühl in mir aus, dass ich da saß und sorgfältig einen Schein nach dem anderen ablegte. Langsam verlor ich das Gefühl für ihren Wert, wie wenn man ein bestimmtes Wort immer und immer wieder sagt, bis es albern und bedeutungslos klingt. Ich könnte den Leuten ja – selbst wenn ich das Geld verlieren sollte – sagen: »Es war doch im Grunde nur *Papier*, oder? Wenn man es recht bedenkt: Was war es denn schon wirklich *wert*?«, schoss es mir kurz durch den Kopf.

Beim nächsten Gedanken fand ich mich in einem einsamen Wald wieder, durchsiebt von einer Maschinenpistole.

Als ich sicher war, dass sich das Bargeld nicht selbständig gemacht hatte, zwängte ich die Umschläge wieder in meine Taschen und stopfte die Jacke unters Bett. Zur Sicherheit schob ich sie ganz weit nach hinten, und als ich meine Hand zurückzog, befand sich die BodyBox darin. Vorn auf dem Karton war die Sorte Mann abgebildet, wie man sie sonst nur beim olympischen Zehnkampf oder in homoerotischen Zeitschriften zu sehen bekam. Die elektrischen Stimulations-Pads der BodyBox waren an seinem schimmernden Leib befestigt, und er lachte – mit einer Hand am Joystick – über irgendwas, das sich außerhalb des Bildes befand, vielleicht etwas Erheiterndes, das seine makellos gebaute Frau gerade tat. Natürlich konnte nur ein hoffnungsloser Vollidiot glauben, dass dieser Mann nur wegen der BodyBox so aussah. Vermutlich spielte er nebenbei noch Tennis oder irgendwas. Aber das war auch nicht so wichtig, denn ich wollte ja gar nicht vor Damenkränzchen auftreten, sondern nur ohne Anstrengung meine Wampe loswerden.

Ich klappte den Karton auf und las die Gebrauchsanweisung. Sie enthielt diverse Warnungen, die allesamt auf mich nicht zutrafen (beispielsweise der Hinweis »Nur zur Unterstützung der Gewichtsabnahme im Rahmen einer kalorienbegrenzten Diät«, was seit den Siebzigerjahren auf so ziemlich allem steht), und ein paar Grafiken, die vorführten, wo man die Pads befestigen sollte, um bestimmte Muskelgruppen anzusprechen. Eine Grafik galt der Beinmuskulatur, und ich überlegte kurz, ob es mit einiger Übung wohl möglich wäre, die Impulse zwischen dem linken und dem rechten Bein so schnell abzuwechseln, als würde man gehen, ohne sich der lästigen Mühsal auszusetzen. Aber das war wohl eher ein Zukunftsprojekt. Am besten sollte ich Schritt für Schritt vorgehen. Ich nahm die kleinen Pads aus den Plastikbeuteln und verband sie über farbcodierte Drähte mit der Steuereinheit, ehe ich den Stecker in die Dose steckte. Eilig zog ich mein Hemd aus und befolgte die Anweisungen auf der Grafik, indem ich die Pads an meinem Oberkörper befestigte. Anfangs waren sie ziemlich kalt. Aber ich dachte: »Wer nicht wagt, der nicht gewinnt.« Obwohl er keinen Bauch hatte, schien der Mann auf der Grafik erheblich mehr Bauch*region* zu haben als ich. Bei ihm waren die Pads ordentlich arrangiert, wohingegen sie bei mir ein Gewirr aus Drähten waren, das an ein Vogelnest erinnerte. Egal. In den Anweisungen stand, man sollte den Timer stellen (ich wählte das »volle Programm« von dreißig Minuten) und dann die Intensität erhöhen, bis man ein »Kribbeln« spürte. Ganz offensichtlich war das Ganze für Leute gedacht, die zu viel Zeit hatten. Ich konnte unmöglich eine halbe Stunde rumsitzen und es kribbeln lassen, sondern musste gleich mit den richtigen Übungen beginnen. Also schob ich sämtliche Regler auf achtzig Prozent, sobald das Gerät lief.

Unwillkürlich entfuhr mir ein »Hngh!«, als sich meine Bauchmuskulatur zusammenkrampfte, wie man es von übelsten Verstopfungen kennt. Der Krampf hielt ein paar Sekunden an, bevor er abrupt nachließ und mein Bauch zu seiner natürlichen Haltung zusammensank. So blieb er einige Sekunden, bis – »Hngh« – der nächste Stromschlag folgte.

Die Krämpfe und die Pausen in gespannter Erwartung des nächsten Stromschlags beschäftigten mich eine ganze Weile, ehe mein Interesse an der elektrischen Verspannung meines Unterleibs langsam nachließ. Mir schien, dass das Ganze selbst ohne das Übel der Mühsal doch – wie jede Art von Training – schrecklich, schrecklich langweilig war. Ich konnte nicht wirklich viel tun, da ich an der Steckdose hing. Ich konnte nicht ungehindert herumspazieren, also schaltete ich den Radiowecker neben dem Bett an (absichtlich in schlafraubender Lautstärke auf einen Charts-Sender eingestellt), lehnte mich zurück und lauschte einer Parade von Boygroups, nur gelegentlich von einer Girlgroup unterbrochen, während mein Bauch mit sich selbst beschäftigt war.

Ich schätze, ich lag etwa fünfzehn bis zwanzig Minuten da, bis mich ein Rascheln veranlasste, die Augen zu öffnen. Ich hoffte inständig, einen Einbrecher zu sehen zu bekommen, aber ein solches Glück war mir nicht beschieden. Am Bettende – gezeichnet von staunendem Entsetzen und sprachloser Bestürzung – stand Ursula.

»Oh, mein Gott … Du hast eine Midlife-Crisis.«

Das – wie ich gern zugeben will – saß. Nicht, wie man vielleicht denken könnte, weil ich mit Fug und Recht anmerken konnte, für eine derartige Krise viel zu jung zu sein, sondern in gewisser Weise ganz im Gegenteil. Soweit ich es verstanden habe, spricht man von einer »Midlife-Crisis«, wenn man das Gefühl hat, dass einem das Leben zwischen den Fingern zerrinnt. Man hat noch nichts erreicht, aber langsam wird Gevatter Tod schon ungeduldig. Na ja, so habe ich mich schon als Siebenjähriger gefühlt. Gegen eine plötzliche Midlife-Crisis dürfte ich wohl immun sein, denn die hatte ich schon, bevor ich überhaupt in die Pubertät kam.

»Was – Hngh! – machst du denn zu Hause? Es ist erst vier – Hngh! – Uhr.«

»Mein letzter Termin hat abgesagt, deshalb bin ich früher gegangen. Wie lange geht das schon so? Machst du das … das … *das* da jeden Nachmittag?«

»Ach was, mach mal – Hngh! – Pause. Ich dachte nur, es könnte – Hngh! – nicht schaden, wenn ich etwas fitter wäre.«

»Wieso kaufst du dir dann kein Fahrrad? Du könntest doch Rad fahren, um fit zu werden.«

»Sei nicht blöd.«

»Wieso?«

»Fahrrad – Hngh! – fahren ist echt anstrengend.«

»Herz und Lunge. Die müssen fit sein. Herz und Lunge.«

»Ach, Blöd- Hngh! -sinn. Da gibt es doch Transplantate. Es –

Hngh! – macht mehr Sinn, an den Teilen zu arbeiten, die man nicht – Hngh! – austauschen kann.«

»Das ist eine astreine Midlife-Crisis und nichts anderes. Du bist auf der Jagd nach deinem verlorenen Bauch ... mangelndes Selbstvertrauen. Und diese Hip-Hop-Jacke ... Meine Güte! Daher auch die ganze Geschichte mit deinem kleinen Schwanz! Ist alles das Gleiche. Daran hast du dieses Ding auch gleich befestigt, stimmt's?«

»Ehrlich gesagt – Hngh! – nein. Wenn wir jetzt anfangen, in Metaphern zu sprechen, muss ich – Hngh! – sagen, dass das Leben mit dir fast – Hngh! – so ist, als hätte ich Elektroden an den – Hngh! – Genitalien.«

»Wie viel hat dieses Ding gekostet?«

»Ist das nicht egal?«

»Wie viel?«

»Ich – Hngh! – hab es von meinem Geld gekauft.«

»Sag mir einfach, wie viel.«

»Fünf- Hngh! -zehn Pfund und neunundvierzig Pence.«

»Zeig mir die Quittung.«

»Die hab ich nicht mehr. Hngh!«

»Wo hast du es gekauft?«

»Weiß ich nicht mehr.«

»Blödsinn. Wo hast du es gekauft?«

Die BodyBox gab ein paar Pieptöne von sich, um zu verkünden, dass sie meinen Bauch nicht länger zu malträtieren gedachte, also begann ich die Pads abzunehmen.

»Das Programm ist einmal durchgelaufen. Dieses Piepen bedeutet, dass es fertig ist.«

»Was ... du meinst, es *piept* sogar? Wow!«

»Wenn ich ›fertig‹ sage, meine ich damit die heutige Sitzung. Man muss es sechs Wochen lang täglich machen, wenn es die volle Wirkung zeigen soll.«

»Wirklich?« Staunend deutete Ursula auf meinen Bauch. »Das bleibt nicht so?«

Ich zog mein Hemd über.

»Es braucht natürlich Zeit. Das ist ja schließlich kein Spielzeug«, sagte ich. »Egal. Holst du die Kinder von der Tagesmutter ab, oder soll ich das übernehmen?«

»Netter Versuch, vom Thema abzulenken, aber ich habe nicht vergessen, dass ich dich gefragt hatte, wo du das Ding gekauft hast.«

»Habe ich nicht geantwortet?«

»Nein.«

»Doch, doch, habe ich. Ich habe gesagt: Ich kann mich nicht erinnern.«

»Oh, bitte versteh mich nicht falsch. Mir ist vollkommen klar, dass du es probieren musstest, aber – na ja – die Chancen standen von Anfang an nicht so gut, oder?«

»Nein, ehrlich, ich kann mich nicht erinnern. Ich habe es von … von … aus dem Internet!« »Aus dem Internet« platzte viel zu sehr mit diesem typischen »O ja! Genau! *Das* ist es!«-Tonfall heraus. Geschickt rieb ich mir den Bauch, um den Eindruck zu erwecken, als litte ich unter einer Art Krampf-Flashback, und wiederholte, wenn auch lässiger: »Aus dem Internet.«

»Aus dem Internet?«

»Genau.«

»Woher aus dem Internet?«

»Das ist es ja eben. Ich weiß nicht mehr. Da gibt's so viele ähnliche Adressen, dass man sich unmöglich an eine bestimmte erinnern kann.«

»Stimmt. Stimmt … dann sehe ich auf dem Kreditkartenauszug nach, wenn er kommt.«

»Ich habe bar bezahlt. Man konnte nicht online bestellen, also habe ich denen Geld geschickt.«

»Du hast Geld an eine Adresse aus dem Internet geschickt?«

»Ja.«

»An eine Firma, an deren Namen du dich nicht mehr erinnerst.«

»Stimmt genau. Also, soll ich die Kinder jetzt holen?«

»Falls ich feststellen sollte, dass du mich belügst, weißt du, wie schlecht es dir bekommen wird, oder?«

»Warum sollte ich lügen?«

Ursula starrte mich nur an.

»Gut. Dann hole ich jetzt die Kinder.«

Die Tagesmutter wohnte ganz in der Nähe und kümmerte sich den größten Teil des Tages um Peter (er besuchte außerdem für ein paar Stunden einen Kindergarten) und nach der Schule auch um Jonathan, bis Ursula und ich von der Arbeit kamen. Ich holte die Kinder bei ihr ab und fesselte sie in ihren Kindersitzen. Jeden Morgen spazierten sie mit sauberen Gesichtern und vorzeigbaren Sachen zur Tür hinaus, und jeden Abend kamen sie zerzaust, klebrig und dreckverschmiert zurück, wovon ich mich allerdings nicht weiter stören ließ. Ich finde es gefährlich, wenn man versucht, seine Kinder um der bloßen äußerlichen Wirkung willen zu kontrollieren. Das Bedürfnis, sie auf eine bestimmte Art und Weise sein zu lassen, entstammt lediglich der egozentrischen Annahme, ihr äußeres Erscheinungsbild würde ein Licht auf einen selbst werfen. Nein, im Notfall sollte man lieber bestreiten, dass sie die eigenen Kinder sind, und behaupten, man passe nur kurz mal auf sie auf.

Ich fädelte mich in den Verkehr ein. Jonathan und Peter plapperten in meinem Rücken irgendwas.

»Was hast du denn heute in der Schule gemacht, Jonathan?«

»Nichts.«

»Wirklich? Schon wieder? Ist das ein Projekt, an dem ihr arbeitet? Und was hast *du* gemacht, Peter?«

»Ich hab Pups gemacht.«

»Ach, ja? Beeindruckend.«

»Ziehen wir bald in ein neues Haus?«, fragte Jonathan.

»Ja, bald. Wir warten nur, dass die Anwälte alles fertig haben, dann können wir einziehen.«

»Was machen Anwälte?«

»Meistens gar nichts. Aber dafür müssen wir ihnen viel Geld bezahlen. Vielleicht bringen sie es euch in der Schule bei … Anwälte zu werden.«

»Ich will kein Anwalt werden. Ich will Jedi werden.«

»Na, beides gleichzeitig geht wohl nicht.«

»Dad? Hier …« (Peter befand sich gerade in der Phase, in der er mir dauernd Sachen schenkte. Oft kam er mit einem atemlosen »Für dich« ins Zimmer gerannt, und ich musste dann sagen: »Danke schön! Ein Schuh! Das ist ja toll!«)

»Was ist es?« Ich griff mit einer Hand hinter mich, seitlich um den Fahrersitz herum. Die andere Hand ließ ich im Übrigen am Lenkrad, während mein Blick eisern auf die Straße vor mir geheftet war. Das erwähne ich nur, weil Ursula ihn im Rückspiegel angestarrt oder sich zu ihm umgedreht hätte. Möglicherweise hätte sie sogar das Gaspedal mit einem Stock festgeklemmt und wäre auf den Rücksitz geklettert, um das Geschenk – was es auch sein mochte – persönlich abzuholen.

»Hier«, wiederholte Peter und legte mir etwas in die Hand. Ich zog meinen Arm wieder zurück, um mir mein Geschenk anzusehen.

»Igitt! Wo hast du das denn her?«

»Aus meiner Nase.«

Ich brauchte mehrere Anläufe, um es aus dem Fenster zu schnipsen. Ich glaube, der Fahrer im Wagen hinter mir dachte, ich würde Zeichen geben, jedenfalls fing er irgendwann an, aufgeregt hinter der Windschutzscheibe herumzugestikulieren.

»Mach das Radio an«, sagte Jonathan. Ich drückte einen Knopf. Debbie aus Mansfield rief wegen des Handelsdefizits an. »Och, nicht Gerede. Gerede ist blöd … such uns Musik.« Der nächste Versuch führte uns zu einem Sender, auf dem gerade ein Rockklassiker lief, den man gesampelt hatte und den jetzt jemand voll quatschte, der mir unbedingt erzählen wollte, wie gut er im Bett war.

»Wir fahren bald nach Deutschland, Jonathan. Dann gehen wir Ski laufen … und du kannst Schlitten fahren, Peter.«

»Ich will *auch* Ski laufen.«

»Dafür bist du noch ein bisschen klein, Peter.«

»Bin ich nicht.«

»Doch, *bist* du, Peter«, meinte Jonathan. »Du kannst nicht Ski laufen. Ich schon, aber du nicht.«

»Kann ich wohl.«

»Nein, kannst du *nicht*. Ich kann und Mom kann und Dad kann auch ein bisschen, aber du kannst es nicht.«

»Was soll das heißen: Ich kann ›ein bisschen‹ Ski laufen?«

»Du bist nicht besonders gut, oder?«

»Bin ich wohl.«

»Nicht so gut wie Mom.«

»Mom läuft schon viel länger Ski. Sie ist in Deutschland aufgewachsen, deshalb hatte sie viel mehr Zeit zum Skilaufen. Das hatte ich nicht, als ich klein war.«

»Was hast du denn statt Skilaufen gemacht, als du klein warst?«

»Hm, ich bin wohl Fahrrad gefahren, schätze ich.«

»Mom kann auch Fahrrad fahren.«

»Bestimmt nicht so gut wie ich.«

»Wieso fährst du denn jetzt nicht mehr Rad?«

»Ich hab nicht mehr genug Zeit dafür.«

»Ich kann auch Fahrrad fahren«, sagte Peter.

»Nein, kannst du *nicht*.«

»Kann ich wohl.«

»Nur mit Stützrädern. Das zählt nicht. Oh, hör mal, das ist Britney Spears. Magst du Britney Spears, Dad?«

»Nein, ich verachte sie und alles, wofür sie steht. Natürlich kannst du Fahrrad fahren, Peter. Wir bauen dir bald die Stützräder ab.«

»Wenn Mom Ski laufen würde und du Rad fahren, wer würde gewinnen?«

»Ich.«

Es soll nicht heißen, ich würde mir keine Mühe geben, meinen Jungs ein vernünftiges Vorbild zu sein.

Alle warfen sie mir verächtliche Blicke zu, woraus ich schloss, dass irgendwas im Busch war. Normalerweise ignorierten sie mich einfach, aber heute Morgen kam ich zur Arbeit und musste feststellen, dass mich meine Kollegen zum Lern-Center-Judas gewählt hatten. Vermutlich hätte ich einfach »Meinetwegen« gedacht und weitergemacht wie immer, denn schließlich konnten mich die Bibliothekare aus einer ganzen Reihe von Gründen hassen, und die Bibliotheksassistenten bildeten eine unbeständige Gruppe, deren Handlungen unmöglich vorauszusehen waren. Wer weiß? Vielleicht wurden sie von »Kinder in Not« oder sonst wem gesponsert, um mich zu hassen. Aber dann rempelte ich mit Bernard zusammen, und mir wurde alles klar.

»Pel! Da *sind* Sie ja!« Er deutete in meine Richtung.

»'Morgen, Bernard.«

»Ich hab mir schon Sorgen gemacht, weil Sie gestern gar nicht mehr bei mir waren und so.«

Oha. Ich hätte gestern zu ihm kommen sollen, sobald ich mit den chinesischen Studenten fertig war, die sich als Mitglieder der Triaden ausgegeben hatten. Das war völlig untergegangen. Mir blieb nichts anderes übrig, als alles zu gestehen.

»Tut mir Leid, Bernard. Ich hatte Magenprobleme.«

»Oh, neeeeiiiin … geht es jetzt wieder?«

»Danke. War wohl nur einer von diesen Vierundzwanzig-Stunden-Viren.«

»Glück gehabt. Jedenfalls wollte ich noch mal mit Ihnen darüber sprechen, was Sie für den Ideentag vorbereitet haben …«

»Wie gesagt, Bernard: Keine Sorge. Es ist alles geregelt.«

»Nein, ich meine, *gestern* wollte ich mit Ihnen darüber sprechen, denn heute ist der Tag gekommen. Jetzt.«

»Ach, du Scheiße.«

»Sie *haben* doch alles organisiert, oder? Ich habe Sie ein paar Mal danach gefragt, und Sie haben gesagt …«

»Nein, ist alles in Butter.«

»Sind Sie sicher?«

»Ja, wieso denn …? Oh, ich verstehe, wegen dem ›Ach, du Scheiße‹. Internet-Slang. Es bedeutet: ›Ach, du Scheiße.‹« Da es nur mit beklemmender Hoffnungslosigkeit über meine Lippen kam, hob ich zur Bekräftigung beide Daumen. »Sie wissen schon, wie ›Los geht's.‹« Wieder reckte ich ihm meine Daumen entgegen. Bernard nickte. Ich sah ihm an, wie gern er meine Beteuerungen überzeugend gefunden hätte. Er gab sich alle Mühe. »Ach, du Scheiße«, sagte ich noch einmal mit erhobenen Daumen.

»Das habe ich noch nie gehört«, sagte Bernard.

»Es ist ganz neu.«

»Interessant.«

Ich sah, dass er beschloss, der Leichtgläubigkeit eine Chance zu geben, und empfand einen leisen Triumph – zumindest für den Bruchteil einer Sekunde, ehe mir wieder einfiel, dass ich für den Ideentag keinerlei Vorbereitungen getroffen hatte, nichts, absolut überhaupt rein gar nichts. Gemeinsam genossen Bernard und ich die bedeutungsschwangere Pause, als ich eine Stimme aus dem Lautsprecher sagen hörte: »Wäre Pel Dalton bitte so freundlich, zur Ausgabe zu kommen?«

»Ich sollte lieber gehen und nachsehen, was da los ist«, sagte ich und deutete ungelenk in die grobe Richtung.

»Selbstverständlich. Aber sputen Sie sich. Der Bus wartet schon draußen auf uns. In zehn Minuten fahren wir ab.«

Der Bus würde uns zu einem Ausflugsziel bringen, das Bernard für den heutigen Tag gemietet hatte (wahrscheinlich ein Vortragssaal oder ein Konferenzraum in einem anderen Teil der Universität irgendwo in der Stadt), während sich ein Notdienst aus anderen Abteilungen einen Tag lang um das Lern-Center

232

kümmern würde (sie würden ihre Arbeit ganz besonders schlecht machen, damit allen klar war, dass sie sich nur ungern von ihrer bedeutenden Tätigkeit wegholen ließen, und natürlich würden wir deren Jämmerlichkeit bei unserer Rückkehr nutzen, um darauf hinzuweisen, dass die Aufrechterhaltung des Betriebes im Lern-Center eine schwierige, komplexe Aufgabe darstellte, die nur wir allein zufrieden stellend ausführen konnten.) Trotzdem musste sie irgendjemand machen. Bernard würde sagen, er wolle auf diese Weise dafür sorgen, dass wir gemeinsam Zeit außerhalb des Lern-Centers verbringen konnten, wo wir nicht gestört wurden. Der wahre Grund war jedoch, dass die Leute nicht so leicht entkommen konnten, wenn man sie mit dem Bus irgendwohin kutschierte.

Ich flitzte zum Ausgabetresen. Geraldine, eine der Bibliotheksassistentinnen, sah mich an wie einen Kinderschänder, der ihr gerade auf dem Weg zu ihrer Hochzeit einen Eimer Farbe übers Kleid gekippt hatte.

»Tut mir Leid, wenn ich stören muss. Sie sind sicher schwer damit beschäftigt, alles für uns vorzubereiten ...«

»Ich wusste nicht, dass es heute stattfindet, Geraldine«, raunte ich ihr zu. »Bernard hat mir den Job aufgedrückt. Ich ...«

»... führe nur Befehle aus? Sie brauchen mich nicht um Verzeihung zu bitten, Pel. Gott wird Sie richten. Wenn Sie so freundlich wären, ein paar Worte mit diesen Herren dort drüben zu wechseln. Sie behaupten, es sei wichtig.« Sie deutete auf zwei Chinesen, die am Tresen standen und mich unverwandt ansahen. Ich stieß ein leises Stöhnen aus, das aus den Tiefen meiner Eingeweide kam.

»Danke, Geraldine«, sagte ich. »*Vielen* Dank.«

Ich ging – oder besser gesagt: trottete – zu ihnen hinüber. Nur eine ganz, ganz leise Stimme in meinem Inneren hauchte noch gegen den Sturm an, dass es sich auch bei diesen beiden erneut nur um Studenten handeln konnte, doch nicht einmal der optimistischste Teil meines Verstands wollte darauf hören. Alter ist kein Indikator dafür, ob jemand an unserer Universität studiert oder nicht, denn wir haben eine Menge Studenten; Leute, die von ihrem Arbeitgeber zu Seminaren geschickt werden. Allerdings sehen Studenten, ungeachtet ihres Alters oder ihrer Herkunft, immer ein wenig verlottert aus. Diese beiden waren viel zu gut gekleidet, um Studenten sein zu können.

»Kann ich Ihnen helfen?«

»Sind Sie Mr. Pel Dalton?«

»Leider ja.«

»Gut. Ich glaube, unser Vorgesetzter Mr. Chiang Ho Yam hat Ihnen mitgeteilt, dass wir Sie aufsuchen würden.«

Anscheinend redete nur der eine von beiden. Er war etwas kleiner als sein Gefährte, aber das war auch schon so ziemlich alles, woran man sie unterscheiden konnte. Sie trugen die gleichen makellosen Anzüge und hatten die gleichen unbewegten Mienen aufgesetzt.

»Ja, das hat er. Ich habe Sie bereits erwartet.«

»Könnten wir vielleicht in Ihr Büro gehen?«

»Hm, ehrlich gesagt, ist jetzt gerade kein besonders guter Zeitpunkt.«

»Das ist sehr enttäuschend. Ich bin enttäuscht. Kennen Sie den Schmerz der Enttäuschung?«

»Ich muss nur gerade wo hin.«

»Wo denn wohl?«

»Ich weiß es nicht.«

»Verstehe. Das Leben ist ungewiss, nicht wahr?«

»Nein. Ich meine, ich weiß nicht genau, wo es hingeht. Es kann nicht weit sein. Ich will nicht fliehen oder so.«

»Vergessen Sie es.«

»Ich habe das … was Sie wollen. Sie können es jetzt haben, wenn Sie …« Ich griff in meine Tasche.

»Nein.« Er hob eine Hand. »Ich würde ein wenig Abgeschiedenheit vorziehen.« Beiläufig warf er einen Blick in Richtung der Videokamera, die auf den Eingangsbereich gerichtet war. »Allerdings sind wir leider nur begrenzte Zeit hier.«

»Wieso das?«, fragte ich.

Er warf seinem Begleiter einen Blick zu. »Offenbar ist der Fahrplan sehr unübersichtlich«, sagte er. Der Begleiter warf einen kurzen Blick auf seine Schuhe.

»Okay. Verstehe …« Ich nickte andeutungsweise. »Ich kann herausfinden, wohin wir fahren. Mein Boss wird mir sicher verraten, wohin die Reise geht, aber wahrscheinlich dürfte ich etwas länger eingespannt sein.«

»Vielleicht rufen Sie uns an und geben Bescheid, wann Sie können. Ich hoffe – genau wie Sie –, dass es nicht lange dauert«, sagte der größere der Männer.

»Ja, das ist eine gute Idee.«

»Okay. Meine Handynummer ist …«

»Ahhh …«

»Ahhh?«

»Mit unseren Telefonen kann man keine Handys anwählen. Auf diese Weise werden Privatgespräche verhindert.«

»Stimmt. Natürlich. Und Sie selbst haben keins?«

Ich lachte. »Gott im Himmel, nein. Handys sind was für Wich …« Ich lachte auf. »Nein.«

»Nein.« Der Sprecher wandte sich an seinen Begleiter und stieß etwas Barsches auf Chinesisch hervor. Der Begleiter sah aus, als wollte er antworten, aber der Sprecher wiederholte seine Worte noch eindringlicher, woraufhin der Begleiter mit trübsinniger Miene in seine Tasche griff und ihm sein Handy reichte. »Sehen Sie diese Nummer?«, sagte er und deutete auf einen Eintrag im Adressbuch. »Das ist mein Handy. Sobald Sie sich mit uns treffen können, rufen Sie diese Nummer an, okay?« Er gab mir das Handy.

»Okay. Ja, hab ich verstanden. Und jetzt mache ich mich auf den Weg und finde heraus, wohin wir fahren …«

»Nicht so wichtig. Rufen Sie an, und sagen Sie Bescheid. Wir sorgen dafür, dass wir irgendwo sind, wo man problemlos ein Taxi bekommen kann.«

»Gut. Dann sehen wir uns später.«

»Ja.«

Ich war mir nicht ganz sicher, wie man üblicherweise ein Gespräch mit Killern der Triaden beendete, aber mir fiel auf, dass Bernard etwas abseits vom Tresen stand. Er tippte auf seine Uhr, also verabschiedete ich mich mit einem »Muss los« und einem kurzen Winken. Sie winkten nicht zurück.

Sämtliche Mitarbeiter wurden in Bernards Schlepptau zum wartenden Bus geführt, und hinten passte David auf, dass sich auch keiner verdrückte. Als alle im grummelnden Pulk versammelt waren, schickte man David zurück, um die Toiletten zu überprüfen. Fünf Minuten später kam er mit Raj, Wayne, zwei Bibliotheksassistenten und der Bibliothekarin für Sozialwissenschaften zurück, die allesamt die Köpfe hängen ließen.

Wir machten uns auf den Weg, während Bernard vorn im Bus stand und uns »ein wenig über diesen Tag« erzählte. Im Grunde fasste er sich ziemlich kurz und verkündete, ich hätte eine ganze Menge interessanter Dinge geplant und wir blieben den ganzen Tag (bis um fünf) in Bunerley Hill. Für das Mittagessen sei gesorgt. Bunerley Hill war eine ehemalige Grundschule, die die Universität erworben hatte, als die örtliche Verwaltung sie nicht mehr brauchte. Sie war zu einem Konferenzzentrum umgebaut worden, und wegen der ausgedehnten Sportplätze wurde sie auch von den Sportstudenten genutzt. Es dauerte nur etwa eine Viertelstunde bis dorthin. Zehn Minuten davon verbrachte ich mit dem Versuch, mir etwas einfallen zu lassen, was ich bis fünf Uhr mit diesen mehr als fünfzig Leuten anstellen sollte, ohne den Eindruck zu vermitteln, als hätte ich es mir in zehn Minuten Busfahrt einfallen lassen.

Nach deprimierend kurzer Zeit fand ich mich mit sämtlichen Mitarbeitern des Lern-Centers (Ich sage »mit« ... aber in Wahrheit wollte niemand neben mir sitzen. Links und rechts von mir waren je drei Stühle frei geblieben) in einem Saal wieder, wohl wissend, dass ich in wenigen Minuten das Podium betreten musste. Mein Hirn war völlig leer gefegt. Ich knabberte eine Weile an meinen Fingernägeln herum, dann gab mir Bernard ein Zeichen. Mit einer dramatischen Geste wandte ich mich zu den Leuten hinter mir um, machte »Ich?« und zeigte dabei auf meine Brust. Er nickte, worauf ich nach vorn schlurfte und ihm aufs Podium folgte, wo ein Mikro aufgebaut war.

»Alle mal herhören? Okay? Alle?«, sagte Bernard und brachte das Geplapper zum Schweigen. »Der Zeitpunkt ist gekommen, an dem ich mich in die letzte Reihe setze. Ich übergebe diesen Tag an Pel.«

Ich trat ans Mikrofon, während irgendwo ein Einzelner klatschte … ganz, ganz, langsam.

»Danke, Bernard. Nun … ja … Können Sie mich da hinten hören?« Die Leute in der letzten Reihe taten besonders gleichgültig, um mich wissen zu lassen, dass sie mich gut hörten. Was bemerkenswert war, da es mir schien, als verstärkte die Anlage meine Stimme nicht besonders (obwohl sie meine Atemzüge aufnahm und in ein bemerkenswert deutliches Schnarren verwandelte). »Gut. Also, da sind wir also nun beim Ideentag … Ideentag … *Idee*ntag. Was genau meinen wir mit ›Ideentag‹? Nun, es ist ein Tag, ein Zeitraum, in dem wir uns zusammenfinden, um *Ideen* zu sammeln, wie sich manches besser machen ließe. Wie sich manches besser machen ließe … Was genau meinen wir mit ›besser machen‹? Zwar nennen wir diesen Tag ›Ideentag‹, aber man könnte ebenso gut ›Veredelungstag‹ dazu sagen. Meiner Ansicht nach ist es von entscheidender Bedeutung, diesen Umstand in Erinnerung zu behalten.«

Zu diesem Thema breitete ich mich etwa fünfundvierzig Minuten lang aus.

Nachdem ich sowohl ›Idee‹ als auch ›Tag‹ in einem Maße definiert hatte, das Wittgenstein dazu bewegt hätte, sich schon

Jahre früher das Leben zu nehmen, schien mir nur eine logische Möglichkeit zu bleiben.

»Und damit möchte ich Sie jetzt also bitten, sich in Fünfer- oder Sechsergruppen aufzuteilen und zu diskutieren, was *Ihnen* das Wort ›Idee‹ bedeutet. Überall im Raum liegen Schreibblocks bereit. Sie haben, oh … sagen wir eine halbe Stunde. Okay?«

Nachdem ich auf diese Weise die nächste halbe Stunde gerettet hatte, brachte ich die übernächste damit herum, dass ich jede Gruppe einen Sprecher aufs Podium schicken ließ, der allen die Essenz dessen darstellen sollte, was seine Gruppe herausgefunden hatte. Dann fasste ich die Ergebnisse eine halbe Stunde lang zusammen. Als Nächstes ließ ich neue Gruppen bilden, sie ganz oben auf einen Block »Wie wir sind« und ganz unten »Wie wir sein wollen« schreiben und dann ausfüllen, was sie als notwendige und wünschenswerte Zwischenstufen erachteten. Danach regte ich an, dass die Leute neue Gruppen bilden und ein Blatt Papier zu einer Kugel rollen sollten. Sie mussten einen Kreis bilden und einander diese Kugel wahllos zuwerfen. Die Kugel war ein Student, und wer sie fing, musste eine Idee für eine Verbesserung formulieren, von der er glaubte, dass ein Student sie sich wünschte, und sie dann einem anderen zuwerfen, der sich zu dieser Sache äußern musste – wobei bei jedem sechsten Wurf die Kugel entweder körperbehindert oder Angehöriger einer ethnischen Minderheit sein musste. Und dann – um uns alle psychologisch von der Vorstellung einer altmodischen Bücherei zu befreien, und in der Hoffnung, dass dadurch radikale, neue Ideen entstehen würden – leitete ich eine zwanzigminütige Urschrei-Therapie.

Danach verkündete ein reichlich heiserer Bernard, es sei nun Zeit zum Mittagessen. Ich ließ alle wissen, dass ich mich schon auf den Nachmittag freute, da wir dann auf dem aufbauen wollten, was wir bisher geschafft hatten.

»Danke, Pel. Das war wirklich … *überraschend*«, sagte Bernard zu mir, als wir alle zum Büfett schlurften.

»Na ja, ich wollte, dass es sich frisch anfühlt ... spontan. Es sollte nicht so aussehen, als ginge ich nach einem starren Plan vor.«

»Das ist Ihnen gelungen«, bemerkte David mit monotoner Stimme.

»Was sagten Sie, wie lange uns zum Mittagessen bleibt, Bernard? Eine Stunde?«

»Eine halbe Stunde. Ich will nicht, dass wir den Schwung verlieren.«

»Stimmt ... stimmt ...« Somit blieb nicht mehr viel Zeit.

»Ich geh vor die Tür und behalte die Leute im Blick, die draußen eine rauchen«, warf David ein. »Damit keiner abhaut.« Toll. Danke, David.

»Ich glaube, ich lasse das Essen aus.« Ich tätschelte meinen Bauch. »Mir ist immer noch etwas flau. Wo sind hier eigentlich die Toiletten?«

Bernard zeigte sie mir, worauf ich mich eilig auf den Weg machte.

Es gab drei Urinale und zwei Kabinen, die beide frei waren. Eilig betrat ich die eine Kabine und verriegelte hinter mir die Tür. Eine halbe Stunde war nicht lang, aber lang genug, um mich heimlich mit dem Triaden-Duo treffen, den beiden das Geld übergeben und wieder zurück sein zu können. Offenbar waren die Toiletten nachträglich eingebaut, aber im Grunde war das Gebäude nach wie vor eine alte Grundschule. Ich stieg auf den Toilettensitz und von dort aus auf den Spülkasten. Das Fenster über der Toilette erlaubte einen Blick auf die Sportplätze hinter dem Haus, war jedoch sehr klein. Ich würde mich nie im Leben in meiner massigen Jacke hindurchquetschen können, also zog ich sie aus und stopfte sie durchs Fenster (zum Glück stand da eine kleine Esche, so dass ich die Jacke an einen abgebrochenen Ast hängen konnte).

Zuerst schob ich schlängelnd und zappelnd meine Arme durch das Fenster, ehe ich mühsam meinen Körper hindurchhievte. In Kalifornien würde sich so was wahrscheinlich als Wiedergeburt vermarkten lassen, mit einem engen Fenster und Walgesängen vom Band, für mich hingegen stellte das Ganze eine der unbefriedigendsten Erfahrungen meines gesamten Lebens dar. Die Öffnung war noch erheblich enger als vermutet, und zwei weitere Faktoren behinderten mein Vorankommen: der erste beruhte auf dem Umstand, dass sich ein kleiner Metallstift am Fenstergriff mit hassenswerter Beharrlichkeit in meiner Kleidung verhakt hatte, verbunden mit einer Reihe von Ratschgeräuschen und leisem Schmerz. Das zweite Problem allerdings war echt der Hammer. Ich befand mich an einem Punkt, an dem es nichts mehr gab, woran ich mich mit den Händen hätte vorwärts ziehen können, während meine Beine mittlerweile in der Luft zappelten, ohne etwas zu finden, woran sie sich abstoßen konnten. Sie kennen diesen kleinen Trick, bei dem man die Handflächen aneinander legt, beide Mittelfinger einknickt, die Hände hin und her dreht und mit den Fingern wackelt, um kleine Kinder zum Lachen zu bringen? Na ja, im Prinzip war ich dasselbe in Groß.

Ich holte tief Luft und kam zu dem Schluss, dass mir nichts anderes übrig blieb, als in Panik zu geraten, was ich auch nach Kräften tat: mit wildem Armrudern, Fluchen und angestrengt nasalem Wimmern – ich brachte alles zum Einsatz, was ich in meinem Leben gelernt hatte, und bald schon wurde ich mit segensreicher Erschöpfung belohnt. In meiner neu gewonnenen Ruhe, baumelnd wie ein Spaghetti am ausgestreckten Messer, sah ich mich nach irgendeiner brillanten Idee um. Mein Blick fiel auf meine Jacke dort am Baum. Sie war nicht gerade nah (ich hatte sie nur an den Ast hängen können, weil ich meinen Arm verdreht und die Jacke selbst als Verlängerung benutzt hatte), aber mit etwas Anstrengung erreichte ich sie trotzdem. Der Ast, an dem sie hing, war kurz und abgestorben. Ich war mir gar nicht sicher, ob er stabil genug wäre, dass ich mich daran aus dem Fenster ziehen konnte, aber es war meine einzige

Chance. Ächzend streckte ich meinen linken Arm aus, um nach der Jacke zu greifen. Beim ersten Mal entglitt der schimmernde Stoff meinen verschwitzten Fingern, als ich sie zu mir heraufzog. Mein Herz rutschte mir in die Hose, als ich daran dachte, dass die Jacke zu allem Übel auch noch hinunterfallen konnte. Doch stattdessen fiel sie nur wieder in ihre alte Position am Ast zurück, und bei meinem zweiten Versuch hielt ich sie endlich mit beiden Händen fest. Um zu verhindern, dass sie, da ich schon so nah am Ziel war, abrutschte, sobald ich daran zog, drehte ich sie zu einer Art Tau zusammen. Dann holte ich noch einmal tief Luft, zog mit aller Kraft an der Jacke und … ja! Der Ast brach ab! Darüber hinaus hatte sich der Stumpf im Jackenkragen verkeilt, so dass er durch die Luft flog und mich im Gesicht traf, was ich durchaus passend fand.

Ich hielt die leblose Jacke vor mir ausgestreckt, und mit einer Kälte, die ich nie von mir vermutet hätte, verfluchte ich sie und wünschte ihr, sie möge bis ans Ende aller Zeiten Höllenqualen leiden. Meine Verwünschungen fanden erst ein Ende, als in meinem Hirn ein Schalter klickte und ich – von plötzlich aufschäumender Hoffnung getrieben – in einer Tasche herumwühlte und triumphierend das Handy hervorzog, das mir der sprechende Chinese gegeben hatte. Einen Augenblick später hatte ich die Nummer gefunden und gewählt.

Ein Klingeln – »Komm schon …« – ein Klingeln – »Komm schon …« – ein Klingeln – »Komm schon …« – und eine ausdruckslose Stimme.

»Ja?«

»Hi, ich bin's! Hier ist Pel. Kommen Sie jetzt. Sie müssen unbedingt sofort kommen.«

Ich erklärte ihm, wo ich war (man bat mich, einige Details zu wiederholen und zu bestätigen, dass ich nicht völlig den Verstand verloren hatte), und blieb eine Ewigkeit am Apparat, bis sie mit ihrem Taxi kamen. Ich dirigierte sie zur Rückseite des Gebäudes, und als ich sie endlich kommen sah, freute ich mich über die beiden Geldeintreiber der Triaden mehr, als ich je für möglich gehalten hatte.

»Gott sei Dank«, seufzte ich, als sie vor mir standen. Da sich das Fenster so hoch oben befand, hing ich etwa zwei Meter über ihnen. Dieser Umstand, das vage Gefühl, frei schwebend in der Luft zu hängen und dieser überraschte, leicht begriffsstutzige Ausdruck auf ihren Gesichtern ließen mich unwillkürlich an ein Gemälde von den Hirten denken, denen der Erzengel Gabriel einen Besuch abstattet, das ich mal irgendwo gesehen hatte. Mein Unterbewusstsein lässt keine Gelegenheit aus, Salz in offene Wunden zu streuen.

»Sie haben, was wir wollen?«, fragte der Sprecher.

»Ja, ja … aber zieht mich raus.«

»Ich bin kein Mensch voreiliger Schlussfolgerungen, Mr. Dalton, aber Ihr Benehmen ist, sagen wir mal, ›wundersam‹. Es wäre mir lieber, wenn wir unsere Transaktion beenden könnten, bevor wir irgendetwas anderes tun.«

»Oh, Himmelarsch …«

Ich unterbrach mich, weil ich hörte, wie hinter mir die Tür zur Herrentoilette aufging und Bernard rief: »Pel? … Pel? …« Er rüttelte an der – glücklicherweise verriegelten – Kabine und rief noch einmal meinen Namen. Dann hörte ich ein Schlurfen, noch einmal »Pel?«, ehe sich die Tür zur Herrentoilette wieder öffnete, als er hinausging.

»Okay, okay«, sagte ich und griff in meine Jackentaschen. »Hier – alles da. Und noch ein bisschen mehr, wegen der Umstände.« Ich gab dem Sprecher die Umschläge. Er blätterte darin herum, nickte wortlos und reichte sie seinem Begleiter.

»Hm, meinen Sie … meinen Sie, ich könnte einen Beleg bekommen?«, fragte ich verlegen.

»*Was?*«

»Hören Sie, das ist eine ganze Menge Geld.«

»Sie wollen es doch wohl nicht bei der Steuer geltend machen, oder?«

»Nein, natürlich nicht. Ich meine, ich weiß ja, dass ich Ihnen vertrauen kann. Selbstverständlich. Aber, nur damit alles seine – äh – ›Ordnung‹ hat. Ich hätte ein besseres Gefühl, wenn ich eine Quittung bekäme. Verstehen Sie … angenommen, Sie beide kommen heute bei einem Zugunglück ums Leben, ja? So könnte ich Mr. Chiang wenigstens beweisen, dass ich das Geld übergeben habe.«

Der Sprecher sah mich eine Weile wortlos an, dann schob er die Hand in sein Jackett und holte einen Stift hervor.

»Okay, meinetwegen …« Er klopfte auf seine Taschen. »Ich hab keinen Zettel. Haben Sie einen Zettel?«

»Moment … ich glaube, ich habe irgendwo ein Busticket …« Ich durchsuchte meine Jacke, während der Sprecher dastand und ungeduldig an seinem Kugelschreiber herumklickte. »Ah, ja … hier.«

Der Mann kritzelte ein paar chinesische Schriftzeichen darauf. Gott weiß, was sie bedeuteten, aber wenigstens war es überhaupt irgendwas, und ich hatte das Gefühl, ich sollte mein Glück lieber nicht überstrapazieren.

»Danke«, sagte ich, als er es mir wiedergab. »Vielen Dank. Oh, und hier ist Ihr Handy. Meinen Sie, Sie könnten mir jetzt hier raushelfen?«

Der Sprecher nahm das Handy und gab es seinem Kollegen.

»Also …«, setzte er an, wurde aber – zu unser beider Schrecken – von seinem Begleiter unterbrochen.

»Leck mich am Arsch – es ist an! Und jetzt ist nichts mehr drauf. Ich hab erst gestern eine neue Karte gekauft.«

»'Tschuldigung«, sagte ich.

»Was hast du dir dabei gedacht? Tagsüber von einem Handy zum anderen? Wieso hast du uns keine SMS geschickt?«

»Ich …«

»Das hast du nun davon, dass du in einem anderen Netz bist«, erwiderte der Sprecher ungerührt. »Es wäre um einiges billiger, wenn du im gleichen wärst wie ich.«

»Deine Grundgebühr ist mir zu hoch.«

»Ja, aber dafür geben sie einem mehr Freiminuten. Das gleicht sich aus.«

»Nur wenn du es oft benutzt. Ich hab meins nur für Notfälle.«

»Pff. Das *sagst* du zwar, aber dann schreibst du eine SMS nach der anderen.«

»Verzeihung«, unterbrach ich. »Verzeihung, hier steckt einer im Fenster fest! Meinen Sie …?«

Ich erstarrte, weil ich wieder die Tür zur Herrentoilette hörte, in der sich nach wie vor mein Unterleib befand.

»Pel?«, rief Bernards sorgenvolle Stimme. »*Pel?*«

»Schnell, *schnell*!«, zischte ich dem Sprecher unter mir zu und streckte die Arme aus, damit er daran zog. Doch es war zu spät. Hinter mir klapperte es, heftiger als beim letzten Mal und gepaart mit einem Grunzen.

»Pel?!«, rief Bernard, vermutlich an mein Hinterteil gewandt. »David? David, ich glaube, ich habe ihn gefunden!«

Augenblicklich nahmen der Sprecher und sein Begleiter die Beine in die Hand.

»Nein, kommt *zurück*!«, flehte ich, wenn auch ohne die geringste Hoffnung, dass sie es tun würden.

Bernards Stimme war lauter. Vermutlich war er über die Kabinentür geklettert und stand inzwischen neben mir.

»Pel? Sitzen Sie fest?«

Es kam mir ungeheuer dämlich vor, es zuzugeben, und einen Moment lang wollte ich schon rufen: »Nein, Bernard. Wieso fragen Sie?« Allerdings war mir schnell klar, dass ich keineswegs in der Position war, mich herablassend geben zu können.

Ich hörte, wie immer mehr Stimmen hinter mir zusammenkamen. Offenbar versammelte sich eine Meute von Schaulustigen. Vorsichtig zog Bernard ein paar Mal an meinen Beinen, doch vergeblich. Ich hatte mich so sehr in dem Riegel verfangen, dass es vermutlich einfacher war, mich weiter nach draußen zu schieben, als mich wieder hineinzuziehen.

»Oh, neeeeein. Er sitzt *wirklich* fest – Sie sitzen *wirklich* fest, Pel.«

»Vielleicht sollten wir seine Hose aufschneiden«, meinte David.

Ermutigendes Gemurmel ging durch die Menge.

»Nein!«, rief ich. »Nein, bitte nicht.«

»David, suchen Sie bitte den Hausmeister, ja? Vielleicht hat er Spezialwerkzeug … Pel? Versuchen Sie, die Ruhe zu bewahren. Ich komme rüber auf die andere Seite.«

Ich hörte ein Rascheln und ein Plappern zu meinen Füßen, als hebe ein Schwarm Heuschrecken in die Lüfte ab. Ich würde wirklich zu gern behaupten, ich hätte während der folgenden paar Dutzend Sekunden in völliger Stille um ein Wunder gebetet. Das hätte zumindest bewiesen, dass ich Mumm in den Knochen habe. In Wahrheit jedoch sackte ich einfach nur in mich zusammen und hoffte, der Tod möge auf sanften Schwingen über mich kommen.

Es dauerte nicht lange, bis die schnellsten Läufer des Lern-Centers außen um das Gebäude herumgelaufen waren. Schon bald hatten sich fast alle eingefunden und standen als schnatternder Halbkreis vor mir. Manche waren außer Atem, die meisten plauderten, alle strahlten vor unbändigem Vergnügen.

Bernard kam als Letzter, abgesehen von David, der vermutlich den Hausmeister suchte. Wie immer war seine Miene sorgenvoll, was sich vielleicht noch etwas verstärkte, als er sah, wie weit oben ich auf dieser Seite festhing. Er starrte in meine Nase und fragte, wie ich mich fühlte.

»Ach, na ja«, sagte ich achselzuckend.

Anfangs versuchte ich noch, keinem der versammelten Schaulustigen in die Augen zu sehen, doch das Entsetzen darin zog mich geradezu unwiderstehlich an. Unweigerlich zog der Sog der Selbstzerstörung meinen Kopf langsam – aber unerbittlich – in die Höhe, bis ich Karen Rawbone in die Augen blickte.

Ein Grinsen stand auf ihrem Gesicht. Ich fragte mich, ob es wohl möglich war, vor Begeisterung buchstäblich tot umzufallen, kam jedoch zu dem Schluss, dass es leider wahrscheinlich unmöglich war. Sie versuchte beim Sprechen eine gespielte Ernsthaftigkeit an den Tag zu legen, nur um des Anscheins willen, aber das war wohl zu viel verlangt.

»Also wirklich, Pel ...« Sie machte eine Pause und zwang ihre Lippen zu einer Reihe gummiartiger Verzerrungen, um vor Lachen nicht zu kollabieren. »Also ... Was ist denn hier passiert?«

Ich seufzte verzweifelt und verdrehte die Augen.

»*Sieht* man das nicht?«.

Schweigen senkte sich wie eine schwere Decke über die Menge. Die Gespanntheit, mit der man darauf wartete, was ich gleich sagen würde, wurde nur von der Intensität übertroffen, mit der *ich* darauf wartete. Keiner sagte ein Wort. Niemand holte auch nur Luft. Ich ließ das Schweigen andauern und andauern und kam fast an den Punkt, an dem ich glaubte, die wortlose Atmosphäre würde bestehen bleiben, bis sich die Menge in Zweier- und Dreiergrüppchen zerstreute.

»Äh ... nein«, erwiderte Karen und trat ein Stück vor.

»Meine Güte! Offensichtlich – *offensichlich* – bin ich in die Toilette gekommen ...«

»Sprich ruhig weiter.«

»*Offensichtlich* bin ich in die Toilette gekommen ... und konnte meine Jacke nirgends aufhängen. Und als ich diesen Baum hier sah ...« Ich deutete darauf. »... draußen vor dem Fenster, habe ich versucht, meine Jacke daran aufzuhängen. Und hab mich dabei eingeklemmt.«

Die Erklärung enthielt ein Fünkchen Wahrheit, obwohl ich mich nicht der Illusion hingab, dass es etwas nützen würde. Meine beste Verteidigungsstrategie, meine *einzige* Verteidigungsstrategie bestand darin, mich mit einem Blick umzusehen, der andeutete, dass jeder, der die prosaische Logik dieser

Ereigniskette nicht erkannte, eine Art Einfaltspinsel sein müsse.

Dies war ein entscheidender Moment. Bernard beendete ihn, indem er sich auf die gegenüberliegende Waagschale stürzte.

»Neeeeein«, blökte er unschuldig. »Da *war* was, woran man seine Jacke anhängen kann. Ich hab den Haken an der Toilettentür doch selbst gesehen.«

Einigen drohten vor Lachen fast die Beine zu versagen. Tränen rannen über Wangen. Die Frau, die bei der Fernleihe arbeitete, sank ihren Freunden in die Arme und japste: »Ich krieg keine Luft mehr, ich krieg keine Luft.«

Bis zum heutigen Tag weiß ich nicht, wer bei der Zeitung angerufen hat, aber noch bevor der Hausmeister mich befreien konnte, traf ein Reporter mit seinem Fotografen ein. Zu befreien war ich übrigens nur, indem man den Fensterrahmen mit Hammer und Meißel aus der Wand schlug. (Am liebsten hätten sie mich mit Hilfe brutaler Gewalt herausgezogen, wie sie erklärten, solange der ranghöchste Anwesende die Verantwortung übernahm, für den Fall, dass man mir dabei das Rückgrat brach. Bernard lehnte ab.) Selbst als ich heruntergehoben wurde, klemmte ich noch im Fensterrahmen fest, wie in einem hölzernen Ballettröckchen, bis man mich herausgesägt hatte.

Am Tisch, umgeben von schreienden Kindern und Broccoli, wandte sich Ursula mir zu, als ich durch die Küchentür geschlurft kam.

»Kümmere du dich um diese Kinder«, befahl sie und stampfte ins Nebenzimmer. »Mir reicht's … ich hatte einen echten *Scheiß*tag bei der Arbeit.«

Würden Sie wohl den Sitz mit Papierhandtüchern sauber wischen, bevor Sie gehen?

Mit Hilfe dieser wunderbaren Erfindung namens Selbstkrankschreibung verschaffte ich mir ein paar freie Tage. Ich schrieb »Bauchschmerzen« als Begründung. Für eine Krankmeldung eher ungewöhnlich war allerdings, dass die Angaben zum Teil sogar stimmten. Obwohl natürlich der wahre Grund für mein Fernbleiben darin bestand, dass ich mich so lange wie möglich »verstecken« wollte. Tatsächlich bescherte mir meine Bauchmuskulatur hin und wieder Krämpfe. Ich war bereit, die Leute in dem Glauben zu belassen, es läge daran, dass ich in einem Fensterrahmen eingeklemmt gewesen war, statt – wie ich vermutete – den Zusammenhang mit dem Missbrauch einer Body-Box herzustellen. (Und nicht genug damit – auch unerwünschte hartnäckige Ängste hinsichtlich des Umgangs mit den Triaden zeigten unangenehme Auswirkungen auf mein Gedärm.)

Trotzdem zog ich mich morgens zur Arbeit an und schlenderte bis zum späten Nachmittag in der Stadt herum, damit ich zur gewohnten Zeit nach Hause kommen konnte. (Natürlich sollte Ursula nicht wissen, dass ich schwänzte, sonst hätte sie sich alle möglichen langweiligen Botendienste ausgedacht, die ich für sie erledigen musste. Besonders da die letzten rechtlichen Fragen zu unserem Umzug inzwischen geklärt waren – wahrscheinlich hätte ich das Kistenpacken und den ganzen Mist übernehmen sollen.) Sie hatte nicht eben überschäumendes Mitgefühl an den Tag gelegt, als mein Bild in der Lokalzeitung erschien.

»Investierst du deine *gesamte* Energie in das Bemühen, mich in Verlegenheit zu bringen?«

»Eigentlich nicht.«

»Es ist schwierig, hm? Du strengst dich mächtig an.«

»Hör mal, ich weiß, dass du nicht begreifst, wie das an der Uni so läuft – *jeder* hätte in dem Fenster stecken bleiben können. Rein zufällig war ich es eben.«

»Als hätte ich bei der Arbeit nicht schon genug Ärger … Wie hat Vanessa deiner Meinung nach wohl reagiert, als dein Foto in der Zeitung war?«

»Mit Erregung? Mit sexuellem Verlangen – sie wurde richtig melancholisch, stimmt's?«

»Sie hatte mal wieder einen Grund, mich blöd von der Seite anzumachen. Ich stand da und musste dich verteidigen, und du weißt, wie sehr ich das hasse.«

Genau so wie man bei einem Umzug erst eine endlose Phase quälend langsamen Fortschritts durchleidet, die sich dann urplötzlich in ein panisches Rennen gegen die Zeit verwandelt, musste ich zur Uni, um ein paar Dinge zu klären, die sich als überraschend unaufschiebbar entpuppt hatten. Da ich ohnehin in der Gegend war, beschloss ich, zum Mittagessen im Patrick's vorbeizuschauen, um das Neueste von Tracey und Roo in Erfahrung zu bringen. (Ich lief zwar Gefahr, jemandem von der Arbeit zu begegnen, aber ein deutlicher Griff nach meinem Unterleib und die entsprechende Grimasse beim Aufstehen würden etwaige Fragen vermutlich verstummen lassen.)

»Was ist besser: schlau sein oder schön?«

»Na ja«, antwortete Roo, »vor dieser Wahl habe ich natürlich noch nie gestanden … Ich würde auf beides nur ungern verzichten müssen, aber schön sein ist nicht so anstrengend – man kann sogar schön sein, wenn man schläft – und außerdem ist es einfacher, so zu tun, als wäre man schlau. Der Grat zwischen Genie und Wahnsinn ist schmal, aber der Grat zwischen hübsch und hässlich ist wirklich, *wirklich* breit.«

»Ich glaube, hässliche Menschen sind eher dumm«, fügte Tracey hinzu.

»Ist das nicht ein Vorurteil?«, fragte ich.

Diesen Einwand wies Tracey mit Nachdruck von sich.

»Oh, nein. Nein. Einige meiner besten Freunde sind hässlich. Und ganz besonders blöd stellen sie sich in puncto Schönheit an. Sie kanzeln Leute ab, die von Geburt an hübsch sind, weil sie, ich weiß nicht, weil sie sich darum nicht bemühen mussten. Es war nur ein Versehen der Natur. Niemand spöttelt: ›Pfff – der ist doch mit seinem musikalischen Talent zur Welt gekommen‹ oder ›Sein brillantes mathematisches Wissen ist doch angeboren‹ – in Wahrheit hat man sogar noch *größeren* Respekt. Wenn sie Athleten oder Schachweltmeister oder Künstler oder sonst was sind, halten alle sie für Überflieger. Beteiligen sie sich an einem Schönheitswettbewerb, machen sich alle über sie lustig. Wisst ihr, was ich glaube, wieso? Weil ›Schönheit‹ eine Qualität ist, die vor allem mit Frauen in Verbindung gebracht wird, was der Grund ist, wieso sie in unserer männlich dominierten Kultur abgewertet wurde.«

»O Gott«, sagte Roo.

»O Gott«, wiederholte ich.

»Wie lange hast du daran rumgebastelt und auf die Gelegenheit gewartet, es an den Mann zu bringen?«, fragte Roo.

»Etwas über dreieinhalb Jahre.« Tracey wedelte mit der Hand und rümpfte die Nase. »Mehr oder weniger.«

»Großer Gott … und die ganze Zeit habe ich gedacht, du starrst nur ins Leere und denkst an Antonio Banderas.«

»Das auch.«

»Egal, genug geplaudert«, verkündete Roo, »wir haben Bedeutsameres zu besprechen … Der Presse zufolge warst du in einem Toilettenfenster eingeklemmt, Pel?«

»Ach, ihr wisst doch, wie die Zeitungen immer übertreiben. Habe ich euch schon erzählt, dass wir bald in unser neues Haus einziehen? Gleich wenn wir aus Deutschland zurück sind.«

»Wirklich? Das ist ja toll … also, noch mal zu dieser Toilettengeschichte …«

»Deshalb bin ich eigentlich überhaupt hergekommen. Ich

wollte mich mit ein paar Studentinnen treffen, die gern unser Haus mieten wollen. Um …«

»Und …«

»… die letzten …«

»… was war …«

»… Fragen …«

»… mit der …«

»… zu klären.«

»… Toilette?«

»Ich sollte mich wohl lieber auf den Weg machen, bevor die Vorlesungen nach der Mittagspause wieder losgehen.«

»Er entgleitet deiner festen Hand, Roo«, warnte Tracey und hob ihre Kaffeetasse an den Mund.

»Wie so manches«, erwiderte Roo grinsend.

Tracey schnaubte vor Lachen in ihre Tasse, dass ein feiner Sprühregen aus Kaffee niederging.

»Tja«, sagte ich, »tut mir Leid, dass ich nicht zur Torten-schlacht bleiben kann, aber ich muss noch ein paar Mieter in die Falle locken.«

Ich überließ es den beiden, Traceys Kaffee mit Hilfe der la-minierten Speisekarte vom Tisch in einen Aschenbecher zu wi-schen.

Kaum etwas belastet eine Beziehung so sehr wie das Abtauen des Kühlschranks. Ich persönlich habe mich auf dem weisen Standpunkt eingerichtet, dass kaum etwas das Elend und die Frustration wert sein dürfte, etwas Derartiges zu tun. Fraglos ist der Verlust des Gefrierfachs an knollige Enterhaken aus ruchlosem Eis nur ein geringer Preis. Dennoch ließ ich mich von Ursula beim Abendessen in einen Hinterhalt locken.

»Ah-ah-ah …«, sagte ich, als Jonathan Anstalten machte, sich vom Stuhl zu schlängeln. »Iss deine Erbsen.«

»Ich mag keine Erbsen.«

»Magst du wohl.«

»Nein, mag ich nicht. Die sind bäh. Ich hasse Erbsen.«

»Tss – *früher* mochtest du Erbsen«, sagte ich (weil ich Vater bin und vom Urinstinkt gelenkt werde, beim Essen solche Sachen zu sagen – siehe auch »Was soll das heißen, du magst es nicht? Das ist doch das *Beste* daran«).

»Nein, mochte ich nicht.«

»Als Baby hast du sie gegessen.«

Er warf mir einen »Was-Besseres-fällt-dir-nicht-ein?«-Blick zu.

»Na, wie dem auch sei«, fuhr ich einsichtiger fort. »Iss ein paar davon. Ich mag Erbsen auch nicht wirklich, aber ich esse sie trotzdem. Es wäre reine Verschwendung, sie wegzuwerfen, denn …« (In allerletzter Sekunde kriegte ich noch die Kurve, bevor ich sagte: »Woanders hungern die Menschen.«) »… es sind ja nur ein paar.«

»Die waren im Kühlschrank.« Ursula zuckte mit den Schultern. »Sie mussten gegessen werden.«

»Ich mag Erbsen«, meldete sich Peter zu Wort.

»Ein *paar*?«, maulte Jonathan. »Das sind vierunddreißig … guck mal.«

»Ich mag Erbsen.«

»Peter mag Erbsen. Gib ihm die Erbsen«, meinte Jonathan.

»Darum geht es nicht.«

»Worum geht es *dann*?«

»Es geht darum, dass wir eure Eltern sind und entscheiden, wer welche Erbsen isst.«

Stirnrunzelnd und aufrecht wie eine echte Autoritätsperson saß ich da und ließ meinen Blick in drückender Stille über den Tisch schweifen, während Ursula Jonathans Erbsen auf Peters Teller schob.

»Willst du schon mal mit dem Packen anfangen, wenn du mit dem Abwasch fertig bist?«, fragte sie.

»Ach, ich glaube nicht. Das Problem mit dem Packen ist die Versuchung, *zu viel* zu machen. Am Ende muss man alles wieder auspacken, weil man die Sachen doch noch braucht, bevor man umgezogen ist.«

»Bis zum Umzug bleibt uns nicht viel Zeit. Vergiss nicht, dass wir die ganze nächste Woche in Deutschland sind.«

»Ja, aber trotzdem …« Ich beendete den Satz mit einer abwinkenden Handbewegung.

»Okay, vielleicht hast du Recht.«

Ihre Worte klangen in meinen Ohren wie dieses leise, leise Klicken, das ein Soldat unter seinem Fuß hört und das ihm verrät, dass er gerade auf eine Landmine getreten ist.

»Dann kannst du den Kühlschrank abtauen«, sagte sie.

»Neeeeeeiiiin«, heulte ich.

»Er muss abgetaut werden, bevor wir umziehen. Und ich habe auch schon dafür gesorgt, dass das Gefrierfach frei ist.«

»Wieso muss *ich* das machen?«

»Du bist dran. Ich hab es letztes Mal gemacht.«

»Wer sagt das?«

»Glaubst du etwa …«, Ursula sprach mit kalter Bosheit in der Stimme und betonte jedes Wort, »… ich würde *vergessen,* dass ich den Kühlschrank abgetaut habe?«

»Ohhhhh.«

Ich sank in mich zusammen.

»Beeil dich ein bisschen«, drängte Ursula. »Wir haben nicht viel Zeit.«

Jeder weiß, dass es schlimm um einen steht, wenn man den Abwasch in die Länge zieht, aber genau das tat ich. Ich wusch sogar die Pfanne ab. Offensichtlich hatte Ursula die ganze Sache von langer Hand geplant, denn der Kühlschrank war bereits eine ganze Weile abgestellt, und am Boden davor lagen – optimistischerweise – Handtücher, die das Tauwasser auffangen sollten. Obwohl sich die ablaufenden Fluten zweifellos einen Weg über die Handtücher hinweg über den Küchenfußboden bahnen würden, war die Boshaftigkeit des Gefrierfachs natürlich kaum des Quells ihrer üblen Macht beraubt.

Langsam nahm der Irrsinn, der für gewöhnlich die Welt des Kühlschrankabtauens heimsucht, von mir Besitz. Ich stellte eine Schale mit kochendem Wasser ins Gefrierfach und sah zu, wie sie abkühlte. Die eisige Landschaft lachte unbeeindruckt. Ich wiederholte das Ganze mehrmals, teilweise, um mir anzusehen, wie hier die Gesetze der Physik verhöhnt wurden, aber auch um den Frontalangriff hinauszuzögern, zu dem ich früher oder später würde übergehen müssen. Da ich annahm, dass er mir eine Hilfe wäre, und da ich keine Möglichkeit sah, wie er mir sonst zu Krankenhaus oder Tod verhelfen konnte, holte ich den Föhn und hängte ihn vors Gefrierfach, wo er auf höchster Stufe heiße Luft herausdröhnte. Der Kühlschrank zuckte mit keiner Wimper. Ich war vierzig Minuten älter.

Schließlich tat ich, was niemandem erspart bleibt. Ich suchte mir aus der Küchenschublade ein Messer, das nicht allzu verbogen war, weil es als Schraubenzieher hatte herhalten müssen, und nutzte es als Eispickel. Wenn Ursula im Haus Arbeiten verrichtet, besitze ich genügend Anstand, weit abseits vor dem Fernseher zu sitzen. Wenn *ich* allerdings etwas mache, fühlt sie sich erst wohl, wenn sie mir über die Schulter sehen und Anweisungen geben kann.

»Nicht das Messer nehmen. Du machst nur das Gefrierfach kaputt.«

»Nein, mach ich nicht.«

»Machst du wohl.«

»Nein, mach ich nicht. Ich pass schon auf.«

Unablässig trieb ich das Messer mit kurzen, harten Stichen ins Eis. Mächtige Eruptionen feinen Eisschnees rieselten mit jedem scharrenden Hieb auf mich herab.

»Da sind Drähte unter dem Eis. Sieh mal. Das Eis hat sich um die Drähte herum gebildet.«

»Das seh ich doch.«

»Du wirst sie noch durchschneiden.«

Ich hatte es fertig gebracht, das Messer hinter einer Lücke im

Eis zu verkanten und zerrte nun fluchend daran herum. Es bog sich und knarrte, wollte aber nicht herauskommen.

»Nein, werd ich nicht.«

»Und verbieg das Messer nicht. Das ist eins von den guten.«

»Ich kauf dir ein neues.«

»Es gehört zu einer Garnitur.«

»Dann kauf ich dir eben eine neue *Garnitur*.«

»Es ist ein ganz besonderes Set, das mir meine Großmutter geschenkt hat.«

»Willst *du* das hier machen? Dann wird es genauso, wie du es gerne hättest.«

»Nun krieg doch nicht gleich schlechte Laune.«

Ich war von halb geschmolzenen Eisstückchen übersät. Meine Hände waren nass und rosa vor Kälte. Mein Handgelenk schmerzte vom Hacken. Und mir war bewusst, dass ich noch eine derartige Stunde vor mir hatte.

»Ich hab überhaupt keine schlechte Laune!«

In diesem Moment löste sich der erste große Eisbrocken und fiel auf das Linoleum, wo er zu zehn Milliarden Scherben zersprang, die allesamt über den Küchenfußboden schlitterten.

»Und versuch, nicht so eine Schweinerei zu machen«, meckerte Ursula.

Ich verstärkte meinen Griff um das Messer.

»Ich möchte, dass du jetzt gehst.«

»Wohin?«

»Italien. Geh nach Italien.«

»Ich glaube, es wäre besser gewesen, wenn du von oben angefangen hättest.«

»Danke. Du bist eine große Hilfe.«

»Du weißt schon, dass wir unsere Sachen irgendwie ins neue Haus bringen müssen, oder? Hast du schon was arrangiert? Es ist ziemlich dringend.«

»Ich mache gerade den *Kühlschrank*. Möchtest du, dass ich damit aufhöre und mich darum kümmere?«

»Nein. Ich sag's ja. Falls du es vergessen hast.«

»Hab ich nicht.«

»Was ist damit, Mieter für dieses Haus zu suchen?«

»Ist geklärt.«

»Tatsächlich? Du hast gar nichts erzählt.«

»Da gibt es nichts zu erzählen.«

»Ich hätte es zumindest gern *gewusst*. Das machst du immer so. Nie erzählst du mir was.«

»Ich werd dir gleich was erzählen«, erwiderte ich und hackte immer nachdrücklicher.

»Und wer zieht jetzt hier ein?«

»Ach, nur so ein paar Frauen.«

»Woher kennst du sie?«

»Es sind Studentinnen von der Uni.«

»Wieso Frauen?«

»Na ja – wahrscheinlich wegen ihrer Gene.«

»Du weißt, was ich meine. Wieso hast du Frauen ausgesucht?«

»Was? Was meinst du? Sie wollten das Haus, das Timing stimmte, und sie schienen okay zu sein. Wieso ist es wichtig, ob es Frauen sind?«

»*Dir* ist es offenbar wichtig.«

»Bitte?«

»Oder wieso hast du sonst gesagt, dass es ›Frauen‹ sind? Du hättest einfach ›Studenten‹ sagen können, oder?«

»Und du hättest gefragt, was für Studenten – ich habe mich bemüht, *dir was zu erzählen*, ja?«

»Sind sie attraktiv?«

Sie waren atemberaubend, alle drei. Colin Rawbone mochte drei Jahre harte Arbeit vor sich haben, die Kunststudentinnen zu beraten und in einen für den Arbeitsmarkt halbwegs verwendbaren Zustand zu versetzen, aber sie ließen den Bau erstrahlen, während er sich alle Mühe gab, ihr Leuchten zu ersticken. Diese Frauen bestanden aus nichts als strahlenden Augen und wildem, dunklem Haar. Außerdem sprudelten sie vor Koketterie. Verschämtes Lächeln, Träger, die von Schultern rutschten … sie sahen aus, als wären sie zu *allem* fähig.

»Ich habe eigentlich gar nicht darauf geachtet.«

»Dann sind sie es also?«

»Ich sagte, ich habe nicht darauf geachtet.«

»Du – *du* – ›hast nicht darauf geachtet‹? Phhh.«

»Ich habe mich darauf konzentriert, das Haus zu vermieten.«

»Sind sie attraktiv?«

»Ich habe nicht …«

»Sind sie attraktiv?«

Ich atmete demonstrativ aus und schüttelte den Kopf, um meiner Ungläubigkeit Ausdruck zu verleihen.

»Ich schätze, sie sind okay. Du weißt schon – Durchschnitt.«

»Du *Schwachkopf*. Da müssen nur irgendwelche achtzehnjährigen Engländerinnen rumgackern, und schon sagst du: ›Okay, hier habt ihr unser Haus.‹ Unglaublich.«

»Ich glaube, sie sind so um die zwanzig.«

»Ach, so, na dann … okay, geh ruhig mit ihnen ins Bett!«

»Ich habe nicht die Absicht, mit ihnen ins Bett zu gehen. Sie mieten nur unser Haus. Gütiger Himmel. Und außerdem: Wieso um alles in der Welt sollten sie mit mir schlafen wollen?«

»Du arbeitest an der Uni. Sie sind Studentinnen. Vielleicht blicken sie zu dir auf.«

»Ich arbeite in der *Bibliothek* – niemand auf der ganzen Welt blickt zu mir auf. Aber, nur mal so nebenbei … eine angemessene Antwort wäre gewesen: ›Weil du ein geistreicher, charmanter Mann bist, Pel, und auch nicht ohne ein gewisses Maß an sexueller Anziehungskraft.‹ Damit du es weißt.«

»Du wirst diesen Draht kaputtmachen.«

»Ich werde diesen Draht *nicht* kaputtmachen.«

Inzwischen war ich an einem Punkt angelangt, an dem man mit dem Messer (das, wie ich bemerkte, völlig verbogen war –

dafür würde ich später büßen müssen) nicht mehr an das Eis herankam. Damit waren nur die widerspenstigsten und hinterlistigsten Bereiche übrig geblieben, die Kühlfach-Elite sozusagen. Sie drückten sich hinter unzugänglichen Metallplatten herum, lauerten unter Kühlelementen oder hatten Geiseln genommen und sich an die empfindlichen, elektrischen Bauteile gefesselt. Sie waren nur mit bloßen Händen zu bekämpfen. Meine Finger mühten und verdrehten sich zu unfassbaren Konfigurationen, griffen in blinde Nischen, rissen, quetschten, kratzten und versuchten, verborgene Eisbrocken ins Freie zu katapultieren. Diese Widerstandsnester waren die Fanatiker im Kühlfach. Man konnte fünf Minuten damit zubringen, ein weintraubengroßes Stück Eis herauszubrechen. Eiskaltes Wasser rann an meinem Arm herab, hielt in der Beuge inne, um Kraft zu sammeln, ehe es weiter bis zu meinem Hosenbund lief, wo es sich ausbreitete.

»Du hast den Elternabend doch nicht vergessen, oder?«, meinte Ursula.

»Hm?«

»Elternabend. Letzte Woche habe ich dich daran erinnert. Du musst erst in einer Viertelstunde da sein. Du hackst es zu fein.«

»Scheiße, verdammte! Wieso hast du nichts gesagt?«

»Das habe ich doch. Letzte Woche habe ich es dir gesagt.«

»Das war *letzte Woche*.«

»Und jetzt gerade habe ich es dir noch mal gesagt.«

»Super. Danke. Phantastisches Timing. Du bist *unglaublich*.« Ich warf das Messer in die Spüle und rubbelte wild meine Haare, um den Rest des geschmolzenen Eises herauszuschütteln.

»Fang nicht an, es mir unterzuschieben, nur weil du so unorganisiert bist.«

Ich sprintete nach oben ins Schlafzimmer. Zwei Minuten später sprintete ich die Treppe wieder hinunter. Ursula stand noch immer mit verschränkten Armen an die Arbeitsplatte in der Küche gelehnt. An ihrer Haltung sah ich, dass sie mit einer gewissen Genugtuung auf meine Rückkehr gewartet hatte.

»Wo sind all meine Sachen geblieben?« Halb schrie, halb weinte ich.

»Gepackt natürlich. Entweder für den Urlaub oder schon für den Umzug.«

»*Alles?* Du hast *alles* eingepackt?«

»Natürlich nicht.« Sie nickte in Richtung des T-Shirts, das ich in meiner geballten Faust hielt – das Einzige, was ich hatte finden können.

»Ich kann doch nicht mit einem *'69 Instructor*-T-Shirt zum Elternabend gehen – *Himmelherrgott, sieh dir die Zeichnung an!*«

»Ich habe das schreckliche Gefühl, als wären alle deine Sachen ganz unten in den Kisten. Wenn du beim Packen etwas mitgeholfen hättest, dann ...«

»Du willst mir eine Lektion erteilen, stimmt's? Ich befinde mich hier mitten in einer Lehrstunde.«

»Du kannst den Kühlschrank zu Ende machen, wenn du wiederkommst.«

»*Du ... du ...*«

Das Substantiv, das mir nicht einfiel, war noch nicht erfunden, deshalb musste ich mich mit einem Aufschrei der Verzweiflung zufrieden geben, bevor ich kehrtmachte und zur Tür hinaus zum Auto lief.

Ursula stand noch in derselben Haltung in der Küche, als ich dreißig Sekunden später wieder hereingestolpert kam.

»Wo *zum Teufel* sind die Autoschlüssel?«

Ich hätte wie ein Irrer zur Schule rasen können, aber zum Glück war jede Ampel auf dem Weg dorthin rot. Was natürlich sowohl der Geschwindigkeit ihr gefährliches Element nahm als auch eine enorm beruhigende Wirkung auf mich hatte. Da ich allerdings verschroben genug war, jedem einzelnen Auto auf dem Weg »Jetzt *fahr* schon!« hinterher zu schreien, kam ich nur wenige Minuten zu spät.

Ich entschied mich für eine kreative Parklösung.

Im Schulgebäude lief ich auf der Suche nach Hinweisschildern hin und her, die mir möglicherweise präzise Angaben dazu machen konnten, wohin ich eigentlich musste. Die Wände waren mit grauenhaften Gemälden beschmiert. Ich nahm mir vor, eines Tages in Gesellschaft atemberaubender Frauen und neidischer Männer in Richtung eines der Bilder zu nicken und zu sagen: »Tsk – dieses Bild da drüben sieht aus, als hätte es ein Vierjähriger gemalt«, so dass mich alle für einen großen Kenner der Materie hielten. Im Augenblick allerdings hatte ich keine Zeit dafür. Inmitten von Strichmännchen mit riesigen, runden Köpfen und Armen auf Hüfthöhe (»Meine Mom«), fand ich ein Schild mit der Aufschrift »Miss Hampshire« samt hilfreichem Pfeil. Ich rannte in die Richtung, in die er deutete (wobei ich an einem jungen Pärchen vorüberkam und der Mann rief: »Ha! ›Das Rennen auf den Fluren ist verboten.‹ Eh? Haha!«), und gelangte schließlich zu einer Tür, an der geschrieben stand: »Miss Hampshires Klasse«.

Direkt vor meiner Nase ging die Tür auf.

»Ah!« Die modisch gekleidete Frau zuckte überrascht zusammen, als sie mich sah. »Mr. Dalton?«

Ich nickte.

»Ich wollte gerade nach Ihnen sehen … Wir haben heute einen recht engen Zeitplan.«

Sie bat mich herein, und wir setzten uns auf Erstklässlerstühlen an einen der Tische, so dass wir uns etwa zwanzig Zentimeter über dem Fußboden befanden, die Knie auf Brusthöhe. Fragend betrachtete sie mein Hemd.

»Oh … Sie sind ganz nass. Regnet es draußen?«

»Nein.«

Sie wandte sich ab und begann, in ihren Unterlagen herumzublättern.

»Ich bin erst seit kurzem Jonathans Lehrerin …«, begann sie.

»Ja, ich weiß. Es tut mir sehr Leid zu hören, dass Mrs. Beattie explodiert ist.« Das hätte ich auch besser formulieren können. »Ah, das heißt, ich meine, dass Mrs. Beattie in die Luft geflogen ist.« Ach, na ja, anscheinend doch nicht.

»Danke. Es war ein schrecklich trauriger Vorfall. Allerdings scheint es, als hätten die Kinder ihn gut verarbeitet. Wir haben versucht, ihnen dabei zu helfen: Wir haben uns alle zusammengesetzt, haben die Kinder Bilder malen lassen … Wie sich herausstellte, wollten überraschend viele Kinder die eigentliche Explosion malen. Kinder sind auf ihre Weise unverwüstlich. Sie haben keine Angst, sich den Problemen zu stellen, wenn man sie dabei unterstützt.«

»Ja.«

»Nun …«

»Und wie macht sich Jonathan?«

»Gut, Mr. Dalton. Sehr gut. Er zeigt in allen Fächern ausgezeichnete Leistungen, besonders in Mathematik.«

»Wirklich? Das ist toll. Wunderbar. Dann müssen wir uns ja keine Sorgen machen.«

»Ahhh, nun, es gibt da einige Aspekte hinsichtlich seines Betragens, die uns ein wenig Sorge bereiten …«

»Er stört?«

»Nicht in dem Sinne, wie Sie es meinen, nein.«

»Oh.«

»Aber ja, das tut er.«

»Ich kann Ihnen nicht ganz folgen.«

»Nun, neulich, zum Beispiel, hat er seinen Klassenkameraden in aller Ruhe erklärt, es gebe keinen Gott …«

Sie musterte mich mit schmerzverzerrter Miene, ohne Anstalten zu machen, das Schweigen zu brechen. Langsam wurde mir bewusst, dass sie eine Antwort von mir erwartete.

»Oh.«

»Ja, das stimmt.«

»Hm.«

»Das ist natürlich vollkommen unangemessen und für die anderen Kinder möglicherweise sehr bekümmernd.«

»Ähm, na ja, aber … also … es *gibt* doch auch keinen Gott. Ich weiß wirklich nicht, was ich daran ändern könnte.«

Vielleicht lag es nur am Eiswasser in meiner Unterhose, aber plötzlich hatte ich den Eindruck, dass die Atmosphäre abkühlte.

»Sie sind sich darüber im Klaren, dass wir hier eine Schule der Anglikanischen Kirche sind, Mr. Dalton? Es war Ihre *Wahl*, Jonathan auf diese Schule zu schicken und nicht auf die nächstgelegene in Ihrer Nachbarschaft.«

»Ja, ja, natürlich. Aber doch nur, weil die kirchlichen Schulen meist um so vieles besser sind. Ich hatte nicht erwartet, dass tatsächlich Religion ins Spiel kommt.«

»Nicht?«

»Nein.«

»An einer Schule der Anglikanischen Kirche?«

»Na ja … nein. Sie unterrichten hier doch Kinder der unterschiedlichsten Glaubensrichtungen, oder?«

»Ja, natürlich. Wir lehren, dass es verschiedene Religionen gibt und alle gleich behandelt werden sollten. Christentum, Hinduismus, Sikhismus …?«

»Nur nicht Atheismus?«

Sie lachte und sah mich tadelnd an.

»Ich denke, das würde die Kinder doch eher verwirren, meinen Sie nicht?«

»Ummmm …«

»Die Kinder sind zu klein, um die damit verbundenen Vorstellungen wirklich begreifen zu können. Für sie ist es erheblich einfacher, Gottes Existenz einfach zu akzeptieren. Wenn sie älter sind, werden sich manche vielleicht anders entscheiden, aber bis dahin ist das Fairste und Verantwortlichste, ihnen beizubringen, dass es einen Gott gibt.«

»Haben Sie Jonathan dieses Argument unterbreitet?«

»In einfacher Form, ja. Ja, das habe ich.«

»Und?«

»Er hat gesagt, seine Haltung sei ›nicht verhandelbar‹. Genau das waren seine Worte.«

»Kinder, was? Woher sie solche Sachen immer nur haben?«

»Genau das habe ich mich auch gefragt.«

Ich räusperte mich ein paar Mal, um die Gesprächspause zu überbrücken.

»Sie werden also mit Jonathan sprechen, Mr. Dalton? Es ist ziemlich wichtig. Unsere Schule ist von Rechts wegen verpflichtet, Kindern beizubringen, den Glauben anderer zu respektieren. Sie werden verstehen, dass sich Jonathans Haltung ohne weiteres als unangemessen spöttisch interpretieren ließe, nicht nur dem christlichen Glauben gegenüber, sondern den unterschiedlichen Glaubensrichtungen *aller* Kinder dieser Schule gegenüber. Damit müssen wir uns auseinander setzen, sowohl aus der moralischen Verpflichtung dieser Schule als auch aus unserer staatlichen Rechtspflicht heraus.«

»Noch was?«

»Ich glaube, er verfüttert unser Knetgummi an den Hamster. Aber das ist momentan nur eine Vermutung.«

»Und?«, fragte Ursula vom Sofa, als ich durch die Tür geschlurft kam.

»Du hast doch von Mrs. Beatties Unfall gehört?«

»Ja.«

»Ich glaube, Gott könnte seine Finger im Spiel gehabt haben … Ich bin in der Küche und mache den Kühlschrank fertig.«

Wie erfrischend es doch ist,
dem Alltag zu entkommen

Ursula und ich fahren nie gemeinsam nach Deutschland. Das ist nicht so schlimm, da wir ohnehin jedes Fahrzeug, in das man uns sperrt, nur in einen Boxring verwandeln würden, wenn auch ohne die Regel, die das Beißen und Augenausstechen verbietet. Der wahre Grund ist, dass ich nicht fliege. Früher bin ich geflogen, aber jetzt nicht mehr. Soll ich Ihnen sagen, was ich an Flugreisen am meisten hasse? Den Sturzflug vom Himmel in einem brennenden, stählernen Sarg. Und natürlich die mangelnde Beinfreiheit.

Überraschend bereitwillig hatte mir Bernard ein paar Tage freigegeben. Bei meiner ersten Anfrage war er nicht sonderlich begeistert gewesen, da er der Ansicht war, wir hätten reichlich zu tun. Schließlich allerdings gelangte er zu der Einsicht, dass ich wirklich etwas Ruhe bräuchte und es für alle besser wäre, wenn ich sie auch fände. Nach dem Ideentag *bestand* er praktisch darauf, dass ich Urlaub machte. Als Supervisor und CTAS-ATM bereitete es mir eine gewisse Sorge, dass das Computer-Team in meiner Abwesenheit vollständig auseinander brechen konnte (und man mir im Nachhinein die Schuld daran zuschieben würde). Doch ich war bereit, mit dieser Sorge zu leben, wenn ich eine Woche fernab jener Sorge verbringen konnte, dass jedes Mal, wenn hinter mir die Bürotür aufging, ein übellauniger Chinese hereinkam und eines dieser großen, spitzen Schwertdinger schwenkte. (Von den Triaden hatte ich nichts mehr gehört, seit das Geld bezahlt war, trotzdem konnte ich mir nicht vorstellen, dass die Angelegenheit damit bereinigt sein sollte.)

Wir hatten vor, ein paar Tage bei Ursulas Familie zu verbringen und dann mit ihrem Bruder und seiner Frau Ski laufen zu gehen – die beiden besaßen eine Ferienwohnung am Stubaier Gletscher. Ursula war vor mir da, aus dem einfachen Grund, dass ein Flugzeug nur etwa zwei Stunden nach Stuttgart braucht – sofern man das Glück hat, nicht inmitten einer Corona aus glimmenden Wrackteilen meterweit in die Erde gerammt zu werden. Ein Bus dagegen braucht vierundzwanzig Stunden. Eigentlich ist die Busreise gar nicht so schlimm, wenn man ein bisschen Routine damit hat. Man sollte ein Kopfkissen dabeihaben, davon ausgehen, dass die Toilette außer Betrieb ist und nicht zulassen, dass sich einer dieser nervig-redseligen amerikanischen Studenten neben einen setzt. Befolgt man diese simplen Ratschläge, reist man zum Sonderpreis durch halb Europa *und* findet dabei noch ein paar Stunden leichten, unruhigen Schlaf.

Natürlich sah ich immer mörderisch aus, wenn ich bei Ursulas Eltern ankam, aber das war okay. Sollte ich jemals clever und erfolgreich dort erscheinen, würde ich mir vermutlich nie verzeihen, ihren Vater enttäuscht zu haben. Diesmal hatte er großes Glück, denn mit meinen Augenrändern sah ich nicht nur wie ein abgerissener Heroinsüchtiger aus, was mir diese Busreise aus dem Norden Englands in den Süden Deutschlands beschert hatte, sondern ich war außerdem noch draußen vor der Tür in einen Regenguss geraten. Deshalb gesellte sich noch einiges Gluckern und Tröpfeln hinzu, ganz zu schweigen vom ausgeprägten Aroma von Feuchtigkeit und Körperwärme, das sich in Kleidung wiederfindet, die schon einen ganzen Tag und achthundert Meilen weit getragen wurde.

Er machte mir die Tür auf.

»Uschi«, rief er über die Schulter hinweg der unsichtbaren Ursula zu. »Pel ist da.« Wie er sich verkneifen konnte: »Komm, sieh ihn dir an und sag mir, dass ich mich täusche« hinzuzufügen, war mir ein Rätsel.

»Hallo, Erich«, sagte ich. »Wie geht's?«

Von seinen Kreislaufproblemen abgesehen, ginge es ihm gut, antwortete er. Da er kein Wort Englisch sprach, und mein Deutsch nicht ohne Makel war (nachdem ich es hauptsächlich von Ursula und aus den mehrsprachigen Texten der Fotostorys eindeutiger, skandinavischer Magazine gelernt hatte), bekam ich nicht alle Feinheiten mit, aber ich dachte mir, das macht wohl nichts. Von extremen Erschöpfungszuständen bis hin zu einem vagen Gefühl der Wehmut führen Deutsche alles auf ihren Kreislauf zurück, genauso wie sich die Franzosen bei jeder Gelegenheit selbst einen »Leberschaden« diagnostizieren. (Ich habe keine Ahnung, was die entsprechende englische Nationalkrankheit ist. Stress vermutlich, was in Wahrheit bedeutet, dass man chronisch vom Schreckgespenst peinlicher Verlegenheit heimgesucht wird …).

Ich stapfte also ins Haus und ließ meine Taschen im Flur fallen. Erich führte mich ins Wohnzimmer, wo die Kinder miteinander spielten – mit kleinen Holzheiligen als Waffen – und Ursula mit Eva, ihrer Mutter, über Unterwäsche plauderte.

»Hallo, Pel«, sagte Eva. »Hattest du eine gute Reise?«

Sie war – unvermeidlich – splitternackt.

»Hm, ja, super«, murmelte ich und konzentrierte mich angestrengt darauf, ihr in die Augen zu sehen. Im Gegensatz zu Erichs förmlichem, abgehacktem Hochdeutsch sprach Eva mit schwerem schwäbischen Akzent. Abstürzende »oi«-Vokale traten an die Stelle heller »ei«s, und ihr Talent, jedes »sch« zu finden, das sich irgendwo verbergen mochte, ließ den Eindruck entstehen, als ginge ihr allmählich die Luft aus.

»Ursula hat mir was von eurer englischen Unterwäsche mitgebracht.«

»Das ist nicht *unsere*. Jedenfalls nicht *meine*.« Ich lächelte.

Sie runzelte verständnislos die Stirn.

»Haha«, fügte ich hinzu.

Sie sah Ursula an.

»Das sollte ein Witz sein.«

»Ooooh.« Sie entspannte sich. »Ein Witz. Sehr gut. Den musst du mir nachher erklären, Pel.«

»Mmm …«

»Ich finde eure englische Unterwäsche viel schöner als deutsche Unterwäsche. Vor allem die Büstenhalter gefallen mir viel besser.«

Das deutsche Wort »Büstenhalter« löste eine ganze Kette von Assoziationen und Bildern in mir aus, so dass ich meine gesamte mentale Kraft einsetzen musste, um dem unwillkürlichen Drang zu widerstehen, meinen Blick abwärts wandern zu lassen. Als Antwort gab ich ein leises Quieken von mir.

»Ich finde sie viel hübscher als das, was man bei uns so kaufen kann. Sieh dir den hier an …«

Sie wandte sich von mir ab und bückte sich, um in eine Tüte zu greifen. Gevatter Tod verschmähte meine offenen, Hilfe suchenden Arme.

»… der ist feminin und gut gearbeitet. Findest du nicht?«

»Ich müsste mal kurz verschwinden«, sagte ich. »Ich hab mich seit Victoria nicht mehr gewaschen.«

»Welche Victoria?«

»Victoria Station.«

»Oh, natürlich … bitte, geh nur. Du weißt ja, wo alles hängt.«

Das tat ich allerdings.

»Das blaue Handtuch ist für dich. Es hängt ganz rechts. Das blaue, das ganz rechts hängt«, erklärte Erich. »Weißt du noch, wie die Dusche funktioniert?«

»Ja, das hast du mir beim letzten Mal erklärt.«

Ich stob davon.

»Ursula hat erzählt, du bist befördert worden«, sagte Erich beim Abendessen. Er sprach wie jemand, der gerade eben entdeckt hatte, dass seine Schublade voller Smaragde war.

»Ja, stimmt.« Ich zerteilte meine Maultaschen mit dem Löffel. »Ich bin jetzt CTASATM.«

»Was ist das denn?«

»Mh, so etwas wie ein Computermanager.«

»So ähnlich, verstehe. Gut bezahlt?«

»Etwa zwei Pfund die Woche mehr als der letzte Job«, sagte Ursula.

»Netto«, fügte ich hinzu.

»Sehr gut«, sagte Erich.

»Möchtest du etwas Fisch?«, fragte mich Eva, die glücklicherweise inzwischen bekleidet war, und schob mir das Glas mit ungeschuppten, rohen Heringsscheiben in Lake herüber.

»Nein, danke.« Jetzt nicht und auch später nicht.

»Musstest du für den Job irgendwelche Prüfungen ablegen? Qualifikationen erwerben?«, erkundigte sich Erich.

»Nein.«

»Wirklich?«

»Ja, es ist ein Job im Management, da braucht man keine Qualifikationen.«

»In Deutschland muss man für jeden Job qualifiziert sein.«

»In England ist alles anders.«

»Ja … Gibt es noch immer so viele Fußball-Hooligans?«

»Nein, es ist nicht so schlimm.«

»Ursula hat erzählt, dass bei euch eingebrochen wurde. Schon wieder.«

»Ja.«

»Das muss ja furchtbar sein. Es würde mich schrecklich beunruhigen. Wir wohnen jetzt seit fünfunddreißig Jahren in diesem Haus, und hier ist noch nie eingebrochen worden. Ehrlich gesagt, kenne ich niemanden, bei dem schon mal eingebrochen wurde. Abgesehen von euch. In England muss es viele, viele Einbrecher geben.«

»Oder bessere. Vielleicht legen sie Prüfungen ab.«

»Sie legen Prüfungen ab? Im Einbrechen?«

»Nein. Nein, entschuldige, es war nur ein Witz.«

»Oh, Pel.« Eva klatschte in die Hände. »Erklär mir doch den Witz mit der Unterwäsche.«

»Mh, das war kein besonders guter. Ich habe nur gesagt, dass es nicht *meine* Unterwäsche war … Es war *englische* Unterwäsche, aber nicht *meine* Unterwäsche.«

»Wozu solltest du auch Frauenunterwäsche haben?«

»Das habe ich auch nicht. Das ist ja der Witz.«

»Verstehe.«

»Wie gesagt, es war kein besonders guter.«

»Nein, der ist gut. Du hast keine Frauenunterwäsche. Du bereust auf ironisierende Weise, dass deine Unterwäsche als englischer Mann nicht so hübsch ist.«

»Ich … Ja. Das stimmt.«

Nachdem ich Eva zufrieden gestellt hatte, reichte man mich an Erich zurück.

»Ihr wollt also mit Jonas und Silke Ski laufen?«

»Ja.«

»In England kann man nicht Ski laufen.«

»Nicht besonders, nein.«

»Ihr müsst dafür sorgen, dass eure Jungen die Zeit nutzen. Jungs lieben es, und deshalb wäre es das Beste, wenn sie ihre Zeit nutzen, bevor sie wieder nach England müssen, wo man nicht Ski laufen kann.«

»Na ja, Jonathan wird Ski laufen, aber Peter ist erst drei.«

»Viele Kinder laufen hier mit drei schon Ski. Das ist nichts Ungewöhnliches.«

»Entschuldige, ich muss noch mal kurz austreten.«

Silke und Jonas retteten mich nach einem Tag. Hätte die Rote Armee Fraktion vor der Tür gestanden, um mir eine Kapuze über den Kopf zu ziehen und mich mit Maschinenpistolen in den Kofferraum ihres Wagens zu verfrachten, wäre ich ihnen mit größtem Vergnügen gefolgt, deshalb trieb mir Jonas' und

Silkes Ankunft tatsächlich Freudentränen in die Augen. Die beiden sind die nettesten, selbstlosesten Menschen, die man sich vorstellen kann. Es ist, als hätte man mit Mr. und Mrs. Jesus persönlich zu tun. Ich brachte es nicht mal fertig, mein eigenes Gepäck zum Auto zu schleppen, weil ich sah, wie sehr es Jonas verletzen würde, wenn ich ihm verweigern sollte, mich von dieser Mühsal zu befreien.

Wir fuhren in dieser ausladenden Großraumlimousine, die Jonas gemietet hatte, und hörten uns an, wie aus dem unsäglichen deutschen Radio (»Einen schönen guten Morgen – *alright*! Jetzt wird es Zeit *to get radical*! Mit der neuen Single von Janet Jackson – *Wow! Check it out*!«) das unsägliche österreichische Radio wurde (exakt das Gleiche, nur dass es an Stelle von »Janet Jackson« um »Jefferson Starship« oder »Kansas« geht). Die Kinder konnten sich des sanften Wiegens und einschläfernden Motorbrummens nicht erwehren und schliefen irgendwann ein. Jonathan kämpfte tapfer, doch schließlich konnte ich ihm den Gameboy aus den Händen winden, was hieß, dass sein Körper – bis auf Herz und Lunge – abgestellt war. Ich war ebenfalls ziemlich müde. Langsam holte mich der Schlafmangel von der Busreise ein. Ich rollte meine Jacke zum Kissen zusammen, legte sie an die Scheibe und starrte auf die verwaschenen Farben hinaus, die vorüberhuschten. Meine Augenlider sanken herab, zuckten auf und sanken herab, brauchten mit jedem Mal länger, um sich weniger weit zu öffnen. Allmählich gab ich nach und sank in den Schlaf.

»Wieso kannst du dir mit meinen Eltern nicht mal ein bisschen Mühe geben?«, sagte Ursula etwa eine Milliardstelsekunde, bevor ich in ein warmes Schlummermeer abtauchte.

»Um-nngh-ahg?«, fragte ich aus dem Schwitzkasten meines Halbschlafes heraus.

»Du siehst sie ja nun wirklich nicht sehr oft.«

Energisch fuhr ich mir mit den Händen übers Gesicht.

»Was soll denn das? Ich *gebe* mir doch Mühe.«

»Pah. Jedes Mal, wenn mein Vater versucht, sich mit dir zu unterhalten, machst du unmissverständlich klar, dass du an einem Gespräch nicht interessiert bist.«

»Das ist doch Unsinn. Dein Vater …«

»Er erkundigt sich nach dir …«

»Dein Vater …«

»Lass mich ausreden …«

»Dein Vater …«

»Lass mich ausreden …«

»Er …«

»*Lass mich ausreden.*«

»Dann los, mach, *rede.*«

»Er erkundigt sich nach dir und dem, was du machst. Alles hängt an ihm … du interessierst dich nie für die Dinge, die er macht.«

»Fertig?«

»Ja.«

»Dein Vater erkundigt sich *nicht* nach mir …«

»Ach, das ist doch …«

»*Lass mich ausreden!* – Ich hab dich auch ausreden lassen, oder? Also lass mich ausreden.«

»Aber das ist …«

»Ah-ah-ah, nein, nein, lass mich ausreden.«

Wütend verschränkte Ursula die Arme und sah mich finster an, kniff den Mund zu einem schmalen, waagerechten Strich zusammen – unübersehbar ein Triumph der Selbstbeherrschung über die Gerechtigkeit.

»Dein Vater erkundigt sich nicht nach mir, er gibt nur in Frageform Kommentare zu meiner Person ab. Und selbst …«

»Aber er *fragt* …«

»Ich bin noch nicht fertig.«

»Lass mich nur kurz darauf antworten, denn …«

»Nein, nein, lass mich sagen, was ich zu sagen habe.«

»Du hast schon was gesagt, lass mich darauf antworten.«

»Nein, ich muss es *ganz* sagen.«

»Ich hab auch nur *eine* Sache gesagt.«

»Du hast eine Sache gesagt, und ich habe *geantwortet*, aber jetzt sage ich etwas. Du durftest als Erste, jetzt bin ich dran.«

»Du willst es nur nicht hören.«

»Ich höre es mir *gern* an, sobald ich fertig bin. Jetzt lass es mich sagen, denn wenn du es mich nicht sagen lässt, hör ich dir auch nicht zu, okay? Das ist nur fair. Also …«

»Aber er …«

»Ich hör nicht zu …« Kopfschüttelnd sah ich aus dem Fenster.

»Er …«

»Ich hör nicht zu. Du kannst sagen, was du willst, weil ich dir gar nicht zuhöre.«

»Er stellt …«

»Ta-ta-di-tah …«

»… sehr wohl Fragen. Er …«

»… di-daaaaah-di-dum-di …«

»… fragt nach deinem …«

»… ti-dah-dum …«

»… Job, zeigt Interesse an deiner Arbeit.«

»Tut er *nicht*«, sagte ich, fuhr herum und sah sie an. »Jemandem zu sagen: ›Also bist du nach wie vor ein Versager‹ ist *keine* Bekundung von Interesse an ihm. Und er stellt mich immer noch kalt, indem er zuerst mit mir redet, als würde ich Deutsch perfekt verstehen, bevor er dann *über* mich redet, während ich *dabei* bin, als verstünde ich nicht, was er sagt.«

»Wahrscheinlich sagt er nur etwas Schwieriges und will dich mit komplexem Deutsch nicht überfordern.«

»Pfff – ich verstehe ganz gut Deutsch, danke der Nachfrage.«

Ursula stieß ein leises Schnauben aus und antwortete mit einem deutschen Satz, von dem ich kein einziges Wort verstand.

»Das«, sagte ich und zeigte mit dem Finger auf sie, »beweist überhaupt nichts.«

»Ach, ihr beiden …« Jonas lächelte uns im Rückspiegel an, »lasst es doch gut sein. Ihr werdet keine Kraft zum Skilaufen mehr haben, wenn ihr so weitermacht.«

»Sag *ihr* das, Jonas.«

»Oh, ja … natürlich ist es mal wieder *meine* Schuld«, schnaubte Ursula.

Jonas hob die Schultern und ließ sie wieder fallen.

»Es ist doch ganz egal, *wessen* Schuld es ist. Ich sage ja nur, ihr solltet es jetzt gut sein lassen.«

»Soll mir recht sein«, sagte ich. »Ich wollte dieses Gespräch von Anfang an nicht haben.«

»Nein, das willst du nie, oder? So kannst du dem Thema aus dem Weg gehen – schon wieder –, und ich stehe da, als wäre ich schuld – schon wieder.«

»Das werde ich jetzt einfach so stehen lassen. Siehst du? Nur um den Frieden zu wahren. Ich werde nicht darauf antworten, auch wenn es Blödsinn ist, sondern einfach nur schweigend dasitzen.«

»Irgendwann schubse ich dich noch aus der Gondel.«

Es kann nur als Zeichen ihrer Barmherzigkeit gelten, dass Jonas und Silke *freiwillig* anboten, unsere Kinder zu hüten, wenn wir Ski laufen gingen. Normalerweise kann nur einer von uns beiden losziehen, während der andere mit Jonathan auf den unteren Hängen bleibt und mit Peter unter »Noch mal! Noch mal!«-Rufen auf direktem Weg dem körperlichen Zusammenbruch entgegenrodelt. Das hat, wie man sich vorstellen kann, einiges »Wo bleibst du denn?« zur Folge, einiges Herumtippen auf der Armbanduhr und einige magere Ausflüchte, man habe versehentlich die falsche Abzweigung genommen (und musste sich mit Hilfe eines Intelligenztests über die Liftverbindungen von der anderen Seite Tirols wieder einen Weg herüberbahnen), so dass am Ende gegenseitige Beschuldigungen durch die österreichischen Täler hallen. Das alles blieb uns erspart, weil

Jonas und Silke mit dem größten Vergnügen den ganzen Tag auf unsere Jungen aufpassten und nur um eine halbe Stunde baten, um selbst Ski laufen zu gehen (und zwar *Langlauf* – querfeldein – was ja kein echtes Skilaufen ist, sondern nur ein Trick, um den Leuten mal zu zeigen, was echtes Training ist).

Zum ersten Mal seit Jonathans Geburt, konnten wir ganze Tage mit Streits zum Thema Skisport verbringen. Wenn man bedachte, wie lange wir schon aus der Übung waren, fand ich es doch beeindruckend, wie mühelos wir in unseren alten Bahnen wieder Geschwindigkeit aufnahmen. Im Schlepplift beispielsweise war es, als wären wir nie woanders gewesen.

»Nimm deine Ski aus meiner Bahn! Ich falle noch hin.«

»Das kommt nur, weil du uns auf deine Seite ziehst. Hör auf dich rüberzubeugen.«

»Ich beuge mich rüber, um von deinen Ski wegzukommen.«

»Nein, du … Pass auf deine Stöcke auf! Ich schwör's dir, wenn ich deinetwegen hinfalle, bringe ich dich um.«

»Halt deine Ski zusammen, verdammt. Ich hab keinen Platz.«

»Sieh mal, wir sind oben, steig aus … steig aus … *Geh mir aus dem Weg!*«

Sämtliche exhumierten Erinnerungen umspülten mich wie eine Woge. Hier in den Bergen war alles wieder wie damals, als Ursula und ich in Deutschland gelebt haben. In einer winzigen Wohnung, in einem winzigen Dorf am Rhein. Von Mücken perforiert (*ich* zumindest; Ursula wurde nicht gestochen – das wagten sie nicht) und meilenweit vom nächsten anständigen Laib Brot entfernt. Das war die Zeit, in der wir Streits epischen Ausmaßes hatten, als unsere Lungen noch jünger und kräftiger waren.

»Los, komm«, sagte Ursula, beugte sich auf ihren Skistöcken vor und sah sich nach mir um.

»Ich glaube, wir müssen da drüben rüber.«

»Nein, wir müssen hier runter.«

»Das ist eine schwarze Piste.«

»Ich weiß.«

»Wenn ich eine schwarze Piste runterfahre, sterbe ich.«

»Versuch es. Wenn es zu schwierig wird, kann du immer noch die Ski abschnallen und auf dem Hintern runterrutschen.«

»Ich weiß, was du vorhast. Glaub ja nicht, ich wüsste es nicht. Nur weil Skilaufen das Einzige ist, was du besser kannst als ich, musst du es mir aufs Brot schmieren.«

»Es ist nicht mehr so lange hell, dass ich dir alles auflisten könnte, was ich besser kann als du. In Wahrheit bin ich selbst bei dem, was du am längsten und ausdauerndsten geübt hast – nämlich der Masturbation – um einiges besser, sonst würdest du mich ja nicht bitten, es für dich zu tun, oder?«

»Nicht schlecht … Yeah, genau – grins nur. Wahrscheinlich wird dir dein Grinsen hier oben noch einfrieren. Dann müssen sie dir die Lippen mit einem Meißel aufschlagen.«

»Hör zu, es macht keinen Sinn, diese Piste runterzufahren. Das ist langweilig. Da laufen nur massenweise Anfänger und Familien mit kleinen Kindern oder altersschwache Blinde mit Gipsbeinen.«

»Hatte ich schon erwähnt, dass dein Hintern in diesem Skianzug *monströs* aussieht?«

Tagelang vergnügten wir uns mit derartigen Diskussionen. Normalerweise willigte Ursula irgendwann ein, doch die einfachere Piste zu nehmen, um »auf dich aufzupassen, falls du auf ein eisiges Stück kommst«, aber im Lauf der Zeit lockte die Sehnsucht nach Ruhm und Abenteuer (was natürlich dieselbe Sehnsucht ist, die sie überhaupt zu mir getrieben hat) sie dann hin und wieder doch auf eine schwarze Piste. Von der Stelle aus, an der ich stand – umgeben von Erstklässlern und armrudernden, quiekenden Mittfünfzigerinnen aus Kent – sah es aus, als sei sie stets darauf bedacht, Seite an Seite mit irgendeinem dieser superbraungebrannten Burschen zur schwarzen Piste zu fahren, der dem olympischen Ideal recht nahe kam. Und währenddessen lachte sie pausenlos und warf ihr Haar zurück.

»Wer war das?«, fragte ich und nickte beiläufig in Richtung eines schlecht rasierten Wichsers mit Spiegelsonnenbrille hinüber, der Ursula gewunken hatte, als die beiden unten an der Piste in verschiedene Richtungen auseinander strebten.

»Ach, der. Mit dem bin ich nur im Lift gefahren.«

»Hm-hm.«

»Er heißt Bernd. Er ist Arzt ... hat in Basel eine eigene Praxis, reist aber die Hälfte des Jahres durch die Weltgeschichte. Skilaufen, Bergsteigen, Wildwasser-Rafting, solche Sachen.«

»Ich glaube, ich komme mit dir und probiere die schwarze Piste mal aus.«

»Du *musst* nicht.«

»Doch. Doch, muss ich.«

Oben drängten sich die Menschen neben dem Lift, hielten inne und starrten auf die Piste hinunter. Ich gesellte mich dazu, und im Stillen dachten wir alle unisono »Oh, mein Gott!« – es war weniger eine Piste als eine Steilwand. Hier verschwammen die Grenzen zwischen Skilaufen und Fallschirmspringen.

»Wow! Sieh dir diese Aussicht an!«, sagte Ursula und deutete auf die endlosen Wogen der Berge, die sich als schimmernder Teppich zwischen uns und der Ewigkeit erstreckten. Ich jedoch sah nur mein unmittelbar bevorstehendes Ende.

»Ja«, bestätigte ich. »Ich glaube, jetzt weiß ich, wieso die Leute sagen, in den Bergen sei man Gott am nächsten.«

Ich bückte mich und schnallte meine Stiefel so fest zu, dass sie mir fast das Blut abschnürten.

»Bist du so weit?« Sie rutschte erwartungsvoll vor mir hin und her.

»Noch nicht ganz.«

Zwei bis drei Minuten vergingen.

Fragend erschienen Ursulas Augenbrauen über ihrer Sonnenbrille.

»Noch nicht ganz«, sagte ich.

Noch einmal schnallte ich meine Stiefel fester.

»Du fährst vor, damit ich sehen kann, ob du irgendwelche Probleme kriegst.«

»Okay.«

»Gut.«

»Okay.«

»Dann los.«

»Ich *mach* ja schon. Dräng mich nicht. Ich wollte gerade los, aber du hast mich abgelenkt.«

»Gut. Ich halt den Mund.«

Ich holte tief Luft und ließ sie langsam durch meine gespitzten Lippen entweichen. »Okay.«

Ursula hustete.

»Okay.«

Ich sammelte etwa eine Minute meine Gedanken.

»Okay, jetzt geht's los. Jetzt. Geht's. Los. Jetzt … Hey, guck mal, der Typ da unten … Winkt er, weil er uns sagen will, dass die Piste geschlossen ist, oder was?«

»Nein, der winkt nur einem Freund.«

»Bist du sicher?«

»Möchtest du lieber mit der Gondel wieder runterfahren?«

»Natürlich nicht. Sei nicht blöd.«

»Ich frag ja nur.«

»Gut, jetzt geht's los. Jetzt. Geht's. *Los* … Sah mir nicht danach aus, als würde man so einem Freund winken.«

»Mir wird kalt.«

»Okay, okay, das möchte ich nicht.«

Ich stampfte mit meinen Ski auf, um den Schnee loszuwerden. Denk positiv. Denk positiv, dann wird alles gut. Ich wandte mich zu Ursula um.

»Sag den Kindern, dass ich sie liebe«, sagte ich und stieß mich ab.

Nach etwas mehr als zwei Sekunden hatte ich achthundert Meilen die Stunde drauf.

Die vorbeifliegende Luft donnerte in meinen Ohren und umwehte mein Gesicht, so dass meine Haut vor Kälte ganz taub wurde. Ich nahm immer mehr Geschwindigkeit auf, und meine Ski fingen zu flattern an. Nicht, weil ich wacklige Beine hatte – sie waren vor schierem Entsetzen starr –, sondern vermutlich aufgrund eines Phänomens, das früher Flugzeuge abstürzen ließ, sobald sie sich der Schallmauer näherten. Vor mir wedelte ein Aufschneider und schwenkte mitten auf meiner Bahn hin und her. »Aus dem Weg!«, schrie ich, wobei mir die Geschwindigkeit die Worte wieder in den Mund zurück würgte, aber ich konnte unmöglich das Risiko eines Richtungswechsels auf mich nehmen, deshalb blieb mir keine andere Wahl als zu schreien. Plötzlich sah ich Ursula an meiner rechten Schulter auftauchen.

»Huuuuuuu!«, huhte sie und ruderte mit den Armen in der Luft herum.

»Hau ab! Geh weg von mir!«, bellte ich, ohne mich aus meiner Verstopfungshocke zu lösen.

»Was?«, rief sie zurück und kam näher, um mich hören zu können.

»Hau ab! Hau *aaaaab*!«

»Ich kann dich nicht hören!«

»Hau – arrrrgggh!«

Ich kam auf ein Stück Buckelpiste – diese kleinen Schneehügelchen, zwischen denen geübte Skiläufer ihre Technik übten und über die Pel fröhlich jaulend in knieprellender, rückgratprügelnder, schnurgerader Linie hinwegraste.

Als mir klar wurde, dass sie hinter mir lagen und ich noch immer mehr oder weniger am Leben und mit den Füßen in Bodennähe war, ging eine Woge von Endorphinen über mich hinweg. Obwohl mir bewusst war, dass ich mich in einem Maße der Lichtgeschwindigkeit näherte, dass mein Körper inzwischen vermutlich seine eigene Gravitation besaß, brach ich in hysterisches Gelächter aus. Eine schulterbebende, tränenreiche Woge des Gelächters ergriff von mir Besitz. Wieder tauchte Ursula an meiner Schulter auf.

»Ha-ah-ah-u-u-ah-ah-ahb!«, versuchte ich zu schreien, ohne Atemluft zu Hilfe zu nehmen.

»Was? Was sagst du?«

Sie kam noch näher. Ich versuchte auszuschwenken, geriet jedoch augenblicklich in Panik, dass ich das Gleichgewicht verlieren und verkanten würde, und ließ es deshalb sein – was mir nur mit Hilfe ungeheurer Überkompensation gelang, und so schwenkte ich in die andere Richtung aus und fuhr Ursula direkt vor die Füße. Als ich ihren Weg kreuzte, fuhr sie mir über die Ski. Und dann geschah ein Wunder.

Wenn man jemandem über die Ski fährt, spürt man meist nur einen leichten Ruck, fährt aber weiter, während der andere kopfüber im Schnee landet. Irgendwie jedoch schaffte ich es, dass Ursula über meine Ski fuhr und ich trotzdem auf den Beinen blieb. Im Grunde bekam ich sogar kaum was davon mit. Ich fuhr weiter – auf meinem neuen Kurs – und landete schließlich auf einer blauen Abfahrt, wo ich langsam bremsen und anhalten konnte.

Oh, aber Ursula kam mit fliegenden Armen und Beinen zu Fall.

Ich wartete am Ende des Hangs. Ein paar Minuten später tauchte sie auf und kam langsam zu mir herübergefahren. Ich wollte gerade eine Bemerkung zum ungewöhnlichen und interessanten Wandel der Dinge machen, die unsere Kollision mit sich gebracht hatte, als sie mir ins Gesicht schlug.

Gut war, dass sie ihren linken Arm benutzen musste, um mir eine zu verpassen, weil sie den rechten beim Sturz verletzt hatte. Wie sie auch nicht zu erwähnen vergaß.

»Du blöder *Wichser*! Du bist mir voll vor die Füße gelaufen, du blöder, schwachsinniger *Wichser*! Was hast du dir eigentlich dabei gedacht? Ich bin voll drübergefahren und auf der Schulter gelandet – die ist bestimmt gebrochen. Ich bin *voll* drauf gelandet.«

»Ich glaube, du hast mir ein Stück Zahn abgebrochen …«

Ich tastete mit dem Zeigefinger in meinem Mund herum. »Der ist … He! Hör auf! Diese Stöcke sind aus Metall! Aua! Hör auf damit!«

»Meine *Schulter*! Hörst du mir überhaupt zu?«

»Ja, natürlich. Wir bringen dich zum Arzt … Deine Schulter war ein Unfall, aber du hast mir mit Absicht eine Ohrfeige gegeben. Theoretisch, wenn es vor Gericht käme, dann … Hey! Würdest du wohl damit aufhören? Die sind aus *Metall*!«

An diesem Tag waren Jonas und Silke mit den Kindern, die morgens müde gewesen waren und sich nicht hatten anziehen wollen, zu Hause geblieben, also kutschierte ich uns zurück. Wir brauchten nur eine Dreiviertelstunde, was Ursulas Ansicht nach nicht mal im Ansatz genügte, um mir zu vermitteln, was für ein blöder, schwachsinniger Wichser ich sei. Es ist besser, wenn sie es manchmal rauslässt. Da ich emotional so auf sie eingeschossen bin, ist mir bewusst, dass es – wenn sie sich mitten in einer Schimpfkanonade befindet – unfein und kaum hilfreich ist, ihren Redefluss mit Gegenargumenten, Fakten oder Ähnlichem zu unterbrechen. Stattdessen lasse ich ihr einfach die Möglichkeit, ihre Spannung ungehindert abzubauen. Wenn auch mit Hilfe langer Seufzer, einigem Kopfschütteln und leisen, ironischen Lachern. Ich glaube, sie findet das beruhigend.

Als wir zur Wohnung kamen, kroch Jonas auf allen vieren, und die Kinder heulten vor Lachen und kletterten auf ihm herum wie Löwen, die einen Elefanten überwältigen wollen. Silke saß auf dem Sofa und blätterte in einer Illustrierten. Sie sah auf, als wir hereinkamen, und ich bemerkte die Sorge auf ihrem Gesicht.

»Was ist passiert?«, fragte sie.

»Ich glaube, ich habe mir ein Stück Zahn abgebrochen.«

»Uschi, du bist so *blass* … ist alles okay?«

»Meine Schulter. Ich hab mich verletzt.«

»Wie das?«

»Das können wir auch später noch erklären«, sagte ich.

»Wichtig ist jetzt, dass wir einen Arzt brauchen, der sie sich ansieht. Ursula braucht ein Beruhigungsmittel.«

Da wir uns in einem Skigebiet befanden, wo Verletzungen schon fast zum Urlaubsabenteuer gehören, war es nicht weiter schwierig, einen Arzt zu finden. Jonas und ich blieben bei den Kindern und ließen abwechselnd deren Attacken über uns ergehen, während Silke mit Ursula zur nächsten Klinik fuhr. Es dauerte etwa eine halbe Stunde, und als sie wiederkamen, hing Ursulas Arm in einer atemberaubend komplexen Schlingenkonstruktion. In England hätte ein Arzt, wenn er wach und schon eine Woche im Dienst war, eine simple Schlinge aus Mullbinden gebastelt oder einfach vorgeschlagen, sie solle ihre Hand ein paar Wochen in die Hosentasche stecken. Hier hatte der Anblick einer englischen Krankenkarte offenbar dafür gesorgt, dass sie zeigen wollten, wie weit die österreichische Medizin ihrem schusseligen englischen Vetter voraus war. Es gab Plastikstützen, verbreiterte Teile mit Anti-Scheuer-Polsterung und ein Gewirr aus Riemen mit Klettverschlüssen, das zur Bequemlichkeit mit elastischen Einsätzen ausgestattet war. Vermutlich gab es im Krankenhaus eine Spezialabteilung für solche Schlingen.

»Und? Was haben sie gesagt?«, fragte ich.

»Es ist die Sehne. Die Sehne in meiner Schulter ist gerissen.«

»Puh … der Knochen ist also nicht gebrochen?«

»Eine gerissene Sehne ist schlimmer als ein gebrochener Knochen, du Idiot.«

»Ach, ja? Du hast also eine gerissene Sehne. Haben sie dir Medikamente gegeben?«

»Gott sei Dank ist sie nicht durchgerissen. Sie ist angerissen, aber nicht ganz durch.«

»Puh.«

»Nein, Scheiße, nicht ›puh‹ – ich hab immer noch eine gerissene Sehne.«

»Aber nicht durchgerissen. Da können wir froh sein.«

»Stell dir vor, ich würde dir mitten in der Nacht mit dem Finger so richtig fest gegen eines deiner Eier schnippen? Wie fändest du das?«

»Wegen der Medikamente … sie haben dir doch welche mitgegeben, oder? Denn wenn sie dich ohne ein paar vernünftige Schmerzmittel abgespeist haben, geh ich sofort noch mal hin und besorge dir was.«

»Sie haben mir was gegeben.«

»Dann nimm es.«

»Ich will aber nicht.«

»Du wirst dich besser fühlen.«

»Ich will mich nicht besser fühlen. Das ist unbefriedigend.«

»Ach so. Verstehe … Kann ich dann was davon haben?«

»O nein … wir sitzen hier in einem Boot.«

Wahrscheinlich lag es daran, dass sich Ursula wie einer dieser Aliens regenerieren kann, die in Science-Fiction-Filmen einen Astronauten nach dem anderen kaltmachen, denn ihre Schulter regenerierte sich sehr bald schon von allein. Was gut war, da sie sich hartnäckig weigerte, bei unserer Rückkehr in England einen Physiotherapeuten aufzusuchen – »Zu einem Kollegen gehen? Das soll wohl ein Witz sein. Das sind doch alles Sadisten und Irre« – und eine physiotherapeutische Selbstbehandlung der Schulter offenbar »das Dümmste ist, was je jemand gesagt hat«. Am Abend des folgenden Tages konnte sie den Arm nach wie vor weder besonders gut noch schmerzfrei bewegen, aber solange sie nicht damit herumwedelte oder ihn anhob, ging es. Da ich mir jedoch *keine* Sehne angerissen hatte, war ich den ganzen Tag lang Ski gelaufen, und mir taten vor Erschöpfung die Beine weh. Doch als ich Ursula davon erzählte, starrte sie mich nur an und grub ihre Fingernägel in die Armlehne, statt es von der humorvollen Seite zu sehen.

»Wann fahren wir wieder nach England zurück?«, fragte Jonathan, als ich ihn und Peter ins Bett brachte.

»In ein paar Tagen.«

»Ich will nicht wieder in die Schule.«

»Wieso nicht?«

»Da muss man immer lernen. Ich will nichts mehr lernen. Ich hab genug gelernt.«

»Du musst was lernen, damit du dir danach einen Job suchen und feststellen kannst, wie gut es dir in der Schule gegangen ist.«

»Ich will nicht zur Schule gehen. Es ist öde – megaöde. Ich will zu Hause bleiben.«

»Tja, ich will auch zu Hause bleiben.«

»Ich will Chips«, sagte Peter.

»Du kriegst aber keine Chips, Peter«, gab Jonathan zurück. »Du hast dir schon die Zähne geputzt.«

»Aber ich *will* welche.«

»Tja, du kriegst aber keine.«

»Ruhe«, sagte ich. »Peter, du kriegst keine Chips. Jonathan, du wirst deine Vollzeitausbildung noch mindestens zehn Jahre fortsetzen. Jetzt geht schlafen, alle beide.«

»Das ist nicht fair. Wenn ich zur Schule gehen muss, finde ich, dass Peter auch zehn Jahre keine Chips mehr kriegen soll.«

»Aber ich *will* welche.«

»Geht schlafen, alle beide. Wenn es Streit gibt, zwinge ich euch, morgen den Bauernfunk im Bayerischen Fernsehen anzusehen.«

Ich ließ sie im Schlafzimmer allein, wo sie in akzeptabler Lautstärke Drohungen und Kränkungen ausstießen, und ging in die Küche, um mir etwas zu trinken zu machen. Jonas und Silke waren zum Essen ausgegangen und würden vermutlich noch eine Weile wegbleiben. Ursula war im Badezimmer. Ich stellte den Fernseher an und wartete darauf, dass das Wasser im Kessel kochte. Eben fing eine Nachrichtensendung an, und – während der kurzen Ankündigung der kommenden Beiträge – es erschienen dreimal englische Politiker und bereiteten mich darauf vor, dass sie wild entschlossen waren, später in der Sendung dafür zu sorgen, dass ich vor Scham im Boden versinken würde. Ich stellte den Fernseher ab.

»Pel? Bist du da?«, rief Ursula aus dem Badezimmer, als ich mir meinen Tee machen wollte.

»Ja.«

»Komm her. Ich brauche dich.«

Ich schlurfte mit hängenden Schultern hinüber. Wenn mich Ursula ins Badezimmer zitiert, dann meist nur, um zu fragen: »Wolltest du das etwa *so* lassen?«. Deshalb hatte ich es auch nicht besonders eilig. Wie sich herausstellte, war sie ihren Kleidern entstiegen, hatte die vielschnallige Speerspitze der Schlingentechnologie abgelegt und stand unter der Dusche.

»Du musst mir helfen«, sagte sie, ein Eingeständnis, das ihr offensichtlich echte Schmerzen bereitete. »Mit einem Arm geht es nicht so richtig, und es tut immer noch zu weh, wenn ich den anderen bewege.«

»Ich werde nass werden und alles unter Wasser setzen. Ich müsste zu dir unter die Dusche kommen … oder mich in die andere Ecke stellen und Schwämme werfen.«

»Ja, *genau*. Mach schon, so viel Wasser und Strom zu verbrauchen, ist nicht gerade umweltfreundlich.«

Ich zog mich aus und stieg zu ihr unter die Dusche. Leider gab es keine richtige Seife, sondern nur Shower Gel. Ich gab einen Spritzer der zähen, bernsteinfarbenen Flüssigkeit in meine Hand.

»Da unten war ich schon«, seufzte Ursula, als ich mit ihrem linken Oberschenkel anfing.

»Oh, verdammt, entschuldige. Da bist du jetzt *zu* sauber … warte, ich hole dir etwas Ruß.«

»Mach schon. Das Wasser wird nicht in die Bewässerung geleitet. Es geht einfach verloren.«

»Oh, mein Gott.«

Als mir klar wurde, dass uns vielleicht nur wenige Minuten blieben, bis wir den Wasserkreislauf destabilisiert hatten, legte ich einen Zahn zu. Ich kniete nieder und arbeitete mich mit schwungvollen Ovalen und flinken Seifenfingern aufwärts. Ich fing mit ihren Füßen an, ließ meine Hände um ihre Beine gleiten, verlor ein paar Sekunden an die Unentschlossenheit, als ich zu ihrem Bauch gelangte, da ich nicht sicher war, ob es einfacher wäre, nach oben zu greifen, um ihn zu waschen, oder aufzustehen und nach unten zu greifen. (Ich wählte Letzteres, aber noch heute quält mich der Gedanke, möglicherweise die falsche Entscheidung getroffen zu haben und dadurch aufgrund kläglicher Taktik einen Viertelliter Wasser geopfert zu haben.)

Wie bereits erwähnt, ist Ursula blond. Das ist natürlich furchtbar schade, aber dennoch und trotz des Umstands, dass sie zwei Kinder zur Welt gebracht hat, ist sie nach wie vor bemerkenswert attraktiv. Selbst noch nach so vielen Jahren schädlicher Vertrautheit, bemerke ich gelegentlich, wie ich sie voll Bewunderung betrachte. Beispielsweise könnte sie bei Woolworth öffentlich meinen mangelnden Einsatz beim Erwerb von Gartenmöbeln beklagen, und ich würde – wieder einmal – bemerken, wie klar und blau und ausdrucksvoll ihre Augen sind. Wie weich und samtig ihre Haut ist. Wie die Halogenstrahler am Plastikspringbrunnen hinter ihr den hellen, sanften Flaum an ihren Unterarmen hervorheben. Wie ihre Schultern »einfach so« geformt sind, die Konturen wie geschaffen dafür, dass ich meine Hände darüber gleiten lasse. Alles in allem so schön, dass es schon wehtut ... der liebreizendste aller Sprengkörper. Dann breitet sich auf meinem Gesicht ein dankbares Lächeln aus, und ich bin überwältigt, einfach überwältigt vom Priapismus. Nun (und ich sollte hinzufügen, dass ich keineswegs die anerkannte Erotik bei Woolworth verunglimpfen will) befand ich mich jedoch keineswegs samstagnachmittags in einem Kaufhaus mit zwei schweren Plastiktüten, die meine Fingerspitzen weiß werden ließen. Stattdessen stand ich unter der Dusche. Wir waren beide nackt, unsere feuchten Leiber rieben sich hin und wieder aneinander, während ich mit meinen Seifenhänden über ihre Haut fuhr. Ich meine, also, was kann man da erwarten?

»Was …?« Ursula ließ ihren Arm sinken wie eine Schranke, bis ihr Zeigefinger auf das deutete, was sie dort sah. »… ist das?«

»Hm, na ja … ich *glaube*, es ist eine Erektion – aber wenn du willst, kann ich auch sicherheitshalber unsere Nachbarn fragen.«

»Und wieso um alles in der Welt hast du jetzt eine Erektion?«

»Tut mir Leid. Ich wusste nicht, dass ich sie anmelden muss.«

»Du weißt, was ich meine. Ich bin *verletzt*. Das hier ist keine sexuelle Situation. Du sollst dich nur um mich kümmern, mir helfen mich zu waschen, weil ich Schmerzen habe. Das …« Wieder zeigte sie darauf (es zeigte zurück). »Das … also, das ist wie ein Vertrauensbruch zwischen einem Arzt und seinem Patienten oder so was.«

»Du lebst nicht auf diesem Planeten, oder?«

»Ich kann nicht glauben, dass dich *so* eine Situation aufgeilt.« Sie schüttelte den Kopf und gab ein eingeschnapptes, freudloses Lachen von sich. »Ich habe einen Sehnenriss, du hilfst mir bei meiner Körperhygiene, und *es geilt dich auf*.«

»Wir stehen nackt unter der Dusche …«

»Mein Gott, soll ich meine Schlinge holen, ja? Wäre es schöner für dich, wenn ich sie anlege?«

Ich musste aufpassen. Wahrscheinlich war es nur eine rhetorische Frage, kein Angebot.

»Hm … nein?«, sagte ich zögerlich.

»Du bist ein echt schräger Vogel, weißt du das?«

»Du bist *nackt*, du bist eine *nackte Frau*. Es ist ja nicht so, als hättest du mich dabei erwischt, dass ich mir einhändig einen ›My Little Pony‹-Katalog ansehe.«

»Es ist doch ganz egal, ob ich nackt bin.«

»Wir könnten kaum unterschiedlicherer Ansicht sein.«

»Glaubst du etwa, alle Männer hätten damals in Deutschland sexuelle Hintergedanken gehabt, wenn ich nackt war – in einer Sauna oder beim Sonnenbad, zum Beispiel?«

»Ja.«

»*Was*? Das ist doch keine sexuelle Situation. Willst du damit sagen, dass ein Mann, der mich nackt am Strand sieht, etwas Sexuelles denkt?«

»Ich bleibe in diesem Fall bei ›ja‹, okay?«

»Hmmmff – das ist doch Unsinn. Oder vielleicht geht das Engländern so, aber *deutsche* Männer würden es bestimmt nicht als erregend empfinden.«

»Na klar.«

»Würden sie *nicht*.«

»Was immer du sagst.«

»Würden sie *nicht*.«

»Ich streite nicht mit dir, okay?«

»Aber das würden sie *nicht* … sag, dass ich Recht habe.«

»Gut. Du hast Recht. Sie würden es nicht als erregend empfinden.«

»Nicht *so*. Sag es richtig.«

»Das war richtig.«

»War es nicht. Du hast es nicht ernst gemeint.«

»Hör mal, wir verschwenden hier Wasser. Waschen wir dich einfach und sehen zu, dass wir fertig werden. Ich bin müde.«

»Und wieso hast du dann noch diese Erektion da?«

»Kümmer dich einfach nicht drum. Sie ist ganz harmlos. Bitte liefere sie nicht an die deutschen Behörden aus, okay?«

»Ein schräger Vogel, das bist du … jetzt seif mir die Brüste ein.«

Aufgrund des eingeschränkten Busfahrplans war ich gezwungen, mich zwei Tage vor Ursula und den Kindern auf den Rückweg nach England zu machen. Beim Abschiedskuss am Bahnhof steckte mir Ursula einen Umschlag zu. Als ich hineinsehen wollte, schüttelte sie den Kopf und hielt meine Hände fest, um mich daran zu hindern. Ich starrte aus dem Fenster und sah sie dort stehen und winken, als der Bus abfuhr, worauf ich zurückwinkte, bis er abbog und sie nicht mehr zu sehen waren. Vorsichtig strich ich den gefalteten Umschlag glatt und sah, dass »Erst öffnen, wenn du zu Hause bist« darauf geschrieben stand. Da mir Deutschland wie eine zweite Heimat war, riss ich ihn auf, als wir gerade mal fünfzig Meter hinter dem Busbahnhof unter einer Brücke hindurchkamen. Ich zog ein doppelt gefaltetes Blatt Papier heraus und strich es auf meinem Knie glatt. »Pel. Staub saugen, ganzes Haus – Küche und Badezimmer wischen. Staub wischen, ganzes Haus. Toilette putzen. Umzugswagen besorgen. Gas-, Strom- und Wasserüberweisungen für beide Häuser checken. Neue Mieter anrufen, Vertrag aufsetzen. Toilette putzen. Betten abziehen. Gartenbank auseinander bauen. Beides packen (Vorsicht – Latten und Schrauben beschriften). Nachsendeantrag stellen. Schlüssel vom Anwalt holen. TOILETTE PUTZEN«, hatte Ursula geschrieben.

Könnte mir mal jemand von diesem Tisch runterhelfen?

Es war wohl nicht zu vermeiden, dass ich nach einem solchen Erholungsurlaub in ein tiefes Loch fiel, als ich wieder zur Arbeit musste.

Und das meine ich nicht sinnbildlich.

An dem Tag, als ich wieder hinging, prasselte aus düster bedrohlichem Himmel Regen auf die Welt herunter. Leider war auf dem letzten verfügbaren Regenschirm Barney, der Dinosaurier, abgebildet. Aber er war besser als gar nichts, also nahm ich ihn, weigerte mich standhaft, ihm zu sagen, dass ich ihn auch lieb hatte, und machte mich auf die Socken.

Heftiger, böiger Wind schleuderte das Wasser in Schwaden durch die Luft und mir direkt ins Gesicht, als ich beim Lern-Center um die Ecke bog. Also hielt ich den Regenschirm schützend vor mich und stürmte mit eingezogenem Kopf auf den Personaleingang zu, so dass ich nur meine Füße sah, die sich über der Erde bewegten. Was erst zum Problem wurde, als mit einem Mal keine Erde mehr da war. Ich patschte zuerst auf den Gehweg, dann auf matschiges Gras, ehe der nächste Schritt ins Nichts führte.

Als ich mit dem Fuß schließlich etwas Festes traf, stellte ich fest, dass es sich um den Rand einer Grube handelte; dieser Kontakt hatte zur Folge, dass ich noch ein Stück weiter in die Mitte ebendieser Grube geschleudert wurde. Ich führte einen unansehnlichen Dreiviertelsalto aus und landete rücklings in zehn Zentimeter tiefem, braunem, schmierigem, schlammigem Wasser. Ich hatte so viel Schwung drauf, dass ich in dieser Haltung noch fünf Meter weiter rutschte – es hätte so auch noch weitergehen können, aber glücklicherweise hielt mich ein dünner, senkrechter Eisenstab auf, der mir mit Nachdruck in die Genitalien schlug. Ich gab ein jämmerliches Stöhnen von mir und rollte in hodenschonender Embryonalstellung ab. Im Zuge dessen ließ ich meinen »Barney, der Dinosaurier«-Schirm los, den der Wind augenblicklich packte und mit sich riss. Im Vorüberfliegen verhakte sich der Griff unter meinem Kinn, so dass ich keuchend im Schlamm lag, während sich der Schirm zu befreien versuchte, jedoch unter meinem Kinn festhing. Es sah aus, als hätte mich ein Riese von einem Sportangler an der Leine.

»Was machen Sie da unten?«, fragte eine Stimme.

Gern hätte ich etwas Markiges geantwortet, woraufhin der Besitzer dieser Stimme vom Leben würde Abschied nehmen müssen, doch angesichts meiner genitalen Lage und dem Schirm unter meinem Kinn brachte ich nur ein »Fnngh« hervor.

»Wie? Was haben Sie gesagt? Wieso sind Sie in diese Grube gefallen? Wissen Sie denn nicht, wie gefährlich das ist? Ted und ich haben Sie beobachtet, und Ted hat gesagt: ›Sieh dir den da an, der rennt gleich schnurstracks in die Grube‹, und ich habe gesagt: ›Nein, da müsste er ja *blöd* sein‹, und Ted hat gesagt: ›Ist er auch – guck mal‹. Wir haben Sie beobachtet, und Ted hatte Recht, Sie sind direkt in die Grube gestolpert. Sind Sie *blöd*?«

»Fnngh.«

Ich griff nach dem Regenschirm und befreite ihn.

»Hier, nehmen Sie das Seil«, rief die Stimme währenddessen.

Er warf mir einen Holzblock zu, an dem ein dickes Nylonseil befestigt war.

Es traf mich in die Genitalien.

»Gnngh.«

»Sie sollten es doch *fangen* – sind Sie *blöd*?«

Die linke Hand schützend über meine Weichteile gelegt, hob ich das Seil mit der Rechten auf.

»Ted, Ted! Fass mal mit an hier. Ich versuch ihn rauszuziehen.«

Irgendwo weiter weg, zum Teil von Wind und Regen gedämpft, hörte ich eine Stimme. »Ist er *blöd*?«

Mittlerweile hatte ich mir – wie ein neugeborenes Fohlen – einen Weg über den rutschigen Boden zum Rand der Grube gebahnt. Sie war nicht besonders tief, vielleicht etwas über einen Meter, aber die Wände bestanden aus lockerem, schlammigem Erdreich, so dass es etwas problematisch werden konnte, wieder herauszukommen. Ich wickelte mir das Seil um den Unterarm und kletterte am Rand hinauf, wobei mir die Stimme und Ted schlaue Ratschläge wie »Versuch raufzukommen!« und »Nicht das Seil loslassen!« zuriefen.

»Danke«, keuchte ich und schnappte nach Luft, als ich endlich neben ihnen stand.

»Kein Problem. Aber machen Sie so was nicht noch mal, okay? Wie geht's Ihren Eiern?«

»Es pulsiert.«

Ich wischte mir den Schlamm aus dem Ohr.

»Wieso ist hier so ein Riesenloch im Boden?«

»Fundament, Meister. Wir bauen hier das Fundament für das neue Gebäude.«

»Sind Sie zufällig Bill Acton?«

»Mmmm – vielleicht. Wer will das wissen?«

»Ich bin Pel. Ich bin hier der CTASATM. Wir haben telefoniert.«

»Oh, *stimmt*. Sie waren im Urlaub, als wir angefangen haben. War's schön? Ist nicht so leicht, wieder an die Arbeit zu gehen, was?«

»Normalerweise fällt es mir leichter als heute. Sollte diese Grube nicht gesichert sein? Mit einem Absperrband oder so?«

»Oh, das haben wir neulich Abend abgenommen. Hier war alles voller Bagger. Die hatten einen Affenzahn drauf und haben ordentlich was ...«, er tippte an seinen Nasenflügel, dass das Wasser spritzte, »... bewegt. Wir wollten die Absperrung heute Morgen wieder anbringen.«

»Hab nur gewartet, dass der Regen aufhört«, sagte Ted.

»Gott im Himmel«, sagte ich, als ich mich näher betrachtete. »Sehen Sie sich das an. Ich sollte mir was anderes anziehen. Nicht dass ich was dabei hätte …«

»Ich hab noch Reserve-Ölzeug in der Hütte. Das können Sie erst mal nehmen«, schlug Bill vor.

»Mh … danke. Das wird reichen müssen, bis ich was Richtiges finde.«

Ich wartete in der Personaltoilette, bis Ted mir ein paar Minuten später Ölzeug brachte – einen grellgelben Gummioverall mit dem Schriftzug »Bill Acton Constructions« auf dem Rücken.

»Danke, Ted.«

»Einheitsgröße. Ich hab auch noch ein paar Gummistiefel dabei … Ihre Schuhe müssen doch total aufgeweicht sein.«

»Ja. Danke.«

Ich wusch mich so gut es ging an dem winzigen Waschbecken. Einer der Hausmeister kam herein, als ich mich gerade nackt unter dem Händetrockner bückte, machte jedoch abrupt kehrt und verschwand ohne ein Wort. Das Ölzeug war steif und unbequem auf nackter Haut, aber ich dachte, ich würde es nur tragen müssen, bis ich mich zu Hause umziehen konnte.

Ich wollte gerade das Lern-Center hinter mir lassen, mit meinen feuchten Sachen als schmutzigem Bündel unterm Arm, als Bernard mich entdeckte.

»Pel?«

»Hi, Bernard.«

»Ich müsste Sie mal kurz im Büro sprechen.«

»Aber …«

»Es ist ziemlich wichtig. Es wird nicht lange dauern.«

»Also … okay. Wenn es schnell geht.«

Ich folgte ihm in sein Büro, wobei mir ein Blick aus dem Fenster verriet, dass der Regen mittlerweile aufgehört hatte und Ted ein rot-weißes Absperrband um die Grube spannte.

»Die haben also mit dem Bau schon begonnen, ja?«, fragte ich und nickte nach draußen.

»Hm, ja. Die kamen, als Sie gerade weg waren. Ich war mir nicht ganz sicher, inwieweit Sie schon mit ihnen gesprochen hatten, Keith meinte, das sei unsere Sache, er habe seit der Ausschreibung damit nichts zu tun gehabt, aber Bill meinte, es sei alles unter Kontrolle. Ich hab die Leute einfach machen lassen. Waren Sie denn schon draußen und haben sich die Baustelle angesehen?« Er deutete auf meinen Overall.

»Ja. Ja. Ich hab die Zügel gern in der Hand, Bernard.«

Mittlerweile trudelten noch andere Mitarbeiter ein. Sie spazierten draußen am großen Fenster vorbei, zeigten mit den Fingern auf mich und gaben offensichtlich Kommentare ab, die ich zwar nicht hören konnte, die sie jedoch endlos zu amüsieren schienen. Mein großer, gelber Gummianzug raschelte laut, als ich mich von ihnen abwandte.

»Also, Bernard, was gibt es für ein wichtiges Problem mit dem Bau?«

»Mit dem Bau? Oh, neeeiiiin … wie ich schon sagte: Ich hab sie einfach machen lassen. Ich glaube, Nazim hat ein paar Dinge mit ihnen durchgesprochen. Ich hab ihn gesehen. Soweit ich weiß, läuft alles gut. Ich wollte eine andere Angelegenheit mit Ihnen besprechen.«

Ich spürte, wie Panik in mir aufstieg. »Eine andere Angelegenheit« – es ging um die Triaden. Ich brauchte mir nichts vorzumachen. Irgendwie war alles rausgekommen, während ich weg war, und nun stand ich am Fuße des Berges und sah mir an, wie diese Lawine auf mich zukam.

»Hm … wollen Sie sich setzen?«, sagte Bernard, der sich offensichtlich nicht wohl in seiner Haut fühlte.

»Nein, danke. Es scheuert so. Ich glaube, dadurch würde es nur noch schlimmer werden.«

»Es scheuert?« Jetzt erst schien ihm die Kleidung unter meinem Arm aufzufallen. »Oh. Verstehe.«

»Ich …«

»Oh, neeeiiin, das macht doch nichts. Sie müssen sich nicht rechtfertigen.«

»Aber …«

»Neeeiiin, wirklich. Lassen Sie mich nur erklären, weshalb ich mit Ihnen sprechen wollte. Vielleicht hilft es.«

»Okay. Legen Sie los.«

»Ich kündige.«

»*Sie kündigen?*«

»Ja. Ich konnte mich nicht allzu intensiv mit dem Bau beschäftigen, weil ich letzte Woche ein paar ausgesprochen hektische Tage hatte. Keith weiß schon, dass ich die Universität verlassen werde … dass ich sie bereits verlassen *habe*, mit sofortiger Wirkung. Ich bin nur hier, um die letzten Sachen aus meinem Büro zu holen.«

»Haben Sie denn keine Kündigungsfrist?«

»Na ja, die können einen ja nicht ernstlich zwingen, sie einzuhalten. Nicht wirklich. Jeder weiß das. Was sollen sie machen? Einen festnehmen und zur Arbeit zwingen? Ich hatte auch noch etwas Urlaub und ein paar Überstunden, also habe ich ihnen gesagt, dass ich Ende der Woche weg bin.«

»Das ist sehr plötzlich.«

»Es hing schon eine Weile in der Luft. Letzte Woche kam dann plötzlich eins zum anderen. Noch weiß niemand hier, dass ich gehe. Ich habe nichts gesagt, weil man mir nur Fragen stellen würde, und das könnte ich nicht ertragen. Sie würden es nicht begreifen. Keith und die Geschäftsleitung waren genauso darauf bedacht, die Sache in aller Stille abzuwickeln. Somit war es in jedermanns Sinne.«

Er wich meinem Blick aus und fing an, ein paar Sachen von seinem Schreibtisch in zwei Taschen zu packen.

»Stecken Sie … stecken Sie irgendwie in Schwierigkeiten, Bernard?«, fragte ich.

Er lachte.

»Neeeiiin! Großer, Gott, *neeeiiin!* Ganz im Gegenteil. Hier ist alles wunderbar, ganz wunderbar.«

»Tut mir Leid. Ich dachte … Nach dem, was Sie gesagt haben …«

»Oh, verstehe, verstehe. Ganz und gar nicht. Ich erzähle Ihnen alles.«

»Okay … wenn Sie wollen.«

»Ich schätze, das sollte ich tun. Ich weiß, dass Sie mich verstehen werden.« Er kratzte sich am Ohr. »Haben Sie je Fiona, meine Frau, kennen gelernt?«

»Nein, ich glaube nicht.«

»Wirklich? Ich dachte, Sie wären ihr vielleicht bei Tonys Abschied begegnet.«

»Tony war schon nicht mehr da, als ich angefangen habe.«

»Ach, ja? Na, wahrscheinlich wohl …wie die Zeit vergeht. Nun, jedenfalls arbeitet – *arbeitete* – meine Frau für die Öffentlichen Bücherhallen. Sie war sehr stark in die Entwicklung der Internetzugänge involviert, die es heute in Büchereien gibt. Kennt sich mit Computern aus, meine Fiona … im Gegensatz zu mir, was?« Er lachte. Ich war mir nicht ganz sicher, wie angemessen es wäre, seine Aussage zu bestätigen, indem ich mitlachte.

Ich entschied mich für ein: »Ha-umm-m.«

»Als sie damit anfing, war sie viel im Internet unterwegs. Das hat ihr die Augen geöffnet. Uns beiden. Anfangs sind wir nur gesurft, haben uns mit Leuten aus der ganzen Welt E-Mails geschrieben. Dann hat Fiona angefangen, sich mit dem Aufbau von Websites zu beschäftigen, und wir haben unsere eigene Seite gebastelt – ›Rock & Rita's Place‹. Sie hat sich natürlich um das ganze technische Computerzeug gekümmert, aber ich habe in meiner Freizeit schon immer gern fotografiert, was mein Beitrag zu der Seite war.«

Lähmende Kälte rann langsam an meiner Wirbelsäule herab.

»Mittlerweile haben wir eine regelrechte Anhängerschaft.

Mir war nie bewusst, wie groß die Swinger-Szene in Großbritannien eigentlich ist, Pel, wirklich nicht. Aber wir sind so etwas wie ein Forum geworden, ein Treffpunkt, und zwar nicht nur für Swinger aus Großbritannien, sondern auch aus Frankreich, Holland, Belgien ... es war unglaublich. Mittlerweile haben wir eine halbe Million Besucher auf unserer Website.«

Er legte eine Pause ein und wartete auf meine Reaktion.

»Hm-hm.«

Je mehr er erzählte, desto aufgeregter und begeisterter wurde er.

»Selbstverständlich hätten wir uns nie träumen lassen, dass wir eines Tages unseren Lebensunterhalt damit verdienen könnten – wir haben es nur gemacht, weil ... na ja, wir haben es eben einfach nur gemacht. Aber dann ging das mit der Werbung los. Erst nur kleine Sachen – Massageöle, Kondome, Schließmuskel-Dehner und so weiter – aber es lief einfach ungeheuer. Irgendwann haben wir angefangen, das Zeug selbst zu verkaufen. Natürlich kam alles vom Großhandel, aber Fiona und ich haben die Sachen auf unserer Website eingearbeitet, damit es eher nach einem persönlichen Service aussieht.«

Lieber Gott, mach, dass ich nicht in diesem Büro sitze!

»Dann haben wir einen Mitglieder-Bereich auf Abonnement-Basis eingerichtet, in dem die Leute ihre näheren Angaben auflisten, Wünsche äußern und chatten können. Letzte Woche konnten wir dann eine *große* Firma als Sponsor gewinnen, die ›Playwear‹, also gepolsterte Handschellen, Sex-Spielzeug und so Sachen verkauft. In diesem Augenblick haben wir beschlossen, voll einzusteigen. Wir organisieren die ganzen Daten, stellen den Kontakt zu Lieferanten her, versorgen unsere Kunden mit Informationen – wir können wesentlich mehr verdienen als im Bibliotheksdienst, mit genau denselben Fähigkeiten. Jetzt gibt es für mich keinen Grund mehr, hier zu arbeiten, und nachdem die ganze Sache nun so groß wird, wäre früher oder später sowieso alles herausgekommen, und ich wusste, dass die

Universität damit nicht glücklich wäre – was sie natürlich auch nicht war, als ich ihnen davon erzählt habe. Und selbst wenn sie es gewesen wären, hätten sich die Leute hier im Lern-Center damit nicht wohl gefühlt. Deshalb erzähle ich es nur Ihnen. Ich wusste, dass Sie es verstehen würden.«

Meine Fäuste waren so fest geballt, dass sich meine Fingernägel in die Handflächen gruben.

»Mmmmh ... Wieso sagen Sie eigentlich dauernd, dass *ich* es bestimmt verstehe?«

Wir hörten jemanden an die Scheibe klopfen und sahen hinaus. Dort stand Bill Acton und deutete zuerst auf seine Leistengegend, dann auf meine, ehe er fragend seinen Daumen hob – »Okay?«.

Ich wandte mich zu Bernard um.

»Ich muss nach Hause.«

»Klar, Pel, ich auch. Nun ... es könnte sein, dass wir uns heute zum letzten Mal begegnen. Passen Sie auf sich auf, okay?« Er hielt mir die Hand hin, schüttelte sie kräftig, hielt sie mit beiden Händen. »Ich weiß, ich habe es mir so ausgesucht, und so ist es für mich das Beste, aber ich werde meinen alten Laden vermissen ... Wenn etwas Gras über alles gewachsen ist, kommen Sie uns vielleicht mal mit Ursula besuchen, zum Abendessen – Fiona macht ein fabelhaftes Risotto. Wir würden Sie beide sehr gern mal näher kennen lernen.«

»Ich muss jetzt *wirklich* nach Hause.«

»Ja, ja. Es scheuert. Das sagten Sie. Na ja ... Das war's dann wohl ... Oh! Soll ich Ihnen die Adresse unserer Website geben?«

»*Nein!* Nein, nein, das ist ... Nein ... Nein. Die finde ich dann schon. Schließlich bin ich hier der CTASATM.«

»Ja, natürlich. Das schaffen Sie sicher auch mit verbundenen Augen.«

»Das sollte ich ausprobieren. Hören Sie – ich muss gehen ... Viel Glück, Bernard. Wirklich, ich hoffe, es läuft alles gut für Sie.«

»Das Ding hab ich schon im Sack.«

»Ja. Wahrscheinlich.«

Ich ging nach Hause und stieg so schnell wie möglich aus meinem Gummianzug, wobei ich den Gedanken nicht abschütteln konnte, dass Bernard vermutlich nach Hause gegangen war und das genaue Gegenteil gemacht hatte.

Ursula verschaltete sich, worauf der Motor des Umzugswagens aufheulte.

»Vorsicht«, sagte ich. »Du wirst noch alle aufwecken.«

Sie riss den baumelnden Duftbaum vom Rückspiegel und warf ihn nach mir.

»Autsch! Wofür war das denn jetzt?«

»Damit wollte ich mich nur auf Trab halten, bis ich Zeit habe, dich in Brand zu setzen.«

»Du bist ziemlich leicht reizbar, weißt du das? Dich könnte bestimmt kein anderer ertragen.«

»Es ist drei Uhr morgens. Seit zehn Stunden schleppe ich Kisten. Ich bin sehr müde. Und ich weiß noch immer nicht, was ich mit deiner Leiche anstellen soll. Du lebst nur, weil ich Hilfe brauche, um die Waschmaschine hochzuheben, also überspann den Bogen nicht.«

Es hatte ein Missverständnis gegeben.

Ursula hatte mir die Aufgabe übertragen, einen Transporter zu besorgen, mit dem wir alles in unser neues Haus schaffen konnten. Sie wollte kein Umzugsunternehmen engagieren, weil man denen nicht trauen konnte, und außerdem wäre es billiger, wenn wir es selbst machten. Also hatte ich einen riesigen Transporter gemietet. Wie befohlen. Der Wagen war gewaltig groß, das neue Haus nur etwa zwei Meilen entfernt, also dachte ich, die ganze Sache konnte nicht mehr als zwei, drei Stunden dauern. Deshalb hatte ich den Wagen am späten Nachmittag abgeholt und war zu unserem Haus gefahren, um mich mit Ursula zu treffen und loszulegen. Ich hatte es sogar so eingefädelt, dass meine Mutter die Kinder nahm. Als ich ankam, musterte Ursula erst den Transporter, dann mich.

»Du Voll-Voll-Voll-Voll-Vollidiot!«

»Was?«

»Wozu hast du diesen Van geholt?«

»Das hast du doch gesagt.«

»Ich meine, wozu hast du ihn *jetzt* geholt? Es ist doch mitten in der Woche. Ich meinte, du solltest ihn übers Wochenende mieten. Wie sollen wir das ganze Zeug an *einem* Abend transportieren? Für wie viele Tage haben wir den Wagen? Wann musst du ihn wieder zurückbringen?«

»Mmmmh, morgen früh.«

Ich sah, wie sie sich anspannte, und trat einen Schritt zurück.

»Es wird schon klappen. Wie spät ist es jetzt? Fünf? Halb sechs? Um acht sind wir fertig. Allerspätestens neun.«

Ich konnte mir nicht vorstellen, wieso es – nachdem wir einen so großen Transporter hatten und fast alles schon gepackt war – länger dauern sollte. Nun, da waren wir also um drei Uhr früh immer noch dabei, Sachen zu unserem neuen Haus zu fahren. Man lernt nie aus, oder?

»Hör mal«, sagte ich und hob einen Olivenzweig auf. »Ich bin gern bereit zuzugeben, dass ich mich getäuscht habe, wie lange es dauert. Also – jetzt habe ich es gesagt ... Okay? ... Hey?«

»Du kannst dich nicht einfach entschuldigen und ...«

»Hoho, Moment mal! Ich habe nicht gesagt, ich wollte mich entschuldigen – im eigentlichen Wortsinn. Ich habe nur gesagt, ich hätte mich getäuscht. Es war ein echter Fehler. Lass uns jetzt nicht um die Schuldfrage schachern. Denn wenn wir erst *damit* anfangen, wird sicher der eine oder andere sagen, man sollte sich, wenn man jemandem sagt, dass er was machen soll, statt es selbst zu machen, nicht beklagen, wenn der andere es nicht *exakt* genauso macht, wie man es selbst gemacht hätte.

Du hast gesagt, ich soll einen Umzugswagen besorgen. Ich habe einen Umzugswagen besorgt. Das sind die Fakten.«

Wahrscheinlich war es gut, dass ich zu Fuß nach Hause gehen konnte. Schließlich war es nur eine Meile, und sie bekam etwas Zeit, sich zu beruhigen.

»Oh, Mann, *Himmelarsch* – stell das Scheißding ab, Nazim!« George Jones hielt sich die Ohren zu, als Nazims Handy seinen grellen Klingelton von sich gab. »Nicht wenn ich so eine Birne hab wie heute Morgen. Das ist ja, als würde einem jemand gefrorene Scheiße in die Ohren bohren.«

Leicht schwankend stand ich im Büro des Vizepräsidenten, nachdem ich gerade erst zur Arbeit gekommen war und kaum Gelegenheit gehabt hatte, Bill Actons Erkundigungen nach dem Zustand meiner Hoden nachzukommen, da man mich bereits rief. Nazim hatte mich mit einem freundschaftlichen Klaps auf die Schulter begrüßt, und George hatte kurz zu lächeln versucht, während er sein Glas mit sprudelnden Kopfschmerztabletten an die Lippen hob. Er trank es aus, dann knallte er das Glas stöhnend auf die Schreibtischplatte. Sein Gesicht war von kleinen Tropfen übersät. In der vergangenen Minute hatte Nazim eine Menge heiße Luft von sich gegeben, George hatte gestöhnt und gerülpst, und ich hatte versucht, mich zusammenzureißen, damit ich nicht einschlief und mit dem Gesicht voran am Boden aufschlug. Doch die Sorge hielt mich wach. Wenn man mich so plötzlich zu einem Gespräch mit George und Nazim rief, gab es vermutlich Triaden-Ärger.

»Setz dich, Mann«, sagte George schließlich. »Du siehst scheiße aus. Was ist los mit dir? Hast du gestern auch beim Guinness zugeschlagen? Man will nur einen kleinen Drink mit seinen Kumpels nehmen, und schon werden es doch wieder fünf oder sechs. Und irgendwann kommt man zu sich, liegt mitten auf der Treppe und hat alle Mühe, noch irgendwas bei sich zu behalten, stimmt's?«

»Geht schon, George. Ich bin nur ein bisschen müde.« Tatsächlich hatte ich zwanzig Minuten Schlaf gefunden. Jedes Blinzeln lockte mich in die Bewusstlosigkeit.

»Du solltest besser auf dich aufpassen, Pel. Gesundheit ist das Allerwichtigste.«

»Hört mal, Jungs, da heute alle etwas mitgenommen sind, sollten wir diese Sache zügig hinter uns bringen, ja?«, sagte Nazim.

»Mach schon, Mann«, antwortete George unter Schmerzen. »Sag du es ihm. Ich werde hier einfach nur sitzen und versuchen, alles bei mir zu behalten.«

»Kein Problem. Lehn dich zurück, George. Pel ...« Nazim schob sich auf Georges Schreibtisch und beugte sich vor. »Pel ... ich darf doch du sagen, oder? ... Pel, hast du eine Ahnung, wieso wir dich hierher gebeten haben?«

»Nein. Nein, keinen Schimmer«, log ich. Wenn ich angesichts des Triaden-Horrors, den man mir vermutlich gleich eröffnen würde, ahnungsloses Staunen markierte, stünden meine Chancen vielleicht besser, nicht weiter hineingezogen zu werden.

»Du bist hier, weil du ein Macher bist, Mann. Wie du in TSRs Fußstapfen getreten bist und einfach weitergemacht hast, als wäre nichts gewesen? Das hat uns beeindruckt, Pel. Wir sind hier eine große, dynamische Universität. Alles geht so schnell, und wir brauchen Leute, die damit Schritt halten können. Wir glauben, dass du erkennst, was zu tun ist. Du stehst mit beiden Beinen auf dem Boden – so jemanden brauchen wir.«

Für eine Stunde Schlaf im Stehen würde ich eine Niere geben.

»Wie du vielleicht weißt, haben wir momentan ein kleines Problem.« Nazim machte ein ernstes Gesicht. »Bernard Donnelly hat uns ziemlich hängen lassen. Weißt du, wieso er weg ist?«

»Ja. Er hat es mir gestern erzählt.«

»Hat er? Hast du eine Ahnung, wer noch davon weiß?«

»Mmh, Keith – Keith Hughes –, glaube ich. Aber sonst niemand. Dass hat Bernard zumindest gesagt.«

»Gut. Na ja, dabei wollen wir es auch belassen, okay? Die Medien lieben solche Sex-Geschichten, und das ist nicht gerade die Art Publicity, die unsere Uni brauchen kann.«

»Gut. Okay. Ich sag kein Wort. Kein Problem. Dann mache ich mich jetzt mal auf die Socken.« Damit ich auf der Toilette schlafen konnte.

Nazim lachte und klopfte mir auf die Schulter.

»Nein, Pel, deshalb haben wir dich nicht hierher gebeten. Wir wussten, dass du so schlau bist, den Mund zu halten. Wir wussten, dass wir dir das nicht erst erklären müssen. Großer Gott, nein … Wir wollten dir den Posten des LCMs anbieten.«

»Geschäftsführend«, fügte George unter den Händen hinzu, mit denen er seinen Kopf festhielt.

»Ja, geschäftsführend – Geschäftsführender Manager des Lern-Centers. Wie wär's damit, Pel? Fühlst du dich der Aufgabe gewachsen?«

Ich hatte das Gefühl, als stünde die Chance, dass ich eingenickt war und alles nur träumte, bei circa achtzig Prozent. Ich rieb mir die Augen, stellte jedoch fest, dass ich George und Nazim noch immer vor mir sah.

»*Ich* soll LCM werden? Ihr seid euch doch darüber im Klaren, dass ich kein qualifizierter Bibliothekar bin?«

»Das sollte dir keine Sorgen bereiten«, erwiderte Nazim, schüttelte den Kopf und hob die Hände, als wollte er den Verkehr anhalten.

»Ich behaupte nicht, dass es mir Sorgen bereitet. Ich könnte mir vor Selbstverachtung kaum noch in die Augen sehen, wenn ich einer wäre. Aber unter den Bibliothekaren im Lern-Center dürfte es sicher Thema werden. Einen Nicht-Bibliothekar zum LCM machen? Sie werden durch die Straßen marschieren und Autos umkippen.«

»Das ist kein Thema, glaub mir. Du wirst den Geschäftsführenden LCM spielen, und die Tatsache, dass du *kein* Bibliothekar bist, wird die Leuten glauben lassen, dass du den Kahn nur vorübergehend steuerst. Wir brauchen hier jemanden, der ganz schnell einspringt, Pel, aber sie sollen nicht denken, wir hätten schon einen neuen LCM ernannt, ohne uns an die vorgeschriebene Prozedur zu halten.«

»Was ist denn mit David? Wieso fragt ihr nicht David, ob er es machen will? Er ist der Leitende Bibliothekar.«

»Wir möchten David Woolf lieber nicht auf diesem Posten haben, Pel. Man würde ihm die Stellung ganz bestimmt nicht dauerhaft anvertrauen ...«

»Wieso nicht?«

»Na ja, erstens hat es schon Tradition, dass David den Job nicht bekommt. Wenn wir ihn nach all seinen vergeblichen Versuchen zum LCM machen würden, sähe es aus, als würde unser Qualitätsstandard nachlassen.«

»Außerdem ist er ein übereifriger Wichser«, fügte George hinzu, ohne den Kopf zu heben.

»George will damit sagen, dass David Woolf etwas unflexibel ist ...«

»Er ist ein echter Korinthenkacker.«

»... und engstirniges Denken ist an einer modernen, zukunftsorientierten Universität wie dieser weder nützlich noch angemessen.«

»Trotzdem«, sagte ich unter der bleiernen Decke meiner Müdigkeit hervor. »Ich hätte gedacht, dass Keith Hughes bestimmt auch etwas dazu sagen will.«

Nazim lächelte. »Keith Hughes hält sich zunehmend aus allem raus, was nicht speziell mit Lehrmitteln zu tun hat. Ich glaube, er hat die Managerkrankheit.«

»Dann Rose Warchowski. Schließlich ist es ihre Abteilung.«

George brach in lautes Gelächter aus, ehe er laut aufstöhnte und sich wieder den Kopf hielt.

»Pel«, sagte Nazim und stützte sich mit dem Arm auf meiner Schulter ab. »Es *gibt* keine Rose Warchowski.«

»Was soll das heißen? Ich verstehe nicht. Sie ist die oberste Chefin der Abteilung ›Technik & Lehrmittel‹ – wollt ihr etwa sagen, ihr hättet sie euch *ausgedacht*?«

Nazim lachte und schüttelte meine Schulter.

»Nein, nein, natürlich nicht – reiß dich zusammen, Pel. Rose Warchowski war eine reale Person, und sie ist auch Leiterin der Abteilung ›Technik & Lehrmittel‹. Du bist früher sogar nach der Arbeit mit ihr einen trinken gewesen, oder, George?«

»Jep.« Endlich hob George seinen Kopf, und die Erinnerung daran zauberte einen leicht verträumten und melancholischen Ausdruck auf sein Gesicht. Er nickte langsam. »Toller Arsch für eine Frau in ihrem Alter.«

»Jedenfalls«, fuhr Nazim fort, »ist sie vor ein paar Jahren einfach … puff!« Er drehte die Handflächen nach oben und spreizte die Finger. Wie kleine Explosionen oder Blumen, die mit Höchstgeschwindigkeit aufblühten. »Verschwunden. Ist einfach nicht mehr zur Arbeit gekommen. Eine Zeit lang haben wir uns nichts dabei gedacht. Eine Menge von Georges Trinkkumpanen tauchen manchmal ein paar Tage ab.«

George sah mich an und zuckte mit den Schultern.

Nazim fuhr fort: »Aber nach einer Woche etwa haben wir uns dann doch langsam Sorgen gemacht. Hier gingen ein paar – hm – entscheidende Dinge vor sich, mit denen sie zu tun hatte, und deshalb sind wir natürlich zu ihr gefahren und in ihr Haus eingebrochen. Keine Spur weit und breit.«

»Habt ihr die Polizei gerufen?«, fragte ich.

»Ja«, antwortete Nazim. »Aber selbstverständlich – eine Zeit lang haben wir darüber nachgedacht. Aber dann haben wir uns gefragt, was das Beste für *alle* wäre. Die Publicity wäre nicht gut für uns. Wenn sie verrückt geworden oder in eine Sekte oder so was eingetreten war, ging es uns nichts an, und wir sollten sie in Frieden lassen. Falls sie entführt worden sein sollte – und das war keine schöne Vorstellung, Mann, ganz und gar nicht -, war sie inzwischen wahrscheinlich längst tot. Sie hatte keine Familie, wer also sollte davon profitieren? Niemand. Absolut niemand. *Allerdings* … als wir uns in ihren Sachen umgesehen haben, wurde klar, wie ordentlich sie wirklich gewesen war. Anscheinend haben Bibliothekare keinen ›Aus‹-Schalter. Ihre Papiere waren geordnet und beschriftet und ihr Leben so organisiert, dass es mit einem Minimum an Aufwand lief. Die Rechnungen – Hypothek, Strom, Telefon, Gas, Steuer etc. pp. – wurden von einem Konto abgebucht, auf das die Universität ihr Gehalt jeden Monat automatisch überwies.

Rose Warchowskis Leben konnte auch problemlos ohne Rose Warchowski weitergehen.

Das Tolle daran war, dass wir dadurch Zugang zu ihrem Gehalt bekamen. Solange Rose bezahlt wurde, konnten wir Schecks ausschreiben, an wen wir wollten, um der Universität zu helfen. Ich habe etwas geübt, und ihre Unterschrift war nicht schwer zu kopieren. Banken überprüfen das sowieso nicht so genau, sondern warten lieber auf Beschwerden – das senkt die Verwaltungskosten. Außerdem schicken sie einem automatisch ein neues Scheckheft zu, wenn das alte zu Ende geht. Wunderbar. Rose bekam ein recht eindrucksvolles Gehalt …«

»Und seitdem habe ich ihr drei sehr großzügige Gehaltserhöhungen zukommen lassen«, warf George ein.

»Das stimmt. Somit hatten wir einen perfekten Fonds, für den wir keine Bücher manipulieren mussten, um Bargeld verfügbar zu haben. Wahrscheinlich hat Rose, seit sie nicht mehr da ist, mehr für die Universität getan, als in der ganzen Zeit, die sie hier war … Pel? Du hast Nasenbluten.«

»Ja«, antwortete ich leise. »Ja, ich glaube, das könnte möglich sein.«

Nazim zog ein Taschentuch heraus und reichte es mir.

»Danke … Aber, mh, wie kann das funktionieren? Was ist mit Rose Warchowskis Arbeit?«

»Sie hat im Grunde keine«, sagte George. »Oh, wenn sie hier wäre, würde sie sicher etwas finden, aber sie müsste sie sich selbst ausdenken. Niemand gibt dir Aufgaben, wenn du Abteilungsleiter bist. Der Einzige, dem du Rede und Antwort stehen musst, bin ich. Leg deinen Kopf in den Nacken.«

»Aber trotzdem, wieso merkt es keiner? Keith zum Beispiel. Keith muss sich doch wundern, wieso er seine Chefin seit mehreren Jahren nicht mehr gesehen hat. Meine Güte, ihre Büros liegen Tür an Tür.«

Nazim schüttelte den Kopf.

»Wie gesagt: Keith Hughes hält sich aus allem raus. Er zieht den Kopf ein und legt Scheuklappen an. Er will einfach nicht in irgendetwas mit hineingezogen werden, was ihn aufregen könnte, und er wird niemals Fragen stellen, wenn die Gefahr besteht, dass ihm die Antworten vielleicht nicht gefallen. Von Zeit zu Zeit schicken ihm George und ich – und andere Leute – E-Mails von ›Rose Warchowski‹, oder wir leiten Dokumente über die Hauspost weiter. Wenn ein unvermeidliches Meeting mit irgendjemandem von außen nötig wird, springen George oder ich für sie ein, entschuldigen sie wegen einer plötzlichen Lebensmittelvergiftung oder einem gebrochenen Knöchel. Einmal, bei einem wichtigen Meeting, haben wir eine Schauspielerin engagiert, die sie spielte. Wir haben ihr erzählt, es sei ein interner Test, weil wir wissen wollten, ob jemand merken würde, dass sie nicht qualifiziert ist.«

»Das beste Meeting, das wir je hatten«, prahlte George. »Wir hätten diese Frau noch weiter eingesetzt, aber sie hat eine Rolle bei den *EastEnders* bekommen, deshalb wäre das Risiko zu groß geworden.«

»Darum musst du dir überhaupt keine Sorgen machen, Pel«, sagte Nazim. »Rose Warchowski ist kein Thema, wenn du LCM wirst.«

Ich war so müde, dass es beinahe Sinn ergab. »Aber wenn ich LCM bin, wer wird dann CTASATM?«

»Also, du wirst nur vorübergehend LCM, ja?«, antwortete Nazim.

»Geschäftsführend«, sagte George.

»Genau. Du wirst Geschäftsführender LCM, und da es sich nur um eine zeitlich begrenzte Maßnahme handelt, wollen wir dich gern als CTASATM behalten.«

»Ich bin außerdem der Supervisor des Computer-Teams.«

»Ja. Das auch. Es ist nur für ein paar Monate. Die anderen Stellungen in diesem Stadium auszufüllen, wäre auf lange Sicht nur störend. Wir zahlen dir das volle Gehalt, auf dem Einstiegslevel eines LCMs …«

»Eines Geschäftsführenden LCMs«, stellte George klar.

»… eines Geschäftsführenden LCMs natürlich. Dein Gehalt als CTASATM ist ja eine echte Beleidigung, oder? Es ist ja wirklich lachhaft. Ich weiß nicht, wie wir es hinbekommen haben, dir so wenig zu bezahlen. Für die Zeit, die du LCM bist …«

»*Geschäftsführender* LCM«, sagte George.

»… für die Zeit, die du Geschäftsführender LCM bist, bekommst du fast das Doppelte.«

»Und du kriegst einen eigenen Parkplatz.«

»Ich komme nicht mit dem Wagen.«

»Gut – du kannst den Platz unter den Mitarbeitern versteigern. Ich sage dir, dafür gibt es einen guten Preis, Mann.«

Vielleicht lag es zum Teil daran, dass mir ohnehin nichts mehr einfiel – jedenfalls wollte mir kein Grund einfallen, wieso ich dieses Angebot ablehnen sollte. Gewiss, in einer leitenden Funktion würde ich mehr Verantwortung übernehmen müssen – auch wenn ich noch weniger Ahnung von dem Job hatte. Ja, es ging wirklich alles sehr schnell – und was noch entscheidender war: Es war Georges und Nazims Geschwindigkeit, nicht meine. Aber war das unbedingt so schlecht? Man bot mir einen Job an, vorübergehend oder nicht, bei dem ich doppelt so viel verdiente wie jetzt. Wir hatten gerade erst ein neues Haus bezogen, an dem es einiges zu tun gab. Ich wusste, dass

Ursula die Dinge über die Bühne haben wollte, neue Möbel kaufen … alles Mögliche. Es würde sie sehr glücklich machen, wenn wir dafür mehr Geld hätten. Sie würde sich so freuen, wenn sie das Haus verschönern und alles so machen konnte, wie sie es haben wollte.

Oder dieser Monsterfernseher, den ich da gesehen hatte. Wir könnten das Geld auch dafür ausgeben: Widescreen, Subwoofer, Surround-Speaker … ja, davon hatten doch alle was!

»Okay«, sagte ich. »Ich bin euer neuer LCM.«

»Super!«, meinte Nazim.

»Geschäftsführend«, sagte George.

»Wer würdest du sein wollen, wenn du es dir aussuchen könntest?«, fragte ich und griff nach der ersten der drei Tassen schwarzen Kaffee, die vor mir aufgereiht standen.

»Das ist schwierig«, antwortete Roo. »Ich bin mir nicht sicher … wenn ich all das hier eintauschen müsste …« Er deutete auf sich selbst. »… ob ein einzelner Mensch Anreiz genug wäre. Dürfte ich auch kombinieren? Sagen wir, Bill Gates' Geld, die Stimme von Isaac Hayes, die Garderobe von Julian Cope und die Brüste von Anna Nicole Smith, damit ich in der Badewanne was zum Spielen hätte.«

»Vielleicht überdenkst du deine Wahl, wenn ich dir erzähle, dass man mich eben zum Manager des Lern-Centers gemacht hat. Sei ehrlich, Roo. Jetzt – mehr denn je – möchtest du *ich* sein, stimmt's?«

»Wow! Herzlichen Glückwunsch, Pel!«, sagte Tracey.

Roo schüttelte den Kopf und seufzte.

»Du freust dich darüber, dass man dich innerhalb einer Bibliothek befördert hat. Das, Pel, ist der Augenblick, in dem du alt geworden bist.«

»Es ist keine Bibliothek. Es ist ein Lern-Center.«

»Aaahh … das kommt zwar aus deinem Mund, aber kann man trotzdem sicher sein, dass es ironisch gemeint ist?«

»Dürfte ich mal etwas fragen?«, sagte Tracey.

»Das *ist* schon eine Frage«, sagte ich. »Du hast die Antwort schon verbraucht.«

»Im Grunde bist du doch sogar *zufrieden mit dir*, dass du so was sagen kannst, oder? Unfassbar. Aber eigentlich wollte ich etwas anderes fragen: Wieso willst du eigentlich nicht Ursula sein?«

»*Was?*«

»Na, man sollte meinen, sie wäre der Mensch, der du am liebsten wärst. Wenn du jemanden mehr als alle anderen auf der Welt liebst und mit ihm den Rest deines Lebens verbringen willst, müsstest du ihn doch für etwas ganz Besonderes halten … sollte man also nicht grundsätzlich sein Partner sein wollen? Weißt du, es ist eine …«

»Rhetorische Frage?«

»Ja, mehr oder weniger. Ich weiß genau, dass ich nie einer meiner Liebhaber sein wollte. Aber wenn sie ein Einziger wären, den ich respektiere und mehr als alle anderen lieben würde, wieso nicht?«

»Wenn du deine Liebhaber wärst, könnten sie ja nicht mehr mit dir zusammen sein. Ich denke, das wäre ein allzu großer Verlust.«

Sie schüttelte den Kopf. »Nein, ich glaube, das ist es nicht.«

»Oh, ich glaube, das ist es vielleicht doch«, sagte Roo.

»Ooooooh, ich glaube, das ist es sicher nicht«, beharrte sie.

»Ganz wie du meinst.« Roo schnalzte feucht mit der Zunge und sah aus dem Fenster.

»Gut. Denn ich weiß genau, dass es nicht so ist.«

»Okay.« Roo zuckte mit den Achseln.

»Ist es *nicht*.«

»Ich streite doch gar nicht mit dir.« Er schnalzte mit der Zunge und sah weiter aus dem Fenster.

Ich ging dazwischen. »Ich weiß nicht, wie es anderen geht, aber abgesehen davon, dass sie sowieso nicht ganz bei Trost ist, würde ich nicht Ursula sein wollen, weil sie in einer schrecklichen Welt leben muss.«

»Wieso denn das?«, fragte Tracey. »Du lebst doch auch in dieser Welt.«

»Oh, es ist ein schrecklicher, schrecklicher Ort. Freudlos.«

»Wieso?«

»Total.«

»*Wieso?*«

»*Total.* Das ist der Punkt. Da gibt es keinerlei Spaß mehr. Okay, nehmen wir die Alarmanlage an unserem Wagen, okay? Da ist so ein kleiner Anhänger am Schlüsselring, und man drückt einen Knopf, um den Alarm zu aktivieren oder zu deaktivieren. Das ist *grandios*. Man kann nach hinten feuern, wenn man vom Wagen weggeht, sogar über die Schulter. Und wenn man wieder zum Wagen *zurück*kommt, ist es sogar noch besser. Man kann sehen, wie weit man vom Wagen weg ist und trotzdem trifft – manchmal, wenn man den Anhänger hoch in die Luft hält, kann man den Alarm über den ganzen Parkplatz hinweg deaktivieren! Oder man kann warten, bis man näher dran ist und einfach – paff! – aus der Hüfte feuern. Ich wünschte, wir hätten eine Zentralverriegelung, dann gäbe es so ein geiles ›Chunk!‹, wenn ich treffe. Zieh! Feuer! Chunk! *Grandios!* Aber ich habe gesehen, wie Ursula den Alarm an- und abstellt, und es sieht so aus, als würde es sie kein bisschen antörnen. Könntet ihr euch vorstellen, in so einer Welt zu leben?«

»Roo? Nimm meine Hand«, sagte Tracey. »Er macht mir Angst.«

Als ich wieder zum Lern-Center kam, fand ich dort einen Menschenauflauf vor. Die Leute hatten sich beim Büro des LCMs versammelt – das nun natürlich *mein* Büro war – und warteten auf mich. »Da *ist* er!«, rief irgendjemand, worauf sich alle nach mir umdrehten und ein dumpfes Stimmengewirr laut wurde. Am liebsten hätte ich die Beine in die Hand genommen, aber vermutlich hätte das nur eine Verfolgungsjagd ausgelöst, und ich wäre von wütenden Bibliothekaren durch die Straßen gejagt worden, die »Schnappt ihn euch!« und »Lasst die Hunde los!« brüllten. Allerdings legte ich ein beträchtliches Maß an Kampfbereitschaft an den Tag, freischwebend auf einer Wolke aus Müdigkeit und Koffein. Es war eine seltsame Mischung – so als nähmen meine Sinne mit einem Mal alles um mich herum überdeutlich wahr, während ich gar nicht richtig anwesend war, sondern eher wie ein teilnahmsloser Zuschauer daneben stand.

»Was gibt es hier für ein Problem?«, fragte ich und schlenderte auf sie zu.

Es folgte eine Bewegung, ein Blubbern in der Menge, und wie eine Ameise, die aus einem Sandhaufen kroch, kämpfte sich Karen Rawbone nach vorn. (Das heißt dorthin, wo jetzt *vorn* war, denn dort stand ich – *das* ist wahre Macht!)

»Das«, antwortete Karen, »ist das Problem.« Damit reichte sie mir den Ausdruck einer E-Mail. Sie stammte von Rose Warchowski. Zweifellos hatte Nazim mal wieder die Fäden gezogen.

»Glückwunsch an Pel Dalton«, hatte Rose Warchowskis Geist geschrieben, »zu seiner Ernennung als Manager des Lern-Center! (Geschäftsführend.) Ich bin sicher, dass er mit seinen fachlichen Kenntnissen und seiner Management-Begabung in diesen besonders umtriebigen Zeiten in der Abteilung ›Technik & Lehrmittel‹ einen nützlichen Beitrag leisten kann. Als federführende Leitung dieser Abteilung spreche ich gewiss im Namen aller, wenn ich ihm auf seinem wohlverdienten, vorübergehenden Posten alles Gute wünsche.«

»Das ist aber nett von Rose«, sagte ich und gab ihr den Zettel zurück.

Ich spürte den Windhauch hunderttausender Härchen, die sich gleichzeitig aufstellten.

»Das ist hanebüchen!«, spie Karen. »Du magst ja auf anderen Gebieten begabt sein, Pel – ich will keine persönliche Sache daraus machen –, aber ganz bestimmt hast du weder fachliche Kenntnisse noch so etwas wie eine Management-Begabung. Und selbst davon mal abgesehen, ist es absolut inakzeptabel, dich ohne jede Rücksprache zu ernennen.«

»Weil ich kein Bibliothekar bin?«

»Das auch, ja.«

Mir fiel auf, dass David da war, aber er stand weiter hinten und sah mich nicht einmal an. Karen hatte sich selbst zur Sprecherin ernannt.

Oh, Koffein und Adrenalin, dazu der dämpfende Nebel lähmender Müdigkeit, der die Wirkung etwas linderte. Ich ging ein paar Schritte und bekam einen Schreibtisch zu fassen, den ich nach draußen vor den Mob zerrte. Mit einem grazilen Schwung sprang ich darauf, stellte mich hin und überschaute die Menge – ein Meer aus nach oben gerichteten Gesichtern weit unter mir. Karen stand ganz vorn, ganz nah am Tisch, mit ihrem Kopf – wunderbar – genau auf Hüfthöhe.

»Ich bin nur ein einfacher Mann«, begann ich. »Ich bin in dieser Stadt geboren. Hier ist meine Heimat. Nicht weit von hier steht mein Haus. Es ist mein Heim – mein Nest, mein Zuhause. In gewisser Weise aber ist auch *das* hier, das Lern-Center, mein Zuhause. Ich will alles tun, was für meine Heimat und die Menschen, die sie mit mir teilen, das Beste ist. Ich habe nicht um den Job als Lern-Center-Manager gebeten, nein, Sir. Ich habe nicht darum gebeten, aber wenn die Geschäftsleitung in ihrer Weisheit beschlossen hat, ihn mir zu geben … dann will ich verdammt noch mal auch alles tun, ihn gut zu machen. Ja, ich bin kein Bibliothekar – wie viele Leute sind das schon? Okay, okay, nehmt die Hände wieder runter. Das ist nicht der Punkt. Ja, ich bin kein Bibliothekar, aber heißt das, dass es mir *egal* wäre? Wir leben in einer Welt, in der die Informationstechnologie die gesamte Erziehung verändert. Wir alle sind uns darüber im Klaren, dass sie den Betrieb schon bis zur Unkenntlichkeit verändert hat und weiterhin verändern wird, bis wir ihn in fünf Jahren vielleicht noch weniger wiedererkennen als heute. Wissen Sie, was ich sage? Ich sage: ›Ja!‹ Und dafür werde ich nicht um Verzeihung bitten. Das – das – ist der Kontext, in dem man meine Ernennung zum LCM betrachten muss. Eine *vorübergehende* Ernennung, was wir nicht vergessen sollten. Ich bin nur ein Trichter, durch den die Zeit rieseln wird, bis wir einen endgültigen LCM bekommen. Das sind die Fakten. Nun, meine Freunde, konzentrieren wir uns darauf, was wir *alle* wollen: unseren Benutzern den verdammt besten Service bieten, den sie je gesehen haben!«

»Aber du bist kein Bibliothekar«, warf Karen ein.

»Und *du* solltest dir deinen Damenbart färben, okay? Denn von hier oben … ›Burt Reynolds‹ sag ich nur.«

»Pel … es entgleitet dir«, flüsterte mir eine innere Stimme zu, doch ich zuckte nur mit den Schultern. »Ja, aber bis jetzt lief alles prima.«

»Wie kannst du es wagen, so mit mir zu sprechen?«, fauchte Karen.

»Ich bin jetzt Leiter des Lern-Centers, Karen. Ich muss mir Gedanken um das Image machen, das wir unseren Benutzern bieten. Studenten haben das Recht auf ein Studium ohne den Anblick deiner ewig säuerlichen Miene.«

»Ich werde dich wegen Beleidigung anzeigen, darauf kannst du dich verlassen. Wahrscheinlich meinst du, du könntest mit mir so reden, weil du mit deiner Freundin auch so redest. Aber ich denke, du wirst noch feststellen, dass Menschen, die in richtigen Beziehungen leben, so nicht miteinander kommunizieren.«

Sie verzog das Gesicht zu einem sarkastischen Grinsen und sah mit geschürzten Lippen zu mir auf – wie ein zuckender After.

»Normale Paare«, fuhr sie fort, »streiten sich nicht beim Einkaufen. *Normale* Paare haben dieselben Interessen und Ansichten. Die Kinder *normaler* Paare wissen sich in der Öffentlichkeit zu benehmen. Wenn die lachhaften Meinungsverschiedenheiten mit deiner Freundin kein Ende nehmen, wäre es vielleicht besser, deine kaputte Beziehung zu beenden, damit sich der ewige Ärger nicht auf deine Arbeit auswirkt.«

»Hör zu, Karen. *Du* magst deine Beziehung nach Anleitung von Frauenzeitschriften zusammengebastelt haben, *du* magst dir den lieben langen Tag anhören, was irgendwelche Fernsehpsychologen absondern, und *du* magst sogar glauben, dass ein Paar, das ums Einparken streitet, eine Beziehung führt, die bis ins Mark verrottet ist … ich aber nicht, okay? Außerdem will ich mein Leben nicht in so einem engen, masturbatorischen Phlegma mit jemandem verbringen, der dasselbe mag wie ich und auch dasselbe denkt. Unvereinbare Gegensätze halten Ursula und mich *zusammen*, okay? Wenn eure gruselige, knitterfreie Micky-Maus-Beziehung funktioniert, gut und schön. Aber normale Paare streiten darum, wer zuletzt die Fernsehzeitschrift hatte. *Normale* Paare drängeln um den Platz am Waschbecken. *Normale* Paare bestehen aus einem, der manisch darauf achtet, dass kein Licht mehr brennt, und einem, der absolut unfähig ist, es jemals hinter sich auszumachen. Ursula und ich sind ganz normal … nur eben erheblich mehr davon.«

»Ha!« Karen sah sich kurz nach der schweigenden Menge in ihrem Rücken um. »Ich denke, wir sollten die Entscheidung darüber, was normal ist, den normalen Menschen überlassen, ja?«

»Ach … *Du kannst mich mal.*«

Ich möchte ja nicht unbescheiden wirken, aber ich glaube, die besten Manager werden doch wohl eher geboren als erschaffen.

Der glückliche Tag im Leben
eines anderen

»Martha und Phill heiraten.« Ich schob Ursula die Einladung über den Frühstückstisch zu und machte mich daran, die restliche Post zu öffnen, die größtenteils aus Rechnungen bestand. Die Tatsache, dass wir inzwischen im neuen Haus wohnten, brachte angenehmerweise mit sich, dass viele davon noch an den früheren Besitzer adressiert waren.

»Wieso?«, fragte Ursula, drehte die Einladung um und betrachtete die Rückseite, als stünde die Antwort dort geschrieben.

»Woher soll ich das wissen? Vielleicht möchte Phill verhindern, dass Martha in einem Mordprozess gegen ihn aussagt.«

Eine Reihe dumpfer Schläge wummerte über die Zimmerdecke, beinahe so, als würden Jonathan und Peter von den unausgepackten Umzugskartons aufs Bett springen, was ich ihnen vor ziemlich genau fünf Minuten verboten hatte.

»Aber damit geht uns ein ganzer Samstag verloren. Hier ist noch so viel zu tun, und wir kriegen ja nur an Wochenenden was geschafft.«

»Phh – das kriegen wir schon hin.«

»*Ich* kriege es hin, meinst du. Du tust rein gar nichts.«

»Das stimmt doch *überhaupt* nicht, außerdem – ganz abgesehen davon – geht dir alles leichter von der Hand.«

»Wieso um alles in der Welt sollte es mir leichter von der Hand gehen?«

»Na, weil du von Natur aus eher umtriebig bist, ganz im Gegensatz zu mir. Man ist ja auch nicht mutig, nur weil man keine Angst hat. Um mutig zu sein, muss man sich fürchten

315

und *trotzdem* weitermachen. Selbst die kleinsten Dinge kosten mich erheblich mehr Anstrengung und Willenskraft als dich die großen Dinge.«

»Verstehe.«

»Du könntest den ganzen Zaun mit Holzschutzmittel streichen, während ich vorm Fernseher sitze, und dann – wenn du fertig bist – wasche ich die Pinsel aus. Aber im Grunde – *im Grunde* – haben wir beide gleich viel geleistet.« Ich hielt inne und lehnte mich zurück. »Ach so … und jetzt fühlst du dich besser, ja?«, fuhr ich fort, nachdem ich an mir hinuntergesehen hatte.

»Erheblich.«

»Also, ich werde mir jetzt eine frische Hose anziehen, und du solltest lieber hoffen, dass Milch keine Flecken gibt, das kann ich dir sagen.«

Ich stampfte die Treppe hinauf, so dass Ursula darüber nachdenken konnte, was sie getan hatte.

»Ist das Pipi?«, fragte Jonathan und deutete auf meinen Schritt, als ich auf dem Weg ins Badezimmer an ihm vorbeikam. Augenblicklich stand Peter an seiner Seite.

»Nein, natürlich nicht«, sagte ich. »Das ist Milch.«

»Milch? Wieso …«

»Seid ihr aufs Bett gesprungen?«

»Nein.«

»Wieso ist das Milch?«, fragte Peter.

»Schschscht!«, machte Jonathan.

Tags zuvor war ich so entmutigt gewesen, dass ich nicht einmal mein neues Büro betreten hatte. Nun, manch böses Wort war gefallen, Zorn war aufgelodert, deshalb hielt ich es für das Beste, einfach nach Hause zu gehen und zu hoffen, dass sich die Lage beruhigte. Als ich nun in dem Zimmer stand, fühlte ich mich doch etwas unwohl. Ich hatte so ein unangenehmes Gefühl – in Bernards Büro, an Bernards Computer, umgeben von

Bernards Unterlagen –, irgendwie selbst ein Bernard geworden zu sein. Ein leiser Schauer lief mir über den Rücken. Noch belastender allerdings war die Masse an Dingen, die augenscheinlich darauf wartete, in Angriff genommen zu werden. Mein Schreibtisch als Supervisor des Computer-Teams war stets eine Landschaft wogender Hügel von Chaos gewesen, so dass es nach viel Arbeit aussah (wenn auch nur die oberste Schicht, alles andere war Blödsinn oder unwichtig). Dann hatte ich TSRs Schreibtisch übernommen, der nicht sonderlich viel für Papierkram übrig hatte. Außerdem hatte er das Wenige so deponiert, dass es von außen nicht einzusehen war, und selbst bei näherer Betrachtung hatte es größtenteils keine tiefere Bedeutung. Im Nachhinein betrachtet war mein Umzug in TSRs Büro also gar nicht so übel gewesen. Bernard dagegen war Bibliothekar. Er hatte seine Sachen geordnet. Ohne aufzustehen konnte ich deutlich drei massive Türme mit Arbeit ausmachen, die über ordentlich beschrifteten Ablagen aufragten. Auf einem stand »Stellenbesetzung« – ich wollte lieber nicht einmal in die *Nähe* dieses Kastens kommen. Auf einem anderen stand »Beschwerden und Vorfälle«. Auch von diesem Stapel ließ ich die Finger, aber auf dem dritten stand »Versch.« – eine *ernstlich* beängstigende Kategorie, die so ziemlich alles umfassen konnte. Vielleicht hatte Bernard dort versehentlich die Bewerbungen der Mafia und kolumbianischer Todesschwadronen um die Studentenrekrutierung abgeheftet. *Viel schlimmer* allerdings war die Aussicht, versehentlich auf ein Foto von Bernard in Lack und Leder zu stoßen. Am besten fing ich wohl mit den Beschwerden an, da sich die Universität das Ziel gesetzt hatte, auf jede innerhalb einer Woche zu reagieren. Wir mussten nichts *tun*, um den Grund für die Beschwerde aus der Welt zu schaffen, da die meisten Klagen glücklicherweise von Geisteskranken kamen, aber zumindest dem Beschwerdeführer antworten.

Ich blätterte den Stapel durch. Das erste halbe Dutzend bestand aus Beschwerden, es müssten mehr Computer zur Verfügung stehen, das zweite Dutzend, es müssten mehr Computer zur Verfügung stehen, und in den Toiletten im ersten Stock würde es nach Erbrochenem stinken. Dann stieß ich auf eine Notiz vom Sicherheitsdienst, man habe in einem der abgeschlossenen Arbeitsplätze mal wieder einen Penner erwischt, daneben eine weitere Aufforderung, die Studenten sollten ihre Ausweise vorzeigen, damit Stadtstreicher leichter zu erkennen seien. Dann folgten noch ein paar wütende Tiraden zum Computermangel und eine hasserfüllte Attacke gegen unsere faschistischen Mitarbeiter, die sich der Durchsetzung des Handy-Verbotes annahmen, weitere vier oder fünf bittere Beschwerden über den Mangel an Computern, die Meldung über einen Exhibitionisten in der Semiotik, mehr Computer seien nötig, Diebstahl einer Handtasche. Und schließlich die Abschrift einer Beschwerde, die eine ältere Dame beim Sicherheitsdienst abgegeben hatte, nachdem sie offenbar bei ihren »Wirtschaftsstudien Teil II« einen Blick aus dem Fenster geworfen und auf dem Rasen zwei männliche Studenten gesehen hatte, die einander mit den Hosen in den Kniekehlen gegenüberstanden. Mit je einem Penis in der Hand knieten zwei Studentinnen daneben und rieben wild daran herum, »offenbar in einer Art Wettbewerb«. Bußgeld, Bußgeld, Bußgeld. Computer. Die Bitte, das Lern-Center möge doch bitte Personal einstellen, das nicht geistig behindert sei.

Das Telefon läutete.

»Hallo, Pel Dalton. Lern-Center Manager.«

»Hi, Mr. Dalton. Mein Name ist Marie Pileggi …«

»Verzeihung?«

»Wofür? Was meinen Sie?«

»Entschuldigung. Ich meinte: ›Verzeihung, wie war der Name?‹ Ich habe ihn nicht ganz mitbekommen.«

»Oh, verstehe. Marie Pileggi.«

»Äh, könnten Sie das buchstabieren?«

»Selbstverständlich. Meinen Sie, ich könnte meinen eigenen Namen nicht buchstabieren? Natürlich kann ich das.«

318

»Nein – Verzeihung – nein. *Könnten* Sie … *Würden* Sie ihn bitte für mich buchstabieren?«

»M … A … R … I … E … P … I … L … E … G … G … I …«

»Danke. Was ist das? Italienisch?«

»Ja.«

»Ich vermute, Sie sind eine unserer Studentinnen aus Übersee?«

»Nein, ich rufe für die *News* an.«

Die *News* war unsere Lokalzeitung, die ich nie las. Sie war nicht schlimmer als alle anderen Lokalzeitungen, womit ich sagen will, dass es darin nur um Geschäfte ging, die Werbung für sich selbst machten – »Derek Bromley, links, nimmt den Preis als ›Angestellter des Monats‹ aus der Hand von Geschäftsführerin Jane Nabbs entgegen« –, außerdem um wütende Pensionäre, die wissen wollten, wann der Stadtrat endlich ein bestimmtes Kanalisationsrohr reparieren ließ, und um so viele Gruppenfotos wie möglich (Schulen, Clubs, Wiedersehensfeiern usw.), wahrscheinlich in der Hoffnung, dass alle auf dem Foto und diejenigen, die jemanden darauf kannten, die Zeitung kaufen würden. Entscheidender als die Tatsache, dass ich die *News* nie las, war die Tatsache, dass alle Welt wusste, wie tief der Hass auf unsere Universität in der Redaktion verwurzelt war. Schwer zu sagen, woran das lag. Vermutlich daran, dass eine Zeitung einfach irgendetwas hassen *muss*, um Format zu haben, aber eine Regionalzeitung darf sich nicht von den Menschen entfremden, die sie kaufen. Somit war der Hass auf die Universität und den Stadtrat kein Problem, denn die Angestellten dort hassten sie nicht minder.

»Sie sind Reporterin bei den *News*?«

»Nein, ich mache nur Recherche. Ich rufe wegen dieses neuen Anbaus an. Offenbar haben die Arbeiten schon begonnen, oder?«

»Ja.«

»Und bisher ist noch nichts vorgefallen?«

»Was meinen Sie mit ›vorgefallen‹?«

»Ach, egal …«

»Na ja, ich bin in die Grube gefallen.« Ich lachte. »Ich schätze, das schreit nicht gerade nach einem Zeitungsartikel.«

»Sie sind in die Grube gefallen?«

»Mh, ja. Ich hatte es eilig und hab mir diesen Barney-Regenschirm vors Gesicht gehalten … ist nicht so wichtig. Vergessen Sie es.«

»Abgesehen davon, dass Sie ins Loch gefallen sind, ist also alles okay? Keine Probleme oder Ausgrabungen oder irgendwas?«

»Nein. Es ist … langweilig. Sehr, sehr langweilig.«

»Na, dann vielen Dank.«

»Keine Ursache.«

»Auf Wiederhören.«

»Ciao«, sagte ich bedeutsam.

»Was?«, meinte sie.

»Auf Wiederhören.«

Ich legte auf, aber das Telefon läutete fast augenblicklich wieder. Es war George Jones' Sekretärin.

»Mir dreht sich der Magen um, Mann. Ehrlich … Rotwein bekommt mir nicht. Dabei weiß ich es doch, ich *weiß* es. Nie wieder.« George lehnte sich zurück und gab einen langen, grollenden Rülpser von sich. »Oooooh, viel besser.«

Es war erheblich angenehmer, dort im Büro zu stehen und George beim Rülpsen zuzusehen, als draußen vor der Tür. Denn dort – auf einem Stuhl mir lächelnd zugewandt, als ich vorbeikam – saß Karen Rawbone, eine Frau, auf deren Gesellschaft man meiner Ansicht nach gern verzichtete, wenn man sich stattdessen der Gesellschaft eines Walisers erfreuen konnte, der so ziemlich alle verfügbaren Körperfunktionen ausübte.

»Egal … *Verdammt*, Pel! Gerade machen wir dich zum LCM, und schon stehst du auf irgendeinem Tisch und beschimpfst Bibliothekare. Hättest du nicht ein paar Tage damit warten können? Wenigstens zum Schein?«

»Ja … Tut mir Leid, George. Ich fürchte, mein Verstand hat ausgesetzt, weil ich so müde war, was ich mit zu viel Koffein kompensieren wollte. Aber dann tauchte Karen auf.«

»Grässliche Braut, was?«

»Es wäre unprofessionell, wenn ich mich dazu äußern würde.«

»Natürlich ist sie damit schnurstracks zu David Woolf, ihrem Abteilungsleiter, gedackelt, um dich ausweiden und deinen Kopf auf einen Pfahl spießen zu lassen. Da Woolf sowieso meistens den Arsch zusammenkneift, hat er ganz nach Vorschrift eine schriftliche Beschwerde bei Keith Hughes, *deinem* Abteilungsleiter, eingereicht. Zum Glück hält sich Keith instinktiv von allem Unangenehmem fern, und ›da er Rose Warchowski momentan nicht erreichen konnte‹ – und das sagte er ohne mit der Wimper zu zucken, was man einfach bewundern muss –, hat er die Angelegenheit an mich weitergereicht. Eine Stunde hatte ich diese Ziege auf dem Hals, Mann. Und mein Schädel hätte ohne weiteres darauf verzichten können, dass *ihre* Stimme heute Morgen hier rumkeift. Das kann ich dir sagen.«

»Tut mir Leid.«

»Ja, na ja, vergiss es. Ich glaube, die Vorstellung, dass ihre Beschwerde bis ganz nach oben gegangen ist, hat sie etwas beruhigt.«

Ich nickte.

»Ich habe sie davon überzeugt, dass du in letzter Zeit reichlich Stress hattest, was ihr ziemlich egal war. Und dann hab ich ihr versprochen, dass ich dich herzitiere und dir die Ohren lang ziehe, woraufhin sie bestimmt so feucht geworden ist, dass sie ihren Slip auswringen konnte.«

»Äh … aha.«

»Also, wenn ich sie jetzt reinrufe, will ich, dass du aussiehst, als hätte man dir die Ohren lang gezogen, okay? Mach ein betretenes Gesicht, nuschel eine kurze Entschuldigung, dann können wir die Sache wahrscheinlich vergessen.«

Er rief seine Sekretärin, worauf Karen mit »*Nä nä nä nä nääää nä*«-Miene das Büro betrat.

»Karen«, sagte George, »ich habe mit Pel über diesen unseligen Vorfall gesprochen und ihn *eindringlich* an das Benehmen erinnert, das wir von einem Manager des Lern-Centers an dieser Universität erwarten. Er gibt zu, dass sein Benehmen absolut inakzeptabel war. Das stimmt doch, oder, Pel?«

»Oh, ja.«

»Nachdem das alles mir als Vizepräsidenten der Universität zu Ohren gekommen ist, könnte es sich sehr wohl auf gewisse Entscheidungen hinsichtlich Pels Zukunft bei uns auswirken, sofern man sie mir zur Genehmigung oder Durchsicht vorlegt. Sind Sie sich darüber im Klaren, Pel?«

»Mein Vorgehen ist nicht zu rechtfertigen. Ich habe nichts anderes von Ihnen zu erwarten, Herr Vizepräsident, als dass Sie sich daran erinnern werden, falls die Situation es eines Tages erforderlich machen sollte. *Ich* jedenfalls werde es bis ans Ende meiner Tage nicht vergessen. Ich kann nur um Verzeihung bitten, Karen. Es tut mir Leid, dass ich mich so unprofessionell benommen habe. Es tut mir Leid, falls ich dich verärgert haben sollte. Es tut mir Leid, wenn ich dir persönlich Kummer bereitet habe, indem ich deine Fähigkeiten in Frage gestellt und behauptet habe, du hättest dicke Oberschenkel.«

»Du hast nicht behauptet, dass ich dicke Oberschenkel habe.«

»Nicht? Oh … tut mir Leid – es ist leider alles irgendwie verschwommen. Die Aufregung … Also, was ich sagen will: Es tut mir wirklich, *wirklich* Leid.«

»Sie haben Glück, dass Karen so vernünftig ist, diese Sache damit auf sich beruhen zu lassen und wie ein Profi wieder an die Arbeit zu gehen, Pel«, sagte George.

»Hm. Also …«, setzte Karen an.

»Sehen Sie sich das an, Pel … *So ein* Benehmen erwarten wir hier. Der Universitätsbetrieb wird nicht von persönlichen Animositäten gestört. Danke, Karen. Danke, dass Sie mit so gutem Beispiel vorangehen.«

»Hm, also … Solange so was *nie* wieder passiert.«

George erhob sich von seinem Sessel und brachte Karen zur Tür.

»Nein, so etwas kommt ganz bestimmt nicht wieder vor. Ich habe noch das eine oder andere mit Pel zu besprechen. Sie gehen jetzt wieder ins Lern-Center zurück, und wir versuchen, diesen unschönen Vorfall hinter uns zu lassen. Danke, dass Sie all das so gut aufgenommen haben. Vielen Dank. Auf Wiedersehen … sollten Sie wieder mal Probleme haben, wenden Sie sich einfach direkt an mich, okay?« Er winkte ihr nach, als er die Tür schloss, dann drehte er sich zu mir um. »Das mit den Oberschenkeln musste wohl sein, was?«

»Tut mir Leid.«

»Scheiß drauf, Mann. Wir haben ganz andere Probleme. Mir schnüffeln die *News* am Arsch rum.«

»Ach, ja? Gerade eben hat mich eine Mitarbeiterin angerufen.«

»Oh, Scheiße. Was wollte sie?«

»Das hat sie nicht genau gesagt. Sie wollte nur wissen, ob der Bau gut läuft.«

»Und was hast du geantwortet?«

»›Ja.‹«

»Gut. Die fischen also im Trüben. Sollten sie wieder anrufen, stell sie zur Marketing-Abteilung durch. Das soll Nazim regeln. Lass dich nicht zu irgendeinem Kommentar hinreißen.«

»Wieso rufen sie überhaupt an? Da ist doch nichts im Busch, oder?«

»Im Busch? Nein. Natürlich nicht. Ein paar Leichen … Acton hat sie weggeschafft.«

»Hast du eben ›Leichen‹ gesagt?«

»Ja, Leichen … vergiss es, Mann.«

»Du hast schon wieder ›Leichen‹ gesagt.«

George lehnte sich auf seinem Sessel zurück und seufzte ärgerlich, was mir wohl sagen sollte, wie egoistisch er es von mir fand, ihm weitere Erklärungen abzutrotzen, wo er doch einen so schlimmen Kater hatte.

»Es waren nur alte Leichen, Pel. Du weißt, dass die Baustelle früher angeblich ein Friedhof war, oder? Wir haben die Zusage der Baubehörde nur bekommen, weil man davon ausging, dass es nicht stimmt. Und plötzlich stellt sich raus, es stimmt doch. Kann vorkommen. Aber man kann ja schließlich nur wegen ein paar Leichen nicht alles abbrechen. Das brächte Verzögerungen mit sich, Kosten, Archäologen, die überall herumschnüffeln … wir wollen ja nicht, dass sich hier irgendwelche Akademiker auf dem Gelände niederlassen. Vielen Dank auch. Wir konnten also nur den Mund halten und Bill Acton die Beweise möglichst schnell verschwinden lassen. Vielleicht haben ein paar seiner Leute im Pub gequatscht, ich weiß es nicht, jedenfalls haben diese Zeitungsleute offenbar Wind davon gekriegt. Nur können sie nichts beweisen, solange wir es für uns behalten.«

»Ist das nicht … hm … na ja, unzulässig? So mit einer alten Grabstätte umzugehen?«

»Was bist du, Mann? Druide?«

»Nein, ich meinte: wissenschaftlich unzulässig … oder kulturell, so einen historischen Fund zu zerstören?«

»Jetzt mach aber mal halblang, Pel. Es gibt gut und gerne fünftausend Jahre Geschichte, und das ist jetzt schon mehr, als wir je bearbeiten können. Und, mein Lieber, das waren die langsamsten fünftausend Jahre aller Zeiten. Im siebten Jahrhundert sind ja nur … keine Ahnung … zwei, vielleicht drei Sachen passiert. Mit jedem Jahrhundert wurden es mehr, alles ging immer schneller. Fünftausend Jahre Geschichte. Die Sonne soll irgendwann mal die Erde vernichten, aber das wird wohl noch eine *Milliarde* Jahre dauern. Wir haben ganz bestimmt keinen *Mangel an Geschichte*, okay?«

»Stimmt.«

»Gut.«

»Und ich kriege auch keine Schwierigkeiten?«

»Du bist ein echter Schwarzseher, was?«

Im Laufe der nächsten Wochen riefen mich die Leute von den *News* mehrfach an und fischten – wie George sagte – stets im Trüben. Sie hatten nie konkrete Fragen, und selbst wenn sie welche gehabt hätten, hätte ich nicht geantwortet. Ich verwies sie nur an unsere Marketing-Abteilung, in der Hoffnung, eine Unterhaltung mit Nazim würde sie entmutigen. Ich war reichlich nervös wegen der ganzen Sache, nachdem ich geglaubt hatte, ich könnte mich – nach der Sache mit den Triaden – auf ein entspanntes, ereignisloses Leben einstellen und irgendwann in aller Stille sterben. Als ich LCM geworden war, hatte ich mich emotional darauf eingestellt, einige Entscheidungen zu – sagen wir mal – Wartungsvereinbarungen mit unserem Fotokopiergeräte-Lieferanten treffen zu müssen, aber keinesfalls darauf, dass ich eine Leichenschändung decken sollte. So etwas kann einem gehörig auf den Magen schlagen. Mir stand die Panik bis zu den Knien, aber da mir keine halbwegs brauchbare Möglichkeit einfallen wollte, wie ich mich aus dieser Sache herauslavieren konnte, blieb mir nur, die Hosenbeine hochzukrempeln, weiter zu waten und zu hoffen, dass bald ein Strand in Sicht käme. Mir fiel auf, dass George Nazim an der PR-Front zur Seite stand. Er trat in den Regionalnachrichten auf (mit einem Bauarbeiterhelm auf dem Kopf) und verkündete mit flammenden Worten, dass der Anbau des Lern-Centers nur einer von zahlreichen Beweisen dafür sei, wie weit die Universität vorausschauend in die Zukunft plane. Es gelang ihm zwar nicht, sein Schwanken so weit unter Kontrolle zu halten, dass er im Bild blieb, aber sein Sprüchlein sagte er durchaus ordentlich auf. Da das Interview nicht auf der Baustelle, sondern an seinem Schreibtisch geführt wurde, hätte er das mit dem Helm vielleicht lieber lassen sollen, aber wenn ich davon etwas verstünde, hätte ich wahrscheinlich Nazims Job.

»Das ist meine Arbeit«, sagte ich zu Ursula und deutete auf den Fernseher.

»*Deine* Arbeit«, sagte sie. »Ich kann dir mal erzählen, was bei *meiner* Arbeit heute los war.«

»Kackwurst! Kackwurst! Kommt aus'm Arsch wie'n brauner Barsch. Kackwurst! Kackwurst! Kommt aus'm Arsch wie'n brauner Barsch. Kackwurst! Kackwurst! Kommt aus'm Arsch wie'n brauner Barsch. Kackwurst! Kackwurst! Kommt aus'm Arsch wie'n brauner Barsch. Kackwurst! Kackwurst!«

Jonathan saß seit gut zehn Minuten singend hinten im Wagen. Wir fuhren zu meiner Mutter, weil sie am Abend auf die Kinder aufpassen wollte, damit wir zu Marthas und Phills Hochzeit gehen konnten.

»Kackwurst! Kackwurst! Kommt aus'm Arsch wie'n brauner Barsch. Kackwurst! Kackwurst!«

»Jetzt hör mal auf damit, Jonathan«, warf Ursula müde ein.

»Kackwurst! Kackwurst! Kommt aus'm Arsch wie'n brauner Barsch. Kackwurst! Kackwurst! Kommt aus'm Arsch wie'n brauner Barsch. Kackwurst! Kackwurst!«

Kleine Jungen scheinen auf seltsame, Hare-Krishna-mäßige Weise von Wiederholungen fasziniert zu sein. Ich wäre am liebsten in die Luft gegangen.

»Kackwurst! Kackwurst! Kommt aus'm Arsch wie'n brauner Barsch. Kackwurst! Kackwurst! Kommt aus'm Arsch …«

Gleich würde ich die Beherrschung verlieren …

»Kackwurst! Kackwurst! Kommt aus'm Arsch wie'n brauner Barsch. Kackwurst! Kackwurst! Kommt aus'm Arsch wie'n brauner Barsch.«

Gleich …

»Kackwurst! Kackwurst! Kommt aus'm Arsch wie'n …«

Keine Sekunde länger …

»Brauner Barsch. Kackwurst! Kackwurst!«

»SCHNAUZE!«, brüllte Ursula. »Verdammt noch mal, könntest du endlich damit aufhören! Du machst mich noch verrückt!«

Vorwurfsvoll sah ich sie an.

»Immer mit der Ruhe, Ursula … er singt doch nur.«

Triumphierend fuhr ich den Rest des Weges zu meiner Mutter. Leider erreichte meine Laune keine schwindelerregenden Höhen, da ich seit dem Vorabend an dem Anflug einer lästigen Erkältung litt.

»Bist du erkältet?«, fragte meine Mutter, sowie sie die Tür aufmachte.

»Nein.«

»Doch. Weil du kein Unterhemd trägst. Wieso bleibst du nicht hier? Du kannst doch mit einer Erkältung nicht auf eine Hochzeit gehen, und dann noch ohne Unterhemd.«

»Mir geht es gut.«

»Du wirst noch Fieber bekommen. Du wirst Fieber bekommen, und *dann* ist das Gejammere groß. Wieso musst du mir nur immer Sorgen machen?«

»Mutter, sind wir Juden? Ich habe das Gefühl, als hättet ihr mir entweder alle verschwiegen, dass wir in Wahrheit Juden sind, oder hier kommen irgendwie die Klischees durcheinander.«

»Prima. Mach dich nur über mich lustig, mach nur ….«

Die Kinder hockten bereits auf dem Boden, sahen sich ein Video an und befanden sich nicht mehr in unserem Universum.

»Wiedersehen, Jungs – seid brav … Wiedersehen … Jonathan … Peter … *Wiedersehen* …«

Nichts.

»Du hast doch die Nummer vom Hotel, falls du uns brauchen solltest, oder, Mary?«, fragte Ursula.

»Ja. Fahrt vorsichtig. Nehmt nicht die Schnellstraße. Es gibt keinen Grund für solche Geschwindigkeiten. Oh, ich spüre, wie meine Migräne kommt.«

Die Hochzeitszeremonie lief insgesamt ganz gut, obwohl ich die gesamte Feier stöhnend zusammengesunken auf einem Stuhl verbrachte. Meine Erkältung war schlimmer geworden. Es fühlte sich an, als hätte mir eine dieser Firmen für Wärmeisolierungen heimlich den Kopf per Hochdruck mit Rotz ausgeschäumt. Ich stellte fest, dass die bloße Erdanziehung schon schmerzte. Als die Zeremonie vorbei war, entschuldigte ich mich bei Martha und Phill dafür, dass ich ein so schlechter Gast gewesen war, und Ursula sagte, sie hoffte »sie würden sich nicht im nächsten Jahr schon wieder trennen, wie man es oft bei Paaren sieht, die lange Jahre wunderbar einfach so zusammenleben und dann unbedingt heiraten müssen« … Sie bemerkten, sie wollten sich Mühe geben. Danach schleppten wir uns zum Wagen und traten den Heimweg an.

Ich fuhr mit Fernlicht über die gewundene Landstraße.

»Das hat Spaß gemacht, was?«, seufzte Ursula, trat sich die Schuhe von den Füßen und fächelte sich mit der flachen Hand Luft in ihr glänzendes Gesicht.

»Mmm …«

»Was?«

»Nichts.«

»Nein … was?«

»Ich möchte nicht darüber sprechen.« Ich schaltete in den vierten Gang.

»Worüber sprechen? Ich habe keine Ahnung, was du meinst.«

Ich erlaubte mir einen einzelnen, freudlosen Monolacher. »Ha.«

»*Was?*«

»Ich möchte nicht darüber sprechen. Lassen wir es, okay?«

Zweihundert Meter vergingen.

»Okay«, sagte ich. »Ich sag nur eins. Ich bin froh, dass die Kinder nicht mit ansehen mussten, wie du dich Simon an den Hals geworfen hast. Dafür bin ich wirklich dankbar.«

»Was *redest* du denn da?«

»Ach, komm schon. Den ganzen Abend hast du mit ihm getanzt und dich an ihn gedrückt. Das Ganze war ja wie eine Sexshow in Amsterdam.«

»Du meine Güte, Simon ist *schwul*.«

»Ich möchte nicht darüber sprechen.«

»Aber er ist *schwul*.«

»Vergessen wir das Ganze einfach.«

»Ich fasse es einfach nicht.«

»Gut. Belassen wir es dabei.«

Zweihundert Meter.

»Ich habe mich für dich geschämt, ehrlich«, fuhr ich fort.

»Er ist … *schwul! Schwul.* Ist dir bewusst, was das bedeutet?«

»Oh, Verzeihung, mein Fehler. Wenn du dich einem schwulen Mann an den Hals wirfst …«

»Wir haben nur getanzt.«

»… einem schwulen Mann, dann ist das natürlich längst nicht so erniedrigend für mich …«

»Aaaaah, ich verstehe.«

»Und was soll *das* jetzt heißen?«

»Es geht um dich. Es geht um dein zerbrechliches Ego. Verstehe. Midlife-Crisis, kleiner Penis … passt alles zusammen. Deine Eifersucht macht dich verletzlich.«

»Blödsinn. Darum geht es doch überhaupt nicht.«

»Du bist so süß.«

»Das ist … hau ab … nicht … nimm die Finger weg! Es geht nicht um mein Ego. Das ist Quatsch. Es geht darum, dass du jemanden absabberst, den ganzen Abend lang, vor Zeugen.«

»Ich habe nicht gesabbert. Ich habe nur getanzt, und – zum millionsten Mal – er ist *schwul*. Was hast du gegen Simon?«

»Ich habe überhaupt nichts gegen Simon … er ist doch ein Supertyp. Soll ich dich mit noch ein paar anderen Jungs bekannt machen, die ich okay finde? Vielleicht möchtest du dich denen auch an den Hals werfen?«

»Sind die auch schwul?«

»Würdest du mit diesem Schwulen-Quatsch aufhören? Es ist egal, ob er schwul ist. Das ist irrelevant.«

»Vielleicht sollte *ich* den Kindern das mit den Bienchen und den Blümchen erklären. Was meinst du?«

»Es ist egal, weil wir über *dich* reden. Findest du Simon attraktiv?«

»Klar, ja. Optisch ist er wirklich attraktiv.«

»Und findest du ihn unterhaltsam? Charmant?«

»Du weißt, dass er es ist.«

»Ah-ha!«

»Was heißt hier ›ah-ha‹? *Was?*«

»Dann glaube ich nicht, dass ich dem noch etwas hinzufügen muss, oder?«

»Na ja, es hängt davon ab, ob du eins mit der zusammengerollten Straßenkarte der Britischen Inseln auf die Mütze kriegen willst oder nicht.«

»Du stehst auf ihn.«

»Tu ich nicht.«

»Du hast es eben zugegeben.«

»Wann? Hab ich nicht. *Wann?*«

»Gerade eben. Du hast gesagt, er ist attraktiv und charmant.«

»Das heißt doch nicht, dass ich auf ihn *stehe*.«

»Okay.«

»Tut es nicht.«

»Okay.«

»Tut es *nicht*.«

»Wie du meinst. Ich werde nicht mit dir darüber streiten.«

»Hör auf damit.« Ursula zeigte mit dem Finger auf mich. »Hör sofort auf damit! Du weißt genau, dass ich wütend werde, wenn du das machst.«

»Was denn? Ich mache doch gar nichts.«

»Nur weil jemand attraktiv ist und ein angenehmes Wesen hat, heißt das noch lange nicht, dass ich auf ihn stehe oder so was in der Art.«

»Ja, genau. Weil das nicht die präzise Definition dafür ist, auf jemanden zu stehen oder so.«

»Das heißt es trotzdem nicht.«

»Okay.«

»Heißt es *nicht*.«

»Okay.«

»Ich hab's dir schon mal gesagt. Wenn du nicht damit aufhörst, übernehme ich keine Verantwortung, falls ich die Geduld verlieren und irgendwas Schreckliches tun sollte. Auf jemanden zu stehen, bedeutet nicht nur, dass man ihn ansehnlich und nett findet. Ich meine … Okay, nimm Silke – sie ist sehr nett, und sie ist hübsch, stimmt's? Aber du *stehst* doch nicht auf sie, oder?«

»Wir reden hier nicht von mir, ja? Wir …«

»Oh. Mein. Gott. Du stehst auf *Silke*?«

»Hör zu …«

»Auf wen stehst du denn sonst noch so?«

»Könnten wir bitte beim Thema bleiben? Was nämlich …«

»Stehst du auf die Frauen bei dir im Büro?«

»Du meine Güte – die Hälfte davon sind Bibliothekarinnen.«

»Also gibt es dort keine, auf die du stehst?«

»Nein, nein. So gut wie keine. Könnten wir jetzt …«

»*So gut wie* keine?«

»Könnten …«

»Stehst du auf Pauline?«

»Nein – bestimmt nicht.«

»Geraldine?«

»Nein. Ich …«

»Siobhan?«

»Nein.«

»Emma?«

»Hör mal, das ist doch blöd …«

»Du stehst auf *Emma*? Mein Gott, ich fasse es nicht!«

»Was soll ich denn tun? Ich kann doch nichts dafür, wenn sie attraktiv sind. Der Punkt ist, dass ich nicht ein halbes Dutzend Flaschen australischen Wein in mich hineinschütte und mich dann bei der erstbesten Gelegenheit vor aller Augen an sie presse. *Darauf* kommt es doch an, *darum* geht es, nicht darum, dass man sie sich manchmal nackt vorstellt.«

»Du stellt sie dir *nackt vor*?«

»Nein. Noch *nie*. Ich wollte nur mein Argument unterstreichen. Ich weiß nicht, wie ich darauf gekommen bin. Und der Punkt ist …«

»Huuuuu – das ist unheimlich. Jetzt sind wir bei ›unheimlich‹ angekommen, okay?«

»Der Punkt ist, dass du heute Abend völlig über die Stränge geschlagen hast. Mehr kann man dazu gar nicht sagen, und ich möchte nicht darüber sprechen.«

»Weiß deine Mutter, dass du rumläufst und dir Frauen nackt … Hey, wo sind wir eigentlich?«

»Ich habe *keine* Ahnung.«

Was aus Tüten kommt,
ist niemals gut

Die Zeitungsleute schienen nicht lockerlassen zu wollen. Fast täglich stand etwas in der *News*. Nach außen hin ging es um die Finanzierung der Arbeiten – kleine Grafiken zeigten die Zuwendungen verschiedener Quellen proportional auf – oder um Mutmaßungen, ob die Arbeiten rechtzeitig fertig werden würden. Dennoch tauchten immer wieder vage Hinweise auf »Gerüchte« oder »Spekulationen« zu »gewissen Dingen auf«. Nach wie vor riefen sie mich bei der Arbeit an; mittlerweile kein Mitarbeiter der Recherche-Abteilung mehr, sondern Jane Ash, die Reporterin … einige Male sogar der Redakteur. Ich sagte kein Wort und verband sie mit Nazim, der vermutlich erheblich professioneller nichts sagend sein konnte.

Genauso verhielt es sich mit der Samstagsausgabe der Zeitung, die ich gerade las. In einem landesweiten Blatt wäre einem die Nichtigkeit eines solchen Artikels wohl merkwürdig vorgekommen, in den *News* aber war sie unverdächtig. Und doch hatte ich das Gefühl, als schickte jemand eine verborgene Botschaft, indem er sie riesengroß aufblies. Man sagte mir: »Wir behalten dich im Auge.« Ein Geringerer als ich hätte vielleicht gereizt reagiert, mich jedoch machte das Ganze nur nervös.

Ich hörte Ursulas Schlüssel in der Haustür. Sie hatte sich mit irgendwelchen Leuten getroffen, die unsere Regenrinne reparieren sollten. Jonathan hatte Freunde zu Besuch (alle rannten im Haus herum, schwenkten ihre Schusswaffen und schrien sich mit schwerem amerikanischen Akzent an). Ich war zu Hause geblieben, um aufzupassen.

»Du hast nicht Staub gesaugt?« Fassungslosigkeit sank wie ein Tuch auf sie herab.

»Nein. Natürlich nicht. Ich habe auf die Kinder aufgepasst.«

Wahllos deutete ich auf ein Kind, um zu beweisen, dass es nicht in Flammen oder so was stand.

»Wenn ich auf die Kinder aufpasse, kann ich meistens nebenher noch sauber machen.«

»Na ja, dann passt du wohl offenbar nicht ordentlich auf die Kinder auf, was?«

»Das tue ich wohl.«

»Das geht doch gar nicht. Nicht, wenn du nebenbei etwas anderes machst. Das ist ganz simple Logik. Ich dachte, das Wohlergehen der Kleinen sei das Wichtigste.«

»Hast du Zeitung gelesen?«

»Nein.«

»Peter?! Peter, hat dein Vater Zeitung gelesen?«

»Was?«

»Wie *bitte*.«

»Was?«

»Vergiss es … Hat Dad Zeitung gelesen?«

»Keine Ahnung. Dad? Hast du Zeitung gelesen?«

»Siehst du?«

»Dann saug jetzt«, antwortete sie.

»Ooooch … muss ich? Ich hab den ganzen Morgen auf die Kinder aufgepasst.«

»Irgendwann muss es gemacht werden. Die Handwerker kommen am Montag, um die Regenrinne zu reparieren.«

»Oh, stimmt. Wenn sie sehen, dass wir nicht Staub gesaugt haben, machen sie auf dem Absatz kehrt und steigen wieder in den Wagen. Die Leute in der Regenrinnenbranche sind für ihre Pingeligkeit berüchtigt.«

»Im Grunde willst du also sagen, wir sollten das Haus *gerade* so sauber halten, dass wir Besucher nicht körperlich abschrecken?«

334

»Weißt du eigentlich, dass das eine psychische Erkrankung ist? Wenn man dauernd putzen muss? Es ist ein mentales Problem, ein Zwang – ich hab im Fernsehen mal einen Bericht darüber gesehen.«

»Nur dass *ich* nicht Staub sauge. *Du* saugst. Los jetzt.«

Ich schlurfte Richtung Staubsauger.

»Weißt du, das würde kein anderer Freund für dich tun. *Gott*, kannst du froh sein, dass du mich hast.«

»Hallo, Mr. Dalton? Hier spricht Jane Ash von der *News*.«

Ich seufzte tief.

»Tut mir Leid, Miss Ash, aber – *wie ich Ihnen schon mehrfach versichert habe* – ich habe nichts zu sagen. Nazim Iqbal weiß alles, was Sie wissen wollen.«

»Ja, ich weiß, Mr. Dalton, und es tut mir wirklich Leid, dass ich Sie schon wieder stören muss, aber es hat sich da etwas ergeben, und ich dachte, es sei nur fair, zuerst mit Ihnen darüber zu sprechen.«

»Es hat sich etwas ergeben? Ich weiß nichts von irgendwelchen Ergebenheiten. Bestimmt kann Nazim …«

»Sie wissen es also noch nicht? Oh, vermutlich nicht – die Meldung kam eben erst rein … Offenbar haben Arbeiter auf der städtischen Müllkippe Plastiksäcke mit mehr als siebzig Skelettresten gefunden. Sie wurden zwar noch nicht näher untersucht, aber es heißt, es könne sich dabei um alte Reste von Skeletten handeln. Was glauben Sie, wie Säcke mit alten Leichen auf die städtische Müllkippe gelangen können, Mr. Dalton?«

»Hm … Kinder?«

»Ist das die offizielle Stellungnahme der Universität?«

Anscheinend war in meinem Kopf eine Sirene losgegangen, die mir das Denken ungemein erschwerte.

»Nein … nein, natürlich … ich meine … Sie sollten mit Nazim sprechen. Ich kann nicht …«

»Bestimmt werden einige Leute vermuten, dass die Leichen eigentlich nur von Ihrer Baustelle stammen können.«

Ich drehte mich auf meinem Schreibtischsessel um und sah aus dem Fenster. Bill Acton deutete mit weit ausholender Geste auf verschiedene Bereiche und sprach mit seinen Arbeitern. Er sah in meine Richtung, bemerkte, dass ich ihn beobachtete, und winkte.

Ich zog ein finsteres Gesicht: »Du *Penner*«, sagte ich lautlos.

»Was?«, mimte er zurück.

»Ach, kommen Sie … das ist nur eine von zahlreichen Möglichkeiten, Miss Ash.«

»Aber wenn Sie schon die Möglichkeit in Betracht ziehen, wären Sie doch sicher auch bereit, die Arbeiten zu unterbrechen und unabhängige Gutachter auf Ihre Baustelle zu lassen, oder?«

»Das habe ich nicht zu entscheiden. Jedenfalls sind die Arbeiten mittlerweile weit fortgeschritten – die Fundamente sind fertig. Es würde enorme Kosten mit sich bringen, alles wieder aufzugraben.«

»Die Universität würde sich also nicht dazu bereit erklären?«

»Nein, kann ich mir nicht vorstellen. Aber das habe ich nicht zu entscheiden. Wirklich, rufen Sie Nazim an, Miss Ash. Bitte.«

»Danke, dass Sie sich die Zeit genommen haben, Mr. Dalton. Sie waren sehr hilfreich.«

»Wie das? Oh, nein … rufen Sie Nazim an!«

Aber sie hatte schon aufgelegt, als mein Flehen begann.

Ich knallte den Hörer auf die Gabel, lief zu Bill Acton hinaus und zerrte ihn beiseite.

»Sagen Sie mir, dass Sie die Leichen nicht auf die Müllkippe geschafft haben.«

»Na ja … wohin sollte ich sie denn bringen?«

»Mauert man sie nicht üblicherweise in Autobahnbrücken ein oder so was?«

»Was? Siebzig Stück? In einer Nacht? Sie haben wohl nicht viel Erfahrung in der Baubranche, was, Meister? Hören Sie, TSR hat sich mit Details nicht abgegeben. Wir waren nicht mal sicher, ob wir was finden würden. Er hat uns nur ein paar Scheine zugesteckt, damit wir sie wegschaffen, falls es doch so ist.«

»Ein paar Scheine?«

»Ja, zwei Riesen, das ist alles.«

»Zweitausend Pfund?«

»Hey … versuchen Sie mal, jemanden zu finden, der siebzig Skelette quer durch die Stadt transportiert, in wenigen Stunden, mitten in der Nacht … und mitten in der Nacht bedeutet für meine Jungs doppelter Lohn *plus* Nachtschichtbonus. Meinen Sie, die Jenkins Brothers hätten das für unter zweieinhalbtausend gemacht?« Er lachte. »Träumen Sie weiter.«

»Schön, meinetwegen, aber hätten Sie sie nicht irgendwohin bringen können, wo nicht so schnell jemand darüber stolpert? Zum Fluss vielleicht?«

»Es kostet fünfhundert Pfund Strafe, etwas in den Fluss zu kippen.«

Ich verzog das Gesicht.

»Na ja«, fuhr er fort. »Ich sag's ja nur, Meister. Wenn uns jemand gesehen hätte, wäre zu allem anderen noch eine Strafe von fünfhundert Pfund hinzugekommen. Hören Sie, als wir die Leichen gefunden haben, war TSR weg und Sie im Urlaub. Ich musste mir was einfallen lassen.«

»Sie …«

»Pel?«, rief jemand hinter mir. Als ich mich umdrehte, sah ich Wayne im Personaleingang des Lern-Centers stehen.

»Was gibt's?«

»Ursula ist am Telefon. Hast du mal 'ne Minute? Sie hat die Handwerker zum Weinen gebracht.«

Ich fuhr mir mit der Hand über den Kopf.

»Oh, bitte! Nicht schon wieder.«

Ich wollte mich nicht vor der Arbeit drücken und nach Hause gehen, aber als ich mit den Handwerkern telefonierte, waren sie außer sich und wollten die Arbeit erst wieder aufnehmen, wenn ich nach Hause kam und ihnen Ursula vom Leib hielt. Vor nicht allzu langer Zeit hatten wir einen ganzen Tag ohne Fenster verbringen müssen, weil Ursula die Glaser verschreckt hatte, und ich wollte nicht, dass wir diesmal ohne Regenrinnen dastanden. Wenn es mir gelänge, die Katastrophen auf die Uni *oder* zu Hause zu beschränken, konnte ich die Lage vielleicht in den Griff bekommen.

Im Grunde ist es ein kulturelles Problem. Als Deutsche geht Ursula davon aus, dass es sich bei einem Handwerker um jemanden handelt, der eine ausreichend lange Ausbildung absolviert hat, um sich für sein Handwerk zu qualifizieren. In Großbritannien hingegen gehen wir davon aus, dass es sich bei Handwerkern um irgendeinen Burschen mit seinem Schwager handelt. Somit erscheint diese ganze Sache mit den Kostenvoranschlägen in einem gänzlich neuen Licht. Natürlich bekommt jeder bei größeren Bauvorhaben drei Kostenvoranschläge. Da gibt es dann die teure Version (man zahlt zuvor für den Namen der Firma, aber die Qualität ist sicher), eine normale Version (»Bar auf die Kralle«) und eine Billigheimer-Version (die Arbeit wird beschissen erledigt, aber sie ist billig – vielleicht ist es einem ja egal, dass sämtliche Zaunpfähle unterschiedlich lang sind, solange man ordentlich Geld spart). Ursula dagegen geht davon aus, dass die Arbeiten in jedem Fall gut ausgeführt werden und die Preise nur die relative Effizienz der beteiligten Firmen widerspiegeln. »Was würde es kosten, einen Wintergarten zu bauen?«, fragt sie eine Billigfirma, statt »Was würde es kosten, einen beschissenen Wintergarten zu bauen?«, weil sie glaubt, dass er ebenso gut wird wie der, den die teuerste Firma baut. Somit befinden sich Großbritannien und Deutschland bereits auf Kollisionskurs, bevor noch jemand eine Schippe in die Hand genommen hat.

In diesem Fall bestand das Problem darin, dass die Handwerker ein paar Sachen kaputtgemacht hatten (ein halbes Dutzend Dachpfannen, eine Hand voll Gehwegplatten, einen Gartenstuhl), was nach Ansicht der Männer ein akzeptabler Verlust war, der ganz normale Schnitt, wohingegen Ursula fand, sie müssten all das entweder reparieren oder ersetzen, wenn sie ihre Autoschlüssel wiederhaben wollten.

»Ich bin schon fünfzehn Jahre in der Branche, Mr. Dalton, aber so was ist mir noch nie passiert.«

»Tut mir Leid, Mr. Denby, aber Sie erinnern sich doch, dass ich Ihnen von Ursula erzählt habe, als ich Ihnen den Auftrag erteilt habe?«

»Sie sagt, sie will sich an die Bauaufsichtsbehörde wenden, ans Finanzamt … man glaubt es nicht, Mr. Dalton. Und ich bin auch nicht der Einzige, der sich hier Sorgen macht. Tony und der kleine Eddie kassieren Arbeitslosengeld. Sie können sich vorstellen, wie denen zumute ist, wenn jemand so was sagt. Das ist einfach nicht nett.«

Am Ende erklärten sie sich bereit, einen Teil der Schäden zu reparieren und die Kosten für den Stuhl von der Rechnung abzuziehen, wenn ich nur bei ihnen blieb und dafür sorgte, dass sie nicht mit Ursula in Kontakt kamen. Da sie fand, ich hätte mich zu ungerechtfertigten Konzessionen breitschlagen lassen, drückte mir Ursula übellaunig die Schlüssel in die Hand und machte sich auf den Weg zu einer therapeutischen Einkaufstour.

Als sie wiederkam, waren die Handwerker schon fort.

»Sie sind fertig«, sagte ich.

»*Das* soll fertig sein?«, gab Ursula zurück. »Guck dir mal den Dreck an. Die haben nicht mal sauber gemacht. Jetzt muss ich den ganzen Mist selbst aufwischen. Wieso hast du ihnen nicht gesagt, dass sie sauber machen sollen?«

»Keine Ahnung.« Für mich sah es nicht besonders schmutzig aus – ein paar ordentliche Regengüsse, und schon wäre alles weggewaschen. In Wahrheit wäre es bestimmt noch schneller weggewaschen, wenn wir nicht die Regenrinnen hätten reparieren lassen. Ironie des Schicksals, was? Tsss.

»Und sie haben den Besen gestohlen!« Ursulas Blicke schossen durch den Garten. »Sie haben *unseren Besen gestohlen*.«

»Wieso sollten sie unseren Besen klauen?«, fragte ich ruhig.

»Wieso haben sie versucht, Schieferplatten auf dem Dach mit Klebeband zu reparieren? Woher soll ich wissen, wieso sie unseren Besen klauen? Die sind nicht ganz dicht.«

»Okay, meinetwegen. Ich hole jetzt die Kinder ab, während du hier bleibst und dich um deinen Blutdruck kümmerst.«

Ursula starrte ins Leere und konzentrierte sich auf einen Gedanken, den ich nicht einordnen konnte.

»Es ist noch nicht vorbei«, flüsterte sie.

»Gott im Himmel, ich glaube, in meinem Schädel ficken zwei Nilpferde.« George warf sich eine Hand voll Schmerztabletten in den Mund und spülte sie eilig mit einem Schluck Magnesiummilch hinunter. »*Darauf* hätte ich heute echt verzichten können, Mann. Das kann ich dir sagen.«

Vor ihm lag die gestrige Ausgabe der *News*. Einige Sätze der Titelstory standen ihm spiegelverkehrt auf die Stirn geschrieben, was darauf hindeutete, dass er an seinem Schreibtisch zusammengesackt war und sein Kopf auf der Zeitung gelegen hatte. Nazim griff danach und sah sie sich an, doch sein unsteter Blick verriet, dass er sie bereits gelesen hatte.

»Das ist alles etwas unglücklich, Mann. Das hier ist *genau* der Grund, weshalb du mit diesen Leuten gar nicht erst hättest reden sollen. Ich will dir keinen Vorwurf machen – du weißt, dass ich eine hohe Meinung von dir habe, oder? –, aber du hättest nie sagen dürfen, dass wir die Baustelle lieber nicht noch mal aufgraben würden.«

»Aber so ist es doch. Oder nicht?«

»Selbstverständlich würden wir es lieber nicht tun. Deshalb sollten wir es auch nie so sagen. Man darf ihnen keine Gelegenheit zu Formulierungen geben wie: »›Die Universität weigert sich …‹ oder ›Pel bestreitet …‹ Damit lieferst du ihnen nur eine Zielvorgabe. Man sagt: ›Ein ausgesprochen interessanter Vorschlag, den ich gewiss in meine Betrachtungen mit einbeziehen werde … in diesem Stadium wollen wir keine Möglichkeit ausschließen.‹ Aber nicht einmal das sollte man sagen. Man reicht diese Leute einfach zu mir weiter, und dann sage ich es. In solchen Sachen bin ich Profi.«

»Hab ich noch Pupillen?«, fragte George. »Sagt mir die Wahrheit.«

»Was machen wir jetzt?«, fragte ich Nazim.

»Ausflüchte erfinden.«

Nazims Handy klingelte, was George zusammenzucken ließ. Er warf einen Blick auf das Display, lachte kurz und sah auf.

»Ich werde antäuschen, ablenken, ausweichen und vielleicht mit ein paar Leuten essen gehen.«

»Ja …«, sinnierte ich. »Das Wichtigste dürfte sein, die Stadt auf unsere Seite zu bekommen.«

Nazim lachte.

»Die Stadt, Mann? Das ist kein Problem.«

»Aber sie waren doch so zögerlich wegen der Baugenehmigung. Schließlich hatten sie das Sagen bei allen Planungen, oder nicht?«

»Die waren so ›zögerlich‹, weil sie nicht wussten, wie man es aufnehmen würde, verstehst du? Falls die ganze Sache nicht *ernstlich* unangenehm werden sollte, wird die Stadt nichts gegen uns unternehmen – die Universität *ist* die Stadt. Wir sind hier mit Abstand der größte Arbeitgeber. Wir sind der größte Grundbesitzer. Die Gehälter unseres Personals und das Geld, das die Studenten ausgeben, sind von lebenswichtiger Bedeutung. Die Stadt würde uns niemals absichtlich in Bedrängnis bringen, sondern sie wollen genau wie wir, dass wir unser gutes Image aufrechterhalten. Wenn keine Studenten mehr kommen … na ja, ich will nicht behaupten, dass die Stadt dann tot wäre, aber sie hätte eine nässende Wunde in der Brust und säße eingesperrt in einem Kellerloch, das gerade mit Abwässern voll läuft.«

»Ja. Ja, natürlich. Ein hübscher Vergleich – herzlichen Glückwunsch.«

»Du hast es begriffen, Pel. Dir muss man nicht alles haarklein auseinander dividieren. Das ist deine Stärke. Ich bin beeindruckt. Ehrlich, das hat mir an dir schon immer gefallen. Erziehung ist ein Geschäft heutzutage. *Das* ist dynamisch. Wer heute noch denkt, es geht um die heilige Idee des Lernens, um irgendeinen mystischen akademischen Standard … viel Spaß damit. In fünf Jahren hocken sie nämlich alle unter einer Brücke und halten für Almosen Vorträge über Zellteilung, während ihre Universität zur Safeway-Filiale umgebaut wurde. Aber wir haben das nicht gewollt. Heute müssen Studenten bezahlen, und sie erwarten, dass sie für ihr Geld etwas bekommen. Darum geht es. Mit Geld fängt alles an, und damit hört es auch auf. Diese Sache mit den Leichen ist ein Furz im Wind. Das sitzen wir aus. Die Zeit spielt für uns. Du weißt doch, dass Andy Warhol gesagt hat: jeder hat irgendwann mal seine große Viertelstunde im Leben, oder, Mann?«

»Ja.«

»Na ja, da sind wir fast angekommen. Die Aufmerksamkeitsspanne der breiten Öffentlichkeit liegt schon jetzt bei einer Viertelstunde. Wenn wir die Sache etwas in die Länge ziehen, wird sie am allgemeinen Phlegma ersticken. Das Allerwichtigste ist, dass *du kein Wort mehr sagst.* Okay?«

»Okay.«

»Oh, Gott, mein Kopf!«, sagte George.

Ich kehrte in mein Büro zurück, hatte aber kaum meinen Computer angeschaltet (»Sie haben 1.224 neue E-Mails«), als eine der Bibliotheksassistentinnen, die vorn am Eingang arbeitete, an meine Tür klopfte und sagte, es seien ein paar Leute von den Regionalnachrichten da, die mich interviewen wollten. Dass sie unangekündigt auftauchten, war ein deutliches Zeichen dafür, dass sie mich unvorbereitet erwischen wollten. Da ich mich in den vergangenen acht, neun Jahren nie auf irgendetwas vorbereitet hatte, konnte ich darüber nur lachen. Ich ließ ihnen mitteilen, ich sei leider im Moment unabkömmlich, und sie sollten sich an Nazim von der Marketing-Abteilung wenden. Mein Wohlbehagen hielt etwa zwei bis drei Sekunden an, als mir bewusst wurde, dass ich von draußen zu sehen war. Was wäre, wenn sie mich durch die Fenster filmten? Eine Aufnahme von jemandem, der am Computer sitzt, lässt sich mit allen möglichen Kommentaren unterlegen – »Pel Dalton gestern bei der Arbeit. Löscht er Beweise? Wir wissen es nicht.« Ich stand auf und zog die Jalousien zu, ehe mir aufging, dass zugezogene Jalousien geradezu das Sinnbild für Heimlichtuerei sind, also ließ ich sie offen und verkroch mich unter dem Schreibtisch. Dort blieb ich bis zur Mittagspause und fand – genialerweise – fünfzig Pence.

»Was darf man im modernen Großbritannien nie vergessen?«

»Tiefkühlkost sollte zubereitet werden, sobald sie aus dem Gefrierfach kommt«, meinte Roo.

»Ich sehe, du stehst in der Zeitung«, sagte Tracey. »Schon wieder.«

Roo schloss die Augen und rezitierte aus dem Gedächtnis. »Die Entdeckung der Leichen hat unsere Stadt erschüttert …«

»Hnk.« Ich verdrehte die Augen. »Sie hat ›unsere Stadt erschüttert‹ … da hat aber echt jemand Schiss, mal eine neue Formulierung zu finden. Ich wette, die können es kaum erwarten, dass die ›wachsende Sorge‹ unsere Polizei zu einer ›Razzia‹ bewegt.«

Tracey beugte sich zu Roo hinüber.

»Ich vermute, er wird seine Verteidigung auf das mangelhafte Vokabular der Staatsanwaltschaft bauen«, raunte sie ihm zu.

»Es ist kein mangelhaftes Vokabular, sondern die reine Faulheit. Die … oh, du machst dich über mich lustig, ja?«

»Wenn ich fortfahren dürfte …«, sagte Roo. »›Es gibt all jenen neuerlichen Grund zur Sorge‹, die der Ansicht sind, dass an der Universität absolut inakzeptable Dinge vor sich gehen. Trotz des zunehmenden Drucks …«

»Hnk.«

»› … zeigt sich Mr. Pel Dalton, der für den Ablauf des Projektes zuständige Manager des Lern-Centers, beharrlich …‹«

»Hnk.«

»› … Der *News* erklärte er, er glaube nicht, dass die Universität je einer Forderung nach einer sorgfältigen Untersuchung der Baustelle zustimmen würde … welche direkt vor seinem Bürofenster gelegen ist.‹«

»Oh, mein Gott … nicht. Diese Schwachköpfe nerven mich schon seit Wochen am Telefon, und heute musste ich mich den ganzen Morgen auch noch vor den Fernsehleuten verstecken. Zusätzlich zu meinen drei Jobs, der Tatsache, dass mich das gesamte Personal hasst, dass ich mich bei der unausstehlichen Karen Rawbone entschuldigen musste, dass ich versuche, Bernards neuen Beruf geheim zu halten, dass Ursula eine Klage vor der Handwerkskammer in Betracht zieht … ganz abgesehen von der Hung Society.«

»Die Hung Society? Du meinst die *Triaden?*«, fragte Roo und zog seinen Stuhl etwas näher heran.

»Wieso weißt du so was? Bin ich der einzige Mensch auf der Welt, der keine Ahnung davon hat?«

»›The Hung Society‹ ist ein Hong-Kong-Comicheft.«

»Na toll. Ganz toll. Welche Peinlichkeiten hätte ich mir ersparen können, wenn ich nur etwas mehr Interesse an den Beziehungen zwischen glubschäugigen, präpubertären Mädchen und Riesenrobotern an den Tag gelegt hätte.«

»Die sind eigentlich eher japanisch als Hong Kong.«

»O Gott. Erzähl ja der Presse nicht, dass ich sie verwechselt habe, ja? Ich stehe jetzt schon wie ein Idiot da.«

»Wenn ich hier mal kurz die Prioritäten zurechtrücken dürfte …«, warf Tracey dazwischen. »Die *Triaden?*«

»Mach dir um die keine Gedanken. Es gab nur vor einer Weile ein bisschen Ärger mit ihnen wegen unserer ostasiatischen Studenten. Ich versuche, mich auf wichtigere Dinge zu konzentrieren … verglichen mit der *News* sind die Triaden geradezu lachhaft.«

»Mmmm …« Tracey sah Roo fragend an.

»Mmmm …«, gab er zurück.

»Was?«, fragte ich. Beide rutschten unbehaglich auf ihren Stühlen herum.

Tracey rührte mit dem Löffel in ihrem Kaffee herum.

»Äh …«, begann sie. »Wir wollten dir schon länger etwas erzählen. Aber am Anfang haben wir nichts davon gesagt, weil es vielleicht gar nichts zu bedeuten hatte … dann wussten wir nicht, wie wir es dir beibringen sollten … und dann lief es schon so lange, dass wir Angst bekommen haben, du könntest glauben, wir wollten dich absichtlich ausschließen … Aber da du dich jetzt mit viel wichtigeren Dingen beschäftigst … Oh – *Roo*?« Sie warf ihm einen flehenden Blick zu.

Er drehte sich konzentriert eine Zigarette. »Du machst das gut«, sagte er und zog den Kopf noch etwas weiter ein.

Tracey holte tief Luft.

»Die Sache ist die … Roo und ich sind zusammen.«

Schweigend starrte ich sie an, dann Roo (der sich mittlerweile so tief über seine halb gedrehte Zigarette beugte, dass ihm glatt seine Nase im Weg war), dann wieder sie.

Tracey sah mich angsterfüllt an, ehe sie mit einem Seufzer die Schultern sinken ließ.

»Du stellst dir vor, wie wir Sex haben, was?«, sagte sie.

»Ja. Ja, das tue ich.«

»Okay. Hör auf damit.«

»Glaub mir, ich wünschte, ich könnte es.«

»Wir sind zusammengezogen, in Roos Wohnung. Ich war sowieso ständig da, also schien es uns nur … du weißt schon.«

»Aber … ich … ich meine, ich freue mich wirklich für euch

beide. Und alles. Aber, na ja … was um alles in der Welt habt ihr gemeinsam?«

»*Hallo?*«

»Okay, klar, die Sache mit Ursula und mir, ja. Aber, mh, Roo ist ein bizarrer Irrtum der Natur, und du würdest eher Schuhe als Lebensmittel einkaufen … ehrlich, ihr hättet *beide* was Besseres verdient.«

»Oh.«

»Er macht einen Witz«, sagte Roo zu Tracey.

»Ehrlich?«

»Ja, natürlich …«

»*Natürlich* macht er einen Witz – ›bizarrer Irrtum der Natur‹? Tsk.« Mit einer Bette-Davis-Geste steckte er seine Zigarette an.

»Natürlich mache ich Witze. Das ist toll. Vor allem ist Roos Augenlicht vorerst gerettet, stimmt's?«

»Er ist schon wieder witzig«, sagte Roo.

»Ja, *genau*.« Tracey grinste höhnisch. »Dann wirfst du endlich deine Batgirl-Sammlung weg?«

»Batgirl?« Ich riss die Augen auf. »Das Comicheft?«

»Sie ist einfach *grandios* gezeichnet«, antwortete Roo feierlich.

»Er kriegt feuchte Hände«, spottete Tracey, worauf Roo die Augen verdrehte und müde den Kopf schüttelte. Lachend streckte Tracey die Hand aus, legte sie auf seine und drückte sie. Noch immer kopfschüttelnd zog Roo ein »Wieso immer ich?«-Gesicht, während sich seine Finger jedoch tastend zwischen Traceys schoben und, wie ich sah, ihren Druck erwiderten.

Tja, Roo und Tracey. Ein Paar. Ich hatte es nicht einmal ansatzweise geahnt. (Obwohl Ursula, als ich ihr davon erzählte, interessanterweise himmelwärts blickte und seufzte: »Puh … *endlich*.«) Aber es war eine gute Nachricht, eine sehr gute Nachricht. Und gute Nachrichten konnte ich gebrauchen. Vielleicht war es ein Omen, dass von jetzt an alles besser würde.

Vermutlich werde ich nicht gleich danach noch mal dasselbe wollen

»Komm mir nicht mit dieser Schweigenummer«, warnte Ursula und neigte vorwurfsvoll den Kopf. »Das wäre das Schlimmste, was du jetzt machen könntest.«

Ich sah zum Skelett unseres Dachs auf. Nach wie vor befanden sich die Balken größtenteils in Gesellschaft eines Gitterwerks aus mit Putz verschmiertem Holz, aber an manchen Stellen sah man durch Lücken ungehindert in den Himmel. Vor dem dunklen Hintergrund leuchteten die ziehenden Wolken durch diese Lücken ... wie Kaleidoskope hoch oben in der Luft – eigentlich ein ganz hübscher Anblick.

Gut, okay. Offenbar hatte Ursula ihren Job gekündigt, war nach Hause gekommen und hatte Streit mit den Dachdeckern bekommen. Das Erfreuliche war, dass sie die Abschusscodes für das amerikanische Atombomben-Arsenal immer noch nicht kannte.

»Vanessa ist schlicht und ergreifend unerträglich.«

»Hm-hm.« Noch immer starrte ich fasziniert zu den Löchern empor.

»Du hast keine Ahnung, was da los war. Sie war schon immer schlimm, aber es wurde einfach nicht besser, und ich war nicht bereit, mir das noch länger anzuhören. Durch diese Berichte über dich in der Zeitung und im Fernsehen hatte sie endlos viel Stoff für ätzende Kommentare. Das war es am Ende ... dieses ganze Zeug über dich und die Uni. In gewisser Weise ist das Ganze also deine Schuld.«

»Ahhh ... *meine* Schuld! Was für eine Überraschung!«

Wegen der zahlreichen Gerüste und der Gefahr, dass etwas

herunterfallen könnte, hatten wir die Kinder ein paar Tage bei meiner Mutter untergebracht. Das war doch was. Zumindest sie hatten – buchstäblich – ein Dach über dem Kopf.

»Ich gebe zu«, sagte Ursula nickend, wobei sie die Arme ausbreitete, um ihre Offenheit zu unterstreichen, »dass ich vielleicht ein wenig – äh – gereizt war, als ich nach Hause kam ...«

»Ja. Das kann ich mir bildhaft vorstellen.«

»Aber die beiden saßen auf dem Gerüst und haben *Zeitung gelesen*. Kannst du das *fassen*?«

»Na, *denen* hast du aber eine echte Lektion erteilt, was?«

»Du hast überhaupt keine Gefühle, oder? Überhaupt keine. Du siehst, wie fertig ich bin, trotzdem habe ich von dir wohl nicht die geringste Unterstützung zu erwarten, oder?«

»Ich finde, das Dach könnte meine Unterstützung eher brauchen.«

»Da haben wir's wieder, *da haben wir's wieder*. Das Dach ist nur ein ›Ding‹. Es ist nur ein *Ding*. Begreifst du das nicht?«

»Ja, es ist ein Ding, das den Regen aus unserem Schlafzimmer fern hält.«

»Du hast es schon wieder. Liegt das eigentlich an den englischen Männern? Habt ihr denn euer gesamtes emotionales Repertoire auf ein Pennäler-Achselzucken zusammengestrichen?«

»Ach, Quatsch. Ehrlich – das ist doch Quatsch. Fang nicht wieder mit diesem ›englische Männer‹-Blödsinn an, denn das ist kompletter Mist. Hätte ich *noch* ein bisschen innigeren Kontakt zu meiner weiblichen Seite, würde ich mich glatt selbst vögeln. Ich interessiere mich nicht für Sport im Fernsehen, ich habe keine Ahnung, was ein Vergaser macht, ich kann der Kassiererin offen in die Augen sehen, wenn ich Tampons einkaufe – ich bin praktisch eine Lesbe, gefangen in einem Männerkörper. Und ich glaube, ich spreche für alle Frauen, wenn ich sage: Schwestern mögen Dächer!«

»Super. Bis hierher und nicht weiter. Ich kann einfach nicht mit dir reden, wenn du so bist. Du findest mich im Esszimmer, falls du dich wieder beruhigen solltest.«

»Arrrrrrrrrgggggghhhh!«

»Arrrrrrrrrgggggghhhh!«

»Oh, tun Sie das nicht, Mr. Dalton. Sie machen mir Angst«, sagte Bennett.

Ich hätte wirklich nach Hause gehen sollen. Der Vorteil daran, kein Dach über dem Kopf zu haben, dürfte wohl sein, dass einem folglich auch keine Decke darauf fallen kann. Aber inzwischen war es schon nach sieben Uhr abends, und ich saß noch immer in der Uni. Und ich musste mich noch um etwas anderes kümmern, bevor ich ins Bett fallen und auf süße Träume hoffen durfte. Die Kunststudentinnen, die in unser altes Haus gezogen waren, wohnten nun schon eine ganze Weile dort. Wir hatten vereinbart, dass sie mir die Miete an der Uni geben sollten, da ich fast jeden Tag dort war und auch sie gelegentlich für eine Vorlesung hereinschauten oder an einem der speziellen »Schadensbegrenzungs«-Berufsberatungs-Seminare teilnahmen, die Colin Rawbone an der Kunstfakultät abhielt. Allerdings war der Zahltag verstrichen, ohne dass eine von ihnen aufgetaucht war. Ich rief an und ließ mir versichern, dass sie das Geld hatten, es nur aufgrund einer Reihe unvorhergesehener Ereignisse nicht hatten abliefern können, die – je länger ich mir die Geschichte anhörte – zunehmend wie die sagenhaften Abenteuer junger Götter irgendeiner farbenfrohen asiatischen Religion klangen. Ursula war – entgegen ihrem Instinkt – zu dem Schluss gekommen, es sei »meine Schuld«. Sie hatte darauf bestanden, dass ich zum Haus hinübergehen und die Miete kassieren sollte. Und ich hatte mich dazu bereit erklärt. Etwas später, unter neuerlichem Druck, hatte ich versprochen, es »bald« zu tun. Am Ende gelobte ich – als Reaktion auf eine ernstlich verletzende Kundgebung mangelnden Vertrauens – es an einem ganz bestimmten Tag zu tun … nämlich heute.

»Vergiss nicht, dass du versprochen hast, heute die Miete zu kassieren«, hatte Ursula am Morgen gesagt. Ursula erinnert mich zu gern an meine Versprechen. Ich glaube, eine Übersicht meiner Pflichten anzulegen und sie mir immer wieder vorzubeten, verleiht ihrem Leben eine Art Struktur.

»Ich *weiß*. Mein Gott«, antwortete ich. Mit meinem Unmut darüber, dass sie mich ständig erinnern muss, versuche ich ihr vorzumachen, dass ich es keineswegs vergessen habe. Meistens habe ich es natürlich tatsächlich vergessen, aber es wäre schrecklich lieblos, sie damit zu belasten, dass so etwas eben manchmal vorkommen kann.

Ich hatte ernstlich die Absicht, mich gegen fünf Uhr um die Miete zu kümmern, denn dann wollte ich ungefähr Feierabend machen, aber es klappte nicht. Bis zum frühen Nachmittag lief alles ganz normal, wobei ich den größten Teil damit zubrachte, einer Kamera-Crew von *Northeast Now!* zu entkommen. Einmal hätten sie mich fast erwischt, als ich vom Mittagessen kam, aber bevor sie die Kamera anschalteten, sprang ich über den Zaun am Mittelstreifen der Ringstraße und schlug mich ins Unterholz. Die Zeit, die mir neben dem Versteckspiel mit den Regionalnachrichten blieb, verbrachte ich am Telefon, wo ich den Dachdeckern ins Gewissen redete, ihre Arbeit doch wieder aufzunehmen. Sie waren außer sich und behaupteten, Ursula habe völlig grundlos ein Sperrfeuer von Beleidigungen und Beschuldigungen auf die Männer abgegeben, die ihre Arbeit erst wenige Sekunden vor Ursulas Eintreffen niedergelegt hatten. Aufgrund ihrer angeborenen Angst vor Unbekanntem waren sie besonders entrüstet darüber, dass Ursula irgendwann auf und ab gestampft war und einen wütenden Monolog auf Deutsch gehalten hatte. Die Männer verstanden nicht, was sie sagte, fanden aber, es klang brutal, kampflustig und satanisch. Ich wies sie darauf hin, dass auf Deutsch ziemlich alles so klingt und es ebenso möglich sei, dass sie lediglich über das glitzernde Nass meditierte, welches sanft über die Blüten der Blumen rann, doch sie ließen sich nicht davon abbringen. Viermal rief ich an, mit stetig wachsender Verzweiflung. Am Ende klang ich, als wollte ich dem Vorarbeiter meine Uhr schenken, aber trotzdem konnte ich ihm nur das Angebot aus dem Kreuz leiern, es in der nächsten Woche noch mal zu versuchen, sofern die Wunden bis dahin etwas verheilt waren. Dann allerdings bekam ich einen Anruf von Dr. Heller aus der Biologischen Fakultät.

»Ist da Pel Dalton?«

»Mmmm …«

»Hallo? Ist da Pel Dalton? Der Manager des Lern-Centers? Hier spricht Bob Heller von der BF.«

»O ja … ja, hier ist Pel Dalton. Wir kennen uns nicht, oder?«

»Nein, aber wir müssen uns dringend sehen.«

»Hm, okay. Ich denke, ich könnte gleich rüberkommen.«

»Nein, nicht jetzt gleich. Später.«

»Sie sagten, es sei ›dringend‹.«

»Ja?«

»Ist es dann nicht besser, wenn wir uns gleich treffen?«

»Nein, ich muss noch auf jemanden warten.«

»Ich verstehe. Also eher ›bald‹ als ›dringend‹.«

»Wollen Sie mit mir streiten?«

»Nein, ich wollte nur …«

»Ich bin der Dekan der Biologischen Fakultät, Pel. Man wird nicht Dekan der Biologischen Fakultät, weil man sich verarschen lässt. Das sollten Sie nicht vergessen.«

»Ich wollte nicht … Aber ›dringend‹ bedeutet doch …«

»Wer bin ich?«

»Sie sind der Dekan der Biologischen Fakultät, Bob.«

»Danke. Also lassen Sie die verdammten Wortklaubereien und hören Sie mir zu. Ich muss später mit Ihnen sprechen. Ich habe jemanden zu mir bestellt, und wir müssen beide mit Ihnen sprechen. Er dürfte gegen halb sieben hier sein, also kommen Sie gegen sieben in mein Büro.«

»Sieben? Aber …«

»Mit *wem* sprechen Sie?«

»Ich meine ja nur …«

»Mit *wem*?«

»Na gut … okay. Ich bin um sieben da.«

Im Schutz der verfügbaren Deckung (möglicherweise befand sich die *Northeast Now!*-Crew noch auf dem Gelände) bahnte ich mir um sieben einen Weg hinüber zum Biologie-Trakt und spürte Bob Hellers Büro auf. Bob öffnete persönlich. Er war ein pausbäckiger, nicht mehr ganz junger Mann von einem Meter zweiundfünfzig, vielleicht dreiundfünfzig, von dessen Haar lediglich zwei pelzige Raupen über den Ohren übrig geblieben waren. Er hatte die Augen argwöhnisch zusammengekniffen, und sein Mund ging immer gerade so weit auf, dass die Worte über die Lippen schlüpfen konnten.

»Sie sind Pel?«

»Ja.«

Er antwortete nicht, sondern öffnete lediglich die Tür weiter, um mich hereinzulassen. Es war ein ziemlich kleines Büro, das den Eindruck vermittelte, als sei allerlei darin verborgen. An den Wänden standen geschlossene Schränke, in denen sich möglicherweise Bücher und Unterlagen, vielleicht aber auch Menschenschädel befanden. Zwei Aktenschränke. Ein – vom Telefon abgesehen – leerer Schreibtisch. Neben dem Tisch stand ein schüchtern lächelnder Mann in einem zerknitterten Anzug. Er hielt die Hände vor der Brust und pulte mit dem Zeigefinger der einen Hand am Daumen der anderen herum. In unregelmäßigen Abständen schnalzte er mit der Zunge, wie eine peinlich berührte Grille. Über sein Alter konnte ich nur Vermutungen anstellen, aber es sah so aus, als hätte er die letzten vierzig Jahre mit krummem Rücken am Schreibtisch verbracht.

Bob Heller schloss die Tür hinter mir.

»Was für eine Sauerei! Was haben Sie sich nur dabei gedacht?«

»Welche Sauerei?«, gab ich zurück.

»Erzählen Sie mir nicht, es gäbe keine Sauerei, Pel. Versuchen Sie nicht, mich für dumm zu verkaufen.«

»Das habe ich nicht gesagt. Ich habe nur gefragt, welche Sauerei Sie meinen.«

»Wie viele gibt es denn?«

»Pfft.«

»Ich spreche vom Ausgraben der Fundamente. Wieso haben Sie diese Leute darauf gebracht?«

»Das habe ich doch nicht. Ich habe ihnen gesagt, dass wir es nicht tun wollen.«

»Also doch. Vielleicht wollen Sie der Presse auch gleich erklären, dass Sie nicht schwul sind? Finanzielle Missetaten bestreiten? Dass Sie sich keineswegs mit dem Gedanken tragen, ihren Job niederzulegen? Sind Sie völlig *durchgedreht*? Wir können diese Fundamente nicht wieder ausgraben lassen.«

»Ich halte es doch für eher unwahrscheinlich, dass es so weit kommt.«

»Unwahrscheinlich? Nein, nein, nein. Vergessen Sie ›unwahrscheinlich‹. Sie dürfen *nie* wieder angerührt werden!«

»Mmmm … Da ist doch irgendwas im Busch, was Sie mir nicht erzählen wollen, oder? Was hat Acton gemacht? Die Hälfte der Leichen in der Erde gelassen?«

»Leichen? Scheiß auf die Leichen!« Heller deutete auf den Mann im traurigen Anzug. »Das ist Dr. Bennett …« Bennett lächelte mich betreten an. »Dr. Bennett arbeitet beim Staatlichen Forschungsinstitut für chemische Kampfstoffe in Porton Down. Wie viel Neurotoxin befindet sich Ihrer Schätzung nach unter dem Anbau des Lern-Centers, Dr. Bennett?«

»Oh, das ist schwer zu sagen …« Er zuckte mit den Schultern, als wüsste er die Antwort, wollte jedoch nicht den Eindruck erwecken, er sei ein Angeber. »Sicher genug, um alles Leben im nordwestlichen Europa auszulöschen.«

»Arrrrrrrrrgggggghhhh!«

»Oh, tun Sie das nicht, Mr. Dalton. Sie machen mir Angst«, sagte Bennett.

Die Panik, die mir bis an die Knie gereicht hatte, schwappte unter meinem Kinn. »Wieso ist unter unserem Anbau Nervengas vergraben?«, fragte ich ungewöhnlich umsichtig.

»Du meine Güte … es wäre viel zu gefährlich gewesen, es umzulagern.«

Ich sah Heller an. Da ich außerstande war, etwas zu sagen, setzte ich eine flehende Miene herzerweichender Verzweiflung auf.

Heller seufzte ungeduldig. Offenbar war er der Ansicht, ich wüsste nun alles, was ich wissen musste, und wollte fortfahren. »Was macht das schon für einen Unterschied? Könnten wir bitte versuchen, uns zu konzentrieren?«

»Ich muss doch wissen, wie es kommt, dass eine solche Menge Gift, mit der man eine Katastrophe biblischen Ausmaßes auslösen könnte, direkt vor meinem Büro gelagert ist. Was soll ich sagen? Ich bin nun mal penibel.«

»Großer Gott! Das ist doch nun wirklich egal. Wir müssen uns auf unsere Zukunftspläne konzentrieren.«

»Ich habe so einen Verdacht, dass zu Ihren Zukunftsplänen auch eine Spezial-Lotterie und ein Raumschiff gehören, das die glücklichen Gewinner in eine Welt jenseits der Sterne katapultieren soll … also möchte ich gern eins nach dem anderen erfahren, okay? Wie ist das Zeug dahin gekommen, Sie Traumtänzer?«

»Hüten Sie Ihre Zunge! Ich bin der Dekan der Biologischen Fakultät und kann Sie jeden Moment der Universität verweisen lassen …«

»Arrrrrrrrrgggggghhhh!«

»Okay, okay … Es ist keine besonders interessante Geschichte. Wirklich. Sie wurde nur aufgebauscht, und wenn ich es Ihnen erzähle … Okay, *okay*, meine Güte …. Einer unserer Studenten hatte beschlossen, seine Abschlussarbeit über die chemische Disruption von Neurotransmittern zu schreiben – klingt doch ganz harmlos, oder?«

»Gnk.«

»Er hat ein reichlich vages Exposé eingereicht und für das Projekt einen Supervisor zugeteilt bekommen, Dr. Knowles. Unglücklicherweise kam Dr. Knowles wenige Wochen später bei einer Kneipenschlägereï ums Leben ...«

»Wieso?«

»Meine Güte ... soll ich Ihnen etwa die gesamte *Weltgeschichte* erzählen? Für das, worauf ich hinaus will, spielt es keine Rolle, okay? Gut. Also, jedenfalls bekam er keinen neuen Leiter zugewiesen.«

»Wieso das?«

»Wir haben es vergessen, okay? Passiert Ihnen so etwas nie? Und ich schwöre bei Gott, wenn Sie mich noch einmal unterbrechen, werde ich Ihnen diese Geschichte nicht erzählen.«

Ich hielt mir eine Hand vor den Mund.

»*Danke* schön. Da er also keinen neuen Projektleiter bekam, hörten wir erst wieder von der ganzen Sache, als er fertig war und achtzig Gallonen eines hochgiftigen Nervengases hergestellt hatte und wissen wollte, wem er die Vermarktung übertragen sollte.« Heller warf einen Blick zu Bennett hinüber. »Unangenehmerweise war das Ganze als zweisemestriges Projekt angelegt, sonst hätte er bestimmt nicht einmal ein Viertel der Menge herstellen können. Jedenfalls ... so ist es dazu gekommen.« Er wandte sich mir wieder zu. »Sein Tutor war in Sorge, wie ich darauf reagieren würde, und hat versucht, das Zeug in seinem Büro zu verstecken. Leider hat sich eine Putzfrau daran verletzt ...« Heller sah, dass sich meine Augen weiteten. »Nein, nein ... der Behälter ist ihr auf den Fuß gefallen ... Dabei hat sie sich zwei Zehen gebrochen. Ich habe davon gehört, und so kam die ganze Sache heraus. Wie üblich habe ich Dr. Bennett angerufen. Er hat einen Blick darauf geworfen ...«

»*Enorm* beeindruckend«, warf Bennett ein.

»… und wir kamen zu dem Schluss, dass wir das Zeug irgendwo in Sicherheit bringen mussten. Da wir wussten, dass mit dem Anbau des Lern-Centers bald begonnen werden sollte, habe ich mich mit TSR in Verbindung gesetzt, mit dem ich schon früher zu tun gehabt hatte. Wir haben das Geld zur Verfügung gestellt, um die entsprechenden Weichen zu ölen, und TSR hat dafür gesorgt, dass die Bauarbeiter angewiesen werden, das Zeug zu vergraben, wenn die Fundamente gegossen werden. Als TSR verschwand, war ich etwas in Sorge. Offenbar aber hatte er alles mit Bill Acton abgesprochen, und die Sache ging reibungslos über die Bühne. Bis *Sie* diese Medienkampagne gestartet haben, dass alles wieder aufgegraben werden soll, damit diese Leute nach Leichen von Geisteskranken suchen können. Sind Sie jetzt zufrieden?«

»Ähm … ich hätte da *nur mal ein paar kurze Fragen.*«

»Was denn, mein Gott?«

»Erstens: Was ist mit dem Studenten passiert, der dieses Zeug hergestellt hat? Woher wissen Sie, dass er nicht weitere achtzig Gallonen in seiner Bude stehen hat, weil er Angst hatte, die auch noch zu erwähnen?«

»Oh, das ist alles geklärt«, antwortete Heller. »Er arbeitet jetzt für Bennett.«

»Er ist sehr begabt«, sagte Bennett.

»Unglaublich.« Ich seufzte.

»Was?«, lachte Heller. »Dass einer unserer Studenten einen Job findet?« Er zuckte mit den Schultern. »So etwas kommt vor.«

»Außerdem möchte ich wissen, was mit dem Geld ist. Wie viel haben Sie gezahlt? An wen? Und woher um alles in der Welt haben Sie es genommen?«

»Oh, TSR hatte einen Preis vorgeschlagen – fünfzig Riesen – und die haben wir bezahlt. Wir haben ihm Bargeld gegeben, und er hat sich um alles gekümmert. Ein ziemlich hoher Preis, zugegeben, aber es war auch eine wichtige Aufgabe.«

»Woher hatten Sie *fünfzigtausend Pfund*?«

Heller winkte ab.

»Das war kein Problem. Wir hatten ein paar Forschungsgelder bekommen, so dass wir flüssig waren.«

»Aber was ist, wenn Sie keine Forschungsergebnisse liefern können?«

»Die *werden* wir liefern.« Zum ersten Mal sah Heller aus, als hätten ihn meine Worte ernstlich verletzt. »Es wird zwar dastehen ›Ergebnisse nicht schlüssig‹ oder etwas in der Art, aber wir *werden* sie liefern. Die hiesige Fakultät der Biologischen Wissenschaften hat einen internationalen Ruf zu verlieren, Pel. Wir sind durchaus in der Lage, Forschungen vorzutäuschen, danke der Nachfrage. Jedenfalls ... bestand der Großteil des Geldes wie üblich aus einer Spende von Porton Down.«

Zum zweiten Mal verwendete Heller die Formulierung »wie üblich«, doch ich beschloss einmal mehr, dass es für meine Nerven besser wäre, wenn ich nicht weiter nachfragte.

»Wir haben gern geholfen«, sagte Bennett. »Die Rechte für diese Erfindung im Tausch gegen unsere Hilfe bei ihrer Beseitigung – ein ausgezeichneter Deal. Wir hätten ein Vielfaches an Forschung investieren können, ohne jemals darauf zu stoßen. So aber gehört uns das Patent und ...«

»Sie wollen das Nervengas patentieren lassen?«

»Ja, natürlich. Wir haben auch die Patente für VX anmelden lassen – das tödlichste Gift der Welt, bis Ihr Student kam. Das war 1962, auch wenn sie offiziell erst im Februar 1974 veröffentlicht wurden. Sie sehen, ah .... Pel, ja?«

»Ja.«

»Ein ungewöhnlicher Name.«

»Finden Sie? Das hat noch nie jemand zu mir gesagt.«

»Oh, dann liegt es wohl an mir. Sie müssen wissen, Pel, es ist von entscheidender Bedeutung, Entdeckungen registrieren zu lassen. Erstens natürlich geht es um die berufliche Ehre. Aber ebenso wichtig ist, dass sich zahlreiche Länder weigern, die verschiedenen internationalen Verträge zur Ächtung chemischer Waffen zu unterzeichnen, zu ratifizieren oder einzuhalten. Falls irgendein Ganovenstaat unser Gas herstellt, können wir ihn vielleicht nicht des Vertragsbruchs beschuldigen, aber wir können ihn durchaus wegen des Verstoßes der Patentrechte drankriegen.«

»Ja … Ich glaube, ich werde dann mal gehen.«

Heller verstellte mir den Weg.

»Verstehen Sie jetzt, weshalb es *niemals* zu Untersuchungen der Bauarbeiten kommen darf?«

»Ja … Aber, ehrlich gesagt, wenn ich es nicht verhindern kann, ist das Ganze Ihre Schuld.«

»Und Ihre.«

»Was reden Sie da eigentlich? Bis gerade eben wusste ich doch überhaupt nichts davon.«

»Das zu beweisen dürfte Ihnen schwer fallen, vor allem, wenn ich sage, dass Sie uns praktisch dazu genötigt haben. Ich schätze, das dürfte Ihren Bemühungen um eine Vermeidung der Ermittlungen doch einen kleinen Schub versetzen, oder?«

Sprachlos sah ich Bennett an.

»Äh, ja …« Er hustete und sah auf seine scharrenden Füße. »All das ist sehr unangenehm, aber in diesem Fall sähen wir uns gezwungen, dafür zu sorgen, dass Sie den größten Teil der Schuld bekommen und eine schrecklich lange Zeit ins Gefängnis wandern. Aus Gründen der nationalen Sicherheit. Das werden Sie sicher verstehen. Es tut mir wirklich sehr Leid.«

Ich drehte mich wieder zu Heller um.

»Ihr *Schweine.*«

»Hey, wie gesagt … man wird nicht Dekan der Biologischen Fakultät, wenn man nicht auch mit harten Bandagen kämpfen kann.«

Ursula war stinksauer.

»Du konntest nicht anrufen?«

»Ich hab's versucht. Es war besetzt.« Das stimmte natürlich nicht, aber rein statistisch gesehen standen meine Chancen gut.

»*Wann* hast du angerufen?«

Phh – netter Versuch. Sehe ich aus, als wäre ich von gestern?

»Ich habe nicht auf die Zeit geachtet.«

»Ungefähr.«

»Keine Ahnung.«

»Hm-hm.«

»Willst du mir erzählen, du hättest nicht telefoniert?«

»Na ja … Alison hat angerufen.«

Jep. Hoch zu pokern hat sich noch immer ausgezahlt.

»Wie lange hast du mit Alison gesprochen?«

»Ich weiß nicht.«

»Ungefähr.«

»Ich habe keinen Schimmer.«

»Hm-hm.«

Das Telefon läutete. Ursula und ich sahen uns zwei Klingeltöne lang an, aber sie gab immer zuerst auf, und schon nach der Hälfte des dritten Klingelns riss sie den Hörer von der Gabel.

»Hallo? … Nein, er ist nicht da.« Sie legte auf und wandte sich mit süffisantem Lächeln um. »Es war für dich. *Siehst du?*«

»Und ich bin nicht da. Offenbar.«

»Oh, es war nur jemand von *Northeast Now!* Sie haben heute schon ein paar Mal angerufen und wollten dich sprechen. Ich schätze, du hast schon genug Ärger und solltest nicht alles noch schlimmer machen, indem du dich jetzt noch öffentlich äußerst. Außerdem wolltest du die Miete eintreiben.«

»Was? *Jetzt?*« Ich überlegte, ob ich ihr etwas von den anderen Dingen erzählen sollte, die in diesem Moment um meine Aufmerksamkeit buhlten, aber es war nicht der richtige Zeitpunkt. Erstens konnte ich mich nicht darauf verlassen, dass ich Ruhe bewahren würde, denn wahrscheinlich würde sich meine Selbstbeherrschung schon bald in Luft auflösen, bis ich nur noch versuchen konnte, ihr schreiend und schluchzend die

wichtigsten Fakten zu vermitteln. Wenn ich ein paar Tage wartete – vielleicht bis das Dach repariert war –, konnte ich den
Kindern vorschlagen, ein paar Freunde einzuladen. Während
sie spielten, würde ich Ursula alles erzählen, was ich sonst so
trieb. Ja, eine Kinderparty … Ursula würde es nicht *wagen*, bei
einem solchen Anlass etwas zu versuchen.

»Du bist selbst schuld, dass es so spät ist. Dafür kann ich
nichts. Ich fahre dich hin, wenn du willst«, sagte Ursula.

»Ich kann selbst fahren. Die Mühe brauchst du dir nicht zu
machen.«

»Es macht mir keine Mühe.«

»Nein, ist schon okay. Ich fahre.«

»Es ist mein Wagen.«

»Großer Gott im Himmel … du misstraust mir wegen dieser
Studentinnen, ja? Du traust mir nicht mal so weit, dass ich am
Abend bei ihnen vorbeigehen kann.«

»Nein, eigentlich habe ich beim Chinesen Essen bestellt und
müsste es in fünf Minuten sowieso abholen. Das war der
Grund. *Jetzt* allerdings traue ich dir wirklich nicht mehr.«

Wir hielten kurz beim Chinesen an, um Ursulas Essen abzuholen. Es reichte für zwei, da sie doppelte Portionen von allem
bestellt hatte, was sie gern mochte.

»Siehst du? Obwohl ich warten musste, ohne von dir zu hören, habe ich dafür gesorgt, dass genug für uns beide da ist.«

»Danke. Aber du hättest Sachen bestellen können, die *ich*
mag, statt einfach zweimal das zu bestellen, was *du* magst.«

»Ich hatte nichts von dir gehört, schon vergessen? Angenommen, du wärst überfahren worden oder irgendwas. Dann
hätte ich mit Bergen von Essen dagesessen, das ich nie schaffen
würde.«

»Nur so aus Interesse … mal angenommen, du müsstest
dich entscheiden: entweder bin ich tot, *oder* du musst Lebensmittel wegwerfen …«

»Komm schon, werd erwachsen. Ich sage ja nicht, ich *möch-*

te, dass du überfahren wirst. Ich sage nur, wenn du überfahren worden *wärst*, könnte dich sämtlicher Bratreis dieser Welt nicht mehr lebendig machen.«

Wir brauchten nicht lange bis zu unserem alten Haus. Von außen betrachtet unterschied es sich von damals, als wir noch dort gewohnt hatten, nur insofern, als es bebte. Oder besser: Jetzt bebte es vor dröhnenden, wummernden *Bässen* und nicht weil wir handgreiflich darum stritten, wer zuletzt die Fernbedienung hatte. Dazwischen waren undeutliche Stimmen zu hören, die quiekten und lachten. Sie gaben eine Party. Das war keine gute Nachricht. Nach den Studentenpartys, die *ich* früher gegeben hatte, mussten wir jeweils in neue Räumlichkeiten umziehen und die alten wie eine narbige, voll gekotzte Hülle abstreifen.

Ursula nahm mir das chinesische Essen vom Schoß und begann, in der Tüte herumzuwühlen, machte alles auf, und probierte.

»Mmmh ... lecker. Geh rein und hol die Miete. Beeil dich. Ich möchte zu Hause sein, bevor alles kalt wird.«

Wiederholtes Klopfen an der Haustür lockte eine Gestalt mit einer Dose Carlsberg Export an.

»Ist Anna da?«, brüllte ich.

»Was?«, brüllte er zurück.

Das ging eine Weile so.

Schließlich beugte er sich nach hinten und brüllte: »Anna?«

»Oben. Wer ist da?«

»So'n Typ.«

Eine Studentin erschien an der Tür.

»Wer sind Sie?«, brüllte sie.

»Ich bin der Vermieter. Könnte ich Anna sprechen?« Ich bewegte den Kopf hin und her und versuchte die Stelle zu finden, die sie möglicherweise anpeilte.

»Ja ... klar.« Sie strahlte, und die Neupositionierung ihrer Lippen brachte sie ein wenig aus dem Gleichgewicht, so dass

sie seitwärts außer Sicht tänzelte, ehe sie wieder in den Flur ge-
taumelt kam, so dass ich sie sehen konnte. »Sie ist oben im
Schlafzimmer. Gehen Sie ruhig rauf. Es ist …«

»Ich weiß, wo es ist. Danke.«

Mit einer ungelenken Pirouette ging sie mir aus dem Weg,
und ich trat ins Haus. Ich durchquerte einen deprimierenden
Hades der Vergnügungen – Tanz, Geschrei, Kichern, Taumeln,
Johlen. Das alles war todtraurig. *Wir* hatten die jugendlichen
Exzesse durchgemacht, es war *unser* Ding. Diese Studenten
wandelten auf unseren ausgetrampelten Pfaden? Merkten sie
denn nicht, was für ein jämmerliches Klischee sie abgaben?
Meine Generation hatte Partys gefeiert, und zwar vor Ewigkeiten … *macht was Neues*, Kids. In der Küche sah ich ein paar
Leute, die mit ernster Miene nicht vorhandene Asche von ihren
Zigaretten schnippten. Sie gaben sich alle Mühe, »lebensüberdrüssig« und »ihr würdet nicht glauben, was ich alles schon gesehen habe« zu wirken. »Lebensüberdrüssig« kriegt man mit
neunzehn nicht richtig hin, verdammt. Da fehlt einem noch so
einiges. Wieso konnten sich diese Typen nicht einfach um ihr
Studium kümmern, auf meinen Teppich aufpassen und ihre
Miete pünktlich zahlen? Davor hätte ich Respekt gehabt.

Ich hüpfte um Leiber, Aschenbecher und Dosen herum, bis
ich zur Treppe gelangte, auf der erstaunlicherweise nur ein einziges Pärchen (flüsternder Junge, schniefendes Mädchen mit
feuchten Augen) in ein ernstes Gespräch vertieft saß. Gleich
darauf stand ich vor der Schlafzimmertür.

»Anna?«, sagte ich und öffnete sie.

Ich drehte den Knauf bei »A« und drückte die Tür beim »n«
ins Zimmer, was bedeutete, dass noch ein ganzes »na?« übrig
war, das ich zu den zwei Arschbacken sagen konnte, die im
Flurlicht weiß zwischen dem Bund einer eilig heruntergezoge-
nen Hose und dem Saum eines eilig hochgezerrten Hemdes
aufleuchteten. Zu beiden Seiten des Hinterns sah man die nack-
ten Beine einer jungen Frau (wie diese »Ich danke Ihnen viel-

mals, meine sehr verehrten Damen und Herren«-Geste einer Cabaret-Sängerin bei ihrem Applaus). Als meine Stimme laut wurde, erstarrten die Backen, und der Kopf ihres Besitzers sank vor Erschöpfung auf das Bett.

»*Meine* Güte!«, mumpfte er in die Matratze, wenn auch deutlich und verständlicherweise genervt.

Annas Kopf kam hinter seiner Schulter hoch.

»Oh … hi!«, zwitscherte sie.

»Verzeihung«, antwortete ich und wich zurück. »Ich wollte nicht … Es tut mir schrecklich Leid.«

»Sie wollen wahrscheinlich das Geld«, fuhr sie scheinbar ungerührt fort.

»Ich …«, setzte ich an. Natürlich wollte ich das Geld, aber jemanden mitten beim Vögeln zu stören, damit er mir die Miete gab, erschien mir doch etwas – na ja – geldgeil.

»Scheiße, welches Geld denn?«, fragte ihr Partner und zog sich zurück, um sie anzusehen. »Welches Geld?«, fragte er noch einmal und wandte sich um, so dass er mich ansehen konnte.

»Arrrrrrrrrggggggghhhh!«, machte ich.

»Arrrrrrrrrggggggghhhh!«, machte Colin Rawbone gleichzeitig.

Anna, deren dünnes Baumwollkleidchen um ihren Brustkorb gewickelt war, kämpfte sich zappelnd unter ihm hervor.

»Hey, vielen Dank, Jungs. Das tut meinem Ego echt gut, aber ehrlich gesagt braucht nur der eine, mit dem ich Sex habe, zu schreien.«

Sie beugte sich über die Bettkante, zog eine lappige Stricktasche hervor und wühlte einen Moment darin herum, ehe sie ein Bündel Banknoten zutage beförderte.

»Wofür ist das Geld?«, fragte Colin, dessen Stimme knarrte, als bestünde sein Kehlkopf aus altem, trockenem Holz. Ich dachte, dass er im nächsten Augenblick in Tränen ausbrechen würde. »B-b-bezahlt sie dich als Zeugen?«

»Was?«

»Ich verdopple alles, was du von ihr kriegst, Pel. Montag könnte ich es haben. Ich schwöre bei Gott.«

»Äh, ich will nur die Miete kassieren, Colin.«

»Ganz ruhig, Col … er ist unser Vermieter«, tröstete Anna.

Er drehte sich auf den Rücken und zerrte seine Hosen hoch. Ich gab mir Mühe, nicht hinzusehen (ich wollte nicht die falschen Signale setzen – der Tag war auch so schon kompliziert genug gewesen), aber ich konnte mich nicht beherrschen.

Ha! Und gleich ging es mir besser. Wenigstens das!

Colin war noch immer in heller Aufregung.

»Bitte … äh … das ist … oh, Gott … du sagst doch Karen nichts, oder? Versprich es mir, Pel, versprich mir, dass du Karen nichts sagst. Sie würde es nicht verstehen.«

Ich dachte mir, dass selbst Karen die Lage durchaus einzuschätzen wüsste.

»Das geht mich nichts an, Colin.« Ich wandte meinen Blick ab und hob abwehrend die Hände. »Ich bin hier nur der Vermieter. Ich habe meine Miete bekommen und bin schon wieder weg.«

»Dann sagst du Karen nichts? Versprochen? Sag, dass du es versprichst.«

»Nein, ich werde ihr nichts sagen.«

»Sag, dass du es versprichst.«

»Muss ich auch noch darauf spucken?«

»Sag es einfach. Ich weiß, ich weiß … aber ich muss hören, wie du es sagst, sonst muss … sonst kann ich nicht …«

»Okay, okay. Ich verspreche es.«

»*Was* versprichst du?«

»Ich verspreche, dass ich Karen nichts erzähle.«

»Du bist ein Held, Pel. Ehrlich, das werde ich dir nie vergessen.«

»Vergiss es.«

»Ich liebe Männerbünde«, kommentierte Anna. »Das ist so

niedlich.« Sie lag rücklings auf dem Bett, das Kleid noch immer hochgeschoben. Der Nagel ihres Ringfingers klemmte zwischen ihren Zähnen, und sie drehte ihn entschlossen hin und her.

»Ehrlich, Pel ... das ist mein Ernst«, sagte Colin dankbar.

»Kein Problem. Okay, ich sollte jetzt mal gehen. Äh ... vielen Dank für alles.«

»Ja, bis bald, Pel.«

»Bye«, flötete Anna.

Rückwärts verließ ich das Schlafzimmer. Als ich die Tür ins Schloss zog, widmete sich Colin gerade wieder Anna und nestelte an seiner Hose herum.

»Das hat aber gedauert«, sagte Ursula. »Was hast du getrieben?«

»Ich bin mit Colin Rawbone ins Plaudern gekommen.«

»Ach ja? War Karen auch dabei?«

Sie warf mir die halb zerfledderte Tüte mit dem chinesischen Essen auf den Schoß und ließ den Motor an.

»Ich glaube kaum, dass da noch Platz für sie gewesen wäre. Colin hatte ein Einzelgespräch mit einer Kunststudentin ... hat ihr seinen speziellen Input gegeben.«

»Wie? Was meinst du damit?«

»Vergiss es.«

»Lass das. Du weißt, wie sehr ich es *hasse*, wenn du irgendeinen blöden Kommentar ablässt, und wenn ich dich dann bitte, ihn mir näher zu erklären, sagst du nur: ›Vergiss es‹ oder ›Ist doch egal‹. *Erklär* es mir einfach.«

»Ist nicht so wichtig.«

»Willst du mich *absichtlich* wütend machen? Inzwischen *ist* es wichtig, weil du eben nichts sagen wolltest. Erzähl es endlich.«

Ich seufzte.

»Es ist nichts ... Colin war bei einem Mädchen. Einer Studentin.«

»*Bei?*«

»Ja, ›bei‹.«

»*Bei?* Was heißt ›bei‹? Was soll das *bedeuten*?«

»Du meine Güte … sie haben *gevögelt*. Okay?«

»Nein! Woher weißt du das?«

»Tsss … Weil sich sein Kopf ständig rauf und runter bewegt hat, als er mit mir geredet hat. Was meinst du wohl, woher ich es weiß?«

»Du hast sie beim Vögeln *erwischt*?«

»Genau.«

»Dann war das Mädchen also nackt? Du hast sabbernd mit offenem Maul dagestanden und irgendeine nackte, vögelnde, dämliche Studentin angeglotzt?«

»Wieso denn ›dämlich‹?«

»*Ganz* falsche Frage.«

»Beruhig dich. *Ich* hab sie schließlich nicht gevögelt. Ich bin nur reingegangen, um die Miete zu holen. Schließlich hast *du* darauf bestanden, dass es heute sein muss, schon vergessen?«

»War sie nackt?«

»Nein«, erklärte ich mit großer Entschiedenheit, einigem Erstaunen über ihr fortgesetztes Nachfragen und mit absoluter, wortgetreuer Faktennähe. »Und außerdem lag sie unter ihm.«

»Also hast du nichts gesehen?«

Ich warf den Kopf in den Nacken und stieß einen tiefen Seufzer aus.

»Ja … sie hatte ihr Kleid unter den Achseln und lag – na ja – *sie lag einfach nur so da*, dass ich alles sehen konnte. Der Anblick hat sich mir für alle Zeit ins Hirn gebrannt.« Ich gab mir alle Mühe, es mit besonders spöttischem Singsang zu sagen. »*Gott* im Himmel«, fügte ich hinzu und verdrehte die Augen.

»Was glaubst du, passiert, wenn Karen es erfährt?«

»Keine Ahnung. Wie sollte sie es denn erfahren?«

»*Du willst es ihr nicht erzählen?*«

»Ihr *erzählen*? Weshalb sollte ich so etwas tun?«

»Er ist ihr *Mann*!«

»Na und? Das geht mich nichts an.«

»Ach so. Du meinst, du behältst es für dich, weil er ein Mann ist.«

Ich wurde leicht in den Sitz gepresst, als der Wagen beschleunigte. Ich warf einen Blick auf den Tacho und stellte fest, dass wir bei fünfzig Meilen waren. Wenn Ursula fährt, ist der Tacho gewöhnlich ein ziemlich guter Gradmesser für ihr emotionales Gleichgewicht.

»Was? Nein. Blödsinn.«

»Also würdest du es ihm auch nicht erzählen, wenn du gesehen hättest, wie sie mit einem Studenten vögelt?«

»Wenn ich gesehen hätte, wie Karen mit einem Studenten vögelt, bräuchte ich dreißig Jahre Therapie, bis ich überhaupt wieder sprechen könnte. Nein, es hat nichts damit zu tun, dass Colin ein Mann ist.«

»Wenn dich also jemand auf einer Party dabei erwischen würde, wie du eine andere Frau vögelst, würdest du nicht wollen, dass man mir davon erzählt.«

»Ich würde gar nicht erst eine andere Frau vögeln.«

»Aber wenn doch.«

»Aber ich würde es nicht tun.«

»Aber wenn *doch*. Stell dir die Situation vor, nur theoretisch. Stell dir vor, du würdest jemanden vögeln, nehmen wir einfach Silke, da wir ja nun wissen, dass du auf sie stehst …«

»Gütiger Gott. Jetzt mach mal Pause.«

»Wenn man dich dabei erwischen würde, wie du sie vögelst, würdest du nicht wollen, dass derjenige, der dich erwischt hat, es mir erzählt?«

»Also, wenn – *falls* – das passieren sollte, dann nein. Würde ich nicht.«

»Wieso nicht?«

»Weil … es nur eine absolute Ausnahme sein könnte – sagen wir, ich wurde hypnotisiert, bin voll auf Crack, und ein Komplize hat die Kinder als Geiseln genommen, damit ich mit ihr schlafe. In diesem Fall sollte es ein Geheimnis bleiben. Schluss. Wenn du es wüsstest, wäre das eine erheblich größere Gefahr für unsere Beziehung als dieser einmalige Ausrutscher meinerseits. Wenn ich aber jede Nacht mit einer anderen ins Bett gehen würde, hätten wir tief greifende Probleme und bräuchten ganz bestimmt keinen Dritten, der uns darauf hinweist. In beiden Fällen ist absolut nichts damit gewonnen, dass ich es dir erzähle.«

»Also würdest du es auch nicht erfahren wollen, wenn mich jemand erwischt hätte, wie ich mit einem anderen Mann ins Bett steige?«

»Das ist was anderes.«

»Ha!«

»Du kannst dir dein ›Ha!‹ ruhig sparen, weil es absolut blödsinnig ist. Das ist was völlig anderes.«

»Weil ich eine Frau bin.«

»Nein.«

»Doch. Du scheinst zu glauben, wenn du Silke vögelst, sei das was *völlig anderes*, als wenn ich mit Brad Pitt im Bett lande, weil ich ja eine Frau bin.«

»Nein, das ist nicht … Hey! Wieso liegst du plötzlich mit Brad Pitt im Bett?«

»Was macht es für einen Unterschied, mit wem ich im Bett liege?«

»Du hattest die Wahl, das macht den Unterschied. Du hast mir Silke zugeteilt, aber *du* darfst aussuchen und nimmst ausgerechnet diesen blöden Brad Pitt.«

»Ist doch egal. Es geht nur ums Prinzip.«

»Wenn es nur ums Prinzip geht, dann kannst du ja auch mit Lon Chaney jr. vögeln … okay?«

»Lon Chaney jr. ist tot.«

»Das ist doch völlig egal, oder? Es geht schließlich ums Prinzip. Willst du mir erzählen, du hättest eine realistische Chance bei Brad Pitt?«

368

»Was soll das heißen? Bin ich etwa hässlich? Willst du das etwa damit sagen?«

»Das habe ich nicht behauptet.«

»Oh, nein, ich bin nicht *besonders* hässlich. Ich könnte vielleicht bei Lon Chaney jr. landen, aber *Brad Pitt*? Phh, keine Chance. Vielen Dank auch. Soll ich von jetzt an lieber auf dem Dachboden leben, ja? Ich ziehe auf den Dachboden, und du kannst mich durch die Gitterstäbe füttern.«

»Auf dem Dachboden könnte dich jeder sehen. Wir haben nämlich *überhaupt kein Dach*. Und außerdem …«

»Sieh mal da!«

»Was?«

»Da! Der Lieferwagen … da drüben!«

Ich sah in die Richtung, in die sie zeigte, wo gerade diese Handwerker von der Hauptstraße abbogen, die unsere Regenrinne repariert hatten. Mit beängstigend bohrendem Blick starrte Ursula den Wagen an.

»Ich wette, da drinnen ist unser Besen«, zischte sie.

Sie riss das Lenkrad herum, so dass unser Wagen in die Seitenstraße schoss, ehe er dem anderen Wagen folgte.

»Was machst du denn da?«, fragte ich, während ich mich bemühte, die Tüte mit dem chinesischen Essen vor den Fliehkräften ihres Wendemanövers zu schützen.

»Ich hol mir unseren Besen wieder.« Sie kurbelte das Fenster herunter, als wir den Regenrinnenmännern immer näher kamen. »Sollen wir etwa zulassen, dass sie uns beklauen und damit einfach durchkommen?« Sie drückte auf die Hupe und streckte den Kopf aus dem Fenster. »Gebt uns unseren Besen zurück!«

»Bitte! Bitte … ich kauf dir einen neuen Besen.«

»Ich will keinen neuen Besen. Ich will, dass sie mir den Besen wiedergeben, den sie uns *gestohlen* haben.« Erneut drückte sie auf die Hupe. »Gebt uns unseren Beeeeeesen zurück!«

»Oh, mein Gott.« Ich öffnete die Tüte und versenkte meinen

Kopf darin, so dass ich das Ganze nicht mit ansehen musste. Ich hörte, wie Ursula neben mir Selbstgespräche führte und sich zum Thema Besen und Diebstahl in Rage redete. Kurz darauf spürte ich, wie der Wagen zum Stehen kam, und nahm den Kopf aus der Tüte. Wir standen an einer Ampel, direkt hinter dem Lieferwagen. Ursula löste ihren Gurt und drückte ihre Tür auf, nach wie vor wild hupend. Ich sah, wie in der Scheibe hinten am Lieferwagen ein Gesicht auftauchte. Die vage »Was ist denn hier los?«-Miene schlug augenblicklich in »Oh, mein Gott!« um, als der Mann Ursula sah. Ruckartig verschwand der Kopf – vermutlich um mit dem Fahrer zu sprechen, denn nur eine Sekunde später quietschten die Reifen, und der Lieferwagen überfuhr die rote Ampel. Ursula hatte schon einen Fuß aus der Tür. Überrascht erstarrte sie, wenn auch nur für den Bruchteil einer Sekunde, dann brüllte sie dem Wagen hinterher: »Kommt zurück mit meinem Besen, Schweinebande!«, stieg wieder ein und rammte den ersten Gang hinein.

»Nehmen wir uns doch kurz die Zeit, einmal darüber nachzudenken ...«, sagte ich, kurz bevor ich an die Kopfstütze schlug, als sie Gas gab.

Als wir über die Kreuzung rasten, sah ich aus dem Augenwinkel einen Wagen auf uns zukommen. Ich sah, wie der Fahrer ins Schleudern kam und hörte das Heulen seiner vorbeifliegenden Hupe. Ursula schien nichts davon zu bemerken, da sie völlig auf den Lieferwagen vor uns fixiert war, der uns verzweifelt abzuhängen versuchte.

»Okay, Jungs. Wollen wir doch mal sehen, wie wichtig euch mein Besen ist!«, sagte Ursula mit einem Lächeln, wie man es von jemandem erwarten würde, der mit Sprengstoff um den Bauch in ein Regierungsgebäude spaziert. Der Motor heulte wie eine Kreissäge auf, und wir schlossen die Lücke zwischen uns und den Handwerkern.

»Gut«, sagte ich, hob den Zeigefinger und sah sie mit entschlossener Miene an. »Es ist mein Ernst ... Es *ist* ... Halt ...

Du hältst sofort an … Halt … Ich sag es nicht noch mal … Okay … Okay, ich geb dir Geld. Du darfst diesen Teppich kaufen. Wir holen ihn morgen ab. Alles, was du willst. Aber … Arrrrrrrrrggggggghhhh!« Ursula schoss auf den Bürgersteig. Eben war der Lieferwagen links abgebogen. Ursula hatte gesehen, dass sie die Kurve schneiden konnte, und war ihm gefolgt, indem sie den Bürgersteig und einen schmalen Grasstreifen nahm. Dieser Streifen war ein flacher Hügel und diente uns als Rampe, als wir ihn überfuhren. Der Wagen hob ab und flog durch die Luft – nicht sehr lange – eine, höchstens zwei Sekunden. Für mich allerdings lief alles in Zeitlupe ab. Über endlose Meilen zog sich der Sprung und dauerte Stunden … Stunden, während derer nichts als das Wort »Scheeeeeeiiiiiße!« durch meinen Kopf hallte. Mit einem Schlag und einem »Nggh!« landeten wir wieder auf der Straße, wo Ursula einen kleinen Disput mit dem Lenkrad hatte, bis alles wieder unter Kontrolle war. Der Lieferwagen schwenkte nach rechts in eine Nebenstraße aus, aber Ursula blieb ihm auf den Fersen. Im Grunde war es eigentlich eher ein Feldweg als eine Straße. Nur zwei kahle Reifenspuren im Schmutz, mit einem kargen Grasstreifen in der Mitte. Büsche klapperten am Wagen entlang.

»Komm schon … das Essen wird kalt.«

»Dann schieben wir es eben in die Mikrowelle.«

»Es ist in Aluminiumschüsseln. Du weißt doch, dass man Aluminium nicht in die Mikrowelle stellen darf.«

»Dann geben wir es eben auf Teller. Kein Problem.«

»Das ist mehr Abwasch. Wozu sollte man sich Essen zum Mitnehmen holen, wenn man dann doch abwaschen muss?«

»Mein Gott … dann wasch *ich* eben ab, okay? Hör auf zu jammern!«

»Ich will nur nicht sterben.«

»Tsss. Wer stirbt denn?«

Wir kamen ins Schleudern, dass mir ganz schwindlig wurde. Der Weg war zu Ende, und wir befanden uns auf einer Art

Spielfeld. Offensichtlich besaß die Gemeinde ein Stück Land, das sie nicht bebauen konnte – vielleicht lag es über einem ehemaligen Bergwerksstollen oder auf dem Gelände einer alten Rattengiftfabrik oder etwas in dieser Art. Deshalb waren ein paar alte Torpfosten aufgestellt und das Gelände zum öffentlichen Sportplatz erklärt worden, trotz der Tatsache, dass der Boden merklich in eine Richtung abfiel, der Mondoberfläche glich und darüber hinaus durchgehend unter Wasser stand. Die Regenrinnenleute waren am Ende des Weges angekommen und bogen nach links auf das Spielfeld ein. Ursula hatte versucht, ihnen zu folgen, war jedoch zu scharf abgebogen, so dass wir über das Feld rumpelten, mit den Rädern überall Matsch verspritzten und Narben rissen wie Spuren gigantischer Schlittschuhe beim Pirouettenlauf.

»Okay, okay, ich hab ihn …«, rief sie und brachte den Wagen in ihre Gewalt.

»Mir ist überhaupt nicht gut«, flüsterte ich.

»Jetzt geht's … wir schleudern nicht mehr.«

»Ich meinte es ganz allgemein.«

Der Lieferwagen kam besser voran als wir, aber auch er hatte seine Schwierigkeiten. Sein Heck schwenkte auf dem rutschigen Erdreich hin und her, was den Fahrer zu wilden Richtungswechseln zwang, um die Kontrolle zu bewahren. Offenbar hatte er es auf eine lichte Stelle zwischen den hohen Büschen abgesehen, von denen das Spielfeld umgeben war, aber der Wagen kam nur schwer voran. Sie hatten Glück, dass wir eine ganze Weile nur seitwärts fuhren. Wieder drückte Ursula auf die Hupe.

»Du solltest aufblenden«, sagte ich. »Es besteht noch immer die Möglichkeit, dass sie uns nicht bemerkt haben.«

Die braunen Papierklumpen drohten mir zu entgleiten, da meine schweißnassen Hände und meine angstverkrampften Finger die Tüte mit dem Essen ruiniert hatten. Ich hielt sie fest – jetzt war sie mein einziger Freund.

Die Wiese sah aus wie ein Schlachtfeld im Ersten Weltkrieg. Der Lieferwagen fuhr die letzten Meter vor der lichten Stelle in den Büschen, wobei das Heck ausbrach und gegen einen der Torpfosten prallte. Der Pfosten brach auf Bodenhöhe ab und kippte leblos um, wobei er eine Seite der Querlatte mit sich riss. Der Aufprall jedoch fing das schleudernde Heck des Lieferwagens ab, so dass er mit einem Mal auf geraden Kurs kam und durch die Lücke auf die dahinter liegende Straße rumpelte.

Ursula gab einen animalischen Laut von sich, riss das Lenkrad herum und schaltete einen Gang herunter, was uns schneller machte, aber aus der Bahn warf. Aus Sorge darüber, dass die Männer ihr entkommen könnten, nahm sie offenbar einen direkteren Weg zum Spielfeldrand, verlor dadurch jedoch die Lücke zum Teil aus den Augen.

»Du wirst die Ausfahrt verpassen!«, rief ich.

»Ich werde eine neue Ausfahrt schaffen«, erwiderte sie und bestätigte damit, was ich bereits vermutet hatte, aber – nun ja – es ist doch überraschend, wie lange man sich an eine Hoffnung klammert.

Ich machte mich für den Aufprall bereit, doch dann brachen wir durch die Hecke, ohne dass es sich anfühlte, als wäre was passiert. Ich glaube, selbst Ursula war von der Tatsache überrascht, dass es keinerlei Einfluss auf unseren Schwung nahm. Anders kann ich mir nicht erklären, wieso sie durch die Büsche brach und ohne jeglichen Versuch, ihren Kurs zu ändern, die Straße überquerte, die Hecke auf der anderen Seite niederwalzte und in der mit Zierrosen bewachsenen Pergola des dahinter liegenden Gartens landete. Die Pergola wurde entwurzelt und lag quer auf dem Wagen, so dass sie die Windschutzscheibe zur Hälfte verdeckte. Eine Weile baumelte sie herum wie ein Filmheld, der sich am Wagen eines flüchtenden Bösewichts festklammert, während Ursula umkehrte und den Weg zur Straße suchte, wobei sie noch den Nachbargarten durchpflügte. Am Ende jedoch gab die tapfere Gartendekoration auf, so dass die

Rosen samt Pergola nach der scharfen Kehrtwendung, die uns wieder in die richtige Richtung lenken sollte, auf dem Asphalt landeten.

Ursula beobachtete im Rückspiegel, wie das Ding taumelnd liegen blieb.

»So was sollten wir uns auch besorgen«, sagte sie. »Die Dinger sind ganz hübsch.«

Leider hellte dies ihre Laune nicht sehr lange auf, denn der Lieferwagen war nicht mehr zu sehen. Zu allem Überfluss kamen wir an eine Kreuzung, so dass es unmöglich zu sagen war, in welche der drei Richtungen der Lieferwagen verschwunden war. Ursula blieb stehen und starrte wütend die heckengesäumten Straßen hinunter. Nichts.

»*Scheißdreck!*«, zischte sie und schlug mit dem Handballen auf das Lenkrad.

»Trotzdem – netter, kleiner Ausflug, was?«, sagte ich.

Mürrisch legte sie den ersten Gang ein und fuhr an.

»Für dich ist das alles ein großer Spaß, ja?«, maulte sie.

»Eigentlich nicht. Zuerst sah es nach einem Lacher aus, aber dann wurde es zu einem endlosen, qualvollen Tanz mit dem Tod, so dass ich dem Wahnsinn nur entgehen konnte, indem ich mich darauf konzentrierte, mich nicht selbst zu beschmutzen.«

»Ich werde morgen wieder herfahren müssen, um es den Leuten zu erklären und die Rosen zu bezahlen«, knurrte sie.

»Ich übernehme das, wenn ich dabei sein darf, wie du es ihnen erklärst.«

Unser Gespräch dümpelte freundlich vor sich hin. Ich persönlich war froh, dass wir keinen Totalschaden gebaut hatten und dabei umgekommen waren. Genau das unterscheidet uns wohl – für meine Begriffe war das Ergebnis befriedigend, Ursula hingegen schien der Ansicht zu sein, es mangele ihm an einem würdigen Schlussakkord. In jedem Fall tat sie auf der Rückfahrt alles, um sich in Rage zu reden, bis wir in der geschlossenen Ortschaft fünfundfünfzig Meilen drauf hatten.

»Dann willst du mir also sagen, dass du das letzte Wort haben solltest, was meinen Beruf angeht?«, sagte sie und packte das Lenkrad, als wollte sie es erwürgen.

»Ich habe nichts Derartiges behauptet. Ich meinte nur, du hättest vielleicht erwähnen können, dass du die Absicht hattest, deinen Job zu kündigen.«

»Ich habe es dir x-mal gesagt.«

»Nein, du hast gesagt, du *wolltest* deinen Job kündigen. Das ist nicht das Gleiche, als wenn du bereit bist, es *tatsächlich* zu tun. Am liebsten würde jeder seinen Job an den Nagel hängen, aber kaum jemand tut es.«

»Oh, ich bitte um Entschuldigung, dass ich bei meiner Arbeit so unglücklich war und unerträgliche Kollegen hatte.«

»Ich mache mir nur Sorgen, weil wir von meinem Gehalt allein nicht leben können.«

»Hätte ich also lieber bleiben sollen. Nur wegen des Geldes? Soll ich vielleicht meine Karte in Telefonzellen aufhängen? Mich stundenweise von sabbernden Geschäftsleuten reiten lassen – wie ein Pony?«

»Siehst du? *Genau das* meine ich. Was zum Teufel hat das, was ich sage, mit dem zu tun, was du antwortest?«

»Es ist genau dasselbe.«

»*Genau* dasselbe, ja? ›*Er* hat kein Geld‹, ›*Sie* hat kein Geld‹, ›*Ich* möchte, dass sabbernde Geschäftsleute dich reiten wie ein Pony‹?« Ich deutete nach vorn. »Da vorn müssen wir abbiegen.«

»Ich *weiß*, dass wir dort abbiegen müssen. Das Prinzip ist dasselbe. Das Geld ist entscheidend, nicht meine Gefühle. Du kannst nichts auf emotionaler Ebene betrachten.«

»Deine Emotionen sind nur nie auf derselben Ebene wie meine.«

Wir sahen einander ins Gesicht.

»Und schon wieder gibst du mir so eine schwachsinnige, oberflächliche Antwort.«

Die Tatsache, dass ich ihr ins Gesicht sah, war vermutlich nicht von entscheidender Bedeutung, die Tatsache, dass sie *mich* ansah, jedoch durchaus, denn sie saß am Steuer und schleuderte – meiner Erinnerung nach – mit gefährlich überhöhter Geschwindigkeit um die Ecke in unsere Straße.

»Das ist kein Schwachsinn, es ist … Arrrrrrrrrgggggghhhh!«

Ich werde nicht verraten, wo es war, aber es gab einen Punkt in diesem Satz, an dem ich einen Blick auf die Straße vor uns warf und einen Mann und eine Frau dort stehen sah. Der Mann hielt eine Kamera auf der Schulter, und beide blickten suchend zu unserem Schlafzimmerfenster hinauf. Eine Sekunde später sahen sie unser Auto auf sich zukommen, und das Leben, das vor ihren Augen aufblitzte, war ihr eigenes.

»Verdammt!«, rief Ursula und riss mit ihrem gesamten Körpergewicht das Lenkrad nach rechts. Wir schossen an den beiden vorbei, prallten mit einem achsenzertrümmernden Ruck an den Bordstein, pflügten unsere Auffahrt entlang und schlugen vorn am Haus ein, wobei der Aufprall ein wenig vom Gerüst gemildert wurde, bis es schließlich über dem Wagen zusammenbrach, so dass die Stahlrohre herunterfielen und herumhüpften und dabei einen Lärm veranstalteten wie die Kirchenglocken am Tag der Errettung. Mein Sicherheitsgurt hielt mich umschlungen, aber die Tüte mit dem chinesischen Essen flog mir aus den Händen und explodierte im Wagen. Der Inhalt klatschte an die Windschutzscheibe, und alles, was nicht kleben blieb, regnete auf mich herab – Nudeln, Rippchen, Garnelen Gung Poo und diverse leckere Soßen klebten überall an mir.

Ich wischte mir eine Garnele aus dem Auge und rief Ursula zu: »Bist du okay?«

»Ja.« Sie blinzelte mich an, als versuchte sie etwas zu erkennen. »Ich konnte nichts dafür, klar?«

»Ich habe nichts gesagt.«

»Bevor du es tust. Sie standen mitten auf der Straße. Ich konnte nichts dafür.«

Eilig löste ich meinen Gurt und kletterte mühsam aus dem Wagen. Die beiden kamen zu mir herübergerannt, und ich sah, dass die Frau ein Mikro in der Hand hielt.

»Mr. Dalton? Können Sie sprechen?«, rief sie.

Der Kameramann, der nur durch seinen Sucher sah, brachte sich vor mir in Position, während ich mich am Wrack festhielt. Dann – vermutlich sah er zum ersten Mal im Leben schleimige Nudeln und Fleischbrocken von einem Kopf tropfen – sank die Kamera plötzlich auf seinen Schoß, ehe er die Augen verdrehte und rückwärts in die Forsythien kippte. Ursula krabbelte über den Sitz und kletterte auf meiner Seite aus dem Wagen. Sie sah aus, als wüsste sie nicht, was sie den Reportern *zuerst* erzählen sollte, aber von dem Kameramann war ohnedies nichts mehr zu sehen.

»Derek! Derek! Steh auf!«, rief die Frau, die sich nach einer Sekunde der Unentschlossenheit zu ihm hinuntergebeugt hatte.

Sie tauchte bis zur Hüfte in den Busch ab und versuchte, mit aller Kraft ihren besinnungslosen Kollegen hochzuziehen. Doch offenbar entglitt er ihren Händen, denn mit einem Mal tauchte sie mit vollkommen ruinierter Frisur abrupt wieder aus den Forsythien auf.

»Sie …«, wollte Ursula eben zu der Frau sagen, aber ich packte sie beim Arm und zerrte sie zur Haustür. »He!«, protestierte sie, vermutlich weil ich Soße an ihren Ärmel schmierte. Ich schmetterte ihren Protest ab und schaffte es, sie hinter mir ins Haus zu zerren und der Frau die Tür vor der Nase zuzuknallen.

»Was soll das?« Ursula verzog das Gesicht. »Was machen die vor unserem Haus?«

»Ich weiß nicht«, antwortete ich. »Vielleicht habe ich einen Preis gewonnen.« Ich sah auf meine Uhr. Die landesweiten Abendnachrichten waren vermutlich gerade zu Ende, was bedeutete, dass jetzt die Regionalnachrichten liefen. Triefend von chinesischem Essen machte ich mich auf den Weg ins Wohnzimmer, als das Telefon klingelte. Instinktiv nahm ich den Hörer. Das konnte nur *Northeast Now!* sein, die schon wieder anriefen – wahrscheinlich war die Frau draußen an ihrem Handy.

»Verpiss dich!«, schrie ich ins Telefon.

»Hier spricht deine Mom«, antwortete Roo. »Verpiss dich selbst.«

»Roo?«

»Ja. Wo bist du gewesen? Ich rufe schon seit einer Ewigkeit bei dir an – ich dachte schon, mir würde nie mehr jemand sagen, dass ich mich verpissen soll.«

»Entschuldige, ich dachte, es wäre jemand anders.«

»Jetzt ist es zu spät für Entschuldigungen. Es ist passiert … Hör zu, Pel, ich müsste dich um einen Gefallen bitten.«

»Hier ist im Moment einiges los, Roo …«

»Tracey hat mich rausgeworfen.«

»Was? Es ist doch deine Wohnung!«

»Das habe ich auch gesagt, was die Situation aber nur noch mehr angeheizt hat. Es ist eine ziemlich lange Geschichte, die ich ehrlich gesagt selbst nicht ganz verstehe. Wir haben uns über dieses Mädchen unterhalten, das in den Laden kommt, aber eigentlich haben wir uns nicht mal richtig unterhalten. Tracey hat nur beiläufig ein paar Fragen gestellt, ich habe nur beiläufig ein paar Antworten gegeben – ich habe versucht, mich auf den Fernseher zu konzentrieren, und nicht richtig aufgepasst. Im nächsten Augenblick bin ich ein schrecklicher Mensch, und sie wirft meine Sachen aus dem Fenster. Was hat das eigentlich alles zu bedeuten? Ich tippe auf Prämenstruelles Syndrom, und wahrscheinlich ist sie in ein paar Tagen wieder okay … aber bis dahin muss ich irgendwo unterkommen.«

»Es ist wirklich echt ein schlechter Moment, Roo.«

»Ich würde dich nicht fragen, wenn ich nicht verzweifelt wäre. Ich meine, ist doch klar, oder?«

Seufzend gab ich mich geschlagen.

»Okay. Okay, du kannst hier wohnen. Aber könntest du noch ein paar Stunden damit warten?«

»Kein Problem. Ich bin im Pub.«

»Gut, dann komm später vorbei. Klingel dreimal, dann warte einen Moment, dann zweimal lang und einmal kurz.«

»Oooooooo…kay.«

»Ich habe meine Gründe.«

»Bestimmt. Danke, Pel.«

»Ja. Auch gut.«

Eilig ging ich zum Fernseher. Nazims Gesicht leuchtete auf. Er wirkte besorgt, schien aber Herr der Lage.

»… dazu zu sagen hat?«, sagte die Stimme der Frau vor unserem Haus aus dem Off.

»Ja«, stimmte Nazim mit ernster Miene zu. »Wie ich bereits in der Presseerklärung sagte, sieht sich die Universität durchaus als Teil der Stadt. Selbstverständlich sind wir sehr darauf bedacht, Rücksicht auf die Allgemeinheit zu nehmen, und aus diesem Grunde heißen wir diese Ermittlungen durch die Stadt willkommen. Es handelt sich dabei – wie ich hervorheben möchte – um unabhängige städtische Ermittlungen. Ich möchte deren Ergebnis keineswegs vorgreifen, aber es dürfte wohl allgemein bekannt sein, dass sich Mr. Daltons Verhalten in letzter Zeit nur als ausgesprochen unberechenbar bezeichnen ließ. Ich glaube, er stand unter einigem Stress und war – trotz unserer Bemühungen – nicht gewillt, um Hilfe nachzusuchen. Er wurde sehr verschlossen …«

»Geheimnistuerisch …«

»Ein Wort, das ich nicht verwenden würde, aber im Grunde ist es so. Er hat immer mehr Verantwortung übernommen und sich – wie mir zugetragen wird – geweigert, mit den Medien zu sprechen. Er schien geradezu davon besessen gewesen zu sein, könnte man sagen.«

»Ursula?«, rief ich – sie machte irgendetwas, das mit Lärm

und Flüchen im Schrank unter der Treppe verbunden war. »Ursula? Komm her und sieh dir das an – ich bin geliefert.«

Die Reporterin nickte aufmerksam, während Nazim sprach.

»Deshalb – unter anderem – sind wir froh über diese Ermittlungen.« Er lächelte. Liebenswert und besorgt.

Ich spürte, dass Ursula hinter mir ins Zimmer kam.

»Auch heute hat sich Mr. Dalton allen Nachfragen verweigert«, sagte die Reporterin. Man hörte ihre Stimme und sah über dem Wort »Archiv« ein Foto, auf dem ich halb aus einem Toilettenfenster hing. »Nachdem nun die städtischen Ermittlungen begonnen haben, scheint es doch eher unwahrscheinlich, dass er noch weiter wird schweigen können. Stella Fitzmaurice, *Northeast Now!*«

Ich drehte mich zu Ursula um.

»Ursula«, sagte ich. »Ich habe den Triaden Geld gegeben, damit sie ausländische Studenten für unsere Universität auftreiben. Die Leiterin der Abteilung ›Technik & Lehrmittel‹ ist verschwunden, und ihr Gehalt wird – zusammen mit Geldern, die von diversen anderen Projekten abgeschöpft werden – als riesiger Schmiergeldfonds benutzt, um sich Zusagen zu erkaufen und illegale Aktivitäten zu finanzieren. Sie haben den neuen Anbau auf einem historischen Friedhof errichtet und die Bauarbeiter dafür bezahlt, dass sie die Leichen bei Nacht und Nebel verschwinden lassen. Außerdem haben sie unter dem Fundament ein verheerendes Nervengas – aus eigener Herstellung – versteckt, und zwar mit Hilfe der Regierungsbehörde für chemische Kampfstoffe.«

Teilnahmslos starrte sie mich an.

»Das wollte ich dir schon lange sagen«, fügte ich hinzu.

Sie räusperte sich. »Ich habe den Besen gefunden«, sagte sie. »Gerade eben. Ich habe im Schrank etwas gesucht, um das Essen aufzusammeln, das du überall auf dem Teppich verteilst. Ich hatte völlig vergessen, dass ich ihn dort hineingestellt hatte, bevor die Leute wegen der Regenrinne kamen.«

380

»Mmmm …« Ich nickte.

»Nicht!«, warnte sie.

Ich biss mir auf die Lippen.

»Okay, von der Sache mit dem Besen mal abgesehen … das ist die momentane Lage. Ich kann nicht beweisen, dass mir all das an der Uni in den Schoß gefallen ist. Nazim, der Vizepräsident, der Dekan der Biologischen Fakultät, *alle* werden zweifellos eine sorgfältig vorbereitete Geschichte parat haben und sind angesehene Persönlichkeiten, wohingegen ich nichts beweisen kann und alle mich hassen.«

»Was willst du machen?«

»Sieben bis zehn Jahre sitzen … Aber selbst wenn sie mich nicht ins Gefängnis stecken, wird man mich den Medien zum Fraß vorwerfen, und ich werde meinen Job verlieren. Du hast gerade gekündigt. Wir haben nur noch ein halbes Dach und etwa genauso viel Auto. Was haben wir also noch?«

Sie sah sich im Zimmer um und wandte sich dann achselzuckend mir zu. »Dasselbe wie sonst, schätze ich … uns.«

An der Haustür klingelte jemand beharrlich, und ich hörte Stella Fitzmaurice von draußen rufen: »Mr. Dalton? Mr. Dalton – vielleicht eine kurze Stellungnahme?«

Ich sah zur Tür, dann wieder zu Ursula.

»Uns?«, fragte ich. »Reicht das denn?«

»Ob das reicht? Großer Gott … das allein würde die meisten Leute *umbringen*. Und außerdem … wenn das nicht reicht – würde dir der ganze Rest denn reichen?«

Ich schüttelte den Kopf. »Nein.«

Das Geklingel und Geschrei nahm kein Ende.

»Aber was wollen wir deswegen unternehmen?«, sagte ich.

»Scheiß drauf … Lass uns ins Bett gehen.«

Sie machte sich auf den Weg zur Treppe. Ich folgte ihr, wobei ich kurz den Halt auf einem glibberigen Pilz verlor.

»Ich glaube kaum, dass ich schlafen kann«, sagte ich. »Keine Ahnung, warum, aber ich bin etwas unruhig.«

»Ich wollte auch nicht schlafen.«

»Nein?«

»Nein«, antwortete sie und stieg langsam vor mir die Treppe hinauf. »Die drohende Verarmung, die öffentliche Erniedrigung, mögliche strafrechtliche Konsequenzen ... draußen warten Reporter, die uns kreuzigen wollen, wir haben kein Dach mehr, das Auto ist Schrott ... ich weiß nicht, wie es dir geht, aber mich macht das echt an.«

»Ja ...«, sagte ich. »Ich hab's immer noch drauf, oder? Geh schon mal ins Bett. Ich steige noch eben unter die Dusche, um dieses chinesische Zeug abzuwaschen.«

»Nein«, antwortete sie. »Zieh dich aus ... lass die Nudeln dran.«

Dank

Natürlich möchte ich zuerst Sidney und Eileen Millington danken, die – wie jüngste Studien ergeben haben – die besten Eltern waren, die es weit und breit je gegeben hat.

Als Nächstes Hannah Griffiths; begeisterte Agentin, extrem groovy – ich würde ihr die zehn Prozent sogar bezahlen, nur um mit ihr rumhängen zu dürfen.

Eine respektvolle Verneigung vor Jonathan Nash, dessen Vorbild mich unablässig treibt, mir noch mehr Mühe zu geben; ein witziger, scharfsinniger Mann, der selbstlos die Einrichtung einer Schutzstation für blinde Tiere vorangetrieben hat, in der sich diese zu preisgünstigem Isoliermaterial und Pasteten verarbeiten lassen können, die für den Export außerhalb der EU gedacht sind.

Schließlich und endlich ein *riesiges Dankeschön* an meine gute Fee, Helen Garnons-Williams. Eine grandiose Verlegerin. Ein wunderbarer Mensch. Nicht eben die größte Rock'n'Roll-Historikerin der Welt.